国家出版基金项目
NATIONAL PUBLICATION FOUNDATION

民国文学史论 第二辑

李 怡 张中良 主编

"下江人"和
抗战时期重庆文学

黄 菊 著

南方出版传媒
花 城 出 版 社
中国 · 广州

图书在版编目（CIP）数据

“下江人”和抗战时期重庆文学 / 黄菊著. -- 广州：花城出版社，2019.6
（民国文学史论 / 李怡，张中良主编. 第二辑）
ISBN 978-7-5360-8861-0

Ⅰ. ①下… Ⅱ. ①黄… Ⅲ. ①地方文学史－抗战文艺研究－重庆 Ⅳ. ①I209.971.9

中国版本图书馆CIP数据核字(2018)第303461号

出 版 人：肖延兵
专业审读：罗执廷
特邀编辑：张灵舒
策划编辑：张　瑛
责任编辑：张　瑛
技术编辑：凌春梅
装帧设计：杨亚丽　贡日亮

书　　名	“下江人”和抗战时期重庆文学 “XIAJIANGREN” HE KANGZHAN SHIQI CHONGQING WENXUE
出版发行	花城出版社 （广州市环市东路水荫路 11 号）
经　　销	全国新华书店
印　　刷	佛山市浩文彩色印刷有限公司 （广东省佛山市南海区狮山科技工业园 A 区）
开　　本	787 毫米 × 1092 毫米　16 开
印　　张	17.75　1 插页
字　　数	320,000 字
版　　次	2019 年 6 月第 1 版　2019 年 6 月第 1 次印刷
定　　价	68.00 元

如发现印装质量问题，请直接与印刷厂联系调换。
购书热线：020－37604658　37602954
花城出版社网站：http://www.fcph.com.cn

总序一：文学研究与历史意识

李　怡

在相对平静的中国现代文学研究领域，最近几年出现的“民国文学”研究的设想似乎是值得注意的动向，面对这样一种动向，有人认为是打破某种学术停滞的契机，但也有人提出了自己的质疑，表达了自己的担忧，但无论如何，有关民国的话题已经成为我们无法绕开的存在，即使质疑，也有必要理解它生成的理由。

在我看来，借助“民国社会历史”这一视角研究中国现代文学，最重要的其实并不是提出了“民国”这一概念，更大的价值是它提示我们，文学的研究必须回到历史的语境之中。既然中国史已经可以清晰地划分为古代史与近现代史，又有什么必要独立出一个“民国史”呢？这当然是为了进一步关注和描述民国特有的社会、政治与文化情态。一般说来，古代、近现代，这都是世界通行的普泛性概念，这些概念的意义在于昭示了一种共同的人类历史进程，其意义自不待言。但是普泛性的概括并不能代替各个国家和民族的具体遭遇和问题，共同的历史进程之中，依然掺杂千差万别的“民族史”“区域史”，特别是像中国这样的独特的东方“现代”国家，许多历史的细节都不是西方话语体系的“近现代”所能够涵盖的，中国的“现代”就集中发展于“民国”，所以研讨“民国”也就是真正落实中国的“现代”历史是什么。近些年来，民国史研究是中国史学界取得显著成果的一个领域，可以说，在尊重、回到历史的取向上，历史学家已经走在了学术的前列。中国现代文学研究开始重视“民国”历史种种，从根本上讲就是得益于历史学界的启示。

因为这样的启示，我们的文学研究也才开始摆脱了“理论的焦虑”，在新的领域找到了自我充实的可能。中国现代文学研究其实一直存在着某种理论的焦虑症。先是有中国式的马克思主义理论“武装头脑”，继而又用西方的各种文学理论来框架我们的现象，到头来发现它们都难以准确描述现象的丰富和复杂，这才出现了几乎是众口一词的“回到历史现场”、体察具体历史情境之类的倡议。

当然，所谓“回到历史现场”也并不是一件那么容易的事情，它关乎我们对待历史的态度，也牵涉我们自己的思维能力，并且在某种意义上也不应当成为“非理论”“去理论”的简单借口，在更深的地方，“理论”依然有其不可替代的价值，并且将可能恰到好处地推进我们的认知。“回到现场”不是绝圣弃智，不是排斥理论思维能力，而是让我们的理性的能力更妥当地敞开事实呈现的广阔空间，或者说理性思辨的节奏和方向与丰富的历史事实两厢贴合。自然，这样的历史考察就不是那么容易的，至少不是我们表述学术态度时那么容易。文学研究最终依靠的不是一种“表态”而是更为深邃的能够破解精神秘密的“意识”，这就是我们所谓的“历史意识”。历史意识是在尊重历史现象中产生的，但又不是对历史现象的乱七八糟的堆砌，其中深含着我们自身思维能力的发展和成熟，所以，“回到历史现场”不会是一次性完成的，也不会只有哪一家的“现场”，它同样值得讨论、辨别、清理和驳诘。

这样，我们的“民国文学史论”就有了第二辑，也许还会有第三辑。连续性的发展表达的是不同认知的结果，重要的在于，随着我们对“民国”特定历史的逐步“返回”，我们对于文学的理解也逐步加深了，观点也日益丰富了。

感谢那些多年来一直关心我们研究的同行、朋友和广大的读者，我们都在不断充实着自己，在越来越深入的历史考察中解读现代的中国，在越来越广阔的视野中丰富我们的思想意识。当然，也要感谢花城出版社，这些有理想有坚守的优秀编辑，没有你们的策划、督促和鞭策，也绝不会有这连续数年的学术工程。

2018 年 8 月于成都江安花园

总序二：还原民国文学史

张中良

不止一次听到质疑：既然中国现代文学史的概念早已获得公认，20 世纪中国文学史的概念也逐渐为人们所接受，为什么还要另起炉灶提出民国文学史？

尽管存在着质疑，而且对民国文学史的理解也不尽相同，但这个概念总算引起了人们的注意，这就扩大了探讨的空间。

民国文学史的概念，1994 年见之于一套“中国全史”时，只是参照历代文学史的分法，标志着一个时段，并没有涉及多少民国赋予文学的意义。现在，仍有学者持同样的理解。2006 年，秦弓提出“从民国史视角看现代文学”，意在把现代文学还原到民国史的历史语境中去重新审视。2009 年，李怡阐述现代文学的“民国机制”，将问题的讨论向前推进了一步。几年来，民国文学乃至民国文学史的概念逐渐凸显出来，中国现代文学研究会、北京师范大学文学院等举办的学术会议都曾就民国文学问题展开过讨论，《文学评论》《中国现代文学研究丛刊》《学术月刊》《文艺争鸣》《广东社会科学》《湖南社会科学》《厦门大学学报》《湖南大学学报》《郑州大学学报》《重庆师范大学学报》《衡阳师范学院学报》《金陵科技学院学报》《兰州学刊》《当代文坛》《江汉学术》等刊物发表相关论文。从讨论来看，民国文学史确有新民主主义文学史、现代文学史、20 世纪文学史所不能表征的独特而丰富的意涵，既然如此，“民国文学史”的梳理、叙述与阐释又有何不可？

在相当长的时期，民国是一个禁忌。人们每每把民国简化为一个败亡的政府，如果作为一个历史时期来表述的话，通常是“解放前”“旧社会”。一个简单的逻辑就是：政府如果不腐败，怎么会被推翻？旧社会如果不黑暗，怎么会结束？在这样的背景下，有谁还敢“冒天下之大不韪”去探讨民国问题呢？

然而，问题在于：民国在推翻了清朝政权、结束了两千余年的封建帝制的基础上建成，是辛亥革命的胜利成果，而非历史的耻辱；民国作为亚洲第一个共和国，曾经寄托了中华民族走向现代化的希望；民国是一个国家实体，而国家从来就不等同于政府，民国有多种势力对峙、冲突、交错、并存的政治，有虽然地区之间并不平衡，但毕竟曾经几度繁荣的经济，有由弱到强的外交，有终于赶走侵略者的抗日战争胜利，有大踏步发展的新式教育，有束缚与自由交织的新闻出版，有丰富多彩的文学艺术，等等，怎么能够因为民国政府的最后败亡而抹杀民国的一切？民国是一个历史过程，从诞生到成长再到衰败，怎么可以由其结局否定此前的所有历史？

即使为了总结历史经验教训，也不能无视民国的存在。中国向来有后世修史的传统，1956 年，国家制定十二年科学发展规划时，中华民国史研究被列入其中，然而，1957 年的“反右”使规划搁浅，在接下来阶级斗争之弦越绷越紧的政治形势下，民国史研究没有人敢于问津。关于民国时期政治史、经济史、口述史等资料经过整理面世一批，但没有一种以“民国”冠名。1971 年 9 月 13 日三叉戟折戟温都尔汗之后，“文革”狂潮呈现衰势。1972 年，周恩来总理再次号召编写中华民国史，中国科学院近代史研究所成立了中华民国史研究室，开始启动研究与编写工作。但在“文革”后期，学术研究步履维艰。直到改革开放以来，才恢复了实事求是的优良传统，民国史研究逐渐步入正轨。[①] 史料的发

① 参照张宪文等：《中华民国史》第 1 卷，南京：南京大学出版社，2005 年，“导论”，第 2—5 页。

掘、整理与出版，敏感问题的探索，均有可喜的成绩。在此基础上，张宪文等著《中华民国史》（4卷本）、李新担任总编的《中华民国史》（12卷本）[①] 等代表性成果先后问世，引领读者走近民国史的真实。

比较而言，中国现代文学研究在民国文学的历史还原方面要落伍很远。人们已经习惯于在原来的思维框架中思考问题，怯于拓展新的学术视野。直到今天，还有人担心研究民国文学会不会有什么风险？历史已经走到21世纪，多少惨痛的教训才换来了新时期以来的改革开放，走回头路的可能固然并没有完全杜绝，但我们应该相信社会的进步、民族的良知、人民的觉醒，如果有谁再敢倒行逆施，很难得逞。民国文学史研究的指归，小则是要呈现真实的民国文学史风貌，丰富人们的历史认知，大则是要普及实事求是的历史主义精神，保障社会稳步前进。

以新民主主义观点、现代性或20世纪眼光来梳理与阐释文学史，自然各有所长，但是民国文学在民国的背景下诞生、成长，打上了深刻的民国烙印，表现了独特的民国风貌，而从20世纪50年代以来的学术史来看，从迄今出版的近600种现代文学史著作来看，回避民国文学概念，便无法揭示文学的民国基因，因而，很难准确地画出这一历史时期的中国文学全图，无法解释文学发展的复杂动因，也无法理解民国文学的多元内涵与艺术个性。

民国政治自始至终是一种多元化的政治。北洋政府时期，南北对峙自不必说，北洋政府内部派系林立，你方唱罢我登场，客观上给新文学提供了一个相当宽松的发展空间。1927年4月18日南京国民政府成立，到1937年卢沟桥事变，这期间不仅存在着尖锐的国共冲突，而且两党之外还有活跃的自由主义阵营、根基深广的民主主

① 李新总编：《中华民国史》（12卷16册），北京：中华书局，2011年。

义力量，国民党内部也有各种错综复杂的派系。全面抗战爆发之后，各派政治力量团结在民族统一战线的旗帜下共同抗日，但又各自保留着相对独立的空间，不仅有陕甘宁边区、新辟的敌后根据地与广义的国统区之别，而且在国统区内部，也有桂、粤、滇、晋等具有一定独立性的区域。这种多元化的政治是民国文学形成多样形态的重要原因。民国的法律，有其自身的缺陷，也存在着法律层面与实践层面的巨大反差，但作家的生活与创作还是有一定的法律保障。若不然，鲁迅怎么能够在对教育总长的诉讼中胜诉、恢复了被免去的教育部佥事职务？在他成为左翼作家之后，怎么能够躲得了牢狱之灾，继续他的著译事业？在“白色恐怖”之外，还有广阔的空间，于是，才会有色彩斑斓的民国文学。民国时期，尽管确有政治压迫与文化管制，但民国文学却能在错杂的空间得以发展，不仅内蕴丰盈复杂，而且审美风格也是千姿百态。

民国文学应是民国时期文学的总称，就文体而言，不仅有五四文学革命开创的新文学，也有传统形式的旧体诗词、戏曲、文言小说、文言散文，还有介乎二者之间的改良体；就政治倾向而言，不仅有官方属意甚深而命途蹇涩的三民主义文学，官方倡导且得到广泛呼应的民族主义文学，也有左翼倡导的革命文学、左翼文学，还有“五四”以来脉息不绝的自由主义文学、民主主义文学；就创作方法而言，不仅有现实主义，也有浪漫主义、古典主义，还有形形色色的现代主义，以及各种方法的杂糅重构；就审美格调而言，有《凤凰涅槃》式的豪迈弘放，也有《义勇军进行曲》式的慷慨悲壮，还有《再别康桥》式的缠绵悱恻；从喜剧风格来看，有鲁迅浙东式的冷隽幽默，也有李劼人式的麻辣川味，有老舍杂糅着京味儿与英国风的月色幽默，还有张天翼式的湖南辛辣讽刺；就城乡文明倾向来看，有新感觉派式的斑驳陆离的都市色彩，也有沈从文式粗犷与清新交织的湘西风光，还有赵树理最为典型、叙事偏于传统的乡土通俗，等等。气象万千的文学风景，无论是其内蕴，还是其形式，都在民国的历史进程中形成，都与民国的机制息息相关，因而民国文学研究不是单纯的外部研究，而且含有审美机理的内部研究。

民国文学史研究还是刚刚起步，要做的工作有许多。我与李怡教授曾经交流过，我们都认为，一部成熟的文学史著作应该有扎实的研究作基础，与其现在匆匆忙忙地“凑”一部民国文学史，毋宁脚踏实地地考察民国文学与民国政治、经济、法律、战争、外交、民族、宗教、文化、教育、艺术、新闻出版、自然环境及灾变诸多方面的关联，考察文学所表现的民国风貌，考察民国文化生态对文学风格的影响（或曰民国文学审美建构不同于前后时代的特色），然后再进行民国文学史的整合性的叙述与分析。我们不去奢望将来关于20世纪上半叶的文学史叙述仅由民国文学史来承担，那样既无必要，也不可能，大一统式的构想本来就是与学术自由相背离的。但我们相信，民国文学史的叙述必定会在中国文学史的总体框架中占有不可或缺的一席之地。

我们的构想与努力有幸得到花城出版社乃至上级管理部门的认同与支持，“民国文学史论”第一辑6卷列入“‘十二五’国家重点图书出版规划项目”与“国家出版基金项目”，于2014年出版，并在“国家出版基金项目”2015年绩效考评中获得“优秀项目”。丛书问世以来，有学者在海内外发表评论，予以积极的肯定。这对我们来说，无疑是巨大的鼓舞。民国文学话题也遇到一些质疑，但探索并未中止，视野与深度反而不断拓展，曾经一度持有尖锐意见的学者也加入了推进民国文学研究的队伍，这正是我们所希冀的良性学术生态。花城出版社张瑛副编审在成功策划了“民国文学史论”丛书第一辑之后，又积极策划第二辑、第三辑。如果说第一辑主要是在观念与宏观方面打下基础的话，那么，第二辑则较多在语言、审美品格、文学教育、经典作家、形象和刊物等典型个案等方面做出新的拓展，第二辑的问世将会进一步丰富读者对民国文学的认识。第二辑11卷同样被列入国家出版基金项目，感激自在不言之中！这无疑也增强了我们将民国文学研究不断引向深入的信心。

2018年8月19日修订于上海

目　录

绪论 “下江人”的由来及其与重庆文学的关系

1937 年 11 月，国民政府宣布迁都重庆，国家机关、教育机构开始大规模向西南地区迁徙。学者、作家、学生，报馆、刊物和出版社，国家的文化力量同时向大后方转移，并集中于武汉、重庆、成都、昆明、桂林等城市，在大后方形成了多个文化中心。其中，重庆以其战时陪都的特殊身份，吸纳了大批才华出众的文学家、艺术家。一时之间，山城重庆人文荟萃。重庆，这座位于长江上游，一向并不以文学和艺术著称的城市，因缘际会，一跃成为战时文学和文化中心，文学活动达到空前繁荣。

促成抗战时期重庆文学活动活跃的原因有多重，首先最重要的因素是“下江人”的迁徙和聚集。这些因战争从外省迁至重庆的人们，被重庆本地人称为“下江人”。抗战时期，“下江人”在重庆人口结构中占据了庞大的比例，遍布重庆政治、文化、商业、工业各个领域，其中文化教育者占了大半。司马长风曾做过统计，抗战时期住在四川的作家总计 140 人，是战时最大的作家集团①。这一众多来自“下江”的作家们，随战争漂移在重庆，他们是重庆人眼中的“下江人”，他们视自己为“重庆客”。身处异乡的“下江人”，在陌生的重庆感受着战争带来的生命无常和骨肉分离；在山城的环抱之中体会着异乡的风土人物，思念故土的亲人和山水。他们在重庆的文学活动、生存体验、文学创作等构成战时重庆文学最重要的部分。

1939 年日军进逼武汉，驻留在武汉的党政机构和文化团体全部向重庆撤退，冯乃超称之为作家行动上的“第二次疏散”，“第一次的疏散将上海的文化中心散做几个中心，上海留下一部分，其他的地点是广州、重庆、延安和一些前线要点，武汉无形中变成最大的中心。这一次疏散，一方面是开垦闭关锁

---

① 司马长风：《中国新文学史》（下卷），香港：昭明出版社，1978 年，第 7 页。

国的西蜀，以至整个西南的文化处女地，另方面是文化中心的再度细分”①。这番话揭示了战时重庆文学的特殊之处，即：第一，重庆文化中心地位是于“无形中”被赋予的，并未经历一个有意识的建设过程，也未如北平、上海那般有过日积月累的积淀过程；第二，当文化团体由武汉再次向重庆疏散时，重庆和上海、北平相比，仍是文化的荒地；第三，文化中心细分，意味着战时文学在重庆进行重新组合与建立，这一组合与建立的过程，从表面上看，是“下江人”带着他们的报纸、杂志和出版业，将上海、北平等地业已成熟的文学空间在重庆进行复制，事实上，则存在着“下江人”和重庆人两个群体在重庆这个空间中相互的适应与融合。

下江作家和重庆之间的关系有多重。第一，大多数作家在此之前从未到过四川。从文学的角度，重庆的地方文学，并无特别出众之处，甚至乏善可陈。即使共属巴蜀文化的范畴，重庆的文化相比邻近的成都，一向都有相当大的距离。对作家们来说，四川在他们的心中是陌生的地方，重庆则是一个遥远的城市，无论是从文学的感受还是地域的认知，重庆都遥远得如同异域。其次，“下江人”这一称呼喻示着一个群体在重庆漂泊的身份。对西迁重庆的人们而言，到重庆并非他们精神主观的选择，而是战争中被迫无奈之举。生活在重庆的人们，对这座城市有着挥之不去的“陌生感”。“陌生感”来自战争，存在于所有生活在这座城市的人们感受之中，无论是“下江人”，还是重庆人，都在经历着战争带来的变化。正是从这一感受出发，我们得以了解，在重庆成为文学中心的过程中，存在着重庆文化在面对强大的下江文化时所表现出的期待和失落。同样由此感受出发，我们得以体会到下江作家颠沛不安的战时生活，以及战争中复杂丰沛的内心情感。此外，战争中不同个体对战时文学认知的差异，以及由此引起的文学活动、个人的人际交往以及对政治的理解等的不同，都与“下江人”战争时期在重庆的生存体验有着密不可分的关系。而这一切，无不是战时重庆文学丰富的书写和价值之所在。

本文选择以“下江人”和抗战时期重庆文学为考察对象，该考察对象包含着两个重点：其一，从“下江人”的角度研究抗战时期作家们在重庆的“陌生”感受；其二，从“陌生”感受延伸至下江作家在重庆的生活，并由此延伸至文学活动和创作。由此阐释战时“下江人”和重庆文学之间的关联。

---

① 冯乃超：《武汉撤退前的文协》，《抗战文艺》（《文协成立五周年纪念特刊》），1943 年 3 月 27 日。

一、“下江人”概念的界定

1937 年 10 月 19 日，国民政府召开国防最高会议，蒋介石做了题为《国府迁渝与抗战前途》的讲话。在讲话中，他明确宣布：“为坚持长期抗战，国民政府将迁都重庆，以四川为抗敌大后方。”紧接着，国民党中央通讯社在 11 月 20 日发表了国民政府移驻重庆宣言，“国民政府兹为适应战况，统筹全局，长期抗战起见，本日移驻重庆，此后将以最广大之规模，从事更持久之战斗”①。从那时起，位处中国最富裕的长江三角洲的政府机构、工厂、学校以及各种社会文化机构陆续开启了他们的入川之路。

“下江人”并不是因抗战而新生的词汇，但它却因抗战而广为人知，广为人用。在重庆人的眼中，“江”是重庆与外界联系、往来的主要渠道。长江、嘉陵江在重庆汇合，然后向中下游流去，连接起四川盆地和华中、华东广袤的地域。长江是出川、入川的重要道路，江河为商品贸易、人员的往来提供着便利。抗战时期，将近百万的中国人正是沿着这条川江航线，或携老扶幼，或孤身一人，涌上民生公司拥挤的客船。头上是日军的轰炸，脚下是汹涌湍急的长江，来自沦陷区的人们克服种种困难，进入中国西南腹地的崇山峻岭，最终抵达重庆，成为重庆人所说的“下江人”。

当我们讨论“下江人”和抗战时期重庆文学的关系时，有必要首先对“下江”和“下江人”做概念上的梳理。商务印书馆 1915 年出版的《辞源》对“下江”的解释如下：“①湖北江陵县以下，地属长江下游，称下江。”“②旧称安徽省地区为上江，江苏省地区为下江。”按照《辞源》的解释，早在《汉书》《王莽传》中，就已经出现了“下江”一词。《辞海》中对“下江”的定义为：“下江”，“云南、贵州、四川各省人民泛称长江下游江苏、安徽、浙江等省为下江”，“江苏省的别称。旧以江苏省居于安徽省的长江下游，故称安徽省为上江，江苏省为下江”②。综合上述释义可知，“下江”最初是地理名词，指的是长江下游区域，尤其是江苏省。另一方面，“下江人”的含义因地域的不同而存在内容上的差异。在武汉，“下江人”指的是江浙人。到了重庆，“下江人”又包括了湘鄂地区的人。（和“下江人”有相同含义的还有“脚底

① 重庆市档案馆、重庆师范大学合编：《迁都定都还都》，重庆：重庆出版社，2014 年，第 6 页。

② 《辞海》，上海：上海辞书出版社，1979 年，第 397 页。

下人”。)

随着时代的变化，词语的含义也在不断调整和变化。近代重庆开埠以后，“下江”的词语意义变得更加丰富起来，不再仅仅是地理名词，它还意味着富裕的生活环境、先进的商业文化，甚至成为代名词，指称江浙一带商业发达地区，和落后内地构成鲜明对比。

1891 年 3 月 1 日，重庆海关成立，标志着重庆正式开埠，迈入近代工商业发展期。下江和重庆贸易往来愈加频繁，洋货开始大量涌入重庆。在重庆海关的年度报告中，1892 年至 1901 年间，由上海到来的丝织品数量增加，生棉屡次成为最有利的营业，商店里摆满从下江运送来的扇子和小商品，并在重庆有很大的销量。① 下江棉布、下江色布、下江货物等等逐渐出现在重庆市民日常生活之中，并因其质量优良使用方便而受到重庆人的青睐，“下江”从地理名词转而成为带有商业色彩的词语。

民国以来，不时有来自上海、北平的游客入蜀。夔门内外的差异，很容易引发入蜀游客的感慨，“下江”和巴蜀，俨然两个不同的世界。在谈及两者的差异化时，“下江”又被赋予了文化上的内涵，“下江”意味着来自江浙乃至更遥远城市的现代化文明。舒新城 20 年代游历四川，后将他游蜀的所见所闻写成《蜀游心影》。在《蜀游心影》中，舒新城将旅途中在四川、重庆的经历处处和“下江”做对比：他在重庆的旅馆看见洋瓷脸盆，就惊讶于这里居然有“下江人”用的洋瓷脸盆。他称赞重庆第二女子师范学校好，因为可以“把她当作一个下江的女学校看待”。他参观成都通俗教育馆，认为成都通俗教育馆是他所见过各省中做得最完善的，而这一切归功于督办杨森对人才的搜罗，“自下江货，以至本地产，自留洋生以至留京生，无不有之”②。舒新城的“惊讶”和“称赞”，其背后都带有他预设的四川想象，即四川是保守和落后的。但旅行却带来完全不一样的观感，原来四川不仅有下江所有的日常物品，还具备和下江相似的教育条件。在舒新城的“惊讶”和“称赞”之后，既有对四川的肯定，也未尝不带有“下江”优越感。由此可知，在那时，“下江”已经是人们内心的一个标准，是用于衡量社会发展的一个尺度。在这一尺度的对照下，四川社会和下江城市之间在日常生活、文化教育方面的发展存在着显著的差距。

---

① 周勇、刘景修译编：《近代重庆经济与社会发展（1876—1949）》，成都：四川大学出版社，1987 年，第 121 页。

② 舒新诚：《蜀游心影》，上海：开明书店，1929 年，第 201 页。

“下江”和“四川”的现代文明差距，先入为主地存在于人们心理意识中。陈衡哲的父亲曾在成都为官，早在她幼年时，父亲去成都赴任，全家都要跟着去，陈衡哲则因为“四川是个落后的省份”，选择了跟随三舅去广州。几年后，陈衡哲从汉口出发去成都和父母团聚，从万县开始步行，每经过旅店，她的装束都会引来当地女人的围观，她们议论她的天足，议论她不搽粉的脸和不加装饰的衣服，她们称呼她“外国女孩”“下江来的女学生”，甚至有人走近她，去摸她的衣服和手。① 也即是说，不仅是来自下江的人，就是在四川人自己的观念意识中，“下江”也是一个新奇、繁华的世界。在普通的四川老百姓眼中，“下江”代表着他们对外面世界的想象，生活在那里的人，衣食住行都迥然不同，足以引起一番讨论和关注。

到抗战时期，“下江人”概念就更为宽泛，其地理范围已经不局限于长江流域各省，“黄河流域、珠江流域、辽河流域、松花江流域甚至长江发源地青海之人，亦莫不名为‘下江人’”②，“其人苟不能操西方官话（川滇黔），虽来自甘青，亦在下江之列”③。“下江”和“下江人”的含义不断变得多样化：在重庆本地，“下江”代表着优于内陆的物质文明，“‘上海’在这里带有时髦的意义，‘下江’的含义也有技术上的领导性”④；“下江人”则被用于指称一切战争带来的“外来者”。

在重庆城市史上，抗战时期的“下江人”并非这座城市接纳的第一批大规模移民。有学者将古代重庆移民的历史分作五个阶段，即从新石器时代到战国时期，战国后期秦灭巴蜀到东汉，东汉末年到两晋隋唐，宋元时期和明清时期⑤。其中秦灭巴蜀，就有迁“秦氏万家”入蜀，从而开启了移民入住重庆的先河。此后历朝历代，由于巴蜀地区社会相对稳定，物产富庶，一旦中原地区发生动荡，人们常常选择巴蜀作为避难之所。比较典型的有唐朝安史之乱时期，大量关中移民进入巴蜀，大诗人杜甫就是在那时避居成都的；南宋时期，宋金两国长期的战争，促使北方的陕西、河南、甘肃等地区的难民入蜀，“使四川成为北方移民南迁人数最多的地区之一”⑥。当然，最为人所知的移民是

---

① 陈衡哲：《陈衡哲早年自传》，合肥：安徽教育出版社，2006 年，第 121 页。

② 《四川人心目中的下江人》，《大美周报》，1940 年 4 月 7 日。

③ 张恨水：《重庆旅感录》，《旅行杂志》第 13 卷第 1 号，1939 年 1 月 1 日。

④ 张宗植：《重庆与重庆文化的动向》，《战时文化》第 2 卷第 1 期，1939 年 1 月 10 日出。

⑤ 李禹阶主编：《重庆移民史》，北京：社会科学文献出版社，2013 年，第 26 页。

⑥ 同上，第 30 页。

明末清初的“湖广填四川”。此次大规模移民源于明末清初的战乱导致的四川人口急剧减少，清政府立国后，为恢复四川地区的农业，实行了全国各地人口移入四川垦荒的政策。从康熙、雍正到乾隆，清政府连续多年推出优惠政策吸引和鼓励外省人士入川，“使从湖广向川渝地区的移民成为当时全国人口移动的大趋势”，从此湖广移民遍及巴蜀，“数量众多，远远高于其他地区”①。

移民数量的众多，移民历史的悠久，从重庆城内林立的各省会馆可见一斑。直至民国初期，重庆尚有九大会馆，即陕西会馆、江西会馆、江南会馆、湖广会馆、浙江会馆、福建会馆、山西会馆、广东会馆和云贵公所。重庆的会馆均属移民会馆，“是迁徙他乡的客民办理同乡公益的团体”②。这些庞大的会馆建筑群体，就是重庆城一部生动的移民史。

现代文学史上著名的川籍作家中有不少都是移民的后代，在他们的童年少年生活中，就已经对四川浓厚的移民文化有着深刻的感知。郭沫若原籍福建汀州宁化县，在他童年的时候，在四川的客籍人占了四川人口百分之八十以上，“长江流域以南的人好像各省都有”，规模相当庞大。即使在四川繁衍了几代人，人们都依旧保留着自己的习俗，“各省人有各省人独特的祀神，独特的会馆，不怕已经过了三百多年，这些地方观念都还没有打破，特别是原来的土著和客籍人的地方观念”③。土著和客籍，不同客籍之间仍然会在地方事务上彼此竞争，争夺话语权。

阳翰笙老家在宜宾高县罗场镇，罗场的居民分两种，一种是土著，明朝以前就住在那里，另一种则是移民来的。不同省籍的人迁移到那里后，还建起了不同的庙，广东人建南华宫，湖南湖北的建禹王宫，福建的建天后宫，四川土著则修川主庙，供二郎神。阳翰笙的祖先则是在清朝康、乾之际四川移民时，从湖南安仁县搬迁来的。④

巴金祖籍浙江嘉兴，其母亲陈淑芬原籍浙江，随做官的父亲移居四川，是不折不扣的“下江人”。1923 年，巴金随三哥李尧林出川，到上海后不久，即去浙江嘉兴的塘汇镇寻根，第二年又去那里祭拜先祖，还写下《塘汇李家祠

---

① 李禹阶主编：《重庆移民史》，北京：社会科学文献出版社，2013 年，第 33 页。

② 孟继：《重庆九大会馆始末》，《重庆渝中区文史资料》第 14 辑，重庆：重庆出版社，2004 年，第 57 页。

③ 郭沫若：《我的童年》，《郭沫若全集·文学编》第 11 卷，北京：人民文学出版社，1992 年，第 15 页。

④ 阳翰笙：《出川之前》，《阳翰笙选集》第 5 卷，成都：四川文艺出版社，1989 年，第 5 页。

堂》一文。

李劼人14岁丧父，成长多靠外祖家，而他的外祖杨家原籍陕西三原县，在川的第一世祖叫杨兴，是清初平定川滇后，从陕西贩运布匹到成都，才落户四川的。沙汀祖上原籍湖北黄州人，明末清初迁居四川，到沙汀那一代已经是第六代人了。艾芜的先祖汤承烈在清初移民四川的法令中携家人自宝庆府武冈州（今湖南邵阳西南部）踏上入川的路途，最终定居四川。何其芳的家族同样是祖上在明末清初之际从湖北麻城迁徙而来……早在抗战时期“下江人”入川之前，下江和重庆、四川就已经有着长久的渊源。

从这历史久远的移民史可知，四川多次容纳过来自巴山蜀水之外的人们。并且，由于战乱，四川也多次成为人们的庇护之所。这都足以说明四川从来就是一个五方杂处之地，巴蜀文化并非封闭的世界，而恰恰是融合、吸纳各地移民文化后形成的结果。当然，四川历史上的多次移民，都并非人们的自觉选择，而是政治力量等外力推动的结果。有学者指出：“中国传统的专制政权决定了中国文人只能在政治领域获得最终的肯定，也决定了中国文人寓游的主要地区必然是政治统治的中心或统治者试图施展政治影响的区域。‘入蜀’这样的文化交流在很大的程度上也就取决于中央政权对巴蜀地区的关注，而并不纯粹是传统中国文人的自主选择。”① 抗战期间的“下江人”入川，同样又是一次战争驱使的结果。

本文的论述围绕的是“下江人”和“重庆文学”两个主题，在涉及重庆文学和文化的分析时，有必要对巴蜀文化中的“巴”和“蜀”，即“四川”和“重庆”进行说明。在当下的行政区域划分中，重庆是直辖市，拥有和四川平行的行政地位，不再隶属四川。自重庆直辖以来，关于重庆“巴文化”的研究和论述日益增多，其中不少都着力于突出重庆地区和四川地区在文化上的不同之处。“巴蜀文化”被分做“巴文化”“蜀文化”进行研究，“巴渝文明”在有关重庆的研究中是一个频繁出现的词汇。巴蜀文化内部自然有不同，可是长久以来，重庆一直是作为四川行政地域的一部分。从古至今，巴和蜀是联系在一起的一个整体。即使在民国时期，人们仍然习惯于用“川省”“蜀地”等统称整个巴蜀地区。当人们提及重庆时，往往将重庆看作“蜀”的一部分，并未对“巴”和“蜀”两者之间做严格的区分。因此，为论述的方便，本文在论及抗战前后的重庆文化时，文中关于四川文化和环境的分析其实也就包括了

---

① 李怡：《现代四川文学的巴蜀文化阐释》，长沙：湖南教育出版社，1995年，第257页。

重庆。

二、选题缘由

和历史上多次“入蜀”不一样的是，抗战时期因战争被迫迁移的不但有普通的老百姓，还有国家最高政治、经济、文化管理机构，以及随国民政府而来的大批的作家、教师和公务人员，其籍贯遍布全国。这个群体受过良好的教育，不少人还曾留学欧美、日本，并在政治、经济、文化上占有绝对优势的地位。他们的到来，开启了“下江人”为代表的现代思想文化在内陆腹地的重庆更全面的交流和传播，同时让“下江人”得以有机会亲身经历以重庆为代表的地域文化。

战争中的迁移，不仅带来迁入者的观念和生活方式，也改变了本地既有的生活节奏甚至行为模式，引发本地人的不安。本文所要关注和讨论的，正是战争中人的日常生活的改变，以及由此带来的人的生存方式、情感等的变化。解析“下江人”和抗战时期重庆文学，其关键之处在于：首先，“下江人”意味着改变，不仅有外来者在新环境中的生活，也是本地人日常生活方式的变更；其次，抗战时期“下江人”的聚集，意味着战争，无论什么样的变化，皆因战争而起；再次，抗战时期重庆文学的发展，是和“下江人”的到来密不可分的，正是他们的迁移，才形成了战时重庆文学的繁茂。因此，在讨论本文的主题时，将围绕以下问题展开：

第一，“下江人”和重庆之间的想象和接纳。这里面包含两个视角，即“下江人”的四川想象和重庆人对“下江人”的到来的看法。这两者之间并非简单的到来和接受的关系，而是彼此间经过了隔膜、冲撞、期待和接受等等诸种情绪。

20 世纪 30 年代，“四川”作为话题出现于公共舆论中时，多半不是因为天府之国的美誉，而是接连不断的灾难。不同群体有不同的四川印象。绝大多数“下江人”没有在四川居住和生活过的经历，他们对四川的认知大多数通过报纸杂志中的新闻和小说中获得。在他们的脑海里，富饶的天府之国早已成为历史上的过往，取而代之的四川则是人人皆知的“魔窟”，老百姓个个是面黄肌瘦的鸦片鬼。“僻处西南”几乎就是不少“下江人”对重庆的全部认识。接受过良好教育的川籍精英同样意识到四川问题的严峻。早在抗战全面爆发之前，在外省人和川籍人士中就有过关于“四川问题”的关注和讨论。在“下江人”眼中，四川和盆地之外的地域不仅隔着遥远的蜀道，凶险的三峡，更隔着一个时代。川籍作家郭沫若在个人自传中，也因川人固守地方观念，形容四川“真是在大的一个封建社会中又包含着无数的小的封建社会”①。

当“下江人”溯江而上抵达重庆时，四川不再是想象中的国度，而是变成了生存的现实。四川社会和东部地区的巨大差异，引起的下江文化和巴蜀文化的冲撞和交流，首先来自于日常生活的层面。“下江人”到重庆，首先要解决的是生活上的衣食住行。可以说，“下江人”对重庆的感受最早就是从衣食住行开始的。从溯江而上的艰辛，到响亮的四川话、竹篾和泥巴糊成的墙、本地人头上缠着的白布、坡坡坎坎的道路……下江人在逐步认识和接近这座他们即将生活下去的城市。不少人第一眼打量重庆，不仅对重庆人的穿着、语言、行为等感到惊奇，甚至会对这座城市产生怀疑，这座长江边上的城市是否适合人类的居住？

但是，重庆在战时中国的地位改变了它在人们心中的印象。“下江人”对这座城市的情感，既有不满和憎恶，同时也交织着兴奋和赞叹。对陪都重庆，人们给予了热切的期待和激情的讴歌，将其视为战时中国希望之城。作家们笔下的重庆城形象高大，城中的人们个个精神昂扬，满怀斗志，他们对在国民政府的带领下取得战争的胜利充满信心。看似矛盾的情感呈现出“下江人”在重庆的复杂情绪。

第二，对重庆本地人来说，“下江人”的到来是突兀的，给他们的生活造成巨大影响。抗战初期，“下江人”和重庆人冲突不断。面对“下江人”，重庆人既有其保守的一面，也表现出了积极的开放的态度。在涉及具体的商业利益时，一部分重庆人固守本地利益，拒绝中央大学租借重庆大学松林坡修建校区，下江教师要进入重庆本地学校任教困难重重，随意提高房租等等，这些都成为重庆最为“下江人”诟病的一点。但是另一方面，在不少重庆人的意识中，下江文化时尚、现代，是追逐、羡慕的对象。听戏的时候，戏园子里前面两排坐着本地人，其余的听众则是“下江人”。这些本地人大都是在下江住过，在外省混过事儿，因为战争才回到重庆，他们听戏，“不过是为了让人家知道他们见过世面，听得懂大鼓书”②。去过“下江”，就意味着见过世面，开过眼界，成为值得炫耀的经历。参与“下江”的娱乐活动，出入“下江人”开的餐馆，在重庆人眼中都是时尚、有身份有地位的象征。在萧红笔下，重庆小女

---

① 郭沫若：《我的童年》，《郭沫若全集·文学编》第11卷，第14页。

② 老舍：《鼓书艺人》，《老舍全集》第6卷，北京：人民文学出版社，2008年，第34页。

孩林姑娘、她的妈妈以及邻居们都视“下江人”为另一世界的人，“吃得好，穿得好，钱多得很”。她们望着江面上过往的洋船，深深地感叹“下江人，这就是下江人……”① 省略号后面是不尽的惊奇、羡慕和向往。

至于对“下江人”所代表的现代文化，部分重庆人表露出的倾慕更为明显，路边茶馆中倒茶的老头儿都会说：“我们这四川没有啥好的，若不是打日本，先生们请也请不到这地方。”② 言辞中表明了普通老百姓对下江文化的敬重。

重庆的文化人更是对“下江人”入川表现出极大的热忱和期待。这些本地的文化人几乎都在年轻时离开四川，到上海、北平乃至更遥远的海外求学或者工作。回到故乡后，和寻常民众相比，他们对重庆和外面世界在文化发展中存在的差异有清晰的认识。他们希望“下江人”的到来，能够改变重庆文化基础薄弱的现状，缩小重庆地方文化和主流城市文化之间的距离。在对外表现出热忱的同时，重庆的报纸、杂志则对自己的家乡父老充满担忧，认为重庆的城市文化和市民的素质无法承担起“国之新都”的重担。作为地方报系中最具影响力的报纸，《新蜀报》不断撰文强调重庆新的城市地位，提醒市民抗战团结的重要意义，呼吁市民的言行举止要与抗战一致，与重庆城市地位匹配。在“下江人”到来的初期，这些地方文化人努力融合“下江人”和重庆民众之间的关系。这样的提醒恰恰从另一个角度说明了重庆人在面对新的文化涌入过程中，能够毫无芥蒂地包容和吸收。

第三，文学对战争的关注和参与。当我们在讨论战争中的日常时，文学对战争的参与和关注有着同样的重要性。当作家们来到重庆后，他们是怎样用自己手中的笔写下对战争的感受和思考？

“下江人”的身份和体验和战争维系在一起。战争吞噬了大半个中国，无论是北平、上海、南京，无不沦陷在日军的炮火之下。“下江人”所赖以生存的环境因战争而受到摧毁，他们不得不千里奔波流亡至重庆。对于“下江”作家们来说，选择重庆而不是大后方的其他城市，和重庆战时中国政治中心的城市地位是密不可分的。叶圣陶在给朋友的信中说，他决定入川，“渝非善地，

---

① 萧红：《山下》，《萧红全集》第2卷，哈尔滨：黑龙江大学出版社，2011年，第94页。

② 萧红：《长安寺》，《萧红全集》第2卷，第200页。

故自知之。然为我都，国命所托，于焉饿死，差可慰心”①。北平沦陷后，梁实秋决定和朋友前往南京，共赴国难。离家时，梁实秋写下遗嘱，“因为我不知道我此后命运如何。我将尽我一分力量为国家做一点事”②。老舍告诉朋友：“国难期间，男女间的关系，是含泪相誓，各自珍重，为国效劳。”③ 王平陵则在文中自述：“至于我自己到重庆以后将如何？这，我在舟过巫山十二峰时，便早已决定了。就是：如果重庆的文艺界抗敌协会分会，有成立的可能，就主张追随一般大作家之后，摇旗呐喊，跑跑龙套；万一，像这样的组织，在这里并不需要，无须多此一举，我就把自己的本行——文艺月刊，在这里开张起来；……征求全国的作曲家，赶制中宣部和政治部制定在七月底必须完成的军歌十二首，以应全武装同志的需要。”④

这些作家具有不同的人生道路、文学思想、政治见解，但在此时，其表述中都有一个相同的关键词：“国家”。他们期待能投入到抗战救国的行列，以自身的行动为抗战救亡做奉献。社会对文艺界充满期待，希望作家们能够用笔写出更多的作品，宣传抗战，鼓励士气。作家对自身也有期待，觉得文学应该更贴近民众。文学主动配合抗日宣传，作家们不断探讨并尝试制作通俗化、大众化的文学作品，希望能够将街头巷尾的民众都动员起来。作家们和社会的联系变得紧密，积极投入到各类社会活动中，到前线去慰劳将士，向民众演讲，各类文艺讲演、晚会开展得非常热闹。这一时期的文艺界的公众色彩突出，集会、讲座、办刊等，各种各样的社会活动异常繁忙。作家的活动范围也在扩大，不再局限于城市，而是遍及郊区、乡村，乃至四川各个县城。

第四，重庆文学中心地位的确立，离不开完备的文学生产和传播机制。与以往历史上的多次入川不同的是，这次随“下江人”迁入重庆的，还有数量庞大的学校、出版机构、报馆等文化机构。以出版发行机构为例，战前集中在上海的出版发行机构大多数撤至大后方，并形成了重庆和桂林两大出版中心。而重庆因为是陪都，拥有了更多的出版社。商务印书馆、中华书局、开明书店、生活书店等在重庆设立分支机构，《大公报》《中央日报》《新民报》等下江报刊迁往重庆。与之相关联的设备、人员也都大多数来到重庆，俨然将上海的文

---

① 商金林编：《叶圣陶抗战时期文集》第1卷，北京：人民教育出版社，2005年，第16页。

② 梁实秋：《回忆抗战时期》，《梁实秋文集》第5卷，厦门：鹭江出版社，2002年，第220页。

③ 老舍：《致陶亢德》，《老舍全集》第15卷，第495页。

④ 王平陵：《重庆——美丽的山城》，《抗战文艺》第2卷第2期，1938年7月23日。

化生态在重庆进行了复制。

不过，文学生产和传播的途径具有鲜明的战时特色。报社、期刊生存不易，印刷厂在轰炸中受损严重，造成不少刊物难以为继，文学刊物常常脱期、延期。作家所赖以生存的稿酬制度和版税制度的破坏，经济形势的恶化导致作家的稿酬不断缩水，并引发了整个社会的关注。抗战后期，国民党的舆论控制愈加严密，对文艺界的监管无处不在。演讲集会有专门的警察监督汇报，图书报纸的出版则有严格的审查制度。报纸开天窗、书刊被禁时有发生。这一切无疑给本来就艰难的文学添加了更多压力。

第五，战争渗透到日常生活中的方方面面，并影响着文学创作的环境。和大后方其他城市相比，重庆是陪都，有着特殊的政治、文化地位。也正因为这特殊的地位，它成为日军大规模持续轰炸的目标。从 1939 年开始，日军对重庆实施大轰炸，连续数年的轰炸深深影响着生活在重庆的每一个人。尤其是 1939 年 5 月 3 日、4 日的大轰炸，让居住在陪都的作家们目睹了战争的残暴和无情，几乎当时在重庆的作家都曾写文章记录了大轰炸中人们的惊惧、恐怖。在生死关头，人性的自私和美好都展露无遗。大轰炸没有摧毁中国民众的意志，反而更激起了中国民众同仇敌忾的决心。无论是作家亲身经历的真实记录，还是在他们创作的文学作品中，重庆大轰炸都是战时文学重要主题之一。

居住在重庆的人们不仅要承受日军轰炸之苦，还要面对巨大的生存压力。在大后方，通货膨胀随战争的持续而显现，生存压力逐渐增大，生活的现状引发人们的不满和失落，心境逐渐低落，重庆的城市形象也随之变得阴郁。“雾重庆”成为这座城市的最为人所知的形象，寒冷、阴沉逐步成为这座城市的性格。在战争的中后期，通货膨胀导致了贫富差距的悬殊，重庆城变化为人们眼中的魔都，极度的贫穷和极度的奢华同处一座城市。公教人员、文艺界人士贫困潦倒，投机取巧、囤积居奇者大发横财，作家们笔下的这座城市变得令人绝望。

和现实生活的沮丧和绝望形成鲜明对比的，是文学中对故乡的怀念和书写。我们翻阅抗战时期重庆下江作家的作品，会发现对重庆乃至四川文化的描写，主要集中在散文、游记、书信、日记中，描写的内容多以外在的观察和感受为主，如风俗习惯、巴山蜀水的景色等等。更深层次的对生活在这片土地上的四川人、四川社会的剖析和观察则往往付之阙如。在作家们的笔下，以重庆为故事背景的作品中，“下江人”仍是作品的主角，他们在战争期间的生存、情感占据了主要的篇幅。而在一些优秀的抗战文学作品中，即使是创作于重庆，其作品往往也并不以重庆为背景。著名的《四世同堂》创作于北碚，写的是老舍非常熟悉的北平。张恨水在陪都创作《两都赋》，以南京和北平为中心，从秦淮河到来今雨轩，落笔处无不充满着对两处故都的怀念。

也即是说，虽然作家们在重庆度过了抗战最艰难的岁月，然而他们对重庆的文化以及对重庆的审视始终存在隔阂。在“下江”作家的笔下，除了四季的风景，风土人情的之外，我们很难看到对重庆人更多的描绘。即使在对重庆山水风物的描写中，作家笔下不由自主呈现出的还是上海、北平、江南的影子。正如有学者所提出的那样，“入蜀的外省作家似乎总是把自己与巴蜀社会拉开了一定的距离，在与巴蜀自身的文化形态若即若离的状态中进行着自己的描述，他们更多的是理性的审视，而少了一点感性的投入”①。

战时重庆是一座富于魅力，充满矛盾的城市，压抑的政治氛围，捉襟见肘的经济条件，亢奋的抗战激情，交织在一起，构成了重庆生活的底色。“下江人”对山城并无多少好感，却有越来越多的人选择在此居住。街头巷尾闪烁着的招牌显示着重庆经济的繁荣，但繁荣中又满是凄凉。重庆文化事业发达，报馆、书店林立，作家们忙于应付各方的索稿，“但在白布缠头、凉轿、老鼠没有完全消灭以前，重庆还是重庆……”② 矛盾和魅力同时存在于陪都，反映在战时重庆文学之中。这些文学作品出自“下江人”生存中真实而细微的感受，也令我们对战时重庆岁月有了更贴近和富于生命力的体会。但由于我们的关注点常常在“抗战”，容易忽略重庆文学中充满生活色彩的一面。而这一面恰恰是几十万“下江人”在重庆喜怒哀乐的直接体现。尤其是知识分子群体，他们从怀揣理想，到抑郁低沉、理想破灭的过程，同样是战时重庆文学的主题。

巨大的生活压力造成知识分子的分化，文学作品中的书写为我们深入了解战时重庆知识分子提供了丰富而生动的素材。一部分知识分子抵抗不住生活的压力和诱惑进行了重新抉择，将追逐物质生活放在了第一位，改变后的他们衣食无忧，有人对转变颇为自得。更多的知识分子仍然未能忘怀自己所持的理想，默默地承受着生活带来的巨大压力，等待着战争胜利的到来。战争年代，知识分子是生活环境改变最大的群体，经济收入降低得最明显，怎样养活自己和家人成了生活中的主题。但同样是这个群体，是国家抗战最坚定的支持者。当他们在贫病中挣扎时，从未失去过对战争胜利的信心，仍然弦歌不辍，默默著述，在最艰难的时刻显示了中国知识分子令人敬重的气节和情操。

除了下江作家在重庆的体验和感受，我们还应注意到的一个群体是“下江

① 李怡：《现代四川文学的巴蜀文化阐释》，第 268 页。

② 司马訏：《重庆之魅力》，《重庆客》，重庆：重庆出版社，1983 年，第 137 页。

人”中的川籍作家，如郭沫若、巴金、阳翰笙、沙汀、陈铨、艾芜、沈起予、章泯、王集丛、柳倩等。他们都是四川人，又都因战争回到了四川，他们中有的在重庆住的时间较长，如郭沫若、阳翰笙几乎是在重庆度过了整个抗战时期。有的在重庆和大后方其他城市之间来来回回，如巴金、沙汀等。这些川籍作家有不少是在阔别故乡多年后第一次回到四川，他们对四川既留恋又感陌生。回到四川后的他们，再一次迎来了文学创作的收获期，郭沫若的历史剧、巴金的小说、阳翰笙的剧本、沙汀的小说等等，都成为战时文学具有代表性的作品。而这与他们重回故乡是否构成某种内在的联系？

三、学术综述

抗战时期重庆文学研究一直以来都是抗战文学研究的重要主题之一。早在20世纪90年代，《涪陵师专学报》就汇集了大批学者，围绕重庆、文学和抗战等关键词进行了多维度的讨论：《旧形式的复活——从一个角度谈抗战时期的重庆文学》（刘纳）、《重庆文学、地域文学与文学史》（李怡）、《重庆与40年代中国文学的现代化》（黄曼君）、《重庆之于20世纪中国文学》（孔范今）、《20世纪中国文学版图中的重庆文学》（周晓风）、《地域文学史的难题》（吴福辉）、《抗战时期的侦探滑稽等小说》（孔庆东）、《重庆地域文化与重庆文学》（李敬敏）、《重庆抗战文学研究要有个性》（秦弓）、《重庆有文学史吗?》（蔡震）、《不如改称“巴渝文学史”》（熊宪光）、《雾中的激情》（李继凯）、《文化取向与空间定位——重庆文学史研究的几点思考》（谭桂林），这一系列“重庆与中国文学名家笔谈”标举着现代文学研究界对抗战时期重庆文学一次集中的思考，至今，这些思考仍启发着我们对这一课题的探索。

更早一些，以苏光文、文天行等为代表的学者则致力于大后方文学史料的整理和挖掘。苏光文著《抗战文学概观》（西南师范大学出版社，1985年），苏光文编《抗战时期重庆的文化》（重庆出版社，1995年），苏光文著《大后方文学论稿》（西南师范大学出版社，1994年），苏光文编著《抗战文学纪程》（西南师范大学出版社，1986年），吴野、文天行主编《大后方文学史》（四川教育出版社，1993年），文天行编《国统区抗战文艺运动大事记》（四川省社会科学院，1985年），文天行编《中华全国文艺界抗敌协会资料汇编》（四川省社会科学院，1983年），文天行著《国统区文学运动史稿》（四川教育出版社，1988年），廖全京著《大后方戏剧论稿》（四川教育出版社，1988年），中共重庆市委党史研究室编《南方局领导的重庆抗战文艺运动》（重庆出版社，1989 年）等，都是抗战时期重庆文学研究的基础。

近年来，有关抗战文学研究的优秀成果不断涌现，无论是专著还是论文，都显示了学术界对抗战文学研究的不断深入。张中良的《抗日文学与正面战场》（社会科学文献出版社，2014 年）以大量翔实的文献资料，对向来被忽略的正面战场文学做了钩沉和分析。段从学《文协与抗战时期文艺运动》（北京大学出版社，2012 年）对抗战时期最重要的文艺家组织文协做了全面的梳理，并从文协的发展、开展的文学活动等角度阐释了文协在抗战文学中的重要意义。此外尚有靳明全主编的《重庆抗战文学新论》（重庆出版社，2009 年）、《重庆抗战文学的区域性》（重庆出版社，2012 年）、《重庆抗战文学与外国文化》等，都是重庆抗战文学研究中的重要著作。

一些研究生也将他们的研究目光投向了这一研究领域，将抗战时期重庆作为其学位论文的选题。其中尤其以西南大学文学院、重庆师范大学文学院等重庆地区高校为代表。他们的研究焦点主要集中在以下几个方面：1. 史料的挖掘和整理。《大后方抗战文学的奇葩——〈文艺杂志〉研究》（苏霞）、《〈文艺阵地〉抗战诗歌研究》（王奎军）、《重庆版〈大公报〉文艺副刊的抗战诗歌研究》（程艳芬）、《媒介生态学视域下的抗战时期〈新蜀报〉研究》（李雪瑞）、《抗战烽火中的文艺轻骑兵——〈抗战文艺〉中的散文研究》（冯奕）等，都是从报纸杂志的角度，探讨出版物和文学之间的关联及特色。更深入的还有对作家和报纸、杂志之间关系进行分析和考量，如赖雅琴的《抗战历史文化语境下的郭沫若与〈新华日报〉》。2. 作家作品研究。这一部分的讨论在战时重庆文学的研究中占有重要的分量，郭沫若、老舍、巴金、梁实秋、陈铨、胡风、路翎、王平陵、光未然、夏衍等获得较多的关注，如《抗战浪潮中的“玫瑰红”——陈铨抗战戏剧创作中的女性人物形象研究》（马俊杰）、《路翎与中国抗战文学关系研究》（张晓芳）、《夏衍抗战剧作风格论》（李云龙）、《王平陵在抗战时期的文学活动研究》（谢劲松）、《抗战时期老舍诗歌研究》（杨天雪）等。以上文章从创作、风格以及文学活动等角度探讨战时作家及其文学艺术成就。3. 战时文学的文体研究。这部分选题主要集中在抗战时期诗歌、小说、戏剧风格、特性的研究，如《全面抗战时期的抗战诗歌研究》（陈海燕）、《重庆抗战歌谣研究》（何萍）、《论抗战时期大后方小说发展的阶段性特征》（何瑶）、《试论抗战歌谣的演变与发展》（李文富）、《重庆抗战戏剧研究》（张好洁）等。4. 对战时重庆文学特色的研究。《抗战戏剧中的陪都重庆形象》（蒋智娟）、《论抗战作品中的巴蜀纤夫形象》（罗春艳）、《小说中的重庆——国统区小说研究的一个视角》（尹莹）等，以文本细读的方式，对作品中的重庆，重庆特色形象等进行了细致入微的分析，从文学角度揭示作家对重庆的理解。其中，张武军的硕士论文《四十年代渝派文学论》着重通过作家对重庆日常生活的描写，分析生存状态引发的作家文学风格变化，并提出陪都重庆所体现的顽强的生存生命力正是“渝派文学”的精神核心。该文和本文所研究的对象有所交错，日常生活所包括的在衣食住行之外，还有他们的职业、交往网络，在抗战时期的重庆，因战争、生存、政治等诸种因素，这一切显得更为复杂，也正是这些日常的行为构建了一个生动的战时重庆文学圈。陈刚的博士论文《北碚文化圈与40年代文学》则以重庆北碚乡村建设实验为出发点，探讨了战时北碚文化圈的文学与文化。

本专著的研究涉及的不仅是抗战时期的文学，更重要的是处于这一时代背景中的人。文学和文化中的知识分子群体也是近年来学界研究的热点。2007年上海人民出版社推出了“都市空间与知识群体研究书系”，从交往网络、都市生活、报刊等知识分子的生存领域来解读他们的心态和思想。许纪霖的《近代中国知识分子的公共交往》（上海人民出版社2008年）是这一书系的代表作，通过“近代地方性士绅与城市的管理型公共领域的关系”和“现代全国型知识分子与都市批判型公共领域的关系”① 两条路径，以传统的茶馆、会馆和士绅团体，现代的咖啡馆、报纸杂志、学术沙龙等空间为考察对象，通过对知识分子在这样一个公共空间网络中的关系考察，在具体空间中呈现出文化社会的关系。

以抗战时期知识分子生活和精神状态为研究对象的论著并不少见。其中尤其以西南联大知识分子群体获得的关注最多，谢泳著《西南联大与中国现代知识分子》（福建教育出版社，2009年）、姚丹著《西南联大历史情境中的文学活动》（广西师范大学出版社，2000年）、易社强著《战争与革命中的西南联大》（九州出版社，2012年）、李光荣著《西南联大与中国校园文学》（人民出版社，2014年）、李光荣著《民国文学观念：西南联大文学例论》（商务印书馆，2014年）等，都以西南联大为中心，从知识分子、校园文学、联大在昆明的扎根、发展等角度探究了位于大后方昆明的这所临时大学所取得的在文学和教育上的突出成就。许纪霖的著作时间跨度从1895—1949年，涵盖了从清末至抗战后不同时期知识分子群体，其中对抗战时期知识分子的描述则选择以西南联大知识分子共同体为其考察对象。其他关于战时知识分子考察的还有

---

① 许纪霖等：《近代中国知识分子的公共交往（1895—1949）》，上海：上海人民出版社，2008年，第8页。

李书磊的《1942：走向民间》（山东教育出版社，1998年），该文多聚焦文人的生活，陈独秀之死、郭沫若的“青春”、昆明文人等都是从生活透视学者文人的思想情感。朱鸿召《延安日常生活中的历史：1937—1947》（广西师范大学出版社，2007年）从饮食、人文、男女交往、风物等生活细节入手，用知识考古学的方式，就战时延安的历史关键问题和趣味敏感话题做了全新的解读。董平的博士论文《40年代国统区与沦陷区小说中的知识分子形象研究》同样通过小说文本的细读，观察和审视40年代知识分子，以求“重新解读知识分子形象的深层文化意蕴”。不过这一系列的著作和研究成果都更关注的是整个抗战时期的大后方，其中，昆明因为西南联大知识分子群体的存在而获得了更多的关注，由此呈现出研究对象范围的不平衡。

作为陪都的重庆，关于战时重庆知识分子研究并未能深入展开。其实，早已有学者指出这一话题的重要意义，如秦弓提出，研究抗战前后的重庆文学，应该注意几个方面的问题，其中之一即是“重庆战时的文人生活”，“文人生活同文学作品及其接受效应一样，也是文学史的重要组成部分”。“从重庆文学研究来说，应该给予战时重庆文人生活比较多的关照。”[①] 钱理群关于《四十年代文学史》的构想中，一个重要部分就是“文人身心录”，即战争中的衣、食、住，生活方式的变化，战争对于人的基本存在方式的影响，“生存和精神的双重危机”[②]。前述所有的研究，或着力于史实的描绘，或聚焦在某些问题的阐述，毫无疑问拓展了战时重庆文学的研究视野，从多角度阐释了战时重庆文学的结构、变化和特点。然而，抗战是中国现代历史上最为动荡不安的时代，中原板荡，无数人流离失所。“下江人”被抛掷在一个完全陌生的城市，置身于迥然不同的生存环境之中，其复杂的情感、动荡不安的经历，并未能获得充足的评述。从此角度看，尚未有研究成果围绕战时重庆这一特殊时期，从文学的角度对身处其中的人们的内心情感、生活变动做系统的阐释。将“下江人”作为考察对象，无论在历史还是文学研究范畴都并非首次。张瑾是目前对“下江人”研究得最为深入的学者，她的著作《权力、冲突与变革：1926—1937年重庆城市现代化研究》（重庆出版社，2003年）着力描述1926—1937年间重庆在军阀混战之中、在传统和现代的激烈冲突中，如何一步一步走向现代。文章对“下江人”做了详细的论述，从社会学的角度分析了“下江人”

---

① 秦弓：《重庆抗战文学研究要有个性》，《涪陵师专学报》1994年第4期。

② 钱理群：《关于20世纪40年代大文学史的断想》，《中国现代文学研究丛刊》2005年第1期。

群体的形成，以及“下江人”给重庆带来的观念冲击和改变。20 世纪 20 年代，重庆进入稳定的发展期，长江航运日渐繁忙，重庆和下江商业往来增多，重庆渐渐形成了苏货帮，尽管有“扬子江人”之说，这一时期跨省籍的“下江人”概念尚未形成。“下江人”内涵发生转变主要在 30 年代，这一时期的四川问题引发外界关注，在人们的描述中，重庆和下江之间的差异愈加明显，下江逐渐成为内陆和东南沿海文明差距的指称。更大规模的“下江人”入川后，两者间的差距在抗战时期尤为凸显。该论著主要的关注点是重庆如何逐步靠近“现代”，对“下江人”的讨论主要置于社会变迁和城市生活的层面。同时，该文讨论的时间范畴在 1926—1937 年间，此时重庆尚在刘湘的统治之下，其所管辖的 21 军的影响力远远超过了当时的国民政府。至于“下江人”到重庆后，生活环境、社会环境变化所引发的情感、文化、观念等方方面面的改变，则并不是该文所关注范围。

从文学的角度探讨“下江人”的论著并不多。陈广根《路翎小说中的“下江人”》从路翎小说人物入手，解析了“下江人”的生活场景及其和重庆文化的相互影响。赵文静的硕士论文《陪都小说“重庆人”性格研究》中曾有专章讨论“下江人”和重庆本地人的融合过程。这些研究，都说明“下江人”是一个值得关注的课题。但目前从文学角度对“下江人”的研究主要围绕日常生活方式的变化展开，缺乏更深入的讨论。重庆人和“下江人”在环境和时代变化中的不同反应，以及对彼此文化方式从陌生到接纳的过程，尤其是“下江人”在重庆生活期间面临的情感和生活上的挑战未能做详细的剖析。

从文学的角度来看，生活在重庆的下江作家，面临的变化除了来自生活层面，还来自文学创作环境的巨变。战前的四川想象在战争中变为现实感受，下江作家对巴蜀文化不再仅仅停留于概念上的认知，而是身在其中当下体验。每一个下江作家到重庆后首先就置身于巴蜀文化的奇特感受之中。李怡的《现代四川文学的巴蜀文化阐释》从“谜之国”“雾之都”“人之魂”不同层面分析了外省作家对巴蜀文化的认知和感受，尤其指出战时入蜀作家尽管创作了大量以四川、重庆社会为背景的作品，但对巴蜀文化关注，对四川社会的潜心剖析仍然寥寥无几。李怡认为“抗战入蜀的外省作家仍然还是较多地保存了他们固有的文化观念，与他们所耳闻目睹的四川社会不无理性的‘间距’。”① 正是这一“间距”阻碍了他们对巴蜀文化更深层次的体验。该文以巴蜀文化为中心，在对入蜀的外省作家的研究中，焦点聚集在他们对巴蜀文化的接受和感知层

① 李怡：《现代四川文学的巴蜀文化阐释》，第 270 页。

面。入蜀的外省作家已经相对固定的文化经验在面对战时重庆这一具体现实环境时所作出的选择，及其面对的生存压力则不在该文的讨论范围之内。

抗战时期重庆的文学环境不是一个北平、上海文学环境的整体迁移，即使来到重庆的媒体、出版机构，要面对变化的环境；迁移到重庆的人们，更要面对和战前完全不一样的环境；即使从未离开过的重庆人，也因战争而改变了生活状态。这期间重庆文化和下江文化的交融、隔阂、接受，下江作家对重庆、对战争的不同感受，他们的生存和精神上所发生的变化，都值得深入挖掘和考察。如此，方能开拓我们对抗战时期重庆文学的认知视野，从而让这段文学活动的丰富性和生命力得以呈现。

第一编
隔阂与陌生：下江文化和重庆文化

1937年以后，重庆成为陪都，因战争迁徙到此的“下江人”带来了重庆经济、文化的巨大变化，开启了“下江人”为代表的现代思想文化在内陆腹地的重庆更全面的交流和传播。与此同时，“下江人”得以亲身经历和体验了以重庆为代表的地域文化。战争中的迁移，改变的不仅是迁入者的观念和生活方式，也改变了本地既有的生活节奏甚至行为模式。战前重庆的社会状况和人文水平极其有限，新文学的力量相对薄弱。“下江人”的到来，令地方人士认为迎来了促进地方文学的发展机会。然而，“抗战”才是整个社会关注的主题，作家们从书斋走向公众，通过办刊、宣讲、座谈等多种方式，鼓励后方民众投入抗战。对发展地方文化的期待也很快并入抗战的潮流之中。“下江人”和“重庆人”，来自不同地域文化背景的群体碰撞在一起，经过相互打量，甚至冲突之后，最终融入“抗战”的洪流。

第一章　战前的重庆形象和文学环境

国民政府迁入重庆后，重庆的城市地位发生过几次变化。首先是 1937 年 11 月 20 日，国民政府正式发表了《国民政府移驻重庆宣言》，宣告为坚持长期抗战，政府将移驻重庆。1939 年 5 月 3 日、4 日，日军对重庆进行了猛烈疯狂的大轰炸，重庆市区遭到了前所未有的浩劫。为了稳定人心，表明政府抗日的决心，鼓励前方将士抗战的士气，国民政府于大轰炸的次日将重庆市由四川省所管辖的乙种市升格为由行政院直接管辖的甲种市，同时改组市政府，于 5 月 11 日任命原重庆行营代主任贺国光为重庆市政府市长。

大轰炸期间，为坚定军民抗战的信心和决心，1940 年 8 月 15 日，国防最高委员会通过决议，定重庆永为陪都。同年 9 月 6 日，国民政府发布命令，定重庆为中华民国陪都，政府明令称："四川古称天府，山川雄伟，民物丰殷，而重庆绾毂西南，控扼江汉，尤为国家重镇。政府于抗战之始，首定大计，移驻办公。风雨绸缪，瞬经三载。川省人民，同仇敌忾，竭诚纾难，矢志不渝，树抗战之基局，赞建国之大业。今行都形势，益臻巩固。战时蔚成军事政治经济之枢纽，此后更为西南建设之中心。恢宏建置，民意佥同。兹特明定重庆为陪都，着由行政院督饬主管机关，参酌西京之体制，妥筹久远之规模，借慰舆情，而彰懋典。"①

重庆的重要性日益凸显，城市地位逐步提升。"下江人"源源不断涌来，开始了他们在重庆或长或短的战时生活。重庆从始至终扮演着中国抗日战争指挥中心的角色，一直到抗战胜利。那么，当国民政府宣布移驻重庆时，重庆拥有一个怎么样的社会文化环境？重庆人、"下江人"对重庆的认知存在什么样的差异？

---

① 重庆市档案馆、重庆师范大学合编：《迁都定都还都》，第 87 页。

一、抗战前的重庆形象和地方文化

民智未开，文化落后，是抗战前人们对四川的普遍认知。无论是本地有识之士，还是外地人，提及四川，最常用的词汇就是：“兵祸灾荒”。辛亥革命以来，四川就陷入无休止的军阀混战之中，老百姓深受兵荒马乱之苦。军阀割据一方，拥兵自重，大肆搜刮民众，再加上天灾，造成四川农业萎缩，工商业凋敝，美丽富饶的天府之国陷入民不聊生的境地。对于四川以外的人们来说，这一区域是兵灾、鸦片的重灾区，是教育文化的滞后区域，充满着原始和蒙昧。

与此同时，人们也在思考，造成四川这一景象的原因究竟是什么？四川问题在四川本地和省外都引发了人们的讨论。但本地人和外省人对四川问题产生的根源和解决办法却有不一样的理解。外省人对四川问题的态度包含着对落后四川的批判。四川人则不满意外省人对四川问题的批判，视之为地域偏见。另一方面，恰恰是这些四川人却比谁都更急切地想改变四川的现状。他们认为四川问题的产生，不仅归咎于军阀，四川老百姓的落后、不思进取同样值得反思。

1. 西南纪行中的四川印象

自古以来，四川就以沃野千里，民康物阜而知名。到了民国，四川的形象发生了巨大转变。人们想象中生活在四川的老百姓应该是非常富足，可事实上并非如此。用老百姓的话说，四川是从“了不得”变成“不得了”①。即从富足舒服得“了不得”，转变成如今灾害不断、人祸不断的“不得了”，从天堂一下子演变成地狱。外省人描绘四川的词汇无外乎都是“战乱频仍”“落后保守”。四川老百姓则是“川耗子”，如老鼠般机灵，也如老鼠般鼠目寸光。无论是地方形象还是人的形象，四川在人们心中都是消极负面的。

这些负面印象的形成，既来自于亲身经历者的讲述，也来自于人们的口耳相传和想象。外界是从众多的西南纪行中获得了他们对四川的印象，而在这些旅行者们的笔下，四川确实并非乐土。对四川的批评，最有名的当属女作家陈衡哲。她于1936年在《独立评论》第195期发表的《川行琐记》，引述朋友的话，将四川文化称为是一个退化的文化，是“鸦片文化与军阀文化的产

① 傅葆琛：《四川的病根究竟在哪里?》，《蜀铎》2卷2期，1936年7月31日。

品”[①]。1920年杜重远入川，对重庆的奇特印象，第一是街头无处不在的军人，“军人之多，敝衣赤足，到处都是”，军队影响所及，连报馆的主笔、学校的校长，名片上印的头衔都冠以军部咨议或顾问；第二是发达的鸦片行业，重庆六十万人口中，“吸食鸦片者要占十分之三”[②]，街市上随处可见面黄肌瘦的瘾君子。无论是陈衡哲还是杜重远，笔下的“军阀”“鸦片”，还有“匪”却实实在在戳中了阻滞民国初期四川社会发展的关键要素。在涉及四川的描写中，都脱离不了对“军阀”“鸦片”和“匪”的深刻印象。

薛绍铭1935年经贵州、云南到四川，足迹遍及西南，他的《黔滇川旅行纪》中的重庆印象充满了对立：城市是辉煌的，辉煌的都市，也有辉煌的街道，“可是在这些辉煌下面，却有不少人类中的可怜虫在蠕动着”；重庆和汉口相距五六天的水路，重庆物价和汉口物价应该相差无几，“但是因为每年一千多万元的地方税加到进出口的货物上，这样使重庆的物价，昂贵得较汉口差不多要高三分之一以上”；重庆土地肥沃，物产丰富，“不过这些土地和物产是操在地主手里”[③]。在城市外貌、地理条件方面，重庆似乎并不逊色于其他城市。可是，昂贵的物价，过重的税收，却使得这座城市陷入民不聊生的局面。

美国医生贝西尔如此描述他到达重庆之后的第一印象：人们的脸上或身上，“带着营养不良，残废，或者疾病的行迹。挑污水的人，他们那沉重的桶子将水溅滴在细长的阶石上，发出臭气”，满身芥藓和疮毒的癞狗、乌黑而苍蝇满身的母猪、在圈桶中昏昏欲睡的拖泥带水的婴孩……构成一个死气沉沉、毫无生命力的画面，一个色彩灰暗的社会，恰好印证了贝西尔在路途中听到的人们对重庆的形容：“一个‘垃圾堆’”和“文明的终止点”[④]。

游记中的重庆虽有山光水色，却终究敌不过战争、鸦片和蓬首垢面的本地力夫在外来者心目中留下的深刻印象。而本地人思维和谈吐更令人感受到地域限制带来的思想的局限。生活在重庆的人们满足于自己的生活，对外面的世界并无迫切的关注，“在他们的孤立生活中颇为自尊自大，无求于人，因此一听到和南京国民政府发生密切联系的主张，竟会加以嘲笑。对于本省他们也不过口头上的效忠；对于它疆界以外的任何势力，他们就公开而叫嚣地表示敌意

---

① 陈衡哲：《川行琐记》，《独立评论》第195期，1936年4月5日。

② 杜重远：《从上海到重庆》，《狱中杂感》，上海：上海书店，1983年，第182—183页。

③ 薛绍铭：《黔滇川旅行纪》，重庆：重庆出版社，1986年，第134页。

④ ［美］G. C. Basil：《重庆杂谭》，钱士、汪宏声译，上海：文通书局，1946年，第18页。

了。”人们在古老的生活模式中安然度日，对于现代化的设备并不感兴趣，“（1932 年）公用事业还没有存在，只除了新设的自来水厂。可是大多数的居民，都拒绝使用；他们宁愿用老方法，雇水夫从长江的泥水中挑了满桶的水送到他们的门前。”至于交通工具，依然依赖步行或者乘坐轿子，“上上下下，和数千年来他们的祖先一样。”贝西尔医生感觉眼前的重庆和他所熟悉的现代社会之间差距实在太大，几乎无法将两者关联在一起，很难想象这是处于同一个时期的不同的生活：“要将我所认识的这个古城和现代生活联结起来，似乎近于幻想，仿佛要描写火星上的生活一样。”① 这样的生活方式延续到抗战爆发仍未曾改变，下江人入川后，也无不为出行坐轿子，饮水靠挑夫的生活方式感到惊讶。

正是上述亲历者的描述，构成了人们的四川想象，一个充斥着军阀、鸦片、天灾人祸的社会。《新蜀报》发行四千号纪念特刊时，张恨水应邀做纪念文，感叹“放翁若使生今日，未必诗心在剑南”②。这样的四川，不是杜甫、陆游笔下诗意的国度，而是干戈扰攘永无休止的世界。

茅盾的小说《虹》1929 年写于日本，那时作者尚未到过四川，却将笔下的女主人公梅行素放在四川。这位从四川来的女孩子在离开四川的时候有一种脱离樊笼，获得新生的喜悦，“她觉得凡属于四川的都是狭小而曲折，正像当前的江流一般。”“现在这艰辛地挣扎着穿出巫峡的长江，就好像是她的过去生活的象征而她的将来生活也该像夔门以下的长江那样的浩荡奔放罢！”③ 借梅女士的感慨，可知茅盾的四川印象，在他的笔下，人生以夔门为界，夔门以上的世界狭小曲折，夔门以下则浩荡奔放。茅盾当时并未到过四川，他对四川的描写带有一定的想象色彩，但却依然准确抓住了四川问题的所在，即年青的一代都想冲出夔门，走出封闭落后的四川。

这不得不令我们联想到著名的川籍作家巴金和他的长篇小说《家》。《家》于 1933 年由开明书店初版，此后不断翻印，俘获一众青年的心。小说结尾，觉慧决计脱离那个令人窒息的高公馆，当他乘船离开时，眼前的接连不断奔流的绿水，带给他的同样是憧憬和希望，“这水，这可祝福的水啊，它会把他从

---

① ［美］G. C. Basil：《重庆杂谭》，钱士、汪宏声译，第 18 页。

② 张恨水：《新蜀报纪念索文咏诗三绝献之》，《新蜀报》四千号纪念特刊。

③ 茅盾：《虹》，《茅盾全集》第 2 卷，北京：人民文学出版社，1984 年，第 6、13 页。

住了十八年的家带到未知的城市和未知的人群中间去”①。那充满未知的大城市中，有新的一切正在生长。这和茅盾小说中所写有相似之处，即把川流不息流往下江的江水视为新生活、新希望的寄托。顺江而下，是摆脱四川盆地狭隘蒙昧的途径，江的下游，才是人生新的起点。

事实上，在二三十年代，重庆已经被称为“小上海”，有着现代化城市建设的雏形。代表现代生活方式的公园、电影院、戏园、商业场等在重庆已经出现。只是市面的繁华仅停留在表面，人们的意识深处仍停留在保守状态，观念上和上海等城市相比仍有差异。以重庆的电影院为例，电影院的建筑和设备仿照上海修建，甚至演出的模式也比照上海电影院，在中场休息的时候演奏音乐，“而这音乐也不是吡亚娜也不是梵婀铃，而是拉二簧”②。西洋来的电影和四川唱川戏所用的乐器组合在一起，听上去很不伦不类，但在重庆就一切显得那么自然。重庆的学生也懂得新词汇，考试写答卷，也会写出将来的志愿都是“打倒帝国主义”，“至于什么是帝国主义，中国如何受帝国主义压迫，如何去‘打倒帝国主义’，则一个人都未提到”③。“表”和“里”的差异，实际是更能说明地域之间发展的不平衡，这个不平衡不仅在于外在的物质表现，而是更深沉地潜伏于个人的思想和行动。因此，当陈衡哲在她的《川行琐记》中对四川进行批判时，面对她在重庆居住时设备齐全的宿舍，“自衣柜到浴盆，都是外洋最近流行的式样”，也不由得感叹“把现代化的精神加到那现代化的房间与家具中去”④。

2. 川籍人士关于“四川问题”的讨论

民国四川问题引起了众多人的讨论。1932 年 12 月四川旅京同乡会制止川战特会发行了一份杂志，名字为《四川问题》。在创刊号的卷首致辞中，发行者申明办刊的目的之一是“使社会人士明了川民痛苦，川局内幕和战争真相”⑤。（国立）北平师大四川同学会于 1935 年 12 月创办《蜀铎》杂志，同样关注四川问题，登载针对四川人的特性、四川问题根源的讨论文章。而这些期待着有一天能书写“蜀中复兴史”和“川省繁荣记”的旅外川人们，首先面

---

① 巴金：《家》，《巴金全集》第 1 卷，北京：人民文学出版社，1986 年，第 427 页。
② 流水：《川游心影录》，《燕大月刊》第 5 卷第 3 期，1929 年 12 月 30 日。
③ 同上。
④ 陈衡哲：《川行琐记》，《独立评论》第 190 期，1936 年 3 月 1 日。
⑤ 《卷首致辞》，《四川问题》第 1 号，1932 年 12 月。

对的就是如何解决四川的问题。

《如何解决四川问题》《四川问题的又一面》《解决四川问题的一个办法》《四川问题》等一系列文章从不同的角度剖析四川。无论谈论的是教育问题、经济问题，还是民众的性格问题，最终都会把问题的根源归结为军阀混战，认定军阀混战才是四川之乱的根本。人们在思考怎样拯救这个“兵多匪多，群雄割据，横征暴敛，民不聊生的特别世界?”①

对四川批判最猛烈的往往来自川籍人士。四川大学校长任鸿隽毫不客气地撰文批评“四川古称天府，今号魔窟”②；长期生活在四川的作家田倬之则说“如果世间有地狱的话，那么四川老百姓所居的，便是地狱的十八层。如果人类真有吸血鬼时，那么四川军阀便是比四大天王还伟大的吸血鬼”③。《大公报》胡政之失望地认为四川的现象非常地糟，“四川一切都是畸形的”④。担任《新蜀报》和《新民报》驻沪特派记者的郑用之 30 年代回川后，惊讶于四川的报业不过是“留声机的留声机”，新闻的来源不过是听人家口耳相传省外报纸上登载的信息。为此，郑用之忧虑四川人“都要学成聋子和瞎子，在黑暗的角落里，只此度着摸觉的生活了”⑤。

普通老百姓深受军阀混战之苦。巴金幼年时期曾经历过兵变给老百姓带来的伤害和恐慌。一次是在巴金极小的时候，成都发生兵变，乱兵抢劫银行、当铺，更冲进有钱人家抢劫。巴金的母亲带着巴金和弟兄姊妹躲到外祖母家，岂知外祖母家也不安宁，附近的一家人被变兵打了进去，“闹声、哭声、枪声、物件撞击声……响成了一片。”那一夜，在幼年巴金的脑海里留下了深刻的印象，“天是红的。几株树上有乌鸦在叫。枪声，我们也听得很清楚”⑥。母亲不得不带着孩子们翻墙出去，在墙外的菜园子里惊惶不安地度过了一夜。还有一次，事情发生在巴金家大门口。他家门口有两个盛满水的大石缸，是他们家弟兄们休闲聊天之所。巴金常和家中堂弟兄们在石缸边闲谈，吃着刚买来的水果或糖炒板栗。但 1917 年军阀在成都巷战，一个年轻的听差站在水缸边与人聊天，一颗枪弹落在街心，弹起来，结束了这位听差的生命。在这样的状态下，老百姓的生活没有丝毫的安全保障，随时会在意想不到的境况下失去财产乃至

① 叔永：《如何解决四川问题》，《独立评论》第 26 期，1932 年 11 月 13 日。
② 叔永：《四川问题的又一面》，《独立评论》第 214 期，1936 年 8 月 16 日。
③ 田倬之：《四川问题》，《国闻周报》第 11 卷 29 期，1934 年 7 月 3 日。
④ 傅襄谟：《大公报参观访问纪》，《新蜀报》四千号纪念特刊。
⑤ 郑用之，《川报与留声机的留声机的留声机》，《新蜀报》四千号纪念特刊。
⑥ 巴金：《家庭的环境》，《巴金全集》第 12 卷，第 382 页。

生命。巴金的家在成都，家中条件优裕，尚且饱受军阀混战的惊吓，在四川其他地方，底层人民所承受的伤害更是可想而知。

可能没有谁比川籍人士更清楚四川问题的症结所在，也没有谁比他们更关注四川的未来和发展。走出夔门的四川人在接受下江现代文明洗礼的同时，更感受到了外省人对四川人的种种歧视，以及对四川的偏见。正是这一群体更急切地开始了对各种问题的思考和讨论。那么解决问题的办法是什么，如何拯救四川？一些人一度把希望寄托在了中央政府那里。周开庆的《解决四川问题的一个办法》写于国民党中央第五次全委会开会前夕，他希望国民党高层和关心四川的人士对四川问题多留意；任叔永提醒中央政府对四川的局面，“应该负一种特别的责任”；田倬之认为解除四川危机的关键在“中央是否有彻底拯救川民的决心”。

而在一部分川籍人士看来，四川的问题不能仅仅归结于军阀的混战，更在于四川老百姓。四川历来经济富裕，老百姓衣食不愁，“男子沉于嗜好，女子竞尚华丽”。傅葆琛认为，恰恰是优裕的生活环境养成了四川人“骄”和“惰”的性情。同时也形成了四川人自给自足的天府之国的思维，可以“关起门来过他们优游快乐的生活。他们素来不去管外边的闲事。外边的人也非到了万不得已的时候不去管四川的事”①。四川就成了和外界不同的“异乡”。周开庆指出四川人的短处也很明显，“团结力薄弱”，一个四川人能够单独去奋斗，较多的四川人聚合在一起就会产生内部争斗；“缺乏毅力”，四川人可以发起一项运动，但却往往有始无终；“缺乏远大的眼光”，多图谋眼前利益。无独有偶，王谟也认为四川人不团结，在外的四川人开同乡会，“每逢开同乡会，不是打架，便是吵架，一哄而散”。他也认为四川人缺乏毅力，“开始出头的人，大都是四川人，然而成其功，收其利的，往往不是四川人”②。走出夔门的川籍人士对四川问题的讨论非常激烈，对四川问题的批评没有丝毫的委婉。正是四川和外界强烈的反差激发了他们对四川问题的反思。

3．1937 年重庆社会境况：天灾和鸦片

1937 年前后，四川正承受着几十年未遇的旱灾。前一年夏季的饥荒，发展到 1937 年年初，已经饿殍遍野，受灾人数达到 3000 万。农业颗粒无收，严重

---

① 傅葆琛：《四川的病根究竟在哪里?》，《蜀铎》第 2 卷第 2 期，1936 年 7 月 31 日。

② 王谟：《四川人的特性与教育上应注意的几点》，《蜀铎》第 2 卷第 2 期，1936 年 7 月 31 日。

影响了重庆的贸易。这一年重庆稻米进口相比往年增加60236公担，这些稻米从下江的芜湖、南昌、汉口、长沙运来，主要就是为了救济灾民。人们大概没想到，这些接受赈济的四川人，将在紧接着的八年里接纳来自下江的人们，为国家的抗战提供人力和财力的保障。

翻开重庆本地最具影响力的报纸《新蜀报》，1937年最醒目的字眼之一是“川灾”。“天府之国”再次沦为“地狱四川”，“七千万的男女大众中，硬是有三千多万饥饿线上过着嚼草根刮树皮煮观音米的生活”①。在农村，饥饿的情景更触目惊心，“断炊、绝食、饿死、自尽的，在农村已是司空见惯。太阳的蒸烧正和南风萧瑟的狂吹，春叶凋残在片片飞舞。村中只充塞着妇女，孩子饥饿的悲啼，惨状的哀嚎！几不知在人间，抑或是在愁云惨雾的地狱！”② 人们已经到了无法生存的境地，灾难造成大量的灾民涌入城市，“有的灵活着他那表示还有生命的眼，张着嘴巴向街上走的人们讨钱；有的眼嘴紧闭，蜷缩着身体不时地微微的动着；有的完全不顾一切的四肢长伸着，表示脱离了人的苦海，一个一个地被投入了公安局和慈善家们的收尸的木框里”③。

为此，四川成立了赈济会和川灾救济协会，文化界也发起了赈灾活动。1937年5月春云社话剧组应重庆绥靖署赈灾募捐会邀请，出演了《饥饿之乡》。剧本由春云社成员黎晴撰写，朱芝菲作曲。剧本讲述佃农因天灾为活命而挣扎，富人们还沉醉在美丽的春光中。剧中穿插有三首歌曲，《青春之歌》《时代的悲哀》《饥饿之乡》。《春云》第2卷第2期的《川灾视察纪实》记录了受灾后农民流离失所，求乞为生的惨象。依靠各种方式为灾害募捐或者呼吁对于缓解灾情无疑是杯水车薪，人们不得不期待全国民众和中央政府关注四川的灾难。可是，全面抗日战争已经拉开帷幕，东南大片国土处于战火危机之中，连中央政府所在的都城南京都岌岌可危，又如何有余力顾及四川的灾害？

比天灾的毒害更具有破坏力的是四川的鸦片。直到进入民国，鸦片在四川仍然流行，蔚为壮观，以致成为民国初期四川的独有景象。鸦片是军阀收入的重要来源，大部分的农民不得不将种植粮食的土地改种鸦片。

吸食鸦片则是社会普遍现象，不分贵贱，不分男女，有钱人、无钱人都沉浸在吞云吐雾带来的快感之中。初到四川的人，无不惊讶于满街的数量众多的烟馆。走在重庆街上，触目皆是“南乡”“西乡”“傲霞”“卧龙”，要不就是

---

① 《万语千言从何说起》，《新蜀报》1937年6月2日。

② 《农村一角》，周文序，《新蜀报》1937年6月25日。

③ 诚痕：《重庆的一日》，《春云》第2卷第1期，1937年6月1日。

洋气十足的“卡尔登”“维也纳”“伦敦”，这些中西混杂的名字其实都是各种类型的烟馆。“四川人有此嗜好的恐怕百分之五十以上，而公务员、商人、苦力等可说百分之九十是有烟癖的。”[①] 不少烟馆装修精致，环境和烟具都非常考究，舒适宜人。烟馆不仅是一个过鸦片瘾的地方，还是社会交往的公共场合，是人们的聚会地、谈心处、社交场。朋友相见，必定约到烟馆去，躺在烟榻上谈心。

那些烟瘾大的人，人们称之为“烟哥”。躺在烟榻上的烟哥们，悠然自得过着鸦片瘾，“其瘾大者，则横陈榻上，瞑目不语，连动也不动。如蜷伏着的死蛇一般，倘仰面朝天，则又与僵尸无异。至瘾过足者，其辞锋劲健，论古谈今，有类语堂先生的话，上至宇宙之大，下至苍蝇之细，无所不谈，谈无不尽。更有精神焕发时，叫几名装束入时之女郎，点一曲，十二杯酒，唱几句”[②]。鸦片如同拯救肉体的良药，能使人从死蛇般的状态到精神焕发。在重庆，干体力活儿的人对鸦片依赖程度颇深，轿夫都个个满面烟容，就像一具具“枯皮包着瘦骨的行尸走肉”[③]。这些面黄肌瘦的瘾君子，都是生活在社会的最底层，也情愿将自己辛苦挣得的血汗钱用于吸食鸦片，让人见了感到痛心可怜：“他们每日用一滴汗一滴血换来三四毛的工资，多半消耗于芙蓉城里，所以更弄得衣不蔽体，食不充饥，而青脸长发，酷似城隍庙中的鬼卒！”[④]

四川鸦片的盛行，在川籍作家笔下有生动的描绘。李劼人小说中的天回镇，最早开门的是客栈、鸦片烟馆、卖汤圆与醪糟的担子。烟馆是和吃、住同样重要的生活主题。郭沫若的丈人要抽大烟，家中款待从县城请来差班，就是请他们在内堂安心地抽大烟。下层的贩夫走卒沉溺于过烟瘾，只要有烟抽，甚至于连饭都可以不吃。上层的官吏们乐此不疲，抽鸦片也是一种身份和地位的象征，“成都的官场抽大烟相当于在吸‘三炮台’！”[⑤] 军队的人更要吸鸦片，排长抽、连长抽、营长也抽，士兵们瘦得只有一层皮子包着突出来的骨头，个个脸上笼罩着惨白的烟灰色[⑥]。

---

① 蜀樵：《重庆漫话》，《申报月刊》第3卷9号，1934年9月15日。

② 羽翎：《重庆的烟哥》，《论语》第68期，1935年7月16日。

③ 陈衡哲：《川行琐记》，《独立评论》第195号，1935年4月5日。

④ 杜重远：《从上海到重庆》，《狱中杂感》，上海：上海书店出版社，1983年，第182—183页。

⑤ 郭沫若：《黑猫》，《郭沫若全集·文学编》第11卷，第301页。

⑥ 周文：《第三生命》，《周文文集》（下卷），北京：人民文学出版社，1980年，第365页。

国民政府迁都重庆后，行政院开始在重庆实行禁烟，设立烟民勒戒所，强行在重庆全市范围内禁烟。为促进禁烟效果，还采用了连坐法和检举法，相互监督，“店主保其店员，房主保其房客，保甲长保其一区域内之居民”①。为配合禁烟，重庆市警察局制定《肃清陪都附近烟毒的计划》，内政部发布了禁种烟苗的训令，种种措施推出以确保禁烟得以彻底贯彻。但是，烟毒在四川积习太深，禁烟令推行之后，直到1943年，重庆市烟民人数仍旧多，烟馆也尚未绝迹。禁烟在重庆并未取得彻底的效果。

因此，国民政府迁都之前，重庆作为四川的一部分，无论是在外省人还是四川人自己的心目中，都是一个积弊深重的落后世界。大多数人对四川的了解不多，外省人看四川，“多以新闻消息为根据，其隔膜情形，与外国人士视吾国情形相同”②。而事实上，与下江的北平、上海相比，四川地域无论在经济上还是文化上都难以与之抗衡，处于相对落后的发展状态。但全面抗战的爆发，使得四川成为“民族复兴之地”。重庆这个人们心目中传统、守旧的城市，则在一夕之间因战争成为整个国家的首都。长江下游、沿海区域乃至华北的庞大的“下江人”则因此意想不到地来到了山城重庆。

二、1937年前后的重庆地方文学和文化

巴山蜀水紧密相连，都处于四川盆地之中，但巴和蜀却也有各自不同的文化特色。晋代常璩的《华阳国志》中就有“巴出将，蜀出相”的说法，以成都为中心的川西地区和以重庆为中心的川东地区，因地缘的不同，其文化也有鲜明的特色，并由此长期形成了政治文化中心在成都，商业中心在重庆的格局。

“蜀江水碧蜀山青”，成都平原优越的自然环境造就富裕的天府之国，丰衣足食的人们有充足的时间和精力来从事文化活动。自古以来，成都就是四川地区的政治文化中心，文史哲名家辈出，著名的“汉赋四大家”，司马相如、严君平、王褒、扬雄，都是“以文辞显于世”；五代时期的花间词派，柔媚旖旎的词风给北宋词坛带去深远的影响；宋代的三苏，更是一个时代文学的代表。除了文学，蜀人在学术上毫不逊色，并形成了著名的“蜀学”，“蜀学之盛，冠天下而垂无穷”。晚清时期，张之洞在成都创办“尊经书院”，为成都培养

① 《关于重庆市禁烟现状的报告》，《大公报》1940年3月28日。

② 李振吾、陈慧一：《川游见闻》，《生活》第6卷11期，1931年3月7日。

了一大批学通新旧的人才。“华阳流通处”出售来自北京上海的期刊，传播现代新思想，给郭沫若、巴金、李劼人等现代文学作家带去最早的启蒙。

重庆文化基础薄弱，是整个巴蜀文化的板块中一个相对滞后的区域。巴地山高水深，三峡地区更是崎岖难行。重庆地区不仅山高坡陡，气候也并不宜人，夏季酷热难忍，冬季阴冷潮湿，和“水旱从人，不知饥馑”的成都平原相比，自然生存条件相对恶劣。重庆地区民风彪悍，有“巴人尚勇”之说。近代四川发生的教案、保路运动，都和重庆有密切的关联。众多的河流纵横穿过巴地，沿江码头众多，不少的城镇都因河运而兴旺。内河航运的发达带来重庆商业经济的发展。重庆开埠以来，西方各国顺江而入，重庆成为进入中国西南腹地的起点。洋货的进入，严重影响了本地手工业和商业的生产，本地人士和外国商人之间本就存在着矛盾。外国传教士则在重庆开办学堂，传播宗教，但“盖教之入蜀，民皆不喜，而奸宄无赖之徒，争窜于教会，恃势横暴，民益恶之”①；“光绪庚子、辛丑间气焰尤炽……人民愈切齿”，于是掀起了激烈的反教活动。近代四川教案频发，教案的发生次数居全国之最，其中第一次及最大的一次反教活动就发生在重庆。重庆是四川同盟会的中心，保路运动发生时，重庆人参与的热情高涨。这些都从一个侧面说明了重庆城市的性格中激烈、火爆的一面。

重庆商业氛围浓厚，文化氛围就薄弱很多。在中国现代文学史上，重庆和成都相比较，拥有的作家数量差异很大，据《中国现代文学大辞典》收录有巴蜀作家共 51 人，其中属于成都范围的作家有 39 人，重庆地区的作家 12 人，郭沫若、巴金、李劼人等著名四川作家，均在成都平原成长起来，深受蜀文化的熏陶。纵观抗战之前的重庆，其文化无论是和上海、北平等文化中心城市比较，还是和相邻的成都比较，都有相当的差距。其原因是多方面的，其中既有重庆城市文化的因素，也有重庆发展滞后，印刷技术等落后带来的影响。

1. 战前重庆文学期刊和报纸副刊发展概况

近代重庆商业发展速度较快，但是并不具备印刷技术等现代出版业所必须的条件。《重庆日报》创刊的时候，其创办人卞小吾带着最新的印刷机、铅字以及出版用的新闻纸从上海沿长江辛辛苦苦运送到重庆。当时的重庆尚还处于原始的木板印刷时代。及至民国，重庆的印刷技术仍然非常有限，1933 年

① 四川省巴县志编修委员会编：《巴县志》第 16 卷，重庆：重庆出版社，1994 年，第 5 页。

《新蜀报》迎来了发行4000号的纪念，由于四川印刷水平有限，稿子征集好之后，由重庆发往上海印刷出版，出版后再从上海运回重庆。因此，本该在1933年出版的纪念特刊，迟至一年以后的1934年才问世。

即便如此，重庆近现代的报刊业却获得了长足的发展。1897年到1936年这短短的几十年中，重庆地区的报刊先后出版近300余种①。四川的第一份报纸《渝报》就诞生在重庆，紧接着有《广益丛报》。《渝报》和《广益丛报》都受康有为梁启超等维新派的影响，提倡新学。重庆总商会有《商会公报》，由周文钦主办，不到三年就停刊了。卞小吾主办的《重庆日报》始于光绪卅一年，卞小吾是重庆江津人，为同盟会会员，在上海时喜欢读《醒世钟》《苏报纪事》等宣传维新革命思想的报刊，后回到重庆，和日本人竹川藤太郎合办《重庆日报》。《重庆日报》系重庆的第一份日报。辛亥革命爆发后，重庆宣告独立，这个时期出版的报纸有《光复报》《大清皇事纪》《国民报》等，又有国民党人办的《新中华报》、共和党的《正论报》、统一党的《益报》，各报代表不同的政治立场，论战不休，但存在的时间都不长。

1913年前后，重庆的新闻媒体愈加繁荣，前后发行的计有《商务日报》《新蜀报》以及袁蘅生办的《民苏日报》、廖仲和办的《民信日报》、王树菜办的《民治日报》、谢而农办的《军事日报》、罗士忱办的《天府日报》、吴自伟办的《四川日报》、卢作孚办的《长江日报》、李春雅办的《江州日报》、石青阳办的《中山日报》、毛百年办的《渝江日报》、林昇安办的《新四川日报》、罗成烈办的《新社会日报》、王鳌溪办的《团悟日报》、谢明霄办的《大中华日报》、李子谦办的《国民快报》、李雅髯办的《川康日报》《巴蜀报》《济川公报》《新民报》《大江报》《大声报》《四川晨报》《西蜀晚报》《权舆报》《民强报》《重庆晚报》《新中华报晚报》《四川晚报》《西蜀晚报》《渝江晚报》等。这些报纸的大多数都因经费不济或其他因素停刊关门，存在十年以上的只有《商务日报》和《新蜀报》。

除了这几十家报馆，重庆还有几十家通讯社，从数量上来说算是非常庞大的，但却谈不上什么质量。大多数报纸都像剪报，内容以剪贴为主。如成都的消息来自成都报纸，重庆的消息剪贴自重庆。更有甚者，在报纸上散播谣言，颠倒是非，将报纸沦为宣泄个人恩怨的工具。胡政之评论重庆的新闻界时，认为重庆新闻界完全不专业，他形容为“畸形”“怪现象”，“只要有一架钢板油

---

① 薛新力主编：《重庆文化史：远古—1949年》，重庆：重庆出版社，2001年，第230页。

印机，再加上一个人，就可以挂一个通信[①]招牌发稿子，而且两天三天出一次稿，也没有一定的。这种打破世界报业史的怪现象，恐怕只有我们四川才会有吧！”[②]

处于发展初期的重庆现代报业，在四川军阀混战的境况下，常常沦为不同政党团体用来宣传自己政治主张的手段。这些报刊往往很少关注文化，文学作品的登载极其有限。晚清时期小说空前繁荣，这自然是有赖于新闻传媒这一载体的发达。尤其是梁启超的《论小说与群治之关系》将小说的功能推至可“新一国之民”“新人心”的高度，使得以小说来普及宣传新思想成为潮流。作为这股潮流中的一部分，《广益丛报》从光绪二十九年开始刊载小说，以近代最有名的政治小说《新中国未来记》开篇，政治色彩浓厚。《广益丛报》登载的小说不可谓不多，据统计有 87 种，仅次于名列第一的上海的《月月小说》。[③] 但真正意义上的现代白话文学要等到《新蜀报》时期才在重庆出现。

无论怎样，各报在重庆都毕竟还是有各自的价值，推动了现代思想文化的传播，“迄今妇人孩子犹有能津津乐道者，其精神未可磨灭也。”[④] 辛亥前后的重庆报纸，其主题往往和政治革新紧密相连，内容涵盖言论自由、民主政治、社会经济、新式教育、女性解放等各个方面，为重庆从农业文明向现代文明转变提供了支撑。现代传媒的兴起为重庆市民带去了来自欧洲、来自国内的最新讯息，带去了科学知识，人们开始接触到现代化知识和思想，开启了重庆“由乡村化城市向近代化城市转化”[⑤] 的开端。

2. 战前重庆的书店和书业

1926—1936 年间，重庆的书坊并不多，书店主要集中在城内的售珠市街。在全国都颇有名气的中大型书店，如商务印书馆、中华书局等在重庆开设了分局，开明书店、北新书局、神州国光社分社的新新书局、上海现代书局、大东书局等均在重庆设有分店。

北新书局在重庆的分店由重庆人罗文辉开设。罗文辉和上海北新书局老板

---

① 原文如此，应为“通讯社”。

② 傅襄谟：《大公报参观访问记》，《新蜀报·四千号纪念特刊》。

③ 陈大康：《中国近代小说编年》，上海：华东师范大学出版社，2002 年，第 5—6 页。

④ 杨丙犅：《重庆报纸小史》，《新蜀报·四千号纪念特刊》。

⑤ 蔡尚伟：《百年“双城记”——成都·重庆的城市文化与传媒》，成都：四川大学出版社，2005 年，第 6 页。

李晓峰是朋友，曾将北新书局出版的杂志、教科书、鲁迅的《彷徨》《呐喊》等从上海运到重庆。罗文辉于1926年正式创办重庆“北新书局”，并有了固定门面。“北新书局”在重庆主要经销上海北新书局出版的书籍，各种新文学书籍销售良好，鲁迅的著作、冰心的著作都很受欢迎。不断引进上海书刊的同时，北新书局还扩大了市场，经营中小学教科书，在重庆周边的北碚、合川都开了分店。

上海现代书局则以“川省为中国新文化所被之重要巨埠，本局为四川青年尽文化之服务起见”①，在重庆设立分店，销售现代书局出版的各类书籍和上海各新书店的文学、社会科学名著。开明书店30年代初在重庆设立特约经销点，以“重庆开明书店是上海各大出版家的陈列所”② 为口号吸引读者，同时开设“代办部”，代办各类出版教材和图书杂志。无论是现代书局还是开明书店，都将销售上海的出版物作为招揽顾客的手段，可见上海在当时中国出版界中所处的重要地位，同时也显示了“上海出版”在重庆的号召力。

战前在重庆规模最大的书店当属商务印书馆和中华书局。商务印书馆1906年就在重庆白象街设置了分馆，1937年迁至督邮街。中华书局1931年在白象街设特约经销处，1934年在经销处的基础上建立重庆分局。1937年8月，中华书局迁至督邮街，毗邻商务印书馆。新建的书局大楼非常气派，“店堂很大很漂亮，中间是正方形的新玻璃文具柜，两边一长排新玻璃书柜，左右两侧及后面是新的三排书架，店堂后面一小巷是收款机，交款时用手推送款器输送。店堂地板安的瓷砖，三方书架上面各装了几十个小电灯泡，中间是几个大电灯泡，门面两边各一道门，中间是一个大橱窗，门面左上端安装有中华书局有限公司八个霓虹灯大字。‘中华书局重庆分局’招牌是克罗米做的，很发亮。入夜，店内店外电灯齐开，光彩夺目，明亮非常，真是漂亮之至”③。霓虹灯映照着中华书局的门楣，重庆出现了充满现代感的新书店。

尽管如此，和上海、南京、北平等城市比起来，重庆书业的规模和实力都是极其有限的。文化人到一个地方总是对当地的报纸、杂志和书店感兴趣。抗战初期，重庆书业在初来乍到的下江人眼中不值一提。即或在书店的数量上固然可观，但经营手法和书店运营环境却乏善可陈。散落在米亭子、苍坪街、天

---

① 见《新蜀报·四千号纪念特刊》广告。

② 同上。

③ 李介藩：《回忆中华书局重庆分局》，重庆出版志编纂委员会：《重庆出版纪实》第1辑，1988年。

主堂、旧珠市、南纪门等街道小书摊形制简陋，采用门前设摊的形式，陈列着书籍、杂志、月报之类，大抵以单行本为多。较有价值的中西书籍置放在店中，却“往往不加整理，任其纵横杂沓，尘封满面，以故爱清洁者，多裹足不前”。《新都见闻录》的作者吴济生感到疑惑，书尽管有新有旧，为何不能改变经营环境，收拾得清爽点，使顾客乐于涉足呢？同时，这种小书摊，所经营的业务除了售书之外，还经营着收购碑帖字画、善本的业务，不仅售书而且租书，“出租新旧小说，藉取租费”，“代客征收书籍，以取相当回佣”①。这类书摊，显然以赚钱为目的，自己既不策划出版新书，其经营的手法也非常的滞后，和现代意义上的书店业相比有着相当大的差距。

至于重庆的报纸，在“下江人”看来显然也缺乏现代传媒应有的独立性和个性。叶圣陶比较了自上海到重庆沿途各个地方的报纸，只觉得汉口的报纸尚可，其余地方的报纸“均不过瘾”。至于重庆的地方杂志，多为“文摘”，其内容选来选去，彼此重复，“自编自译稿简直一篇都没有”②。言语中透出对重庆报刊的失望。重庆的报纸和杂志无论从数量上还是内容上都存在相当的局限，未能满足这位下江作家的阅读期待。

三、1937 年前重庆的文学园地

抗战全面爆发前，重庆本地文学刊物极为有限。重庆商业气息浓厚，而文学文化观念相对淡薄。出版文艺刊物很难赚钱，除非有实力自掏腰包，或者对文艺抱有强烈的爱好，否则很难找到人来投资文艺刊物。同时，刊物稿费低廉，作家不可能完全依靠稿费生存，加上重庆的印刷设施落后，缺乏现代文学刊物生存的设备和社会环境。因此，当现代文学期刊在 20 年代就在北平、上海等繁荣起来了，而重庆出现专业的文艺刊物则是到 30 年代左右。其中比较有名的有《沙龙》《西风》《山城》《人力》《黑画》《春云》等。

1. 为数不多的文学期刊

《沙龙》由“沙龙旬刊社”出版，是一份 32 开本的十日刊，其作者以青年文艺工作者和川籍作家为主，除出版刊物《沙龙》外，还出版了沙龙丛书。《沙龙》的内容囊括了论文、翻译、小说、散文、小品、诗歌、随笔、杂感、

---

① 吴济生：《新都见闻录》，上海：光明书局，1940 年，第 22 页。

② 商金林编：《叶圣陶抗战时期文集》第 1 卷，第 28 页。

童话、书评、速写、作家介绍、本地文坛报道等等，内容丰富，文学种类齐全。《黑画》除了关注文学，版画也是其重要的组成部分。然而，在1937年前后，大多数的刊物都因为经费或者人员流动等原因坚持不下而停刊，仍然活跃在重庆文坛的寥寥可数，《春云》就是其中之一。

和同时期重庆其他文学刊物相比，《春云》发行时间相对较长，从1936年12月创刊号出版，到1939年4月第五卷第1期停刊，共出版25期。《春云》能坚持那么久，是因为其出版得到当时重庆银行总经理潘昌猷的支持，除了广告收入外，凡有不足的部分，就全部由重庆银行予以补助。有着如此优厚的资本条件，《春云》的发行完全没有后顾之忧，这也是这份杂志能够一直正常出版的重要保证。

《春云》的创办者致力于发展重庆地方文学，封面上印着“四川唯一文艺刊物”显示着他们的信心和决心，他们要“在落寞的四川，播下文艺种子”①。《春云》明确稿件有“三不登”，即：“过于空泛之文字不登。攻讦夸大，或无病呻吟颓废肉麻之文字不登。涉及党派政治之文字不登”，强调作品的文学趣味。而《投稿规约》第一条的“不拘文言白话”②。说明了在重庆文言创作仍然是主要的力量之一，早期《春云》登载的文章就有不少文言创作的作品，呈现出白话文学和文言作品共存的态势。

创刊之初，由于文字偏于闲适，不脱离情爱等消遣内容，《春云》曾被称为“四川的礼拜六”③。其实这样的评价未必贴切。初期的《春云》内容比较芜杂，既有一些写年轻人恋爱烦恼的作品，也有写现实的作品，总体上仍有其刊物特色。其中之一即是作者群体主要以留日学生为主。从创刊号开始，几乎每期《春云》都有留日学生的作品。或是写留日学生在日本的生活感受，如《除夕》（茵子）、《TROIKA》（李华飞）、《千代子》（茵子）；或是翻译的日本作家的作品，如作家片冈铁兵的《青春的贞操》、小泉八云的《致友人书》、藤井俊的《叶加德丽娜》等等。

发行了五期以后，《春云》的主编们意识到要进一步扩大刊物影响力，不能只面对四川一个地域，因此思考从刊物内容、作者阵容上做一些改变。就内容上而言，“不单希望只在落寞的四川，播下文艺的种子，作为文艺黎明期的启蒙运动，还想在救亡线上，和其他实际的工作，也献助一些力量”。同时他

---

① 《编后记》，《春云》2卷1期，1937年7月1日。

② 《春云投稿规约》，《春云》第2期，1937年1月23日。

③ 夜炭：《论〈春云〉与〈礼拜六〉》，《新蜀报》1937年3月2日。

们也意识到重庆现代文学力量的薄弱，盼望着和有力作者的联合，“并且不一定限于四川一隅，能推动到省内外，以致国内外有力作者的携手，更是值得注意的事，在可能范围内，我们很想试试这个工作，虽然我们的实力，还差得远，但毫不稍馁，仍照此目标干去”①。改变的第一步，就是邀请从日本归来的李华飞接手主编《春云》。

李华飞担任主编后，《春云》从第二卷第一期开始，风格有了较为明显的变化。首先是撰稿者的变化，作者队伍逐渐扩大，邀请到一些较有实力的新文学作家参与杂志撰稿，同时杂志的视野也不再局限于重庆四川。这和刊物主编的个人经历有着必然的联系，李华飞就读于早稻田大学，在日本留学期间即积极参与各种文学活动，长于写诗。在东京时，他参加了任白戈、林林、雷石榆等主持的“左联”东京分会诗歌社，与许多友人合办《诗歌》。此后，又与覃子豪、余颀、李虹霓等创办《文海文艺月刊》，并曾受聘于《国民公报》，为其主编《海外》旬刊。这些经历和活动让李华飞对新文学的创作、刊物的编辑都非常熟悉，且不少新文学作家也是他的朋友，因此他主编《春云》之后，能够邀请到留学日本的郭沫若、覃子豪、沈起予等为《春云》提供稿件。

改版后的《春云》逐步向专门的现代文学期刊转变，从第二卷第一期开始，文言作品消失，编目上有了“论文”“小说”“诗歌”“杂文”“文化报道”等分类。随着作者群体范围的拓展，小说和诗歌的质量均有所改观。以第二卷第一期为例，小说就有李辉英的《变故》，诗歌则有刘白羽的《无语》、袁勃的《在俏岩》以及蒲风翻译的普希金诗歌等。不仅如此，改版后每一期都有对文学理论、创作的探讨，对当时流行的文学口号或者文学思潮的介绍，这些讨论无疑拉近了重庆文坛和全国文坛之间的距离。《论抗战时期的文学》（潘车，第二卷第三期）、《非常时期中戏剧工作者的任务》（赵铭彝）、《再谈朗诵诗》（李华飞）、《今后剧运的动向》（余上沅）等无不紧密结合了战时最受关注的文艺主题。不仅如此，杂志也非常关注国外文艺动向，无论是日本作家作品还是苏联作家作品以及文艺动向，《春云》均有文章予以分析和报道，先后发表了不少翻译作品，如高尔基的《意大利故事》《论伟大作家与“青年作家”》，发表了关于苏联文学的《苏联文学新动向》，有关高尔基的评论《高尔基诗歌中表现的内容》（李春潮）等等。

随着国民政府迁都重庆，到重庆的文艺家日渐增多，《春云》的作者群体更加壮大，除了年轻的作家们李辉英、覃子豪、蒲风、袁勃等在上面发表多篇

① 《编后记》，《春云》2卷1期，1937年7月1日。

作品之外，已经成名的作家，如叶圣陶、陈白尘、徐盈、穆木天、白朗、梁实秋、老舍、蓬子、冰莹、魏猛克、田汉等也都曾在《春云》上发表文章。

2.《新蜀报》的副刊

1921年2月1日《新蜀报》创刊号发行，由陈愚生、刘泗英创办。创办者的初衷，是想以此报为改建新四川的利器。和《新蜀报》同时成立的还有附设的新文化丛书社和新文化印刷社。后来因《新蜀报》介入重庆学生抵制日货事件，被重庆政府查封，1921年5月29日在出版了102号后就被迫停刊。同年，《新蜀报》改组，由沈与白任社长，宋南轩任编辑部主任。1922年，留学法国归来的周钦岳被聘为《新蜀报》编辑，添设国内外各地通信，增加了副刊，并添加“金刚钻”专栏，发表讽刺短文，整顿印刷，《新蜀报》的局面一下子打开，日销售量很快就从1922年2月的1800余份增加到年底的4180余份，达到创刊以来的最高纪录。

随后，《新蜀报》度过了一段艰难时期。因拥护北伐，《新蜀报》被视为过激主义，还曾被认为是接受了国民政府的钱，也曾被称为“卢布虫”。1927年3月主笔漆南熏因参与反英市民大会而遭到杀害，总编辑周钦岳，经理宋南轩出走，《新蜀报》再次处于低迷状态。幸而当时的社长鲜英聘请了比较稳健的杨丙初担任总编辑，度过了艰难的几年。直到1935年夏，周钦岳重返《新蜀报》，再次出任《新蜀报》总经理，并和他留学法国时的同学，时任《新蜀报》编辑的金满成一起，再度改革《新蜀报》，使这份报纸再次焕发活力，并一直延续到抗战期间，成为抗战时期重庆一份著名的报纸。

提起《新蜀报》就不能不提及它的副刊，抗战时期这份报纸因副刊《蜀道》而备受关注，是重庆最具影响力的副刊之一。近年来，《新蜀报》副刊成为研究者关注的对象。从1921年创刊时开始，新蜀副刊就诞生了，曾陆续推出《金刚钻》，金满成主编的《新副》、沈起予主编的《新光》、赵铭彝、陈白尘主编的《新光戏剧周刊》，还有《新副儿童》等等，副刊主题多样化。《金刚钻》体裁短小，以对时政和社会现象的讽刺为主；《新蜀副刊》以新文学为主，涵盖诗歌、小说、散文等类型，作者则以本地人士居多，写的以本地故事为主，很少有名家作品；《新副儿童》则是重庆小学生的作品选登。

《新蜀副刊》是新文学在重庆的重要园地，在该报副刊编辑采用稿件的几种原则中，有这样两条，即第一，在文言文，或加了夹杂着文言的半白话、洋八股、纯然现时流行的白话中，首选采用纯白话；第二，在水平相当的前提下，在新作者和旧作者中，选择新作者的稿件。这两条原则体现了《新蜀副刊》看重新文学，注重青年作者的特色。

《新蜀副刊》中的作者以重庆本地人为主，内容多反映重庆的社会景象，尤其是对于当时农民和普通市民在军阀、鸦片和重税等重重压力之下的艰难生活多有所表现。如短篇小说《酒店里》描写四川沉重的税负。三个农夫在场镇上的小酒店，相互诉苦，老王说他的一点土，种鸦片的时候里公所要他交“窝捐”，把鸦片卖了连交捐的钱都不够。于是老王就不种了，不种则要交“懒人捐”。老王没得法，只有把土地荒废了，出来帮人家种地。老张更可怜，家里有十多亩地，一年的粮税，这样捐，那样税，很快就把十几亩地赔光了。故事情节很简单，却实实在在是川省农民沉重的生活压力、税负之重的真实写照。四川当时税收之严重，全国闻名，甚至传说把几十年后的税都是收光了的。

作者将农民愤怒而胆怯的心理描绘得很精彩。老王说到愤怒处，拍着桌子，把桌子上的酒打翻了。一起喝酒的老刘连忙伏在桌子上，用舌头去刮。堂倌来擦桌子，老张拦住堂倌：“不要揩，可惜了，尽他喝个干净就是。”三个人聊到愤怒处，认为这一切都是里长逼出来的，里长为了巴结县长，就不顾老百姓死活大肆收税。三人嚷嚷着去把里长打死，“要得！我们这就去把这个坏东西挪出来打死，为一镇的人除害！”所有的激动，都被堂倌一席话扑灭，堂倌只说了句“不要吼，何里长来了！”老张、老王、老刘“都呆了，都闭了嘴，气都不敢出，一待何里长走了过去，才会了帐，荷着锄头匆匆出店”①。

白梅居士的一首小诗《风送雨》同样反映苛捐杂税逼迫下农民的凄惨生活，“风送雨，/雨送风，/苛捐杂税逼人穷；/稻麦苞谷和豆子，/样样谷粮都卖空”。名目众多的各类税捐将穷人完全掏空。靠土地吃饭的农民，面对土地不但不能有所收获，土地反而成为负担。风调雨顺带来的不是丰收，因为所有的收成最终都被搜刮一空，“田土出产被挤尽，/泥巴不能当饭充，/未必饿了喝西风？”② 这一句反问里充满了无奈。

反映军阀战争的作品在《新蜀报》副刊也占据了重要篇幅。1932 年冬，四川境内的二十四军和二十一军混战，《新蜀报》《嘉陵江日报》、西部科学院和驻平（北平）记者战区视察团等组织了一支“平渝战区视察团”到战区了解战争情况。后由金满成写成《战区视察的一般印象》发表在《新蜀报》四千号纪念特刊上。视察团一路经过隆昌、椑木镇、内江、容县、眉州、威远、嘉定、犍为、叙府、泸州等地，所到之处见证了兵荒马乱中各种荒诞离奇的事

① 李樵逸：《酒店里》，《新蜀报》1932 年 7 月 3 日。

② 白梅居士：《风送雨》，《新蜀报四千号纪念特刊》，1934 年。

情，以及老百姓无不深受军阀和战争之苦。整个四川社会秩序混乱，在四川老百姓眼中，军队是巨大的灾难，因此称之为“兵灾”。视察团路过隆昌，隆昌就是一个兵的世界，商店关门，唯有客栈中最热闹，“楼上楼下有打牌声，有唱戏声，连长、营长、勤务兵不断地如此称呼着”①。仅荣县一地，有记载的因此次军阀战争死亡老百姓2000人左右，另被拉夫的有2000—3000人，怕兵灾而逃亡的又是好几千，更有冻饿而死的老弱妇孺则不计其数。军阀四处拉夫抓壮丁，连十一岁的小孩都不放过，在老百姓的心里，“畏兵如畏虎”。

《春云》和《新蜀报》副刊的存在说明战前重庆的新文学并非一片空白，天灾、兵患等等四川人民生活中苦难遭遇都在作家的笔下得到了真实的记录。与此同时，《新蜀报》和《春云》均有意识地推进新文学在重庆的发展，《新蜀报》不定期组织各种文艺讲习班，《春云》则计划出版系列作品集。

从《新蜀报》1932年夏“青年文艺暑期讲习会”招生广告中可看出，组织讲习会目的是“乘暑期之暇为便利文艺爱好及研究者起见”。课程内容则包括了文艺思潮、艺术心理、小说作法、诗歌讲座、现代戏曲、中国文学、日本文学、英国文学、法国文学、西书研究等。从文学类型上看，讲课内容囊括了小说、诗歌、戏曲；从地域文化上讲，则涉及中国、日本、英法等多个国家。仅就课程安排而言，这样的讲习会无疑内容丰富，也具备了开阔的文学视野。

《春云》改版以后，其办刊理念显示了重庆地方文学与当时京沪等地新文学保持一致的追求。《春云》对作品的要求提高了，“技巧和内容都得研究一下”②，更加强调作品题材、意识对现实的反映。此外，主办者拓展了杂志的内容，开辟了“文化报道”专栏，介绍北平、天津、上海乃至苏联等国内外地方的文学动态，将最新的文艺信息传达给重庆的读者。

不仅如此，《春云》的主办者们策划了系列丛书的出版。1937年12月，“春云丛书第一种”推出了《一九三七年春云短篇小说选集》。选集选编了十篇小说：《浮尸》（芝菲）、《泪》（林娜）、《博士的悲哀》（李华飞）、《激流》（李斯琪）、《中日关系的另一角》（金满成）、《前线去》（廖翔农）、《灵魂的坚定》（陈静波）、《雪夜》（章颁）、《咯血》（陈君冶）、《变故》（李辉英）。除了《雪夜》和《咯血》是未登稿外，其余的都曾在《春云》发表过，是《春云》杂志小说创作的整体展现。而丛书的作者以重庆人为主，更有东北籍作家李辉英的作品。

① 金满成：《战区视察的一般印象》，《新蜀报四千号纪念特刊》，1934年。

② 《编后记》，《春云》2卷第1期，1937年7月1日。

在重庆本地的期刊中，唯有《春云》称得上严格意义上文学期刊，从编辑的理念、对作品的要求、对文学自身的关注等等，都透露出编者努力接近国内文学发展水平的努力。从《春云》开始，尽管力量微弱，重庆现代文学仍融入国内现代文学发展潮流中，开始有了对话和交流。

总体上说来，四川经济落后，文化也无法与下江相比。在文学方面的体现就是，文学期刊和报纸文学园地非常有限，书店和书业并不兴旺。《春云》和《新蜀报》副刊的编辑是从海外留学归来的四川人，他们熟悉中国新文学的发展，并参与其中。有些本身就从事新文学的创作，有些曾在日本和上海参与过新文学刊物的创办。因此，当他们回到重庆后，对《新蜀报》副刊和《春云》进行改革，努力将其办成具有代表性的四川新文学园地。《新蜀报》副刊和《春云》改版后，在编辑理念、作品选用等方面有了很大的改善。作者队伍不再局限于重庆，内容反应四川现实，同时也传递四川外的文学信息。除此之外，《新蜀报》还创办了文艺培训班，《春云》推出了《春云丛书第一种》，在重庆开始有意识地推动新文学的发展。

然而，当重庆新文学水平还处于努力发展的阶段时，迎来了一大批国内最优秀的作家、诗人，最优秀的编辑和出版家。随“下江人”而来的报纸设立了重庆版，杂志重新复刊，在重庆开始了他们新的发展。重庆的文学实力得到壮大，成为大后方文学中心之一。然而，这一位置的获取，不是因为重庆本身新文学基础良好，而是因为新文学优势资源的突然集中。在如此优秀的文学群体面前，重庆本地文学园地毫无竞争优势可言，《春云》在抗战爆发后不久就停刊了，《新蜀报》的副刊则邀请更多的作家为副刊撰稿，从而继续在战时重庆文学中扮演着重要的角色。

第二章　抗战时期重庆文学环境的调整和变化

1938 年随着武汉战事的告急，越来越多的文化出版机构迁往重庆，报纸、刊物、出版社等均以重庆为战时的大本营。从那时开始，直至战争结束，重庆的文学生产环境一改旧貌，呈现出繁盛多样的态势。据统计，抗战时期在重庆发行的各种大小报纸有 70 多家，刊物多达 900 种。在出版界执牛耳的商务印书馆、中华书局、开明书店等出版发行机构，也都云集重庆，形成了大后方文学出版的中心。出版物的增多和出版业的增强，大批文学家的汇集，为重庆的文学发展注入了强大的力量。

报纸和刊物来到重庆，在重庆地方文艺界掀起了一阵期待之情。以《春云》为代表，地方文艺界人士提出了外来作家和出版机构扶持地方文艺的问题。他们认为，下江人的到来，是增强重庆地方文化发展的良好契机。重庆成为陪都，带来的不仅是重庆政治地位的提升，更意味着重庆地方文化和文学发展面临着新的可能。可是，在抗战时代背景中，重庆地方文艺和文化的发展还未能得到深入的讨论，就汇入到抗战的潮流之中。

另一方面，下江报刊在重庆的重建、扎根，则获得了本地人士的支持。《大公报》《新华日报》在重建过程中，重庆《新蜀报》等地方报系都予以了方方面面的帮助。而《新蜀报》和《国民公报》等，虽系地方报系，却在抗战中积极调整办刊策略，广纳下江文化人为其服务，在报纸副刊上开创了新的特色。

一、战时在渝的报纸副刊和文学刊物

在 1942 年全国出版图书统计表中（见表 2－1），重庆的出版物占了全国图书出版的 33.3%，其中文艺类图书发行 468 种，为重庆图书出版总量的

41.7%。同年的杂志分布区域暨分类统计表中（见表2－2），重庆杂志占全国总量的28.3%，其中文艺类杂志46种，戏剧类杂志11种，均在全国同类型的刊物发行量中位居前列。无论是图书还是杂志的数量和种类，都体现了重庆文艺的活跃。如果加上报纸副刊的发行，更展示了重庆大后方文化中心的地位。文学杂志和报纸的发达，主要来自三个层面，即本地文学空间的延续，迁渝文学刊物的拓展，还有就是战争中新生的杂志、报纸和出版社。

（表2－1）　1942年度全国出版图书区域暨分类统计表①

	党义	军事	政治	经济	教育	史地	科学	哲学	文艺	其他	合计
重庆	42		123	64	78	112	202	63	468	80	1292
成都	4	49	41	13	125	21	34	14	162	1	464
西安	19	9	50	37	39	8	3	6	66		239
浙江	1	1	5	1	3	2		2	11	1	27
广东	7	2	34	20	14	3		1	30		111
桂林	4	10	46	15	200	38	19	15	645	5	997
江西	22	2	38	27	106	14	1	21	80	4	321
福建	2	2	23	9	32	11		1	49	1	130
湖南	7	1	25	7	44	5	7	7	56	3	162
昆明			3	5	1				16		25
兰州				2					4		6
贵阳	2	2	17	7	21	7	4	2	24	5	91
立煌			1	4	1				8		14
总计	110	78	408	211	664	281	276	132	1619	100	3879
总量百分比	2.8	2.0	10.6	5.5	17.1	7.2	7.1	3.4	41.7	6	100

①《三十一年度全国出版图书区域分类暨统计表》，《出版界月刊》创刊号，1943年12月5日。本表引用原始数据，表内统计数字有误，为尊重原始资料，本书不作修改。

（表2－2） 1942年度全国杂志分布区域暨分类统计表①

	政治	军事	教育	经济	科学	戏剧	哲学	文艺	交通	工业	综合	分区统计	百分比
重庆	29	7	23	19	6	11	4	46	8	9	58	220	28.3
成都	13	9	9	3	3	4	1	24	3	3	21	94	12.1
西安	6	1	4	6	1	1		9	2	1	8	39	5.0
浙江	5		3	2			1	1			6	78	2.3
广东	12	6	10	11	4	1		6	3	1	14	68	8.8
桂林	11		16	5	3	1	2	26	4	5	17	90	11.6
江西	10	1	8	8	3			4	2		9	45	5.8
福建	24		20	12	5	2	1	6	3	1	12	86	11.1
湖南	10	3	4	3	3			3	1	1	6	34	4.4
昆明	1				2	3	2	12		1	13	34	4.4
兰州			1	1							2	4	0.5
贵阳			1	1		1		4	1			8	1.0
立煌	7		3	3				3			5	23	3.0
恩施	1	1	2				2		1			7	1.0
西康	4			1							1	6	0.8
分类统计	133	30	104	76	30	24	13	144	28	22	172	776	100
百分比	17.1	3.9	13.4	9.9	3.9	3.1	1.7	18.5	3.6	2.8	22.1	100	

1. 出版业和图书发行的兴旺

报纸和刊物的发展少不了出版机构的支持，上海能成为现代文学的中心之一，离不开上海发达的出版业。全国知名的七大书局，商务印书馆、中华书局、正中书局、大东书局、开明书店、世界书局、文通书局等先后都在重庆设立了编审部、印刷厂。此外还有生活书店、读书出版社、新知书店、《新华日报》营业部图书课、中国文化服务社、独立出版社、青年书店、拔提书店、军用图书社、青年出版社等。这些书店和出版社出版的图书类型丰富，既有综合

① 《三十一年度全国杂志分布区域暨分类统计表》，《出版界月刊》创刊号，1943年12月5日。本表引用的原始数据有误。

类、科学类也有文学艺术类图书。有了这些出版机构，图书的印刷和发行在重庆不再是难事，对推动重庆抗战文学的发展起到重要作用。

作家办书局、出版社，在战时的重庆也是蔚然成风。如巴金、吴朗西筹建的文化生活出版社，老舍、姚蓬子创办的作家书屋，郭沫若创办的群益出版社，孙伏园、刘尊祺创办的中外出版社，和胡风关系密切的南天出版社，夏衍、于伶、宋之的合创的未林出版社，冯亦代、徐迟、袁水拍创办的美学出版社，丰子恺办的正风书店等。这些出版社，有些创建于战前，后来由下江迁移到重庆，但更多的则是作家们在重庆新建的。

数量众多的出版社和书局更增加了重庆图书的出版量。尤其是文艺类书籍，更是在众多的出版物中占有较大的比例。仅重庆市1943年2月—9月的出版物，文艺类就有226种，远远高于同期其他类型书籍的出版。仅就单个的出版机构做统计，文学类书籍也数量庞大。如商务印书馆1942年3月开始在重庆出版新书，最初一年每周出版新书及再版书两三种，自1943年开始每周出版新书和再版书达六七种。1942—1943年期间商务印书馆在渝出版的文学类图书53种，其中的“大时代文艺丛书”“现代文艺丛书”推出了方殷的《平凡的夜话》、姚雪垠的《小说是怎样写成的》、罗烽的《横渡》、刘念渠的《转型期演剧纪程》、苏雪林的《屠龙记》、王平陵的《夜奔》和《送礼》、尹雪曼的《战争与春天》等作品。

（表2-3）　抗战时期部分在渝出版社和作家关系一览表

序号	书店或出版社名称	创办时间	创办地点和社址	创办人	备注
1	中外出版社	1943.06	重庆美专校街106号	孙伏园、刘尊棋	发行《文汇周报》（1943年5月创刊）
2	文化生活出版社渝处	1942.04	重庆民国路28号	巴金、吴朗西	
3	群益出版社	1942.08	重庆临江路西来寺20号	郭沫若、刘盛亚	发行《中原》
4	文聿出版社	1943.02	重庆民国路21号	陈望道	

（续表）

序号	书店或出版社名称	创办时间	创办地点和社址	创办人	备注
5	未林出版社	1943.06	重庆南纪门韩家巷9号	夏衍、于伶、宋之的	
6	美学出版社	1942	重庆黄角坪86号	冯亦代、徐迟、沈镛、袁水拍	
7	国讯书店	1940.04	重庆张家花园56号	黄炎培	
8	作家书屋	1942.01	重庆民国路	老舍、顾颉刚、姚蓬子	发行《文坛》
9	正风出版社	1942.07	重庆沙坪坝正街68号	徐悲鸿	
10	正风书店	1943	重庆沙坪坝正街	丰子恺、陈玉清	
11	南天出版社	1942 1944	桂林重庆	朱怀谷、伍禾	七月诗丛 七月文丛

2. 在重庆发行的报纸和副刊

在重庆发行的报纸总数有70余家，除了本地的报纸外，也分为迁渝出版或在渝新创两个类型。迁渝的报刊不少在战前就有一定的舆论影响力，著名的就有《大公报》；有些即使成立的时间不长，也因显著的政党特色而很快为人所知，如《新华日报》。《新华日报》是中国共产党的机关报，也是唯一在大后方国统区公开发行的中共报纸。该报1938年1月11日创办于武汉，同年10月25日在渝发行。《新华日报》第四版发表了大量的文艺作品，其副刊先后有《文艺之页》《青年生活》《工人园地》《妇女之路》《新华副刊》等。副刊既着力于宣传中国共产党的文艺政策，也在引导全民族团结抗战中起到了极大的推动作用。

在迁渝的报纸中，《中央日报》《扫荡报》属于国民党主办，前者1927年3月在武汉创刊，1938年9月由南京迁至重庆，其新闻以中央社新闻为主。《中央日报》在渝期间，副刊有《平明》《中央副刊》。《扫荡报》是由国民政府军事委员会政治部主办，为国民党的“军报”。该报1931年5月创刊于南昌，1938年10月从武汉迁重庆出版，抗战胜利后，1945年11月更名为《和平日报》。《扫荡报》的副刊有《扫荡副刊》《瞭望哨》《抗战妇女》《电影战线》《川康建设》《战地》《敌情》等。《扫荡报》曾连载徐訏的小说《风萧萧》。1944年《扫荡副刊》还连载老舍的小说《四世同堂》，均在重庆引起巨大的轰动。

《大公报》向来以标榜其“不偏不倚”，以“不党、不卖、不私、不盲”的“四不”为其办报方针。渝版《大公报》在重庆的时间应是下江诸报纸中时间最长的，于1938年12月出版，1952年8月宣告停刊。在渝版创刊号上，张季鸾撰写社评《本报在渝出版》，决心“在抗战大纛之下，努力到底，以尽言论界一兵卒之任务”。《大公报》副刊在各个时期都具有鲜明的特色，其文艺副刊深受读者喜爱，一大批现代知名作家都曾在《大公报》副刊上发表文艺作品。渝版《大公报》文艺副刊主要为战时色彩浓郁的《战线》，以及1943年开始在重庆刊行的《文艺》。

除了迁渝的报纸以外，抗战期间在重庆新创办的报纸也为数不少。日报有《星渝日报》《西南日报》《重庆各报联合版》《国语千字报》《中央日报扫荡报联合版》《工商新闻》（重庆版）《中国论坛报》《世界日报》《整齐日报》军中版等；晚报有《新蜀夜报》《大陆晚报》《西南日报晚刊》《新民报晚刊》《大公晚报》等①；此外尚有部分以报纸的形式发行的三日刊和周刊等。

3. 种类繁多的文艺刊物

陪都时期在重庆发行的刊物达到900种以上。其中有些是自下江迁至重庆，有些则是在重庆创刊的。从创办的背景看，有组织机构或协会办刊，也有作家自己办刊。迁入的文艺刊物究竟有多少，在重庆创刊的又有多少，如今都是一个很难统计的数据。我们现列举其中的一部分如下：

由下江或大后方的其他地方迁至重庆的刊物有：

《文艺月刊》，中国文艺社主办，1930年在南京创刊，1937年10月出版战

---

① 向纯武：《抗日时期的四川报刊》，《抗战时期西南的文化事业》，成都：成都出版社，1990年，第360页。

时特刊，1938 年第 2 卷第 1 期开始在渝出版。

《中苏文化》，中苏文化协会主办，1936 年 5 月在南京创刊，1937 年 11 月迁至重庆，主要负责人为王昆仑、侯外庐，抗战胜利后回到南京继续出版。

《抗到底》1938 年 1 月创刊于武汉，老向任主编，同年 9 月在渝发行。1939 年 11 月终刊。

《抗战文艺》，中华全国文艺界抗敌协会的会报。1938 年 5 月在武汉创刊，初为三日刊，后变为周刊、半月刊和月刊。1938 年 10 月从第 2 卷第 5 期开始在重庆发行，1946 年 5 月终刊，前后历时 8 年，直到战争结束。前后共计出版正刊、特刊 77 期。

《七月》，胡风主编，1937 年 10 月在汉口发行第一卷第一期，1939 年 5 月第四卷第一期在重庆复刊，1941 年 9 月第 7 卷第 1、2 期合刊后停刊。

《弹花》，编辑人是赵清阁，1938 年 3 月在武汉创刊，同年 10 月第 6 卷开始在重庆发行。《弹花》因抗战而诞生，是一份明确标举抗战的文艺刊物，刊名“弹花”，即“象征那子‘弹’开放的‘花’”①，宣誓了主办者文艺抗战的决心。

《文艺阵地》1938 年 4 月在香港创刊。茅盾到重庆后，该刊于 1941 年 1 月在重庆发行，茅盾任主编，以群、艾青、沙汀、宋之的、章泯、曹靖华、欧阳山等组成编委会。1942 年 8 月第 7 期第一期开始由以群编辑，同年 11 月停刊。

《文艺杂志》1942 年 1 月在桂林创刊，1945 年 5 月迁至重庆，同年 9 月终刊，主编荃麟。

《青年文艺》1942 年创刊于桂林，1944 年 4 月迁往重庆出版，编者为荃麟、葛琴。1945 年 2 月停刊。

从上述部分迁入重庆的刊物看，迁入的时间大多集中在两个时间段，即 1938—1939 年，这一时期为抗战全面爆发的初期，也是下江人大规模入川的时期；其次是在 1944—1945 年左右，又出现了一次刊物迁入重庆的高潮。这次刊物的迁入和初期不同的是，多为已经在大后方如桂林等城市出版发行，因香港沦陷，日军逼近桂林等因素，不得不再一次转入重庆发行。

在重庆时期，新生了不少的文艺类刊物，那些创刊于重庆的文艺类刊物有：

《戏剧岗位》月刊 1939 年 4 月创刊，熊佛西主编，编辑先后有刘念渠、王

---

① 《我们的话》，《弹花》创刊号，1938 年 3 月 15 日。

小涵、叶仲寅、阎哲吾等，1942 年 5 月第 3 卷第 5、6 期合刊后终刊。

《文学月报》1940 年 1 月创刊，读书生活出版社发行，发行人黄洛峰，罗荪、光未然、戈宝权、力扬、丘琴、罗烽、黑丁等为编委。1941 年 12 月，该刊第 3 卷第 2、3 期合刊发行后终刊，前后出版 15 期。

《耕耘》季刊 1940 年 4 月创刊，1940 年 8 月终刊，出版者为耕耘社，编辑人郁风，发行人黄苗子。

《文化先锋》创刊于 1942 年 9 月，定位为学术性刊物，是“全国哲人学者发挥议论的园地”①。主编为李辰冬，中央文化运动委员文化先锋社发行，1948 年 10 月终刊。

《文艺先锋》创刊于 1942 年 10 月，是国民党官方创办的大型文艺刊物，王进珊、徐霞村、李辰冬、赵友培先后担任主编，第 8 卷第 5、6 期合刊后迁回南京，1948 年 10 月终刊。该刊标榜的目的有：“一、加强全国文艺界总动员；二、补充全国读者精神食粮；三、供给全国作家发表作品；四、促进三民主义文艺建设。”②

《时与潮文艺》由时与潮社发行，旨在“对中西文学艺术的各部门，作切实的介绍研究，并尽量刊载优秀的作品”③。1943 年 3 月创刊，发行人齐世英，1946 年 5 月第 5 卷第 5 期后停刊。

《中原》，1943 年 6 月发行创刊号，重庆群益出版社发行，主编郭沫若，为文艺综合月刊，1945 年 10 月第 2 卷第 2 期出版后终刊。

《文坛》是一份未曾引起多少关注的刊物，创刊时的主编有老舍、姚蓬子、徐霞村、赵铭彝，由作家书屋发行。该刊存在的时间不长，1942 年 3 月在重庆创刊，1943 年 4 月终刊，共计出版 9 期。《文坛》发行时仅四个版面，更像是一份小型的文学报。该刊除登载文艺作品外，文坛动态、抗战文艺评论也是其主要内容之一。

《戏剧月报》1943 年 1 月创刊，1944 年 4 月停刊，总共出版了 5 期。该刊由五十年代出版社发行，创刊时的编委有曹禺、郁文哉、陈白尘、陈鲤庭、张俊祥、赵铭彝、潘孑农、贺孟斧等。

《天下文章》以“汇辑”政治文化类文章为主，1943 年 3 月创刊，周熙

---

① 《编后补白》，《文化先锋》创刊号，1942 年 9 月。

② 张道藩：《致敬作家与读者——本刊的使命与期望》，《文艺先锋》第 1 卷第 1 期，1942 年 10 月 10 日。

③ 《发刊词》，《时与潮文艺》创刊特大号，1943 年 3 月 15 日。

祖、周彦、徐昌霖主编。1945 年 6 月出版至第 2 卷第 5、6 期合刊后停刊，共出版 12 期。

《民族文学》1943 年 7 月创刊，主编陈铨，第 1 卷第 5 期出版后终刊。

《文学新报》1944 年 12 月创刊，1945 年 9 月终刊，主编萧蔓若，先为半月刊，后改为月刊，前后出版 7 期。

《艺文志》月刊的主编为聂绀弩，1945 年 1 月创刊，同年 3 月停刊，仅出版 2 期。

《诗文学》1945 年 2 月创刊，邱晓崧、魏荒弩主编。为不定期刊物，共出版了两辑，同年 5 月终刊。

《文哨》是叶以群主编的文艺刊物，1945 年 5 月创刊，同年 9 月第 1 卷第 3 期后终刊。

重庆的文艺类刊物远不止本文所列举的这些，以上仅是在重庆创刊的文艺类刊物的一部分。从刊物的创刊、终刊时间，以及存在的时间长短看，不难发现，1943 年是文艺刊物的一个活跃期，不少刊物在这一年创刊发行。其次，在陪都重庆，刊物存活率不高，能够长期坚持下来的刊物不多，有些不到一年即宣告结束。除了国民党的官方刊物《文化先锋》和《文艺先锋》之外，在重庆创刊而又能坚持到抗战胜利的文艺类刊物寥寥可数。还有一些刊物还没来得及进入大众的视野，为更多人知晓，就宣告夭折了。

但是，重庆的报纸副刊和文学期刊数量剧增，为战时重庆文学开辟了更多新的空间。无论是从种类上，还是从编辑者的水平和知名度上，抗战时期重庆文学的载体都是战前所无法比拟的。正是这些副刊和文学刊物的汇集，共同推动了战时重庆文学的繁荣。

二、发展地方文艺的期待

伴随着重庆文化氛围改变的，是重庆地方文化人士的期待。他们中的不少人对“下江人”的到来满怀希望。在他们看来，那些最优秀的文学家、文艺期刊、出版机构的到来，无疑是改变地方文化的绝佳机会。因此，当重庆逐步成为大后方文人、学者聚集的中心时，重庆地方文化人带着欣喜，企盼着他们能共同推动地方文艺的发展，并试图就推动重庆地方文艺和外地的作家们对话。可惜这番对话和期待未能获得更广泛的回应和关注，就汇入了抗战救亡的宏大主题之中。

《春云》首先发动了这场关于地方文艺建设的对话，连续刊发文章，围绕地方文艺建设、外来作家的责任、外来作家和地方作家对抗战文艺的不同见解、相互期待等问题，讨论重庆地方文艺在抗战这一大的历史语境中所应做的调整和融合。

1.《春云》关于地方文化发展的期待

《春云》作为一份地方文艺刊物，在成立之初就立志要“将它编成一个地方色彩浓重的刊物”①。丰富地方文学，宣传地方文化是他们奋斗的目标，但《春云》的目标并不局限于地方。他们的目光投向了四川之外更广阔的地方，“并且不一定限于四川一隅，能推动到省内外，以致国内外有力作者的携手，更是值得注意的事，在可能范围内，我们很想试试这个工作，虽然我们的实力，还差得远，但毫不稍馁，仍照此目标干去”②。在努力朝着目标前进的同时，《春云》的编者清楚地意识到自身的局限和不足，即要想推动四川文艺运动的深入，需要省内外、国内外作家们的携手，本地的文学实力是极其有限的。当重庆成为陪都，众多优秀的作家和出版社的到来，使得目标的实现似乎已经触手可及。

为此，不少的重庆文人对于下江文艺家的到来，表达了各种各样的期待：他们称下江作家们的到来“千载难逢”，庆幸“真是重庆文坛的福气!”③ 更相信下江作家以其强大的实力，只要他们关注重庆地方文艺，用“杨枝洒下甘露，以加速文艺嫩苗的复活”，就能让重庆文艺界获得新生，“顿然放出了一点异彩”。他们认为在一股更成熟的文学思想的熏陶下，重庆薄弱的文学基础是可以逐渐改善的，他们乐观地认为：“在新来的与旧有的文艺工作者共同努力下，一定会出现一个从来未有的奇伟的姿态。”类似的情绪在重庆地方文艺家们中间具有一定的代表性。

尽管当重庆的大部分民众还对抗战不甚了了时，宣传抗战已经成为《春云》的又一个努力的方向，“不单希望只在落寞的四川，播下文艺的种子，作为文艺黎明期的启蒙运动，还想在救亡线上，和其他实际的工作，也献助一些力量”。不过，面对地方文艺建设这个话题时，在重庆文化人的观念中，那些因逃难来到重庆的作家们，肩负着的则不仅仅是抗战文艺的建设，同时也肩负着推动地方文艺的重任。他们在文章中以“使命”“重担”期待于外来作家：

---

① 《编后记》，《春云》2卷1期，1937年7月1日。

② 同上。

③ 佳禾：《希望于文艺作家们》，《春云》4卷4、5期合刊，1938年9月25日。

“外来作家来川的动机是负有推行后方文艺运动的使命。”“落后的要努力学习，进步的不要停顿，唤醒全川七千万群众，这重担已架在文艺家的肩上。”①

1938年2月，上海业余剧人协会在重庆首次公演话剧，引起社会关注。因是第一次演出话剧《民族万岁》，重庆媒体予以了充分的报道，《新民报》推出《业余剧社公演特刊》，宋之的、沈起予等纷纷撰文，介绍业余剧社的公演、介绍业余剧社的历史等等，前后历时数日。应该说，这一次的公演在重庆获得了成功。但李华飞在报纸上撰文，提出了一点“小意见”，他觉得，以业余剧社在全国负有盛名，荟萃了戏剧界的精英，除了在重庆公演之外，还应该起到更广泛的动员作用，并为四川的剧运培养人才。只有本地剧运人才的产生，才能真正起到激发民众的作用，“剧运使命的迅速完成要靠这批基本细胞的活跃，四川这个落后地方，也才能从死寂中诞生。在个人看来，要能使四川七千万同胞都有此种机会，那，剧人协会来四川的任务，才算成功圆满”②。

这些表述虽有着各自不同的角度，但总结起来最根本的问题，无不是希望重庆地方文艺能够以文艺精英的荟萃为契机获得充足的发展。尤其是李华飞，是对发展地方文化的坚定支持者。他认为不仅作家，一切的文艺界人士都应该对重庆地方文化建设尽力，弥补重庆和上海、北平等城市文化上的差距。

除此以外，一些重庆籍的作家也都持有类似的观念，认同应充分利用抗战带来的机会，发掘地方资源，发展地方文化。沈起予的《从全国统一的文艺作家组织谈到地方文艺的建立》，就是其中有代表性的一篇。文协筹备之初，冯乃超将文协纲领的草稿发给了沈起予。针对纲领的第四条所提出的“积极发动地方的文艺组织，并统一参加全国作家的组织”，沈起予给予了补充。沈起予认为“中国各区域文化水准，历来发展得极不平均，而在这文化人的大移动中，正是促进平衡发展的好机会；”其次，“中国各区域都有其特殊的生活环境，也应促成发展其带特殊性之文化并不妨碍于抗战中的文化运动。”这番话包含了两层含义，第一，即中国地方文化的水准因地域的差异事实上存在很大的不平衡；第二，在抗战的语境中，在促进抗战文化运动发展的同时，不能忽视地域文化的发展，具有特色的地域文化和抗战文化的建设两者并无矛盾。沈起予的论述从另一个角度阐述地方文化建设，他认为因抗战而引起的人口大迁徙，恰好是平衡地方文化水平差异的机会，另一方面抗战文化运动也涵盖了地

① 李华飞：《保卫大武汉声中文艺家的任务》，《春云》4卷4、5期合刊，1938年9月25日。

② 李华飞：《小意见》，《新民报》1938年2月18日。

方文化建设，地方文化应该被视为抗战文化运动的一部分，从而消除地方文化发展会冲击抗战文化建设的疑虑。

为此，沈起予提出了抗战文化的双重使命，即“当然地是应帮助着抗战这一轴心以求我们的最后胜利，但同时也必然地要建设期中国本身的坚实正确的文化来。这样，‘发展地方的文化’一面是抗战上的要求，一面也是建设中国本身文化上的一层要求”①。

另一位外省作家谢冰莹在给李华飞的信中也谈到了地方文艺的建设。谢冰莹认为作为地方文艺刊物，《春云》就应该多登载地方性的作品，多登实际材料的文章，“空的理论和太平凡的文艺作品，可以少载”②。谢冰莹的信是针对空洞的抗战八股文而言，所以强调的是实际，反对空洞无实。她对地方性作品的提及，是希望《春云》不要放弃自己的特色。但这却在无形中契合了《春云》正在讨论的地方文艺建设这一问题。

沈起予和谢冰莹的文章无疑让《春云》得到了极大的鼓舞。在《春云》第三卷第三期的编后中，编者表示沈起予的文章是极大的启示，并邀请沈起予就地方文艺建设这一话题再撰写文章。同时，就谢冰莹文中提及的地方性作品创作，编者在表示赞同的同时，指出这不是靠地方的力量就能推行的，“这责任还是在同志们的努力”③，即需要各方力量的推动才能实现地方文艺的发展。

2. 回应：认知差异引发的讨论

以《春云》为代表的地方作家们一再发出声音，邀请外来作家关注重庆，关注四川，“更希望新到此的作家携手，春云才能得到美满的收获”④。然而，《春云》上提出的建设地方文化的倡议并未能获得热烈的响应，重庆文学的现实并没有在一夕之间发生变化。现实和期待之间仍然存在一定的落差，以至于引发了不少本地作家的抱怨和感叹。有重庆作家认为外来作家“坐视不救”“沉默寡言”，其原因在于外来作家对重庆作家的轻视和偏见，“由于过去是四川政治的黑暗，文化的落后，官僚军阀的无耻与残暴，便无条件地认为全四川人民都一般地‘愚’、一般地‘坏’，这种庸俗浅识的观念不幸在一部分外来

---

① 沈起予：《从全国统一的文艺作家组织谈到地方文艺的建立》，《春云》3卷3期，1938年3月15日。

② 冰莹：《一封信》，《春云》第3卷第3期，1938年3月15日。

③ 《编后》，《春云》第3卷第3期，1938年3月15日。

④ 《编后》，《春云》第4卷第1期，1938年7月25日。引文“春云”指《春云》。

的文艺工作者的心里也存在着相当的分量”①。

这样的评论有些偏激，尽管在下江作家眼中，重庆的文艺氛围稀薄几乎是一个共识，但还谈不上“偏见”。下江作家们大多是从上海、北平、南京等地来到重庆，他们日常所熟知的文化环境和重庆一比较，重庆的贫乏是直接可感的，而不是臆想和偏见。叶圣陶到重庆就去逛书店，得出的结论是第一感觉是：“此间书摊头看看，薄薄的杂志很多，皆匆促写成，语多一律，毫无看头。”② 王平陵到达重庆的第二天就急急地遍访重庆的新书业，得出的印象是“不胜颓丧的样子”③。宋之的比较了重庆、成都两地的文化活动，认为“抗战以后，因为工作的关系，两地都来了许多文化人。但重庆的文化人，对于当地的文化运动，似乎却尽力很少。虽然就环境说，重庆较成都还明朗些”④。

1938年6月出版的《抗战文艺》第1卷第10期发表了徐中玉的《文艺活动在重庆》，这篇文章把当时重庆的报纸副刊和期刊逐一点评了一番。徐中玉批评重庆稀薄的文艺空气和重庆陪都的繁华喧闹不相匹配，“稀薄到只有几家报纸的副刊在这里支撑着热闹”。他从两个方面分析了导致重庆这一文学局面的主要原因。首先是重庆自身的基础太坏：“不仅一般人因为只是缺乏而无从对它感觉兴趣，即少数知识分子也很少与文艺有缘。”在重庆这座商业城市，人们对商业的兴趣超越了对文艺的兴趣。其次，抗战之后虽有不少的文化人、作家到重庆，“但各因事业或生计关系，奔逐无暇日，很难有经历时间顾及此事”。

尽管来了很多文化人，但重庆的文艺活动并未马上就有所起色，这并不是重庆文人的感受，同样也是下江来的文艺家的感受。徐中玉的言论是很中肯和客观的，刚到重庆的下江作家，一切都要从头开始，找住处，觅职业，安顿家室，现实中首先要解决的是个人的生活问题，当这一问题未解决时，又何尝顾得上发展重庆地方文化？

徐中玉的话触动了《春云》主编李华飞，他很快在1938年7月的《春云》第四卷第一期中撰文《论重庆艺文活动兼致徐中玉先生》。李华飞的在文中表达了争取帮助的急切愿望，“我就很想将重庆文坛荒芜的状况报告给全国努力文艺的友人，希望能给我们一些帮助，用杨枝洒下甘露，以加速文艺嫩苗的复

---

① 戈浪：《重庆文艺工作者联合起来》，《春云》4卷4、5期合刊，1938年9月25日。

② 商金林编：《叶圣陶抗战时期文集》第1卷，第28页。

③ 王平陵：《重庆，美丽的山城》，《抗战文艺》第2卷2期，1938年7月23日。

④ 宋之的：《四川的文化动态》，《抗战文艺》第1卷8期，1938年6月11日。

活”。在文中，李华飞明确道出了重庆文艺活动所承受的委屈，认为外来的作家们带有“地方刊物，没有好东西”偏见。正因为有如此的偏见，所以作品写好不愿拿到地方刊物发表。其次，他批评外来的作家们，“在抗战前，从没有听得‘推动地方文艺运动’的呐喊，更没有实践家”，“到后方才看见，地方文艺的落后得如何可怜，有的只是贪心，有的还加以鄙弃。不客气说，来重庆的文艺家没有一个是为抱着推行后方文艺运动使命来的。不信，为什么在重庆的作家们不声不响呢？”[①] 李华飞说是自己“忍受不住”了，要站出来补充几句，可见他所感受到的偏见和失落已经不是一日两日了。在他的《保卫大武汉声中文艺家的任务》也谈到相同的问题，“由各处来重庆的文艺家由一个加到一班，一排，重庆的文艺界顿然放出了一点异彩，可是，不知是英雄无用武之地，或重庆比西伯利亚还苦寒，比撒哈拉大沙漠还荒凉，惹得遍山叹息、抱怨，因为，他们对重庆美满的希望像轻气的一样破裂了”[②]。

在关于振兴地方文学这个话题上，参与讨论的文章还有《谈重庆文化界救联会》（白射年）、《希望于文艺作家们》（佳禾）、《重庆文艺工作者联合起来》（戈浪），文章的作者都是重庆本土作家，表达了本地作家借抗战的机会振兴重庆地方文艺的强烈愿望。

关于地方文艺发展的讨论，在1938年武汉危机以后就暂告一段落了。武汉危机后，原本聚集在武汉的文艺家更大规模地来到重庆。1938年8月，老舍等抵达重庆，文协正式在重庆落脚。本土作家对文协的到来表现出了欢迎的态度，李华飞所盼望的文艺家组织变成了现实，他很积极地写文章号召大家加入文协。1939年8月29日《新民报》副刊主编沈起予发表《欢迎文协移渝》，表示对于文协移渝，“这消息使我们兴奋”。“文协”成立后，虽有在渝文人被选为文协理事，但重庆一直未成立文协分会。沈起予曾经联络赵铭彝、潘孑农、谢六逸等在渝文人商讨组织分会，但无人出面领头而只好算了。沈起予分析重庆文协分会未能成立的原因：“第一是在渝的文化人似乎各个都忙于自身的职业，没有人出来跑腿，同时这也说明在渝的文人虽也不少，但人手仍嫌不够；第二，是当时尚有‘重庆市抗敌后援会文化支会’存在，这与‘文协’的工作也许不同，但似也有重复之处；第三，因对工作无预感着非做不可之

① 李华飞：《论重庆文艺活动兼致徐中玉先生》，《春云》第4卷第1期，1938年7月25日。

② 李华飞：《保卫大武汉声中文艺家的任务》，《春云》第4卷第4、5期合刊，1938年9月25日。

需，因之许多人对空洞的组织也就不大感觉兴趣。”[①] 以沈起予几次和朋友们的讨论协商，最后均不了了之，“无人”是客观原因，“不大感觉兴趣”恐怕道出了未能组织成功的根本因素。

随着时间的推移，关于地方文化建设的讨论，并没有因为重庆下江文人的增多而获得更广泛的讨论，反倒是连重庆籍文人都不再提及。原因肯定是由多重，但其中最重要的一层原因在于，建设抗战文艺才是重庆文坛最重要的当务之急。连曾经为地方文化呼吁过的沈起予，在文协来渝后都表示，“今后已不是分会的组织，而是大家如何参加到总会里去共同工作”[②]。这里肯定的是文协总会对文艺工作的统领，他更进一步说，“今后的文化工作得分散到各地，并扩大到广大的乡村内去，但从精神上说，我们仍得有一个文化的中心组织，从这组织上讨论一切，研究一切，决定一切，然后将所讨论的、所决定的一切分散和传达到各处去，这适意的中心地，在目前，无疑地便是重庆”[③]。言下之意，服从文协这个文艺中心组织的安排，将文艺活动纳入到总会活动之中，成了新的共识。

关于重庆地方文化建设的讨论、争论等逐渐变少。1938 年《春云》发行了第四卷第六期之后宣告结束。终刊的原因，据李华飞的回忆主要有三点：第一，是由于文协总会迁到重庆，沈起予曾和李华飞谈到是否将《春云》继续下去，结果“我们自知力量薄弱，没有再办的必要”。第二，是京津汉各报副刊在重庆副刊，文艺景象盛极一时，“我们是地方性刊物，自然相形见绌”。第三，写作队伍发生了变化，“一部分青年奔赴延安，一部分青年远去前线。这就大大影响了稿源，很难提高质量办出特色”[④]。分析这几条理由，最主要的原因还是在外部因素，即重庆的文艺环境真正开始发生了变化。大量文艺刊物移到重庆发行，新的刊物不断涌现，无论是从办刊还是拉稿，地方刊物缺乏与之竞争的实力。因此，积极呼吁关注地方文化的《春云》也不得不终刊，这并非是“相形见绌”，曾经不断发文埋怨外来作家不给地方刊物投稿，指责外来作家轻视重庆文坛的刊物，大概是不会“相形见绌”的，唯一的原因只能是外部的压力促使其只有放弃。

来到重庆的“下江”作家中不少在抗战爆发前就非常有名，他们所带来的

---

① 沈起予：《欢迎文协移渝》，《新蜀报》1938 年 8 月 29 日。

② 同上。

③ 同上。

④ 李华飞：《〈春云〉文艺始末》，《抗战文艺研究》1983 年第 2 期。

理念无一不是当时中国最精英的部分。重庆地方文化与此相比较，自然没有与之相当的实力，甚至连对话的可能都非常微弱。因此，尽管重庆文化人对重庆文学的更生和发展有着美好的期待，希望能够将京沪等地繁荣的文学和文化移植到重庆（有意思的是，呼吁重视地方文艺的本土作家都曾在上海等地从事过文艺工作，也就是说，他们参与了京沪等地文艺活动，并对文艺思想、文学机制等都有深入的了解。他们的期待，即是作为重庆人对家乡文艺活动发展的向往，同时清楚地看明白“下江人”入川这个千载难逢的好时机对重庆地方文化将带来的无限机遇。）但是，当拥有明显文化优势的群体到来时，地方文化必将处于弱势，无法获得对话的可能。因此，期待外来作家推行地方文艺，在当时的背景下，颇带有一些理想色彩。

三、地方文化人士对下江文化人的支持

如此庞大的外来群体进入西南地区，要顺利地在本地生活下来，必然需要获得本地人士的支持。无论是云南还是四川，当外来者到来时，本地人都经过了从疑虑到接纳的过程。以高校的内迁为例，无论是西南联大还是中央大学，迁校的过程并非一帆风顺。当国民政府批准联大搬迁到昆明的消息传到云南时，云南省政府主席龙云还是有所犹豫，曾对前来接洽的南开大学政治学教授王赣愚表示，本地人不喜欢难民。然而，云南教育厅厅长龚自知等人却告诉龙云，应该欢迎联大来昆明，理由之一是大学教师可以提高当地人的文化和教育水平。龙云听从了这一建议，云南欣然接纳了联大师生的到来。

中央大学迁至重庆，曾在征地建校问题上遭遇到地方势力的为难。在国民政府尚未宣布迁都重庆前，校长罗家伦就已经决定要将学校迁至重庆，并选定了位于重庆沙坪坝的松林坡作为新校址。四川省主席刘湘在复中央大学的信函中曾表示了对迁校的欢迎，“查贵校为首都最高学府，兹因避地来渝建筑临时校舍，于川省文化裨益实多，无任欢迎”①。即使如此中央大学仍抵不过地方势力的诘难。重庆传言“下江人”入川会损害本地人的利益，迫使提供土地的重庆大学收回松林坡，使中央大学的迁建一度陷入困境。这一插曲被说成是中央军和四川地方政府之间复杂利益纠葛，但事实上，这表明重庆社会实力派人物掌握强有力的话语权，虽是省主席也可以罔顾。更透露出重庆地方人士对

---

① 《刘湘复中央大学函》，《南大百年实录·上卷》，南京：南京大学出版社，2002年，第388页。

“下江人”到来所持的警惕态度，以及对自身利益的维护。

但是在文艺界，除了关于地方文艺的讨论，更多的重庆地方人士却以开放、积极的态度接纳下江人的到来。尤其是以《新民报》《新蜀报》《国民公报》等川系报纸为代表的四川精英，对“下江人”的态度并无丝毫的担忧，他们似乎并不忧心实力雄厚社会声望高的“下江”报系会冲击他们的地位，反倒在抗战时期充分利用“下江人”聚集重庆的机会，延揽优秀人才参与办报，邀请知名的文艺家担任副刊编辑，使得这些地方报系获得“下江人”和地方人士一致的支持，在抗战时期变得更为有特色，丝毫不逊色于来自下江的报系。

1.《新民报》复刊：在下江和重庆之间

和众多下江报系相比，《新民报》有着特殊的身份。《新民报》重庆版1938年1月15日创刊，是最早迁到重庆的下江报，但又是不折不扣的四川报。《新民报》的创办人陈铭德和邓季惺都是重庆人，当该报在南京创刊的时候，四川军阀刘湘就曾出资支持。《新民报》迁到重庆，陈铭德和邓季惺利用自己在家乡良好的人脉基础，受到四川工商企业和银行的资金支持，民生实业公司、四川畜产公司、宝源煤矿公司、四川丝业公司、华西兴业公司、华懋公司、重庆电力公司、自来水公司、轮渡公司、重庆牛奶场、和成银行、美丰银行、川康银行、川盐银行、华康银行、和通银行、成都济康银行、怡益银号等重庆、成都比较著名的企业和银行都曾投资入股《新民报》。有了四川重庆本地企业的大力支助，《新民报》很快就在重庆站稳脚跟，恢复出版。

《新民报》的老板是重庆人，作为一份对四川重庆有着充分了解的报纸，更清楚明白该如何在下江人和重庆人中寻求支持。《新民报》总主笔罗成烈迁渝后的《本刊发刊词》中，谈到《新民报》的办刊思想时是这样说的：“目前之任何工作，莫急于救亡图存，任何意见，莫先于一致对外；凡无背于此原则者，皆应相谅相助，协力以赴。本报以南京之旧姿态，出重庆之地方版，相信抗战既无前方后方之分，救亡安有地方中央之别。”① 这番话强调了救亡的重要性，在抗战的背景下，任何争议都应“相谅相助”。其次，谈到了《新民报》特殊的身份，“以南京的旧姿态，出重庆之地方版”，这既强调了报纸源出下江，将沿袭该报一贯的特点，又点出了身处重庆的特别。因此《新民报》的双重身份让四川人认为是“四川人办的报纸”，让“下江人”又认为是“从下江迁来的报纸”，两者都有好感。加上《新民报》印刷设备先进，纸张也是

---

① 杨雪梅：《陈铭德、邓季惺与〈新民报〉》，北京：中华书局，2008年，第79页。

由南京运来的进口白报纸，比重庆本地的报纸纸张质量好很多，于是一复刊预订者就络绎不绝，很快成为重庆市内最畅销的报纸之一。

随着《新华日报》《中央日报》《大公报》《扫荡报》等报纸的入驻，重庆报业的竞争日趋激烈。而在报纸林立的重庆，《新民报》一直保有自身的特色，这与它的编辑、主笔的实力是分不开的。陈铭德邀请到著名的“三张一赵”（张友鸾、张慧剑、张恨水、赵超构）加盟《新民报》，组成了《新民报》在重庆时期最重要的力量。而副刊也成为《新民报》重庆版的特色。《新民报》的读者对象定位是中下层公教人员、城市平民，内容以社会新闻为主，为重庆民众提供精神食粮。因此，该报对副刊特别重视，在物资紧缺的时候，《新民报》只能有四个版面，其中两个版面用于副刊。而副刊的编辑和栏目也形式多样，最知名的有张恨水的《最后关头》、张友鸾的《大时代》《曲线新闻》、张慧剑的《西方夜谭》、赵超构的《今日论语》。张恨水的《最后关头》以抗战作品为主，寻常百姓的战时生活也是他常关注的主题。除此以外，在《新民报》的作者群中，则囊括了到重庆后的不少知名人士。其副刊的主笔和编辑先后就有谢冰莹、夏衍、凤子、沈起予、吴祖光、孙伏园、王恺元、碧野、范寄病、姚苏凤、施白芜、黄苗子、郁风、陈白尘、陈迩冬、聂绀弩、李兰等，既有本地的文化界人士又有来川的“下江人”。

副刊编辑宽广的人脉关系，也为这份新到重庆的报纸网罗了不少文化界的知名人士。叶圣陶对《新民报》印象非常深刻，初到重庆时，他就在给朋友信中谈及重庆市面上的报纸中，唯有《新民报》“倒还可以看看”①。当时，谢冰莹正在主编《新民报》副刊《血潮》，曾邀约时在重庆的叶圣陶写稿。1938年叶圣陶先后在《新民报》上发表了《向着简练方面努力》《自己练习和给别人看》《写那的确属于自己的东西》《动手写作以前》《求其“达”》《语言和文章》《生命和小皮箱》《受言》等不少文章。

2.《新蜀报》：副刊编辑的调整

抗战爆发，《新蜀报》鼓励重庆市民行动起来为抗战出力，向重庆人宣传抗日。这份充满浓郁地方色彩的报纸在陪都时期依然保持着旺盛的生命力，且获得了一大批下江文人的好感，其副刊《蜀道》在战时重庆报纸副刊中并不容小觑。《新蜀报》在陪都时期成为抗战文艺界最活跃的媒体之一，和全国文艺界抗敌协会保持着密切的关系，聚集了一大批优秀的作家在报纸副刊的周围。

① 商金林编：《叶圣陶抗战时期文集》第1卷，第29页。

不仅如此，《新蜀报》还关注大后方战时文人的生活，最早提出如何保障战时作家生活问题，并就此进行了讨论。1941年2月陪都文化界开展出钱劳军运动，文协在2月14日即在《新蜀报》的《蜀道》发布重要启事，呼吁文艺作家将稿费赠予前线将士。2月21日文协在《新蜀报》营业部义卖会员字画，为劳军筹款。作为地方报纸不但没在和下江报的竞争中失去市场，反而维持生存且还不断壮大，其中既有《新蜀报》和下江文人良好的互动关系，也和《新蜀报》聘请下江作家为副刊编辑密不可分。

在国民政府迁都重庆时，时任《新蜀报》的总经理是周钦岳，副刊编辑金满成。周钦岳是重庆巴县人，金满成是峨眉人，二人都是在巴蜀之外的世界中游历多年才返回四川。周钦岳慷慨好客，有孟尝君的雅号，好摆龙门阵，经常邀约新闻界和文艺界人士聚会。不少作家都参加过《新蜀报》的宴会，一方面周钦岳好客，“报馆有好厨子，菜蔬驰名，四川又有大曲美酒”①；另一方面，在重庆的下江作家不少都是单身赴渝，妻子儿女都不在身边，异乡客居之中，能够有这么一个朋友汇集相聚之所，自是非常乐意。1940年10月2日，黄芝冈赴《新蜀报》晚餐约，“用报社厨工所办川菜宴客，有可口之小菜与丰盛之大肉”②。聚会宾主尽欢，黄芝冈在日记中称赞叹“此月来可纪之事也。”阳翰笙曾在日记中记录了1941、1942年两次参加周钦岳新年聚会的场景。1941年的元旦宴饮非常热闹，“还真像个过新年的样儿。到了五十余人，猜拳、叫嚷、劝酒，闹得一塌糊涂”③。1942年的新年聚会，由于在“皖南事变”之后，尽管郭沫若、冯乃超、阳翰笙、老舍、何容都参加了，较之于前一年元旦宴饮的热闹，因不少文化人离开重庆，“大家都有些怆然，都觉得今年今日实在令人太寂寞”④。此外，《新蜀报》还将其在白象街的报馆腾出房屋供老舍、何容等作家居住。《新蜀报》如此爱和文艺家之间往来，使得《新蜀报》报馆一度成为陪都文艺界人士聚会之所。

《新蜀报》的副刊办得有声有色，其编辑金满成也和不少“下江”作家是朋友。金满成留学法国，后在北平的中法大学读书，是一名优秀的法国文学翻译家，同时也是一位小说家，他的著作《我的女朋友们》曾一度畅销，在不到

---

① 陈纪滢：《抗战时期的大公报》，台北：黎明文化事业股份有限公司，1981年，第9页。

② 范正明校录：《黄芝冈日记选录（一）》，《艺海》2014年第1期。

③ 胡风：《胡风回忆录》，北京：人民文学出版社，1993年，第213页。

④ 阳翰笙：《阳翰笙日记选》，成都：四川文艺出版社，1985年，第4页.

三年的时间里再版过三次。1927 年金满成在好友王昆仑创办的《民众日报》担任副刊编辑。1929 年加盟南京《新民报》，主编副刊《葫芦》。在南京时，他加入了中国文艺社，还和好友聂绀弩组织了“甚么诗社”。1932 年因《新民报》副刊《葫芦》发表了很多言辞激烈的文章，导致《新民报》受到勒令停刊一日的处分，金满成就带着家人回到四川，开始在重庆《新蜀报》担任副刊编辑。金满成担任副刊编辑期间，《新蜀报》副刊《金刚钻》同样继续了《葫芦》的辛辣风格，对重庆和四川的种种痼疾予以猛烈的抨击。1937 年 5 月 16 日，重庆成立了“全国文化界救国联合会”，金满成被推举为主席，积极从事抗日宣传活动。有过在北平、上海、南京三座城市读书、办报的经历，金满成主持下的《新蜀报》副刊在国民政府迁都重庆、“下江人”入川过程中表现出了积极的态度。

抗战全面爆发后，周钦岳多方延揽人才，不仅聘请有经验的编辑，还吸收复旦大学新闻系的毕业生做实习编辑①，《新蜀报》的业务逐渐大有起色。1940 年《新蜀报》改版，推出了文艺副刊《蜀道》，先后邀请来自下江的姚蓬子、梅林、王亚平等担任主编。在姚蓬子担任《蜀道》编辑期间，以其文协出版部主任的身份，兼职《新蜀报》副刊主编，为《蜀道》吸引了无数优质的稿源，不少人将文章交由该报发表。尤其是老舍，经常将文章交给《新蜀报》发表。1940 年老舍的系列杂文《未完成的颗粒》在副刊《蜀道》发表，连续 3 次续完。老舍的长诗《剑北篇》之十六《老河口》、十七《襄樊》、二十一《临潼——终南山》、二十二《西安——中部》、二十三《中部——秋林》等也在《新蜀报》上连载。《新蜀报》经常报道文坛动态，设有“文艺简讯”专栏，并时常对文协的活动做报道。如 1940 年 1 月 27 日《蜀道》召开第一次座谈会，主题是“如何保障作家战时生活”，此话题立刻获得了大后方文艺界人士的关注，并引发了热烈的讨论。1940 年 2 月 6 日，以《文协诗歌晚会》为题，报道文协在中苏文化协会会堂举办的诗歌晚会。这些作家的名气，以及《新蜀报》和文艺界良好的关系，足以令这份本地报纸不容忽视。

如此种种，无不使得《新蜀报》以地方报纸的身份在“下江”报系林立的陪都维持了其重要地位，而《新蜀报》的发行量也一路攀升，从过去发行量的约四千份，逐渐上升到六七千份之多，几乎与《大公报》抗衡②。而这一成就的取得，显然是“下江”作家和本地文化人相互融合的结果。

---

① 参见董懿娜整理：《赵铭彝关于一个世纪的回忆》，《新文学史料》1999 年 11 月。

② 同上。

3.《国民公报》的文学副刊

《国民公报》和《新蜀报》一样是地方报。该报创办于1936年8月1日，由四川民主资本家康心之和康心如兄弟出资筹办。康氏兄弟在重庆财政金融界有相当高的资望和地位，《国民公报》特有的经济版很受工商界人士欢迎。抗战爆发后，《国民公报》及时进行抗日救国宣传，并邀请下江文人主持专栏和副刊，成为文艺界人士各抒己见的园地。

《国民公报》之《星期增刊》的主编姜公伟是中国戏剧学会会员，战时由天津来到重庆，对戏剧的爱好和其“下江人”的身份，使其能结交下江文人。尤其是戏剧，陪都上演的多次剧演，《星期增刊》都为之出过特刊。

关注入川文化人士的动态也是其特色之一。1938年1月刊有《马寅初会见记》，并请马寅初题写了“利用上海游资，开发四川富源”的题词；同年2月邹韬奋来渝，《星期增刊》发表了访问记；1941年以《文化圈中的苦力》、《第二期抗战文化工作的瞻望》为总题，邀请在渝文化人发表新年希望的笔谈，郭沫若、潘梓年、宋之的、吴祖光、余上沅、应云卫、史东山、傅抱石、彭子冈、谢冰莹、白杨、胡风、徐盈、陈纪滢、靳以、罗荪等人皆寄来稿件，抒写对新年的愿望和个人生活的辛酸；1944年湘桂大撤退，登出从桂黔等地大撤退来渝的文化人访问记。

《国民公报》文艺副刊有多种，《国民副刊》《国民文苑》《文学副页》《山城》《海外》《文群》等，除《国民文苑》主要刊发旧体诗文外，其余副刊都以新文学为主。抗战期间在《国民副刊》担任过主编的有姜公伟、刘以鬯、陈封雄、温田丰、文里平等。郭沫若的《屈原不是弄臣》、臧克家的《作主》、巴金的《记剑波和他的小书——心字》、施蛰存的《新的神话》、端木蕻良的《诗的战斗历程》、焦菊隐的《重庆小夜曲》、陈白尘的《升官图》等都发表在《国民副刊》。1943年6月副刊《文学副页》创刊，前后出版99期，有茅盾的《谈写作技术》，姚雪垠的《我的学校》，臧克家的《家书》《跋涉吟——长途短句》等。①

在这些副刊中，时间跨度最长的是章靳以主编的《文群》。《文群》从1939年1月创刊，一直持续到1943年5月，共出版了516期。在《文群》第500期献词中，靳以写道：“为了多数而受苦，编者是心甘情愿的。既然不愿意把幸福建筑在别人的不幸上，而自己就只有担起那过分不幸的担子。这样说

① 陈彝荪、吴克煊、邹知白：《〈国民公报〉纪略》，《新闻研究资料》1984年8月。

着也并不是有抱怨的心，只要对他人有一星子的好，千辛万苦我也愿意承受的。现在想不到这个小小的刊物，原是在苦难中生长，活过了几年艰辛的时日，仍在这苦难的时代中，完成了他的五百期，只是在这一点，编者也该微笑着喘一口长气，稍稍露了一点满意，等着无数的读者和作者的欢欣。”① 这番话道尽了靳以为《文群》所耗费的心血，他主编《文群》，心甘情愿为的是文学理想。以当时的情况，编辑《文群》并不能带来多大的收益，报社给予他的编辑费和稿费总共每月 200 元包干。同时稿件三天就得送一次，每月十期，住在北碚复旦大学的靳以，时常为副刊送稿在重庆北碚间往来。后来即使离开重庆，在遥远的福建，仍然继续维持着《文群》。不仅如此，年轻的复旦大学校园诗人们很多最早就是从《文群》开始他们的文学之路的。靳以在《文群》上专门开辟了一块空间，让与复旦学子们组织的“诗垦地诗社”，给予了年轻诗人们极大的鼓励和支持。因此，对《国民公报》《文群》的坚持，唯有出于编辑对文学强烈的责任感和自身的理想。而《国民公报》邀请靳以作为副刊主编，也使得这份报纸副刊成为在抗战文学阵容中不能忽视的一员。

当“下江人”和重庆人之争在市井间为房价、衣着等琐事闹得不可开交之时，重庆文化人却以热情和包容的姿态欢迎来到重庆的下江文人。重庆历来商业文化氛围浓厚，在大西南地域广阔的诸多城市中，扮演着经济核心的角色，从而形成了重庆人务实的性格。同时，重庆人性格热情，性情猛烈，同处巴蜀，就有“巴出将，蜀出相”的古老说法。这在文化上形成了重庆人既自信的一面，又有乐于学习，易于接受新生事物的一面。“下江人”和重庆人的隔阂，在具体的日常生活细节上表现明显，这是不同生活方式的协调和适应。但在文化的层面，却并未形成激烈的冲突。固然“下江人”始终用挑剔的、充满优越感的目光注视重庆，但重庆人非常明确自身在现代文化和文明上与下江的巨大差距。下江文人来到重庆，带来的是重庆所未曾有过的现代文明和文化，在重庆本地的文化精英眼中，不但不构成对重庆文化的威胁，反而有带动地方文学和文化发展的可能，从而缩小重庆和长江下游城市之间在现代文明方面的差距。因此，重庆人自信而又热情地接纳着源源不断而来的文化人，为他们的落地重庆提供帮助，并对他们的到来充满期待。

对陌生的“重庆客”而言，来自本地人的接洽和帮助显得异常的珍贵。因此，当《弹花》在重庆复刊的第一期《编后》中，赵清阁特意感谢了金满成，

---

① 南南：《从远天的冰雪中走来——靳以纪传》，太原：山西人民出版社，1999 年，第 106 页。

因为金满成“不以新相识而隔阂，予本刊以诚意的协助，及有益的指示。实在是编者在这陌生环境中最感到快慰的”①。下江杂志事实上也并不以自身优势而对本地刊物排挤或者轻视。王平陵主编的《文艺月刊》第二卷第二期既介绍了战时文艺刊物《抗战文艺》《抗到底》《弹花》，也为《春云》做广告，将其四卷三期的目次悉数刊发在该刊。

地方报系在下江报纸入川过程中也提供了支持。《新华日报》入川之时，周恩来嘱托《新蜀报》总编周钦岳对《新华日报》迁渝之事多支持，后又通过郭沫若拜托《新民报》负责人陈铭德对《新华日报》给予帮助。《新华日报》迁渝，周钦岳举行了欢迎宴会，而《新华日报》在重庆得到地方人士的帮助，解决了报馆、印刷厂等关键问题，很快就在重庆发展起来。②《大公报》主办人胡政之和吴达诠都和四川有着密切联系，胡政之是成都华阳县人，吴达诠虽籍贯浙江，却自幼在四川长大。《大公报》的总编辑张季鸾和《国民公报》的康心如、康心之兄弟是多年的好友，在《大公报》迁渝之前，《国民公报》的经理杜协民，是《大公报》派驻在重庆的特派员。这些关系无不为《大公报》渝版的创刊争取到了大力的支持，所以任职《大公报》的陈纪滢认为，渝版的《大公报》在重庆天时、地利、人和，“比在上海、武汉的环境还要好”③。

下江报纸和杂志迁渝过程中，少不了重庆地方报系的支持。重庆地方报系，无论《新蜀报》《国民公报》皆以开放的心态欢迎下江报系的到来，且为来自下江的作家们提供多方的帮助，从而赢得下江作家们的喜爱和信任。就是在这样一种彼此交融的境况下，不但下江报系很快在重庆有了各自的发展，《国民公报》《新蜀报》等本地报纸也在陪都重庆时期进入了各自生命中的旺盛期。

随着时间的深入，“下江人”和重庆人之间的争论逐渐少了，思想上的鸿沟仍然存在，只是大家都认为没有必要再为这类事儿争执。本地人对于来自海岸西来的“下江人”的种种看法未必认同。但“下江人”来后对于重庆经济、文化各种革新工作的贡献，同样让本地人心生敬佩。“下江人”逐渐适应了重庆的生活，明白他们在重庆不过是暂时居住，是“重庆客”，因此一般也不再那么猛烈地批评。再加上连续不断的大轰炸，无论是“下江人”还是重庆人，都要去面对战争威胁。人们疏散到重庆周边的乡间，“下江人”彻底融入本地人生活之中。

---

① 《编后》，《弹花》第6期，1938年10月1日。

② 廖永祥：《新华日报史新著》，重庆：重庆出版社，1998年，第68页。

③ 陈纪滢：《抗战时期的大公报》，第7页。

第三章　活跃在抗战宣传中的下江作家

1938年初到1939年可视为“下江人”到重庆活动的初期，这一时期呈现出来的依然是充沛旺盛的抗战激情。刚到重庆的文艺家们迅速地投入了抗战文艺的建设之中，他们在各类集会上对民众讲演，忙碌于用通俗易懂的语言创作宣传作品，激发民众对抗战的了解。抗战初期，重庆本地已经有了很多抗敌组织，做了不少的宣传动员工作。但其规模仍然非常有限，主要依靠青年学生团体和一些社会组织进行，影响力仅限于重庆周边乡村场镇。下江作家来到重庆后，掀起了范围更广的抗敌宣传，他们积极介入各种社会活动之中，作家们和民众的接触前所未有地频繁和密集。作家成为各种座谈会、集会、讲演上的重要角色，他们动员民众，鼓舞士气。

可以用“亢奋”来形容这一时期的重庆文学界，作家们急于在重庆找到用武之地，投入到抗战的潮流中。在这激烈紧张又充满希望的氛围中，人们急切地想加入重庆这个“大熔炉”，达到“忘却一己的存在与厉害，大熔炉里自可熔铸出一种新的品格，新的生命，新的人出来”①。作家们热烈地讨论着如何将宣传深入到民众，如何将作品的形式和地方文学形式、方言相结合，并不断地在创作上进行尝试。

在这过程中，通俗文学成为作家们关注和讨论的热点，各种相关的理论和创作都层出不穷。在关于通俗文学的讨论中，身居重庆的下江作家们自然而然接触到了四川方言。四川方言进入了下江作家们的创作视野，成为创作过程中有意识的尝试。然而尝试出自宣传的需要，距离专门的潜心研究和实践用四川方言创作尚有一定距离。下江作家关注方言和地方戏的改良，首先是为了抗敌宣传获得应有的效果，一旦回归到各自的文学创作，他们依靠的仍然是熟悉的

---

① 凤子：《在重庆》，《旅途的宿站》，香港：三联书店，1985年，第16页。

语言方式。对四川方言的运用和四川地方戏剧的变革，认识得最透彻的仍然是川籍作家。

一、文艺界和抗战宣传

下江作家追随政府西迁到武汉，又从武汉到重庆。对于作家在战时的责任，他们都非常认可的是“文章下乡，文章入伍”，也即是认同作家在战争时期应该用文字来做抗战的宣传，创作反映抗战的文学作品。作家的角色不仅仅是书斋中的书生，更是笔部队的战士，创作的作品必须肩负起抗战的任务，尽到宣传和写作的义务。文艺家对政府也表现出了极大的支持和包容，文艺组织成为文化宣传的主要力量，“我们只知道尽力于抗战和与政府合作，是我们的天职”，“因我们与政府有这种关系，所以政府才信任我们，关切我们”①。责任感和信任感成了作家参与公共活动最大的推动力之一。作家活动范围跨出了文艺界，介入到公共事务，在各种社会活动中都充当了重要的角色，他们创作，演讲，参与抗日救亡的社会活动。尤其是在重庆，因重庆陪都的城市地位，和同在大后方的昆明、成都相比，重庆作家们的社会活动更加活跃。

“七七事变”之后，重庆就掀起抗日救亡活动热潮，先后成立了重庆妇女抗敌后援会，重庆市救亡歌咏协会、重庆文化界救亡协会。这些抗敌组织走上街头，走入乡间，在民众间起到了一定的宣传作用。街头宣传主要包括壁报、演讲、教唱、粉笔运动等，而最吸引大众，效果最好的则是话剧表演。

1. 以话剧的形式进行宣传

抗战初期的重庆拥有怒吼剧社、怒潮剧社、吼声剧社、青白剧社、戈兴剧社、民族剧团、南友剧社、七七剧团、移动演剧队、儿童演剧队等 20 多个演剧队。1938 年 10 月 10 日至 10 月 31 日重庆的“戏剧节”上，各种戏剧每天都在剧院、街头和乡村上演，形成了重庆市全体剧人的总动员。② 这些剧社排练了抗战剧目，走上舞台，走向乡村，以活跃的形式鼓励民众团结抗战。其中比较知名的有怒吼剧社和抗敌演剧队。

1937 年 9 月，怒吼剧社在重庆成立，该社由从华北流亡到重庆的剧人和重庆电力公司、成渝铁路局的业余戏剧爱好者组成，赵铭彝、章功叙、徐润甫、

---

① 老舍：《五年来的文协》，《老舍全集》第 18 卷，第 326 页

② 《关于渝市青年抗敌救亡运动的报道》，《新华日报》1938 年 12 月 3 日。

余克稷、陈朗等为该社的执行委员。[①] 同年10月1日怒吼剧社在国泰大戏院公演《保卫卢沟桥》，演出后，不少青年要求参加“怒吼社”，为抗日救亡出力。由于很多青年只会讲四川方言，于是“怒吼社”组织了“怒吼社街村演剧队”，深入到街道和乡村，用方言表演戏剧和曲艺，做抗日救亡的宣传。1937年11—12月期间，“怒吼社”先后在重庆南岸、江北等地演出街头剧，并成立“乡村游击戏剧队”深入到乡场中出演。怒吼剧社的演出以街头剧为主，剧目有《放下你的鞭子》《长城月》《当壮丁去》《张家店》《黑地狱》《难民曲》《大家一条心》等。

另一支由四川旅外剧人组成的抗敌演剧队在吴雪的带领下，1938年5月从成都出发巡回演出，经乐山、宜宾、泸州、重庆、永川、内江、资阳等19个城镇，历时7个月，行程1500多公里，用四川方言演出话剧10余出。演剧队所到之处，说的都是四川方言，“乡土味很浓，演出效果很好，深受群众欢迎”[②]。其中他们创作的《亮眼瞎子》就是流传至今的《抓壮丁》的首演本。

演剧之外，街头抗敌宣传是主要的宣传手法。青年学生是街头抗敌宣传的主力，重庆大学、川东师范以及市内各中学的学生们都用自己的方式去向大众进行宣传。1938年重庆大学抗敌后援会开展寒假乡村宣传工作，足迹遍及四川的永川、荣昌、隆昌、内江、自流井、富顺、泸县、江津等地。宣传的模式以文字宣传、口头宣传、化装宣传、歌咏宣传为主。其中文字宣传以壁报的方式，用通俗、简短、精确的文字，加上有刺激力的图画，传递最新的抗战消息。口头宣传则利用街头、学校、民众教育馆等公共区域，做抗战的演讲。[③]

2. 歌咏队和壁报等其他形式的宣传

最能吸引大众和鼓舞士气的除了演剧还有歌咏。歌咏队的规模和演剧队的规模不相上下。抗战初期的重庆拥有民众歌咏会、青年歌咏研究社、中航歌咏队等多个组织。歌咏的方式常常能调动起参与者亢奋的情绪，“唱声一发，会场立即肃静，唱声一竭，掌声雷动”。[④] 重庆救亡歌咏队在乡镇演出时，“全镇充满救亡歌声，群众为之兴奋，并于当时学会简单之救亡歌曲。”除了自己唱，

---

① 苏光文：《抗战文学纪程》，重庆：西南师范大学出版社，1986年，第8页。

② 金青禾：《吴雪与四川旅外剧人抗敌演出队》，《四川统一战线》2005年第5期。

③ 《重庆大学抗敌后援会开展乡村宣传的工作报告》，《战时动员》，重庆：重庆出版社，2014年，第26页。

④ 《重庆大学抗敌后援会开展乡村宣传的工作报告》，《战时动员》，第30页。

教歌也是歌咏队的主要内容。重庆大学抗敌后援会在乡村宣传中教观众唱歌，所教之歌曲以《义勇军进行曲》《打走日本人》《认清敌人》《救国军歌》《牺牲已到最后关头》等抗日歌曲为主。学唱的以儿童为最多，“许多小朋友排成了队伍在街上唱着《抗战到底》、《牺牲已到最后关头》、《救国山歌》、《光明歌》，又喊口号，他们都说要打倒日本帝国主义，救中国呢！”①

壁报也是重庆抗敌救亡宣传中的重要方式。各个团队都出版自己的壁报，大街小巷和村头都贴满壁报。为了充实壁报内容，重庆战时书报供应所将时事、抗战知识、日军暴行、英勇故事等整理成《壁报资料》，定期发行，为壁报工作者提供办报的资料。而且，他们还很注重壁报质量，曾由战时书报供应所召开座谈会，讨论壁报在出版份数、日期、张贴地点等方面的问题。除了壁报之外，不少团队还组织粉笔队，将抗战的标语口号写在各街巷。

总体上说来，在1937—1938年期间，重庆的抗敌救亡运动在形式上具有浓郁的地方色彩。地方色彩浓厚首先表现在演出的地点，既有舞台的公演，也有街头或近郊农村表演街头剧，尤其是茶馆、乡场等民众集中的地方，是演剧队表演的最佳场所。乡村“赶场”的时候，附近的村民都汇集在场上，很容易达到宣传的效果。往往在“赶场”天，不约而同好几支队伍在同一乡场上表演。根据剧情，演员们化装成汉奸、日本军官、中国兵等，混入人群之中。一路走在乡场上，边走边讲演，唱词根据演出的情形，自行选撰，内容必须以抗战为主。这样的情景表演往往吸引农民和小孩，让他们信以为真，“都嚷着打汉奸”②。其次，重庆的抗敌宣传也充分利用老百姓所喜爱的民间形式，利用旧形式和调子，如莲花落、金钱板、双簧、花鼓等，都为重庆老百姓所熟悉。因此，演剧队一到乡场，往往能够吸引老百姓的注意力，赶场的乡民，“他们都停止了讲生意，把视线集中在我们身上”；在表演还没开始的时候，“台子下面就有很多农民等着了”③。

尽管重庆街头的抗敌宣传活动非常活跃，但仍处于宣传的最粗浅阶段。第一，表演的剧目重复，情节简单。几乎所有的演剧队，演来演去的都是那几幕话剧。不少话剧的台词完全就是宣传口号，演《汉奸与鬼子》就高呼：“凡是汉奸，都要杀光”，演《打回老家去》就大喊“东北是我们的，我们要打回去啊！”这样的演出在一时间可以振奋人心，但却很难起到持久的效果，显得比

---

① 《课余农村宣传队在寸滩演出的报道》，《新蜀报》1938年6月20日。

② 《巴县中学开展乡村宣传的工作报告》，《战时动员》，第36页。

③ 同上。

较浮面。第二，虽然组织众多，但人员重复较多，往往一个人参加几个组织，而“广大的青年工人、青年农民、商人子弟尚未被吸收进来一道走，就连占知识青年最大多数的学生也都还剩着绝大部分在那儿苦于救国无门”①。

《新华日报》在报道重庆青年抗敌救亡运动时，对重庆青年救亡运动予以了肯定，认为“具有着充实的内容”。《新华日报》称赞他们“在这一全国政治中心、西南唯一重镇的地方，是在尽着他们最大的努力进行他们的良心的工作。”更重要的是，“在逃难者对重庆发生惑疑的时候，这里的青年们却依旧与更加起劲儿的（地）工作着”②。这番话是对重庆青年抗敌宣传的鼓励，同时传递出来的信息则暗示了外来者“下江人”对重庆抗敌宣传的某种不满。因为在经历了武汉撤退之后的“下江人”，已经意识到在抗战初期民众不甚了解战争情形，为了鼓励民众、同仇敌忾，简单的描写是可以的。但当抗战已经家喻户晓，对战争情形已经明了之后，通俗文艺需要适应民众进一步的需求。

不管怎样，抗战初期重庆抗敌文化宣传中的歌咏、演剧、旧形式的利用等手法，其实和后来抗战宣传所倡导的方式都是相一致的。抗战文艺中作家们所讨论的旧形式利用、朗诵诗、地方戏剧、方言剧等话题，无形中和以上重庆各抗敌组织所做的是相吻合的。

二、“下江”作家和重庆各界公共活动

“下江”作家的到来掀起了陪都社会的抗敌活动的新高潮，作家们成为公共活动中的活跃分子。他们与社会团队、政府积极合作，对社会进行抗战的宣传。这一时期，作家们出现在各类民众集会、社会活动中，他们或参与活动，或发表演讲，主题无不围绕团结抗战这一时代主题。作为抗战时期文艺家最大组织的文协，更是活跃在社会活动的各个领域。不仅如此，作家们更在演讲中向民众讲授抗战文艺作品写作的技巧，直接将自身的心得体会传授给大众。

1. 文协和社会活动

文协总会迁渝时就表示“文协”愿意协助政府宣传抗战。老舍说：“文协总会迁到重庆，极愿帮助政府机关作这个（通俗文艺）工作。我们写，政府给

---

① 《关于渝市青年抗敌救亡运动的报道》，《新华日报》1938 年 12 月 3 日。

② 同上。

印，给送到前方与后方去，是正合出钱出力的道理”①。抗战期间，文协帮助国际宣传处编撰小册子向国外宣传中国抗战文艺作品，组织作家战地访问团，派代表参加南北慰劳团，这些都让文协感到了自身的重要意义。文协的活动并不局限于文艺界，而是积极参与陪都街头各类公共活动，努力履行自己作为一个社会团体在抗战中的职责。

1938 年 9 月国民政府再次发动募集寒衣活动，为前线将士和难民募集寒衣。重庆市妇慰会募集寒衣一万件，但每件寒衣需要附一封慰劳信。文协在《抗战文艺》第二卷第八期刊登紧急启事，“甚盼本会会员与本刊读者踊跃书写”，并号召大家“事关抗战”，希望能在一周内完成一万封慰劳信运动。1939 年 3 月 12 日国民政府公布了《国民精神总动员纲领》，所谓“国民精神总动员”即使全体国民需以“国家至上民族之上”“军事第一胜利第一”“意志集中力量集中”等三条宗旨为目标，以求国民精神的彻底改造，以达到抗战建国的目的。纲领颁布以后，整个重庆市开始积极响应。按规定，社会各界需定期召开国民月会，文化界同样须遵规定。1939 年 4 月重庆市文化界精神总动员协进会，老舍被推举为大会主席团成员。

1940 年重庆掀起了陪都出钱劳军竞赛运动，各行各业踊跃出钱劳军，国民精神总动员会、重庆市商会、陪都各界文化劳军运动委员会均在各自的行业内发起了广泛的劳军运动。作为文艺界最大的社会组织，文协积极响应，并于 1941 年 2 月开展会员捐稿暨书画义卖。义卖活动前后持续 18 天，参加卖字卖画的文协会员 40 多人，包括老舍、郭沫若、张道藩、冰心、茅盾等，共计出售墨迹计 119 件，收入 3000 多元。这次义卖喊出了“‘文协’出纸笔，作家出力，请诸公出钱”的口号，《新蜀报》连续多日对此事进行报道，使得义卖活动得到广泛的社会关注。购买义卖作品的有普通民众，有民间艺人，有商人，有国民政府高官。山药旦专门订购老舍册页 4 幅，每幅 5 元；刘航琛订购冰心、老舍的字各一幅，活动最终收入的款项全部捐献给了劳军委员会。②

在这些活动中，最深入抗战前线的莫过于组织“作家战地访问团”，让作家们走向战区。1939 年 6 月，文协组织了“作家战地访问团”。“作家战地访问团”的组织，受到国民政府军事委员会战地党政委员的支持。访问团由王礼锡任团长，宋之的任副团长，组员包括李辉英、白朗、陈晓南、袁勃、葛一虹、罗烽、以群、张周、杨骚、杨朔、方殷等 14 人。这个由小说家、诗人、

① 老舍：《答客问：文艺作家与抗战》，《老舍全集》第 17 卷，第 204 页。

② 《作家卖字捐稿劳军》，《抗战文艺》第 7 卷第 2、3 期合刊，1941 年 3 月 20 日。

散文家和画家构成的作家访问团，一路的见闻无疑是他们所未曾经历的。沿途各战区部队和地方政府热情接待作家们，给予他们的访谈提供机会，战区司令、将军、士兵纷纷接受作家们的访问。路上所经历不仅让作家们增加了见闻，更让他们直接面对战争造成的残忍景象，亲历前方战士的艰苦。

访问团所到之处无不受到部队将士的热烈欢迎。部队贴满花花绿绿的标语，写着“欢迎全国文协作家战地访问团给我们带来精神的弹药”“欢迎全国文协作家战地访问团充实中条山的抗战壁垒”①，透露出前线将士对作家们的热情。在一次座谈会上，作家访问团全体同人“几乎是无间断地和访问者谈话，解答着属于小说的，戏剧的，诗歌的以及新闻的各种问题”②。将士官兵们更以自己经历的作战情况，向作家们详加叙述。在华北督导团所在地，作家们和当地民众团队深入交流，分别访问各团队的主持人。这些团队包括剧团、报社、通讯社、中条文化供应社学术研究会等文艺团队，还有政卫队、特务队、保安队等政治武装团队；作家们还分组参加士兵们的小组讨论会。同时，作家们也不失时机地向大家宣传抗战以来的文艺界发展情况，并建立了晋南区文协通讯总站。

这是一次双方都非常热忱的访问经历，作家们对生活和物质上的简陋条件不以为意，被战火毁灭的环境反倒激起他们更高昂的热忱；接受访问的军队将官则对作家们热情接待。前方精神食粮匮乏，军队将士对作家们抱有很高的期待，希望他们能提供更多的作品做将士们的读物。作家们一改散漫、自由的作风，尽管是临时的组合，却非常有序有组织，类似于军事管理的小分队。团员们身穿军装，定期召开小组讨论会，有计划地安排访谈的行程。他们自觉地将作家访问团视为一个团队。他们轮流负责记录每天的工作和行程，“笔游击”是作家战地访问团一行的见闻记录的集合。这样有组织有计划的团队，实在很难让人感觉这是一群作家组成的团队。

除“作家战地访问团”之外，老舍、姚蓬子分别参加了由全国慰劳总会组织的南北两路慰劳团。1939 年 12 月，当慰劳团和作家战地访问团回到重庆后，受到了重庆文艺界的盛大欢迎。12 月 9 日北路慰劳代表团回到重庆，“各界民众代表百余人，郊迎于生生花园，迨代表团专车抵达时，乐声大奏，欢迎

---

① 廖全京编：《作家战地访问团史料选编》，成都：四川省社会科学院出版社，1984 年，第 72 页。

② 同上，第 85 页。

者纷纷趋前握手言欢，情绪至为融洽热烈”①。12月16日，文协又设宴欢迎南北慰劳团归来的姚蓬子、老舍和作家战地访问团成员，有文艺界人士70多人到会。老舍、姚蓬子、宋之的分别报告了前方文艺工作的情况。12月23日文协在青年会大礼堂举行招待会，招待各界人士，并在此请参加慰劳团和作家战地访问团的作家做报告。这次的招待会规模较前次更大，到了文艺界和社会各界人士140多人。1940年1月3日，《新华日报》在化龙桥报馆开会，邀请劳军的作家们座谈，作家们再次汇报了一路上的见闻。

这是文协第一次也是唯一的一次组织作家团队深入到抗战第一线，对作家们真的“入伍”，无论社会各界还是文协都非常重视。这从回来以后的各种欢迎会和陪都新闻界的报道中可见一斑。这不仅是一次游历，尽管文章入伍文章下乡的口号耳熟能详，但能真正离开熟悉的生活环境，深入到战斗的前方，却不啻是一次身体上和精神上的挑战。现实永远超越人们的想象，尽管作家们从重庆出发时已经做好了充足的吃苦的精神准备，可路途上的经历却仍旧出乎预料。

作家战地访问团一路上除了访问、记录之外，也不断地在写作，如为《扫荡报》的欢迎作家战地访问团特刊写文章，组织战地文艺通讯小组等。前方的读物匮乏和日军实施的强大文化宣传形成反比，作家们试图在军队中建立起文艺的桥梁。访问团回到重庆后，不仅在多次从口头上向各界报告前方见闻，文协更制定了后续计划，以解决访问团在前方发现的问题。首先是在前方成立通信站，和文协互通消息，讨论文艺问题；其次将访问团的成果整理成作品，并制作成丛书，期于“六个月内写成诗歌、戏剧、小说、报告等十二册”，并由“中宣部商同出版部及访问团拟定出版办法”；第三则是在后方购置新书赠送给各方不容易看到新书的文艺工作者。文协的这些计划如能执行，会对前方和后方文艺的交流将起到积极的作用。可是，这些计划后来未能完全贯彻，除了文协的经费问题，则是由于大轰炸扰乱了整个重庆正常的节奏。尽管如此，文协筹划参与组织的作家战地访问团，依然是战时作家的一次壮举，文协的影响力随着作家们的足迹扩大，以致老舍在会务报告中自信地说“我们相信了文协已经不是一块牌匾，而是抗战中的一个巨大的力量”②。

文协的各类社会活动不过是战时文艺界参与抗战宣传的一个缩影。在全面抗战爆发之后，无论是社会对于文艺界的要求，还是文艺界自身的口号，无不

① 《北路慰劳团万里劳军昨归渝》，《新华日报》1939年12月10日。

② 老舍：《文协第二年》，《老舍全集》第18卷，第309页。

是走向大众，“文章入伍”，以手中的笔投入到抗战的大潮中。文协的作家战地访问团称自己为“笔部队”，其作品为“笔游击”，都反映了文艺界迫切的抗敌热情。而在重庆，文艺界的活动自然不止于文艺，尤其是作为文艺界组织的文协，更是充当了文艺界代表，配合抗战，参与了更多的社会活动。这些活动虽然看似和文艺没有什么关系，但却在一定程度上缩小了文艺界和社会大众间的距离。

2. 面向大众的演讲、讲座和文艺创作指导

处于战争中的国家更需要有社会知名度和号召力的人士来唤起民众对战争的认识，鼓励和发动民众参与到抗战救国的潮流中。社会对作家有期待，作家自身也投身社会动员之中，他们或面向大众演讲、开设讲座或对抗战文艺宣传的创作做指导等，皆是作家们参与公众活动的主要方式。

抗战时期作家演讲在重庆时常可见，其中恐怕要数郭沫若的演讲最为频繁。据统计，仅 1939 年 1 月份，郭沫若就发表了近 10 次演讲：1 月 7 日，在青年记者学会重庆分会做题为《暴敌无出路》的演讲；8 日一天，先后在中央大学和新民报职工读书会做了题为《二期抗战中国青年应有之努力》和《从近卫内阁总辞职后谈到日本对内对外诸问题》的演讲；11 日，又在外交部招待外国记者席上做了题为《敌阁改组是帝国崩溃的前奏》的演讲；17 日，在文化界座谈会上做了题为《战时文化与工作》的演讲；24 日，在复旦大学做了题为《我敌青年的对比》的演讲；28 日，在纪念“一·二八”七周年暨响应国际反侵略运动大会上做了题为《世界反侵略秩序的建设》的演讲等等①。这仅仅是郭沫若在重庆时期众多演讲中的一部分，却可见其活跃程度。

老舍受邀在重庆做过十余次演讲，其中文化工作委员会、中央文委、战区内迁妇女辅导院、重庆市银行界同人进修服务社、复旦大学等都曾邀请过他前去演讲。老舍演讲的主题都与抗战文艺或文学创作有关，如 1941 年 4 月 13 日在中国留法比瑞同学会演讲，题为《怎样学习文艺》；4 月 27 日，受文工会邀请，在抗建堂做《小说创作方法》演讲；1942 年 3 月 26 日，为纪念文协成立 4 周年，在中央广播电台进行播讲；1942 年 11 月 21 日，应邀为战区内迁妇女辅导院做《妇女与文艺》的讲座；12 月 17 日，重庆市银行界同人进修服务社邮政储金汇业局支社邀请做《青年与文艺》的演讲；1944 年 5 月 15 日在复旦

---

① 王兴盛：《民国时期郭沫若演讲及演讲辞创作研究》，硕士学位论文，山东师范大学，2009 年。

大学讲创作经验，同年11月18日，在复旦大学做《关于文艺诸问题》的演讲；1943年3月4日，应中央文委的邀请，做《读书与写作》的演讲。

到广播电台演讲，也是作家们演讲的一种形式。郭沫若1940年2月3日在广播电台做《春节劳军与军民合作》的演讲，1941年12月23日做《世界大战的归趋》演讲；老舍在1939年4月16日在中央广播电台演讲《抗战与文艺》，也曾有对苏广播《抗战中的中国文艺》，1942年2月7日，文协在中央电台举办广播讲座和诗歌朗诵，老舍做《文艺界动员的意义》演讲。

从郭沫若和老舍的演讲内容来看，两者有相当的差异。郭沫若的演讲涉及内容宽泛，并不仅仅局限在文学，政治、历史等等都是他演讲的主题。老舍的演讲题目大多和文学相关，且有不少是以讲述创作经验和技巧为主题。从演讲的对象看，受众既有学生、社会团队，也有普通民众。尤其值得一提的是，他们的演讲都涉及通过国际宣传，扩大中国抗战影响，如郭沫若在外交部记者招待会上的演讲和老舍的对苏联演讲。

在重庆，各类讲座（或是演讲会）众多，以此形式向大众宣传抗日，成为一种趋势。定期举办讲座的有具有政府色彩的文化工作委员会和中央文委。中央文委和文化工作委员会都是国民政府的文化宣传机构，他们举行的讲演会，邀请的主讲都是陪都各界社会名流，文艺界人士也是主要的邀请对象。

中央文委是国民党的官方文化机构，讲座内容覆盖面广，涉及文化、史学、国防科学、文化建设、宪政、守法运动、学生从军运动、尊师重道运动、战时社会问题等多个方面。在文化讲座方面，受邀进行讲演的既有作家和学者囊括了大后方各个区域，有重庆的作家和学者、有西南联大的、也有在成都的。这些学者和作家的背景虽以国民党文人为主，如国民党主管文化的官员如陈立夫、张道藩等，却并不局限在这个领域，包括左翼的作家茅盾、胡风等都曾受邀参加讲演。例如，罗家伦讲《强者的哲学》（1942年8月10日）、马星野讲《新报业与新文化》（1942年8月31日）、陈铨讲《民族文化运动》（1942年9月22日）、杨振声讲《小说中的人物》（1942年10月）、老舍讲《读与写》（1943年3月4日）、茅盾讲《认识与学习》（1943年3月18日）、胡风讲《论对于文艺的几种流行见解》（1943年7月29日）、李辰冬讲《浮士德的精神》（1944年3月2日）、卢冀野讲《中印文学因缘》（1944年5月）、叶圣陶讲《谈国文教学》（1944年9月）等等。

中央文委非常重视公共演讲活动，将公共演讲作为其主要的工作之一。由于1939年、1940年大轰炸，陪都缺少公众集会的地方，于是中央文委将位于曹家庵巴县女子中学的会址中的三间会堂加以修葺，并命名为“文化会堂”，专用于公共讲演之用。此后，中央文委的演讲活动基本都在文化会堂举行。

文化会堂能容纳400人左右，一些有吸引力的人和有吸引力的主题往往引得听者众多。自1940年5月至1945年底，中央文委共举办讲座122次。在122次讲座中，听众人数从100多到700多，每次人数都不同。超过500人的仅有14人次，其中听众最多的一次讲座是林语堂讲《物质主义与世界和平》，到会的有758人。其次是陈立夫讲《中国的文化建设》，听众有654人。其他听众超过500人的还有从昆明到重庆的冯友兰，他连续讲了三天（1943年2月20、21、22日），主题分别是“新旧道德问题”“道德功利问题”“一元多元问题”，讲座极受欢迎，听众场场突破500人。从听众的人数可反映出主讲人的受欢迎程度及其社会影响力，在听众超过500人的14人次讲座中，主讲人包括陈立夫、冯友兰、老舍、茅盾、黎锦熙、梁寒操、蒋梦麟、林语堂、居正、梅汝璈、潘光旦。其中陈立夫、梁寒操、居正等均是国民政府的高级官员，冯友兰、蒋梦麟、梅汝璈、潘光旦则是知名学者，老舍、茅盾、林语堂、黎锦熙则是文艺界知名人士。

老舍讲《读与写》，到场的听众计有518人，据《新华日报》的报道，讲演会现场“座无隙地”①。茅盾讲座也很受欢迎，听众人数达532人。据茅盾自己回忆，这场讲座是受张道藩的邀请而作，“张道藩请我为他的部下——文化运动委员会的工作人员做一次演讲”②。当时茅盾刚刚从桂林到重庆，张道藩此举或许有争取笼络茅盾的因素在里面，但一方面茅盾本来就是文委会的委员之一，请他做讲座，本在情理之内。另一方面，这场讲座显然针对的对象不只是文化工作委员会的工作人员，文委会是不可能有500多人的工作人员。可见这个讲座并不是完全针对某一群体，且张道藩也做过《中西文化之比较》《文化运动纲领之意义》等两场讲座，到场人数均在300～400人，参与人虽多，但却不是最多。因此，如果仅仅是为文委会部下做讲座，张道藩的听众应该是最多的之一。

由郭沫若领导的军委会政治部文化工作委员会成立于1940年10月，是国民党政治部第三厅裁撤之后组建的文化机构，可以视为第三厅的延续。不同之处在于，第三厅是一个行政机构，文工委则是一个研究机构，侧重于学术研究。文工委讲演会的规模同样庞大，讲演会一般都选择在能容纳大规模人群的地方，如1940年12月的第一次文艺讲演会在国泰剧院，1941年4月的第二次

① 《勇敢写作，慎重发表》，《新华日报》1943年3月4日。

② 茅盾：《雾重庆的生活——回忆录》，《新文学史料》1986年第1期。

文艺讲演会就放在抗建堂。

文工会的座谈会、讲演会所请的学者、文艺家以左翼人士和民主人士为主，其内容包括史学、文艺、时政等。郭沫若曾讲《古代社会研究》，邓初民讲过《清国政治史》、翦伯赞讲过《新史学讲座》。文艺则有老舍讲小说、田汉讲戏剧、贺绿汀讲音乐，宗白华讲《中国艺术之写实、传神与造境》等。1940 年 12 月 28 日文化工作委员会在国泰大戏院举行文艺演讲会，被称为“文艺界大检阅”。茅盾、老舍、洪深、马彦祥、史东山、贺绿汀、阳翰笙、胡风等出席。演讲会由郭沫若主持，老舍、马彦祥、史东山分别作了一年以来文学、戏剧、电影发展的专门报告。随后，茅盾、洪深、阳翰笙又分别做了文学运动、戏剧运动和电影艺术三个主题的演讲。演讲会参与者众多，据《新华日报》的报道，参与者将近千人，整个国泰大戏院座无虚席。参与者不仅有文艺界人士，还有许多的职业青年、青年学生等。演讲深受大家欢迎，“众皆盼第二次盛会之早日再见”①。

3. 指导大众写作

作家指导民众如何写作，在抗战初期也极为常见。他们或撰文，或担任指导教师，从最基础的文字讲起，努力推进文艺的写作。叶圣陶做过一次关于抗战宣传的演讲，他的演讲围绕标语、讲演、壁报、歌咏、戏剧等方面展开，向听众简述怎样写一个没有语病的标语，如何做一篇能让人印象深刻的壁报等。

在这方面做了很多努力的，当属老舍。老舍非常关注对青年写作的指导，不但在演讲中多次强调青年与文艺的重要关系，还曾在文协年会的总结中，指出文协对青年写作的指导问题上做得不够，未能更多地联络青年、指导青年。在对青年习作的扶助与指导方面，他不仅仅是谈论，更参与实践，亲自担任指导教师。

到重庆不久，老舍就曾应“重庆文艺界救国联合会”的邀请，担任青年文艺创作的指导教师。“重庆文化界救国联合会”成立于 1937 年 5 月 16 日，是一个本土作家组织，金满成任主席，漆鲁鱼、温嗣翔（田丰）、李华飞、萧崇素、陈凤兮等为理事。“七七事变”后，“重庆文艺界救国联合会”开设了“暑期文艺讲习班”“战时知识训练班”“自强读书社”“文救演剧队”“诗报半月刊”等，其目的就在为宣传抗战，向民众普及抗战知识，更重要的是培养

---

① 《用锋刃之笔坚持抗战，文艺界举行大检阅，作家分作一年总结报告》，《新华日报》1940 年 12 月 29 日。

新的文艺队伍。“暑期讲习班”开设的课程有社会科学常识、近代文艺思潮、文学原理、作品研究、演剧论等①，其课程的重点在文学作品的创作和研究。担任暑期讲习班的教师，以重庆地方文人为主，如金满成、李华飞、漆鲁鱼等。老舍应邀为地方青年的文艺讲习班做指导，既显示了老舍的亲和力，又给予重庆青年们绝佳的机会，受到如此优秀作家的指点。

“自强读书社”也是重庆文化人在抗战爆发后组织的众多战时文学宣传组织之一。1938 年 10 月 24 日，老舍应重庆地方青年团体自强社的邀请，担任自强读书社文艺组的指导，显然让自强读书社这样的地方文艺兴趣组织有了更强有力的指导。老舍担任了第一阶段的指导，先后 5 次参加自强读书社的活动，和年轻人一起讨论小说原理和创作方法。第一阶段的指导后，文艺组希望文协继续派人指导，于是老舍仍承担了这一指导工作。

除了老舍，曹禺所在的戏剧学校也曾在 1938 年 7 月举办“暑期战时戏剧讲座”，曹禺和余上沅分别讲授编剧和导演，讲座为期半月，听者众多，同样为抗战戏剧宣传培养力量。

无论是讲演会、讲座还是直接参与指导青年人的创作，无不拉近了作家和社会的距离。文学和大众联系更为紧密，居住重庆的人们能够有机会一睹著名学者、作家们的风采，文学也由此扩大了在社会中的影响力。当然，这些创作指导主要服务于抗战宣传和动员，具有非常强烈的目的性、时效性，从一定程度上看，这对战争初期激励民众团结抗战具有相当明显的作用。

这一时期，生活在重庆的下江作家们，心中无不激荡着民族和爱国的激情。连性格内向的作家，自称“每每不高兴加入群众中去，不很发表意见”②的作家，也乐于走向民众，做抗战宣传和普及工作。作家因战争出现在社会活动的各个方面，他们走出书斋，走上街头，让大后方普通民众更近距离地接受了抗战知识的普及。更难能可贵的是，他们不仅以手中的笔和熟悉的文字参与抗战，也以自己力所能及的方式为抗战出力。1942 年夏，在北碚国立编译馆发起的募款劳军晚会上，梁实秋和老舍合作演出相声，演出非常成功，引来不少人的邀请。梁实秋和老舍“约定不再露演，除非是至抗战胜利再度劳军的时候”③。中国的知识分子很难会粉墨登场在公众中演出，演是为了国家，以为

① 《文艺情报》，《新蜀报》1937 年 7 月 7 日。

② 叶圣陶讲，邓福谦记：《对于抗战宣传的一点意见》，《春云》第 3 卷第 4 期，1938 年 4 月 25 日。

③ 梁实秋：《忆老舍》，《梁实秋文集》第 3 卷，第 181 页。

军队募捐的名义，他们才会欣然客串。梁实秋和老舍的这次合作，堪称绝无仅有。

在陪都的文艺界是繁忙的，大家热心参与各种社会活动，不少人都忙碌异常。快节奏的步伐令初来乍到的人们印象深刻。李劼人从成都到重庆，觉得最使人惊异的，倒不是爬坡上坎，而是“一般人的动态，何以会那么急遽?”① 从昆明到重庆的冰心对重庆的第一印象是“忙”和“挤”。“忙”也是朱自清的感受，他仅仅路过重庆，就已经不由自主地被忙的气象所包围，“好比在旋风里转”②。时间不够用成为大家的同感。负责文协研究部的胡风自叹时间都被占据了，外地到重庆的作家，文协要负责开欢迎会、座谈会、晚会；同时文协还要主导召开“诗歌晚会”“戏剧晚会”“战地文艺工作座谈会”等。③ 开会、会客、访朋友，占据了作家们不少时间。仅就从作家对社会活动的参与程度来讲，在抗战时期的重庆的确形成了一个高潮。

三、地方形式的利用和思考中的实践

除了以文艺创作和演讲等形式向民众宣讲抗战之外，如何利用地方形式，让更多的民众了解抗战，在此问题上作家们做了大量的努力。地方文学的改良几乎成为文艺界的共识，通俗文学创作、利用旧形式等问题在各类座谈会上讨论得热火朝天。《七月》举办了《宣传·文学·旧形式的利用》座谈会，文协与通俗读物编刊社共同召开通俗文化运动座谈会，各类文学杂志上讨论通俗文学的文章比比皆是。无论是“下江”作家还是本土作家，都认真地思考地方文学改良、通俗文学的创作，并不断地尝试。他们撰文讨论通俗文学创作，在实践中创作鼓词、快板等老百姓容易接受的作品，深入到重庆的街道、区县乡镇，发动更多的民众关注抗战。

1. 关于通俗文学的讨论和实践

如何做到让地方老百姓能够听得懂，让通俗文艺的制作和地方形式结合起

---

① 李劼人：《从吃茶漫谈重庆的忙》，《李劼人全集》第7卷，成都：四川文艺出版社，2011年，第313页。

② 朱自清：《重庆行记》，《朱自清全集》第4卷，南京：江苏教育出版社，1990年，第438页。

③ 参见胡风：《胡风回忆录》，第184页。

来，以老百姓喜闻乐见的方式创作出抗战作品，是通俗文艺倡导者们最关心的问题。通俗化问题的讨论，早在武汉时期就已经开始。文协在武汉召开过座谈会，讨论“怎样编制士兵通俗读物”，包括民众和士兵所需要的通俗读物是否一致，是否应该利用旧形式来制作新东西。到重庆后，制作通俗文学仍然是文艺界讨论的热点。魏猛克《抗战以来的中国文艺界》指出通俗文学这一问题的重新提出，是战时环境的需要。顾颉刚则从如何适应抗战需要与民众的要求、如何选定主题与题材、什么是旧形式以及对旧形式的运用等方面，阐释了如何写作通俗读物。黄芝冈的《我对于“旧形式”的几点意见》针对文艺界对“旧形式”的不同看法，认为抗战文艺工作不仅是“坐而谈”，更要“起而行”，“不在行动中团结起来，却专向理论上做仔细的吹求，我以为是很不好的”①。

在这一话题上，既有理论的探讨，又有创作的实践。老舍是通俗文艺有力的倡导者，自武汉时期起，就开始了鼓词、相声等民间文艺形式的创作，以配合抗战。文协到重庆后不久，于 1938 年 10 月 31 日成立了第一期通俗文艺讲习会。讲习会由老舍、何容、老向、赵纪彬、肖伯青分别担任指导，老舍讲授“通俗文艺的技巧”，何容讲授通俗韵文的用字与声韵，老向讲授“文艺宣传”，肖伯青讲授民间歌唱的谱调及通俗韵文如何与音乐配备的问题。

老舍最看重的是通俗文艺对民间形式的利用，他多次提到用民间艺术资源来创作抗战时期的新的通俗文艺。他曾在《论通俗文艺》中提出，要写好通俗文艺，“必须有热诚，认清了为谁写”，即创作要忠实于观众，而非专门表现自己。要达到这一目的，首先是“尽量采取民间成语，宁可忠于听众，而使文字吃亏”；其次“不要一下子把世界大势和政治问题等等全搬进来，因为述说这种东西非用许多经济的或政治的专门用语不可，使作者无法下笔。”② 也即是用老百姓所能理解的方式和词汇来宣传抗战，而不仅仅是讲大道理，只有这样，才能让抗战的影响力及于广大乡村，让更多的普通大众了解抗战。

抗战期间，老舍创作了大量的通俗文艺作品，如鼓词、拉大片等。老舍不但写鼓词，还很注重鼓词的表现形式和效果。他向山药旦（富少舫）学习京韵大鼓，琢磨鼓词和音乐的结合。他创作的鼓词，经艺人富贵花唱出来，“虽是

---

① 黄芝冈：《我对于“旧形式”的几点意见》，《抗战文艺》第 2 卷第 10 期，1938 年 11 月 12 日。

② 老舍：《论通俗文艺》，《老舍全集》第 17 卷，第 152 页。

出自一个女子的口中，但是歌词中仍带有威风凛凛，气壮山河的声势”①。

对通俗文艺创作的地方性问题，老舍也非常有感受。老舍是深谙通俗文学创作难度的作家。在抗战时期，他写过鼓词、河南坠子、旧剧等等。在创作河南坠子时，老舍用北平俗语创作，结果很多用语和词汇为唱河南坠子的艺人无法明白。他由此感受语言在通俗文艺创作中的重要性，如果失去语言的地方性，“无论在言语上，还是在趣味上，它就必定也失去它的活跃与感动力”②。

作家魏猛克建议，应该注意“墙头文艺”，即将文字作品写出来贴在街头巷尾，甚至遥远的乡镇。因为真正的“民众教育家”恰恰是那些站在墙脚下，仰起头，张开嘴的老百姓。他们喜欢站在墙脚看，也喜欢坐在茶馆吹牛。看完墙报以后，转身到茶馆一坐，就会滔滔不绝做公开演讲，无形中就达到了宣传、教育的目的。③

在作品中采用当地老百姓熟悉的方言，无疑是能够更迅速地扩大作品的影响力，起到对民众的宣传教育作用。重庆人最喜欢的曲艺形式之一金钱板在战时产生了不少关于抗战的作品。金钱板是四川民间艺人说唱艺术的一种，表现形式灵活快捷，能够深入到街头巷尾。金钱板向来在四川是贫苦百姓谋生的手段，被视为粗鄙俚俗的卖艺，和真正的文学作品相比尚有相当大的差距。但是，在抗敌宣传中，金钱板通俗易懂贴近民众的优势一下子展现出来，成为抗敌宣传的重要方式之一。“下江人”可能对这一表演形式并不了解，却也开始关注“金钱板”。赵清阁主编的《弹花》第三卷第四期登载了秦光银所作的金钱板唱词《刘寅生》，讲述刘寅生为国从军打日本的英雄故事。

金钱板的创作题材在抗战时发生了较大的变化，增加了大量和抗战有关的作品。其中以永川民教馆馆长周敬承所作的抗战金钱板系列在地方上颇有影响力。周敬承所作的抗战金钱板系列，内容均和抗日救亡有关，其中有讲述日本进犯中国的“日本侵略中国的略史”“卢沟桥事变后战况及惨状”，有反应前线战场战斗情况的“北战场”“西战场”，有直接劝诫后方民众，批评国人自私冷漠的“中国民族的弱点”“要狠自己狠”等；有响应国民政府号召，鼓励大家为抗战出钱出力的“当义勇壮丁去”“多买救国公债”等。

这批作品全部采用四川方言，用的都是老百姓非常熟悉的日常口语，且充分发挥了四川民间直言不讳又幽默诙谐的风格，把要讲述的历史和抗战救亡的

---

① 陈纪滢：《三十年代作家记》，台北：成文出版社，1970 年，第 26 页。

② 老舍：《八方风雨》，《老舍全集》第 14 卷，第 387 页。

③ 魏猛克：《从墙脚下谈起》，《中央日报》1939 年 9 月 2 日。

道理用浅显有趣的方式表现出来。如在文中对抗战前线将领的带兵打仗的战绩做出真实评价，“朱德改用游击战，把兵冲进平型关。/截着日兵用大刀砍，砍得日本兵心胆寒。”“冯玉祥指挥这条线，老将出马神鬼胆寒。”对抵抗不力的将领则直言不讳地批评，“刘峙指挥这根火线，作战不力退河南。/听说中央把他办，不知性命全不全。”周敬承还用金钱板劝诫四川民众，不要局限在个人利益中，“四川是复兴民族根据地，甚么东西都出齐。/不但出油盐和麦米，并出金银铜铁锡。/人口男女七千万儿，比日本还要多得些。/不过是大家开通风气，少数人民智识还低。/只知道自己顾自己，只顾自己衣和食”；“可叹许多老百姓。尤其是多少乡坝人，/国家大事不爱听，糊里糊涂过一生。”①

采用四川老百姓耳熟能详的民间艺术模式进行宣传，更能为本地老百姓所接受，效果和以前相比有了很大的提高。四川方言的使用也拉近了“下江人”和本地人之间的距离，政治学校的学生出去宣传，穿着制服，说着半生不熟的四川话，在茶馆和饭店里演讲，“老百姓不因此和我们隔膜”②，下江来的学生们也并未受到白眼。

2. 地方戏剧的改革

地方戏剧的改革，也是运用旧形式的重要方式之一。政治部文化工作委员会为突进地方戏剧的改革，曾举行“地方戏剧实验公演大会”，邀请平剧③、川剧、楚剧、豫剧等地方剧种表演其代表作，以研究用地方剧推动抗战宣传。

到四川后，“下江”作家们接触得最多的地方剧种自然是川剧。田汉曾与郭沫若、贺绿汀一起观看川剧《柴市节》《情探》和《断桥》，看后的印象是“四川前辈改革戏剧有点只求题材好、文句雅驯，而忘了戏剧的艺术性”④。冯亦代一到重庆就迷上了川剧，“虽然每天晚上街头的锣鼓声扰人清梦，但是它的小锣声却似勾了我的魂”⑤。川籍作家对川剧的感情更为深厚。阳翰笙在重庆期间，有机会就去听川剧。1943 年 9 月，郑伯奇因父亲病重需要回陕西老

---

① 周敬承：《金钱板第三编》，《抗战大后方歌谣汇编》，重庆：重庆出版社，2011 年，第 46 页。

② 王觉源编：《战时全国各大学鸟瞰》，重庆：独立出版社，1941 年，第 39 页。

③ 民国时期称北京为北平，京剧当时亦称平剧。

④ 田汉：《柴市节·情探·断桥》，《田汉文集》第 15 卷，北京：中国戏剧出版社，1983 年，第 87 页。

⑤ 冯亦代：《抗战，在重庆》，《冯亦代文集·散文卷》第 2 卷，北京：中国友谊出版公司，1999 年，第 472 页。

家，临行前将搜集到的一套川剧唱词共21种赠送阳翰笙。阳翰笙如获至宝，非常开心。看到这些唱词，他就回想起年轻时在成都听川戏的情景，并自认“川剧之于我，影响实在大得很！”① 1943年10月17日，阳翰笙带着女儿在文工委的驻地永兴场看川剧，剧目是《盗金菊》。看的人非常多，阳翰笙看后感觉演得太不像话，“较之我儿时在乡中所看的戏，真是差得太多。这也可见四川农村的贫困究竟到了什么地步！”② 川籍作曲家沙梅也喜欢听川剧，他曾拉着阳翰笙和胡风谈川剧，“边谈边唱、边唱边做，简直是一种入了迷的样子。”沙梅醉心西洋音乐，但这丝毫不影响他对川戏的兴趣，在他看来，“川戏无论从哪一方说都要比其他的旧戏高出百倍”③。

不过这些作家们对川剧的兴趣还只停留在爱好上，真正从理论和创作上将川剧作为研究对象的作家不多。尝试过用四川方言创作的“下江”剧作家有洪深。洪深所领导的演剧团经过内地乡村，这些乡村并不具备演剧的环境，也就逢年过节时演一两次川戏，条件好的地方有神戏台，条件差的地方就只有土台。但洪深所带领的剧团一路上用四川方言演四幕话剧《包得行》七十余次。乡村老百姓虽然对话剧形式不甚了解，但是熟悉的方言，熟悉的抓壮丁的故事情节，反倒吸引了不少的人。连洪深都不得不感慨，“他们的一般反应如此诚恳，论断剧中的人物与行事如此顶真，远非都市看客的消遣——至多鉴赏——的态度所可比拟，不能不使我私感，话剧在这里才获得它的真正知己！”④ 这样的演剧让地方老百姓真的是感同身受，剧中所讲抓壮丁的故事情节本就与乡下老百姓生活现实高度契合，再加上语言采用了本地方言，在观看的过程中容易产生代入感。剧情、语言的贴近显然更容易提升观看者的兴趣，引发他们的真实情感。

下江作家关注地方戏剧的改革，“地方戏剧”并未限定仅仅为四川重庆的戏剧，而是包括了全国多个地区的剧种。在有关地方戏剧改革的讨论中，“下江”作家对川剧有所关注，也有实践，但更多停留在好奇、欣赏的层面。在理论和创作上思考最多的是川籍作家。在抗战初期的成都，已经有以发表方言文学为主的报纸和杂志，如以登载通俗作品为主的《星芒报》《锦江新闻》；富

---

① 阳翰笙：《阳翰笙日记选》，第193页。

② 同上，第206页。

③ 阳翰笙：《阳翰笙日记选》，第228页。

④ 洪深：《戏剧官》，《洪深文集》第4卷，北京：中国戏剧出版社，1988年，第529页。

有地方色彩，语言多四川土话的半月刊《学生文艺》;① 周文、刘盛亚、王白野等于1938年创立的《文艺后防》等。这些刊物均有意识地做四川地方文学的推介和革新工作。

在川籍作家中，周文对地方文学、方言文学的思考较多。他自1937年10月回到成都后，多次观摩抗战话剧的演出，发表系列关于地方文学和川剧的文章，先后撰写有《谈目前通俗文学的重要》（1938年3月20日《战潮》第1卷第1期)、《谈四川戏》（1938年6月1日《文艺阵地》第1卷第4期)、《唱本·地方文学的革新》（1938年7月1日《文艺阵地》第1卷第6期)、《旧形式中艺术的创造》(1938年7月30日《文艺后防》第3期)、《四川话剧的提起》(1938年12月1日《文艺月刊·战时特刊》第2卷第8期)。1939年有《展开方言文学运动》(1939年2月16日《笔阵》创刊号)、《再谈方言文学》(1939年5月1日《笔阵》第5期)。

周文论述的主题主要包括旧形式、地方文学和方言剧等三个方面。在旧形式利用的讨论中，他提出“地方文学的革新”。周文认为，文学大众化的口号提出多年但收效甚微，唯有方言文学、地方文学的提出，才能实实在在地解决问题。周文所提出的“地方文学的革新”包含了形式革新、内容革新、方言土话等。成都文艺界曾经出版过通俗报纸《锦江新闻》，并有专门登载川戏、小调、弹词、山歌、唱本的《星芒报》。《星芒报》较之《锦江新闻》无论在编排上还是内容上都更完备，销路更广，但仍只着重于宣传。在周文看来，文学要深入大众，必然是方言文学的确立。

周文深谙川戏的结构和特色。四川戏中的高腔戏和故事唱本是老百姓最喜爱的民间文学。四川戏中的高腔戏唱词往往是口语，随便一个四川人都能听懂。在唱的时候，帮腔者高昂的吼声能够有助于渲染剧情，从而吸引听众。唱本则分七字句和十字句，中间插一段说白，做前后的交代。唱本的内容以农村流行的封建传奇故事为主，完全使用方言土语。

抗战以后，四川戏的艺人们顺应时势，开始了对戏曲的改良，“从前在服装上好像非蟒袍蓝衫之类不成其为戏的，现在西装革履也可以在台上出现了”。剧目也发生了变化，产生了和时代主题接近的新戏，如《枪毙李服膺》《汉奸的孤女》《汉奸的报酬》《滕县殉国记》《台儿庄大捷记》等等。当然，这些戏剧应宣传的需要而作，未免都显得简陋。从剧本形式上看，都是报告剧，剧本内容根据消息和通讯改编而成。因此，周文认为热心救亡的文化人应该编制更

① 周文：《最近成都的文艺活动》，《抗战文艺》第2卷第1期，1938年7月16日。

正确更完美的剧本，即改良川戏，更重要的是深入到农村做动员民众的工作。①

当然，也有作家对这种将“方言土语”应用于文学创作的方式是否可行提出了质疑。魏猛克认为方言土语的文字很多是口语，能发音却不能写出来；而且“旧瓶装新酒”的提议并不一定适用于农村，因当时农村的儿童已经会熟练地唱《义勇军进行曲》，可见农村人知道的并不只是地方戏剧。②

无论是“下江”作家对通俗文学的运用和实践，还是周文对四川地方文学的探讨，看似都属于抗战时期通俗文学发展的大背景之中。但事实上，如果仔细辨析，我们还是会发现其中的差异。对下江作家们而言，掀起通俗文学讨论的高潮是离不开抗战这个大环境。因为抗战宣传的对象，是广大的普通民众，农民、士兵、城市的市民等等，他们对抗战不甚了解（尤其是大后方的民众），要达到宣传的效果，必须采用老百姓喜爱的方式。无论是对词语的使用、方式的选择等，出发点都是需要民众的接受。

周文关于方言文学的观念自然离不开抗战文艺宣传的大背景，但同时他也指出，方言文学并不是抗战才有的话题，而早已是一个“常识”。抗战全面爆发前的1935年的大众语论战中，就已经有过热烈的讨论。如今重提方言文学，自然是抗战动员的需要。抗战要真正取得胜利，必须发动大众。发动大众的重要手段之一就是用文学去启发大众，要让大众听得懂，听得明白，方言是重要的工具。

周文重提方言文学却不囿于抗战宣传，更看到了方言在整个文学创作中所发挥的作用。例如，周文认为方言可以丰富普通话，丰富文学，让文学更加生动。方言土语中那些意味深长的“炼语”，“恰如文言的用古典，听者也觉得趣味津津”，“可以做得比仅用泛泛的话头的文章更加有意思”③。其次，以四川方言文学创作为例，四川剧在城市和农村所取得的成绩，和普通话相比，所得到的成绩显然更显著。而在小说创作中，周文以1938年成都出版的部分小说为例，认为方言小说的创作尽管在技艺上不十分纯熟，“但因为里边用着许多恰当的方言，使作品增色不少，读起来颇有清新之感……”④

---

① 参见周文：《谈四川戏》，《文艺阵地》第1卷第4号，1938年6月1日。

② 魏猛克：《清谈与实际》，《中央日报》1939年9月2日。

③ 周文：《再谈方言文学》，《周文文集》第3卷，北京：作家出版社，2011年，第303页。

④ 同上，第304页。

抗战时期关于通俗文学的讨论非常热闹，无论是实践还是理论成果都很多，这脱离不了时代的背景，即战争宣传动员的需要。尤其是在重庆，下江作家极力推动和实践通俗文学，但其出发点和战争密不可分。另一方面，作家的创作实践是和自身语言环境紧密联系的，即使身在重庆，他们日常创作所使用的语言依然是自己熟悉的语言。如前面所述老舍的通俗文艺创作，依然是用他熟悉的北平俗语。而且，老舍非常有意识地保持自己对北平语言的感觉。在重庆，受语言环境影响，不少“下江人”在言谈中不自觉地会使用“川语”，但老舍则始终不说川语，保持一口纯正的京片子。

显然，在通俗文学的热潮中，能有意识地采用四川方言创作的下江作家非常稀少。洪深的话剧创作虽然在表演中取得了明显的效果，却也未能有进一步的探索。尽管重庆是陪都，关于文学创作和理论的各类讨论也在陪都进行着，但是对四川方言文学的重视仍然来自四川作家。这固然因为四川作家拥有对四川方言的语言优势，但从中也不难看出下江作家对四川地方文学和语言在某种程度上的距离。

无论是对社会活动的参与，还是致力于通俗文学的利用，无不以服膺抗战为目的。如果从现代文学发展的角度来考察作家们的这段经历，事实上这些活动和举措都未能从艺术的视角来思考和探讨战时中国文学。也即是说，尽管在陪都重庆有那么多的文人集会，讲座、讨论会、座谈会等，作家们也做了大量的宣传动员，甚至一改文风，为适应抗战转变自己熟悉和擅长的写作路线，但所创作出的作品，却甚少有能体现战争中民众苦难和作家思索的代表性著作。可是，我们不能因此就认为这一时期的抗战文学就乏善可陈。抗日战争全面爆发初期，文学作品中的呐喊和热血同样是作家们的真心之作。在抗战 宣传的文字中，有“抗战八股”之说，质疑模式化或空洞化的宣传文字，认为这类文字缺乏坚实和深刻的意义。与此同时，在一部分作家们看来，在抗战的时代背景下，没有任何一个人，没有任何一件事是脱离抗战而存在的。作家们在匆忙之中写下的抗战作品，有些完全是印象式的，来不及琢磨，思想被热情所淹没，但这未尝又不是一种真实：“材料是‘真实’的，人物是‘真实’的，生活是‘真实’的，情绪也是‘真实‘的。”① 这样的真实，本身就应是抗战文学的一部分。

---

① 宋之的：《谈“抗战八股”》，《抗战文艺》第3卷第2期，1938年12月10日。

第四章　下江作家在重庆的交往方式

战时重庆文艺界作家们的交往方式是考察下江人和重庆文学的又一视角。战争不仅带来日常生活节奏的改变，同样给文学环境带来巨大变化。首当其冲的是作家们文学联系的中断和重建。战时重庆文学中心形成的同时，也就意味着文学力量的重新聚集和整合。在这一过程中，作家们的交往方式发生了变化，“抗战”作为文学活动的中心之一，作家的交往也就与之密切相关，打上深深的战时烙印。首先是通过各类座谈会，让松散的作家形成一定的聚集。这里有官方召集的聚会，如国民党中央文化运动委员会、文化工作委员会；另外，尚有社会团队组织的聚会，如文协、中苏文协等。其次，报纸、杂志召集的集会，如《新蜀报》《新华日报》等。作家和报纸副刊、文学杂志的联系紧密。陪都时期的报纸副刊、文学杂志等常常不定期举行一些讨论会。这类座谈会或者集会，在探讨抗战文艺话题的同时，也成为陪都文人聚会、交往的重要空间。

不同的集会和座谈会有不一样的特点。有国民党官方召集的集会一般规模大，其主题无不与当时抗战救国时代要求相关，显得相对严肃。参与者众多，既有国民党文人，也有共产党的文人，动辄几十人、上百人，常常不同党派和文学观念的文人、政府官员都同时出现在这类集会上。以协会、报纸、杂志召集的聚会，其话题多与文学相关，抗战文学的发展、文艺家的生存等等，都是这类聚会关注的话题。作家个人的交往则更体现出个体的观念和兴趣，参加者往往是三五好友。

另一方面，战前的友谊，同窗同事之情，在重庆继续延续，个人私谊之间的聚会虽在战争时期变得没有那么多从容的时间，缺乏优裕的环境，但战争年代朋友间的畅叙反倒更显得异常珍贵而充满温情。对下江作家而言，这未尝不是他们在战时所能获得的难得的情感慰藉。

一、以座谈会为主要形式的聚集

抗战爆发，作家陆续汇集重庆，他们中有的是随任职的机构而来，有的随学校迁移而来，有些并未有确定的职务，总体上是一个相对松散的群体。但作家们大都有强烈的民族意识，他们之间的往来并未因战争而减少，反倒更为积极和热烈。这主要得益于战时所举办的各类座谈会。重庆举办的文艺界座谈会可以看作战时重庆文学的一大特色，既有官方背景的机构发起的聚会，又有文艺界自身发起的聚会，更有报纸副刊、文艺杂志为联络作家发起的聚会。各种聚会频繁举行，身处其中的作家们很少有能置身于外的。这类聚会，在达成自身目的的同时，既成为作家们沟通信息的渠道，也为朋友聚会提供了契机。

1．政府背景的座谈会

抗战时期，国民政府有意识地组织活动，拉近文艺界和政府之间的距离。在政府定期举办的活动中，往往能看到文艺界人士的参与。例如国民月会，实行国民月会的目的“为精神总动员之具体表现，凡属国民，均应踊跃参加，而公务人员，犹（尤）应以身作则。”1940 年 8 月《中央日报》登载一则重庆市文化戏剧界举行 9 月份国民月会的通知，“订于 9 月 1 日上午八时假大梁子一园大戏院联合举行，凡本市各文化团体、报社、杂志社、通讯社及戏剧界、书店等，除届时自行单独集会者，应派代表参加外，均须全体出席，并请陈部长立夫主持大会，叶部长楚伧、洪主任委员兰友莅会演讲，张秘书长岳军出席指导云”①。从这则通知可以看出，国民月会涵盖的对象包括了整个文化戏剧界所有人士，并且是除单独集会的团队外，其余是“均须全体出席”。国民党负责文化的官员陈立夫、叶楚伧、洪兰友等也全部出席，足见国民月会绝对不是随意形式的集会，而是非常重要的集会。

文艺界人士不属公务人员，但也明令参加，足见政府对文艺界有意识的管理。类似的政府集会还有由政府召集重庆市文化界定期召开的座谈会，该座谈会最早由国民党中央宣传部负责组织，后移交重庆市党部主持。一般这样的集会，都由国民党负责文化宣传的官员如潘公展、洪兰友等出席，并做报告，内容多是勉励文化界集中力量、精诚团结，以争取国家民族的生存等。从《中央日报》一则“市党部定期召开文化座谈会”的通讯来看，国民政府召集的文

① 《渝文化界国民月会明晨假一园举行》，《中央日报》1940 年 8 月 31 日。

化座谈会，其内容往往和文艺关联性不大，更多的是成为国民政府政策和规定的宣讲，如有时由国民党官员讲演宪政问题等。从另一层意义上看，这未尝不是国民党政府在抗战时期加强对文艺界管理的手段之一。

除了这类由国民政府直接召集的文艺界集会，作为国民政府的宣传文化机构，国民党中央文化运动委员会（以下简称中央文委）和文化工作委员也常举办座谈会。

中央文委定期举办的集会包括讲座、座谈会和联谊会。每一类集会的功能分得很清楚，讲座面向大众，为的是倡导学术、传播知识，主讲人往往是知名社会人士。座谈会和联谊会为的是联络文艺界，沟通文艺界情感，实际是为了实现对文艺界的控制。1942 年 2 月 7 日，中央文委主办的陪都国家总动员文化界宣传周开幕，当天就有文协在中央电台举行广播讲座和诗歌朗诵，老舍、姚蓬子、王平陵、常任侠、方殷、安娥等参加。由于担负着“领导全国文化运动”的职责，中央文委定期会与陪都文化机关团体举行联谊会。1943 年至 1944 年，中央文委共计举行联谊会 20 多次，先后与重庆各报联合会、中央图书杂志审查委员会、中央出版事业管理委员会、中国电影制片厂、中法比瑞文化协会、中国抗建文化协会等举行联谊。①

郭沫若领导的文化工作委员 1940 年 11 月 7 日成立时，在抗建堂举行了一次招待晚会。此次招待晚会非常盛大，出席晚会的文艺界人士有四百余人。国共两党及民主党派的领导人物，张治中、周恩来、孙科、沈钧儒等均纷纷到场。聚会留下的签名轴上有 300 多人的签名，囊括了当时在重庆的众多作家，郭沫若、茅盾、老舍、胡风、田汉、艾青、张西曼、曹靖华、郑伯奇、洪深、高兰等均留下了签名。② 同年 12 月 28 日，文工会在国泰大戏院举行文艺演讲会，这次讲演会参与的作家众多，被称为“文艺界举行大检阅”。演讲会由郭沫若主席，出席演讲会并担任演讲的作家有茅盾、老舍、洪深、马彦祥、史东山、贺绿汀、阳翰笙等。此后在 1941 年 4 月 27 日，文工委在抗建堂举行文艺讲演会，老舍讲了小说创作，孙伏园讲散文写作，郭沫若讲诗歌创作。文化工作委员会也举行茶会，以茶会的形式邀请作家文学座谈等。

文化工作委员会所举办的文艺界集会有着浓厚的学术研讨氛围。这和文工委的成员结构是分不开的。文工委下面分了三个组，分别负责国际问题研究、

---

① 参见中央文化运动委员会：《四年来之中央文化运动委员会》

② 参见唐维华：《“文工会”的签名轴》，《重庆渝中区文史资料》第 16 辑，2003 年，第 161 页。

文艺研究、敌情研究。每个组的成员，都有学者和文艺家。主任郭沫若、副主任阳翰笙、专任委员茅盾、田汉、洪深、郑伯奇、翦伯赞、胡风、姚蓬子，以及各组的冯乃超、石凌鹤、光未然、贺绿汀、万迪鹤、白薇、臧云远等，几乎汇集了在陪都的左翼文人的主要力量。在内部，文工会则有意识地组织各类文艺或者学术讨论，并由委员们定期举行小型的学习讲座，学术研究是文化工作委员会的重要目标。1942 年，阳翰笙反复在日记中提及，要文工委将工作精神侧重在研究上，“多读书、多写作、多开研究会”①，此后正是在这样的背景下，潜心研究和写作的文工委不但在学术上做出了成就，戏剧的创作更是在陪都剧坛大放光彩。1942 年邓初民出版了《中国社会史教程》，郭沫若出版了《青铜时代》和《十批判书》；1944 年侯外庐出版了《中国古代思想学说史》。从文学作品上看，郭沫若、阳翰笙、田汉等都有丰硕的成绩。尤其是郭沫若，抗战期间迎来了其创作生涯的又一个高潮，在史学研究、历史剧创作等方面都成就辉煌。

2．社会团体组织的文艺界聚会

在陪都重庆，各类社会团队常常组织针对文艺界的座谈会、集会等。这些集会通常具有参与者众多、规模庞大等特点。其中，以文协、中苏文化协会等文艺组织举办的聚会最为多样。和“中央文委”以及文化工作委员会的聚会相比较，社会团队举办的文艺界聚会更随和，气氛往往活跃、自在。

首先是文协的座谈会和茶会。文协的座谈会和茶会除了讨论文学话题，更发挥了文协照顾会员的“文艺界之家”的重要作用。文协不仅在收入、住宿等生活问题上时刻关注会员，更注重会员之间的凝聚力。尤其是重庆交通不便，大家散居各处，平时很难见一面，因此，定期的聚会便成了文艺界人士相互沟通的重要场所。

表 4－1 是文协从 1938 年到重庆后召开的各类聚会的明细，从表中可以看出，文协召集的聚会众多，在座谈会和茶会之外，还有定期召开的一些会议，如自身会务的会议，如理事会、年会等，每年还有固定组织或参与的文协年会和鲁迅纪念会。此外，文协作为当时全国最大的文艺家组织，充分发挥了其对会员的关照，联欢会、欢迎会等足以让初到重庆的作家感到“家”的温暖。

---

① 阳翰笙：《阳翰笙日记选》，第 20 页。

（表 4－1） **文协在渝组织的部分聚会一览表**

年份	时间	主题	备注
1938	9 月 8 日	茶话会	到 40 多位，老舍、姚蓬子、王平陵分别做报告
1938	9 月 25 日	茶话会	①活动地点：国府路郭宅；②到 40 多位；③各部报告工作近况，并讨论了一些文艺问题。
1938	10 月 2 日	文化座谈会（题为“抗战文化之检讨”）	①参与者：老舍、方殷、姚蓬子、魏猛克等；②由中苏文化协会四川分会、通俗读物编刊社、文协共同发起。
1938	10 月 12 日	鲁迅逝世两周年纪念筹备会	活动地点：中苏友好协会
1938	10 月 31 日	第一期通俗文艺讲习会	活动地点：朝阳街开智小学
1938	10 月	文协第一次诗歌座谈会	参与者：老舍、方殷、蓬子、袁勃、厂民、鱼羊、魏猛克等十余人
1938	11 月 4 日	出版部临时座谈会（讨论“如何建立沦陷区域的文艺工作”）	①会议地点：文协会所；②参与者：姚蓬子、黄芝冈、魏猛克、华林、方殷、老舍、金满成、陈凤兮、宋之的、葛一虹、梅林、王平陵、端木蕻良、戈宝权、胡绍轩等
1938	11 月 6 日	茶会	①活动地点：永年春；②主题：招待新近来渝的理事和通俗文艺讲习会学员③参与者 50 多人
1938	11 月 12 日	文协理事会	
1938	11 月 25 日	第二次诗歌座谈会	参与者：老舍、姚蓬子、方殷、厂民、高长虹、李华飞等
1938	12 月 14 日	与通俗读物编刊社召开通俗文化运动座谈会	到会 20 多人
1939	1 月 10 日	诗歌座谈会	①到诗歌界作曲界 30 多人；②胡风、贺绿汀做报告

（续表）

年份	时间	主题	备注
1939	1月25日	欢迎茶会	①参与者40多人；②王礼锡、阳翰笙、郑伯奇、王平陵、姚蓬子做报告
1939	2月2日	文协理事会（决定各地设立分会，举办晚会）	
1939	2月6日	第五次诗歌座谈会	参与者：胡风、老舍、戈茅、袁勃、蓬子、王礼锡、方殷、何容、厂民、王平陵、程铮、赵象离、安娥、魏猛克、鱼羊等
1939	2月8日	研究部部务会	
1939	2月	国际宣传委会员首次会议	参与者：王礼锡、王平陵、戈宝权、郑伯奇、安娥等
1939	2月	小说座谈会	参与者：胡风、宋之的、罗荪、欧阳山、草明、姚蓬子、梅林、郑伯奇、杨骚、王平陵、谢冰莹、崔万秋等
1939	3月1日	第六次诗歌会	参与者：罗烽、蓬子、安娥、孙钿、李华飞、陶生、袁勃、鱼羊、程铮、胡风、王礼锡、老舍、常任侠、方殷、何容、厂民、沙蕾、杨骚、贺绿汀等
1939	3月14日	联欢晚会	活动地点：领事巷康公馆
1939	4月9日	周年会	①活动地点：陕西街留春幄；②参与者160多人
1939	4月15日	第二届理事会第一次会议	
1939	4月18日	第二届理事会常务理事会	
1939	9月15日	北碚会员茶话会	①活动地点：北碚；②参与者何容、老向、陈子展、王洁之、方白、马宗融、胡风、方令孺、魏猛克、向林冰、端木蕻良、萧红、靳以、王冰洋等

（续表）

年份	时间	主题	备注
1939	12月16日	设宴欢迎南北两路慰劳团归来的代表	
1939	12月23日	招待返渝战地访问团，做报告	活动地点：青年会礼堂
1940	2月3日	诗歌晚会	①活动地点：中苏文化协会；②参与者：老舍、常任侠、方殷、靳以、沙雁、李辉英、华林、戈茅、王亚平、胡风、葛一虹、任钧、光未然、梅林、罗荪、郑伯奇、高男、曾克、臧云远、丘琴、卢鸿基、马宗融
1940	2月21日	第一次戏剧座谈会	参与者：胡风、臧云远、凤子、黄芝冈、海尼、万籁天、辛汉文、葛一虹、张西曼、王泊生、章泯
1940	3月23日	第二次诗歌晚会	①活动地点：国民外交协会；②参与者：老舍、胡风、臧云远、王亚平、常任侠、孙师毅、凤子、光未然等
1940	4月7日	文协成立二周年重庆会员大会	①活动地点：国泰饭店；②百余人出席
1940	4月14日	第三次诗歌晚会	①活动地点：中苏文化协会；②参与者：胡风、郭沫若、光未然、方殷、高长虹、臧云远、高兰、常任侠
1940	9月2日	北碚分会会议	
1940	10月20日	鲁迅纪念晚会	活动地点：中苏文化协会
1940	10月21日	欢迎美国画家拜克和女记者格莱辛 理事会议，讨论出版与研究工作	活动地点：中苏文化协会
1940	10月27日	诗歌晚会	活动地点：中苏文化协会

（续表）

年份	时间	主题	备注
1940	11 月 10 日	戏剧晚会，怎样表现主题与怎样创造人物	活动地点：中苏文化协会
1940	11 月 17 日	小说座谈会	活动地点：中苏文化协会
1940	11 月 23 日	1941 年文学趋向的展望座谈会	
1940	11 月 24 日	第二次诗歌	参与者：艾青、徐迟、高长虹、任钧、王平陵、姚蓬子、老舍等
1940	12 月 7 日	茶会，欢迎新到渝作家	活动地点：中法比瑞同学会
1940	12 月 21 日	儿童文学组报告会	
1940	12 月 22 日	第三次诗歌晚会	活动地点：中法比瑞同学会
1941	2 月 21 日	义卖会员字画为劳军筹款	活动地点：新蜀报
1941	3 月 15 日	改选第三届理事	活动地点：张家花园
1941	3 月 27 日	文协三周年纪念会	活动地点：中法比瑞同学会
1941	4 月 26 日	联欢会	活动地点：广东酒家
1941	5 月 30 日	第一届诗人节	①活动地点：中法比瑞同学会；②参与者：郭沫若、老舍、阳翰笙、潘梓年等 200 多人
1941	10 月 19 日	鲁迅逝世五周年纪念会	活动地点：抗建堂
1942	1 月 1 日	茶话会	
1942	1 月 14 日	诗歌座谈会	参与者：老舍、姚蓬子、安娥、任钧、方殷、柳倩、王亚平、臧云远、
1942	3 月 26 日	纪念文协成立四周年	广播演讲
1943	3 月 27 日	成立五周年纪念会	
1943	4 月 1 日	新选出的理事会	活动地点：中国文艺社

（续表）

年份	时间	主题	备注
1944	4 月 15 日	座谈会，讨论有关文艺与社会风气等问题	①活动地点：文运会；②参与者：老舍、胡风、茅盾、马宗融、姚蓬子、王平陵、李辰冬等
1944	4 月 16 日	第六届年会	活动地点：文运会
1944	5 月 14 日	首次文艺欣赏会	活动地点：文化会堂
1944	8 月 15 日	晚会	
1944	10 月 20 日	常务理事会，援助贫病作家	
1944	11 月 25 日	晚会，欢迎来渝作家	
1944	12 月 16 日	茶话会，欢迎来渝作家	活动地点：中国文艺社
1945	5 月 4 日	文协成立七周年和第一届文艺节大会	
1945	5 月 5 日	文艺欣赏会	活动地点：青年馆
1945	5 月 10 日	召开新选出的理事监事会议	

文协召集的聚会最常采取的是茶会和座谈会模式。座谈会的召集由文协的研究部负责。研究部工作的开展以两个时间段最活跃，一是从文协到渝之后的 1938 年底至 1939 年 5 月前；其次是 1940 年雾季至 1941 年春。前一阶段成立研究部组织了诗歌、小说、戏剧座谈会，第二阶段组织了诗歌、小说、戏剧晚会，以及战地文艺活动讨论晚会、马雅可夫斯基逝世十周年晚会、鲁迅先生纪念晚会等。座谈会有不同的主题，涉及对抗战文学作品类型的发展的讨论，如诗歌、小说座谈会，在前一阶段，以诗歌座谈会召开次数最多，前后共计 6 次；还有通俗文化发展、抗战文化的回顾以及后方抗战文艺工作建设问题等。

文协的座谈会有意识地推动抗战文艺的发展，实现文学服务抗战的目的，讨论的角度一方面围绕抗战文学自身的建设，一方面则是如何去推进和展示抗战文学。按照老舍的说法，凡是遇到文艺上的问题，就召集座谈会来讨论，讨论的结果就发表在报纸上，或者会刊上。以诗歌讨论会为例，从 1938 年 10 月起，短短的大半年，诗歌讨论会举行了6次，出席者有诗人、小说家和文艺评论家。关于抗战诗歌的发展，讨论的主题先后有“我们对于抗战诗歌的意见”（1938年11月，第二次诗歌讨论会）、“抗战以来诗歌创作之检讨”（1938年12月15日，第三次诗歌讨论会）、“诗与歌的问题”（1939年1月10日）。“诗与歌的问题”座谈会，是一次扩大会议，参与人数众多，胡风在会上谈了战争以来的诗，他赞扬了战争以来诗人们的作品脱离了形式主义倾向，表现了诗人在客观生活中接触到的客观形象，在创作中通过客观的形象来表现主观的情绪。但缺陷却在于，概念化的倾向，诗人的感觉情绪不够，没能真正贴近到生活与现象本身。他认为真正的诗应该是“用真实的感觉、情绪的语言、通过具体的形象来表现作者的心。”① 其次，胡风在报告中谈到了抗战以来诗的表现形式的变化，诗歌要能更贴近大众，其表现方式不能再局限于报纸和文学期刊，而要寻求新的发展方向，他提出的新的方向有：①诗的朗诵运动；②诗画展；③街头诗运动；④利用民歌、童谣等旧形式；⑤诗人多做歌，好的诗也能成为好的歌。尤其是对于旧形式的利用，自抗战以来，旧瓶装新酒的呼声很高，对旧形式的利用成为一股风潮。胡风对这一现象并不反对，但他对旧形式利用提出了疑问，即大众化的语言和形式可以补救诗人自身语言的不足，但要通过诗去表现复杂的生活，则必须对旧形式加以改造和提高，仅仅是直接用旧形式是无法表现复杂生活的。

自武汉时期，对旧形式的利用，对诗歌在抗战时期的积极作用，就已经成为大家关注的重点，1938年《文艺旬刊》1—2期就发表了《宣传·文学·旧形式的利用》，是胡风、艾青、聂绀弩、吴组缃等人的一次座谈会记录，就已经对抗战文学中利用旧形式这一口号提出了怀疑，作家们认为为了宣传而不得不利用旧形式，也应该是有限的利用，不能把宣传和文学混为一谈。诗歌在战时受到关注，仍然是和诗歌这一文学形式的特征是分不开的，战时的文学要深入到民众，要能对大众起到宣传作用，诗歌能够发挥很大的作用。

文协的座谈会围绕的主要是抗战文艺中存在的问题，对当时文艺界关注的热点问题，如民族形式的讨论、诗歌如何朗诵等都有精彩的讨论，这些讨论的结果，皆发表在报纸上或者会刊上。如小说晚会讨论“抗战三年以来的小说”，记录发表在《新蜀报》；“文艺的民族形式问题座谈”记录发表在《文学月报》；1940年11月《抗战文艺》举行座谈会，主题是“1941年文学趋向的展望”。尽管老舍遗憾因为经费有限，且战时人员变动较大，这些讨论最终都止

---

① 胡风：《略观战争以来的诗》，《抗战文艺》3卷7期，1939年1月28日出版。

步于“谈”，没能将这些研究和讨论印行专书，但这些讨论对当时的抗战文艺还是起到了一定的影响。

文协通过座谈会拟定了很多的办法，推进抗战文学发展。在诗歌方面，决定出版《抗战诗歌》，分别将抗战以来诗歌、小说、戏剧的成绩进行梳理，写成论文，介绍到国外，并选编各种代表作品，翻译到国外出版。1940 年 10 月 20 日举行的鲁迅先生纪念晚会上，与会者提议文协成立“鲁迅研究会”。研究会由文协理事会组成，欧阳山负责，根据作家自愿，从事鲁迅研究工作，有优秀的研究成果将由文协从优给酬。筹备中的还有“中国文艺史研究会”，计划是要邀请陪都及附近的学者参加，内容涵盖文学史、文字史、戏剧史、舞蹈史、音乐史、绘画史、雕塑史等，希望能成中国文艺史丛书。以上的计划，对推动战时中国文艺的发展无疑是积极的作用，可惜都未能持续地开展下去。

在重庆颇为活跃的还有中苏文化协会。中苏文化协会的会长是孙科，副会长是陈立夫、邵力子，下设研究委员会，委员会主任是郭沫若，副主任阳翰笙、葛一虹。会中设有中苏文艺研究会，分五个研究小组，分别是文学组，戈宝权和罗果夫负责；戏剧组，余上沅、宋之的负责；电影组，史东山、谢雅江负责；音乐组，安娥、盛家伦负责；美术组，魏猛克、丰中铁负责。中苏文化协会会刊是《中苏文化》，是一份有关中苏文化的综合性学术杂志，创刊于 1936 年。每逢中苏著名作家的纪念日，协会都要举行纪念活动，如高尔基、马雅可夫斯基等的纪念日。陪都文艺界担任着向国际传递中国抗战文化和文艺的职责，1940 年 3 月 20 日，王昆仑代表中苏文化协会宴请苏联作家费德林科、米克拉舍夫斯基，参加的有老舍、郭沫若、阳翰笙、陈波儿、戈宝权、孙师毅等。12 月 8 日中苏文化协会组织中苏文化人联欢会，参加的不仅有中方的郭沫若、老舍、阳翰笙、茅盾等，且有苏联的对外文化协会代表、使馆顾问和塔斯社社长米海耶夫等。

3. 以报纸和杂志为中心的交往空间

报纸、杂志、出版社同样是下江作家们交往的重要渠道。因报纸和杂志的办刊理念，这样的聚集更能显示出下江作家们个人性情和其文学兴趣。陪都报纸众多，有名气的副刊不少，需要文章的地方也多。因此，对报纸而言，即使作家汇聚重庆，看似不愁稿源，但要争取到理想的作家赐稿，对报纸副刊编者而言仍然是一项重要任务。杂志和报纸有类似之处，不过杂志因其明显办刊特色，或因主办者明显的办刊偏好，其吸引的作家往往具有非常相似的文学观念和兴趣。

1939 年 1 月中共中央南方局在重庆成立，随后设置了文化工作委员会（后改称南方局统战部文化组）负责文化工作。南方局文委会设在重庆第十八集团军驻渝办事处内，由周恩来直接领导，成员有徐冰、冯乃超、潘梓年和胡绳等。南方局文委在重庆期间广泛联系进步作家，和作家们保持了良好的关系。同时，南方局文委的成员有部分是《新华日报》的记者或编辑，他们讨论国统区的统战工作的方针和人物，确定《新华日报》的编辑方针和社论的题目及内容等等，以《新华日报》为具体的平台，宣传共产党的文艺政策，引导重庆抗战文艺的方向。《新华日报》在重庆期间举办多次的文艺界聚会，可视作中共中央南方局文艺政策的体现。

1940 年 1 月 3 日，《新华日报》为欢迎文协参加南北两路慰劳团的作家劳军胜利归来，在报馆召开座谈会，邀请参加慰劳团的老舍、姚蓬子、宋之的、陆晶清、李辉英等讲述慰劳团一路的经历，征求作家们对《新华日报》的意见。

同年 6 月 9 日，《新华日报》邀请作家、文艺评论家在重庆一心花园座谈文艺的民族形式问题。参加座谈会的有以群、蓬子、黑丁、戈宝权、臧云远、胡绳、罗荪、光未然、沙丁、葛一虹、艾青、梅林、白薇、潘梓年、吴敏、力扬、戈茅、曾克等。参与《新华日报》座谈会的作家们，有的是需要团结和统战的对象，有的则是左翼作家。

《新华日报》具有浓烈的政党色彩，其座谈会往往有阐明共产党的文艺方针的目的。和《新华日报》的座谈会相比较，《新蜀报》《大公报》的座谈会则更多出于报纸自身发展的需求。在重庆，报纸和作家之间保持着密切的联系，作家的稿件决定了刊物的销路，无论是非常有名的下江媒体还是有实力的本地媒体，无不意识到作家稿件对刊物的影响程度。为此，各媒体会邀请作家们聚会，联络感情，索取稿件。

1940 年 1 月 19 日，《大公报》召开新诗漫谈座谈会，邀请老舍、力扬、丘琴、臧云远、方殷、高兰、戈茅、王亚平、光未然、常任侠、沙雁、陈纪滢等参加；24 日《文学月报》在国泰饭店招待作家，有 60 多人出席，老舍、姚蓬子、胡风、郭沫若、阳翰笙、王平陵、宋之的等都出席；27 日，《新蜀报》在汇利饭店举行《蜀道》首次座谈会，讨论如何保障作家战时生活问题，老舍、华林、葛一虹、罗荪、王亚平、方殷、陈纪滢、高兰、沙雁、臧云远、陈晓南、光未然、王平陵、韩侍桁、胡风、赵清阁、凤子、阳翰笙、陈白尘、赵铭彝、高长虹、陆晶清、梅林、徐仲年、周钦岳、姚蓬子等出席。11 月 2 日，《戏剧春秋》杂志社在重庆天官府街举行戏剧的民族形式问题座谈会，老舍、郭沫若、阳翰笙、杜国庠、胡风、郑伯奇、陈望道、茅盾、孙师毅、洪深等30多人参加。《大公报》对作家保持关注，当姚雪垠、田涛、李辉英等从战区来到重庆，《大公报》记者陈纪滢就设宴请他们聚会，请他们讲述在战区的故事。

上述种种无不拉近了报纸杂志和作家们之间的距离，这在无形中为报纸杂志的稿源提供了保证。胡风到重庆后，《新民报》登载了他到重庆的信息，还请他吃饭，开座谈会；《全民抗战》请吃饭；1939年旧历年除夕，《新民报》总编陈铭德请吃饭；《大公报》副刊编辑陈纪滢请吃饭。在胡风初到重庆的一段时间内，忙碌之余，仍然写了不少短文，“为《新华日报》写成《从义卖献金想起的》，为柳湜编的《全民抗战》写了《关于风气》，为《新民报》写了一篇短文，还为《国民日报》的征文写了一百多字的答案……”这些文章显然是为了完成朋友的稿约而为。

无论是社会团体组织的文艺界聚会，还是报纸和杂志主办的聚会，战时文艺界的座谈会是文艺家们在动荡时期彼此联谊的重要方式。作家们平时散居四处，重庆交通又不便，很难有机会聚在一起。每逢文艺界的聚会，对大家不啻是一个相互交流，彼此问候的最好时机。不过，对于身在重庆的作家们而言，这类聚会往往还脱离不了政治的干扰。国共两党都意识到陪都诸多文艺界人士的影响力，因此，在召集这类聚会的时候，往往成了两党统战的手法之一。

以中央文委为例，其讲座带有明确的统战目的，想把文化人纳入到自己的群体之内。“中央文委”因系国民党管辖的文化机构，又有主管文化的张道藩作为负责人，其成立之缘由在“促进文化工作动员，统一步骤、集中人才”，目的要从推进民族文化之心理的、伦理的、社会的、政治的、经济的五项建设，“建立中华民族新文化为终极鹄的”①。中央文委在文化活动的开展上，内容是最丰富的，但每一项活动都目标明确。举行座谈会、庆祝会、欢迎会，为的是“以期唤起社会注意，俾工作易臻开展”；举办联谊会，为的是“为敦睦道谊齐一步伐”；每月第一周在中央广播电台进行文化动态广播，旨在“沟通全国文化信息”；编印杂志和丛书，发行《文化先锋》和《文艺先锋》两种杂志，出版《三民主义之文化运动》《抗战四年来之文化运动》《科学化运动》《文艺论战》《民生哲学精义》《文化建设新论》《从军手册》等；为提倡戏剧写作，1943年发起举办优良剧本年选，并对获奖的剧本进行奖励；设置文化招待所，在重庆曹家庵为各地文化工作者来渝短住提供宿舍等等。

在当时，重庆的作家们的身份往往是多重的。一个作家可以在不同政治背

---

① 中央文化运动委员会：《四年来之中央文化运动委员会》，第1页。

景的文化机构中担任职务。“中央文化运动委员会”成立时，其委员最多的时候达到259人，囊括了不少文艺界知名人士，如丁西林、方令孺、王平陵、王向辰、王芸生、王云五、王进珊、田汉、安娥、朱光潜、吴文藻、宋之的、余上沅、李辰东、何容、沈雁冰、易君左、宗白华、胡庶华、胡秋源、洪深、姚蓬子、梁实秋、张静庐、张恨水、徐仲年、贺麟、曹禺、曹谷冰、陆晶清、郭沫若、舒舍予、华林、阳翰笙、雷震、刘英士、赵友培、赵太侔、赵清阁、熊佛西、黎烈文、郑用之、谢冰心、卢冀野、欧阳予倩等。其中，老舍担任了文艺组组长，谢冰心任副组长。委员并非专任，都是兼职。“中央文运会”作为国家文艺宣传机构，这份长长的委员名单，阵容齐全，有左翼文艺家，有国民党党内作家，也有中间派作家。洪深、田汉、茅盾、姚蓬子等同时还是文化工作委员会的专任委员，老舍也担任了兼职委员。当然，这些职务大多都是虚职，没有实质上的工作要求。此外，文艺界的集会，无论主办者是谁，共产党和国民党在陪都的文化官员常常是同时出席，这也从某种程度上反映了当时国共合作的境况。

有意思的是，积极参与座谈会这类集会的作家，却未必真正乐意参加这些命名繁多的会议，反而有所抱怨。胡风是文协研究部主任、文工委的委员、中苏文化协会的委员，很多座谈会都有他参加。他对于花费大量时间在各种会议上表示怀疑，“参加抗敌协会的诗歌座谈会，到会的人真不少，谈话主要是围绕抗战时期诗歌创作问题，谈得很乱”。“8日下午到文协开研究部部务会议，一直开到五时余，提出来需要做的工作真不少，但是很难实行。”① 一方面，他觉得“大家有机会在一起谈论文艺问题，当然谈是谈不出什么名堂的，不过能互相认识联络一下感情也好”②。另一方面他又感到会议耽误了很多的时间，而且并没有什么实际上的成果：“除了寻觅口粮以外，有时每天开一个会，有时整天地谈话，讨论。只是，这些会，这些谈话，这些讨论，到底有什么结果呢？不但事后，连事中都觉得有些渺茫的事情，人是不会兴奋或沉醉的，于是就更加昏倦了。”③

对于空谈而没有实际结果感到烦恼的，不只是胡风，老舍也有同感。他总结文协的座谈会，只做到了“谈”，却没有实际的结果。这当然是因为战时人

① 胡风：《胡风回忆录》，第154页。

② 同上，第207页

③ 胡风：《写在昏倦里》，秦牧主编：《中国抗日战争时期大后方文学书系·第五编》第2集，重庆：重庆出版社，1989年，第1438页。

员变动太大，且又没有专门的经费来运作也是问题，就算有再理想的计划，执行起来就会困难重重。战时重庆各类会议种类多，座谈会、聚餐会、茶话会、欢送会、欢迎会、联欢会，有抱怨者说多到前无古人后无来者。

为什么这么多的会议？人们乐于开会，“我们赞成集会，我们爱参加集会，个人工作的成功有限，集体合作的效用无穷”①。要集体合作，团结力量，就需要沟通和联络感情，这样自然各类会议就应运而生。但对参与者而言，一方面固然是希望通过集会，借由团队的力量达到参与抗战的目的，但另一方面，如此众多花费时间和精力的会议，对部分参与者不能不说是疲于应付。一般来说，党政部门多开会，文学艺术家们是很难有多的耐心和精力花销在开会这件事上。偏偏抗战的需要，不得不采用这一形式，以达到宣传、动员和组织的目的。老舍曾希望在抗战结束后给自己的书斋命名为“不会斋”，因为抗战期间开了太多的会，把这一辈子的会都开完了，但愿以后不要再开。

二、个体之间的往来：朋友、聚居和茶馆

散落在重庆的下江作家们，其个体之间的往来同样充满战时特色。其交往方式中，学缘、地缘等仍然在他们的友谊中扮演着重要角色。友朋间的往来，在战乱中陌生的重庆显得尤为珍贵。另一方面，因战争带来的不确定性，使得人们居住方式发生了改变，在重庆出现了某些文人临时居住点。这些居住点因住的主要是文艺界人士，无形中就成为作家们交往的重要场所。如文协的会所、南岸的华裕农场以及后来被批为“二流堂”的“碧庐”等，都是战争中为奔波的人们提供暂时驻足之所，却无意间成为文化界人士交流的场所。除此以外，和大后方的其他城市相似，茶馆和咖啡厅同样成为人们闲时最爱的去处，重庆的茶馆和咖啡厅并未因战争而减少，反倒日渐壮大，被称为重庆“稳定人心的力量”之一。

1. 朋友间的交往

在所有的交往中，朋友间的往来最能反映作家真实的一面，没有应酬，完全处于真情。内心世界和社会角色之间会出现不同的情感，有时充满着内在的矛盾和冲突。

老舍在重庆担任文协总务部主任，各方的事务都少不了他的参与，是文艺

① 凤兮：《会》，《中央日报》1938 年 11 月 6 日。

界的活跃分子。连张恨水都免不了调侃他为“我的朋友老舍”，可见其繁忙。文艺界朋友对老舍热心文协无不感到敬佩，称其“忠贞热忱，大可钦佩”[①]。在聚会的场合，老舍常常为朋友们表演京剧、相声等，其开朗、幽默、热情给人留下深刻的印象。不过在和老友相聚时，却不经意间流露出他内心苦闷的一面。1938 年鲁迅逝世两周年纪念，台静农从江津白沙到重庆。老舍善饮，旧友重逢免不了要畅饮一番。台静农到的当晚，三个人喝了一瓶茅台。过几天，又是几个朋友喝绍兴酒，至喝得老舍“死命的要喝时，可是不让他再喝了”[②]。此次短暂相逢，台静农明显感觉到了老友的变化，“他已不是青岛时的老舍了，真个清癯了，苍老了，面上更深刻着苦闷的条纹了”[③]。台静农离开青岛是在 1937 年 7 月，他们这次相见是在 1938 年的 10 月，相别不过一年。显然生活和环境给予老舍太大的压力，才会造成如此巨大的变化。这样的变化，如果不是特别熟悉的朋友，是很难看出来的。罗常培是老舍从小的朋友，1941 年到重庆见到老舍，印象同样是“清癯”，不过“神采奕奕的风度、突梯滑稽的辞令，并没有因为穿着一身灰色土布的中山装而丝毫减色”。一番畅饮之后，真情流露，罗常培感受到了老舍的不易，“我们很佩服他独立不倚的人格，很同情他苦心支撑‘文协’的精神”[④]。老舍在维持文协过程中所付出的艰辛和心思深深打动了朋友。通过老朋友们的视角，老舍在重庆生活期间的精神上的苦闷才得以让我们感知。

有学者运用布迪厄的场域理论考察都市知识分子共同体，认为：“从知识分子共同体的内部关系来考察，每一个知识共同体也是一个具有自主性的场域，他们是由一群拥有共同惯习的知识分子所组成的，共同的意识形态或学历出身、知识类型、道德价值、文化趣味、生活品味使得他们物以类聚。”[⑤] 对共同体的选择，往往就能辨别出知识分子个体的价值目标和生活方式。即使在战争年代，知识共同体的影响同样存在，即使因战争冲破了彼此的联系，改变了生活环境，但只要在一起，立刻就能将相同的人群吸引在一处，回到昔日熟悉的场景和话题之中。这无疑让身在异乡经历战乱的人们倍感亲切和不易。

梁实秋战时居于重庆北碚，其住所“雅舍”虽然简陋，却胜友如云。在他

---

① 商金林编：《叶圣陶抗战时期文集》第 1 卷，第 93 页。

② 台静农：《我与老舍与酒》，《抗战文艺》第 9 卷第 3、4 期合刊，1944 年 9 月。

③ 同上。

④ 罗常培：《老舍在云南》，《罗常培文集》第 5 卷，济南：山东教育出版社，2008 年，第 64 页。

⑤ 许纪霖：《近代中国知识分子的公共交往》，第 15 页。

的《北碚旧游》中，有一同任职于教育部教科用书编辑委员会的同事，其中多才华卓绝之士，彼此间诗词唱和，书画往来，乐在其中。雅舍门前有一块空地，“春秋佳日，月明风清之夕，徐景宗、萧柏青、席徵庸三位辄联翩而至，搬藤椅出来，清茶一壶，便放言高论无所不谈。有时看到下面稻田之间一行白鹭上青天；有时看到远处半山腰呜的一声响冒出阵阵的白烟，那是天府煤矿所拥有的川省唯一的运煤小火车；有一次看到对面山顶上起火烧房子，清晰的(地)听到竹竿爆裂声”①。即便是清谈，在梁实秋的笔下也有悠然的意境。战争年代生活辛苦，对于远离故土亲人的“下江人”，能够有三五知己拥炉促膝长谈无异于人生乐事。

方令孺请梁实秋吃饭，尽兴之余，方令孺叹息：“最乐的事莫如朋友相聚，最苦的事是夜阑人去独自收拾杯盘打扫地下，那时的空虚寥落之感真是难以消受啊!”② 冰心到重庆后住在歌乐山，从歌乐山到北碚距离并不算远，但在战时交通极不方便的情况下，要在歌乐山和北碚之间往返并不容易。冰心仍然分别在1944年4月、1945年的元旦节以及同年12月到北碚和好友相聚。1945年的元旦，冰心到北碚住在雅舍龚业雅处，“夜中拨火闲谈，‘倒很写意’”③。一次宴饮之后，冰心曾提笔将梁实秋喻为“鸡冠花”，“培植尚未成功，实秋仍须努力”。后来方令孺则将其改为“梨花”，认为梨花更与梁实秋淡泊风流的性格相合。方令孺在青岛就与梁实秋相熟悉，并且是梁实秋笔下的“酒中八仙”之一；冰心则与梁实秋去美国读书时就是好友，其余如顾毓琇、吴景超则都是清华旧友，他们之间的故事后来都成为梁实秋抗战生活中的美好记忆。由此可见，梁实秋战时在北碚的朋友往来中，其清华学友占据了很重要的成分。

此外，下江作家在重庆喜欢流连于自己熟悉的场所。叶圣陶初到重庆，最常去的是朋友李诵邺开的酒楼，“酒座中多‘下江人’，初则识面，继而问名，迄于最近，多成熟识”④。异乡相逢，聆听乡音，让初到重庆的“下江人”倍感亲切。此后，叶圣陶至乐山的武汉大学任教，抗战时期的大部分时光是在乐山度过。不过，只要他到重庆，他所接触的仍然是以开明书店同人为主的朋友群体。

1944年9月间，叶圣陶和昌群去沙坪坝拜访丰子恺。饮酒闲谈之际，欣赏

---

① 梁实秋：《北碚旧游》，《梁实秋文集》第4卷，第223页。

② 梁实秋：《方令孺其人》，《梁实秋文集》第3卷，第499页。

③ 冰心：《冰心书信全集》，北京：人民文学出版社，2010年，第223页。

④ 商金林编：《叶圣陶抗战时期文集》第1卷，第27页。

了丰子恺所藏的昆曲唱片《游园》，“‘良辰美景’‘赏心乐事’等句，昌群谓荡人心魂。子恺赏平剧之声调，余与昌群则言昆曲尤美妙，子恺谓将试赏辩之。余因以此片之曲文写出，供子恺按字听之。自昆曲转而谈宗教、谈艺术、谈人生，意兴飚举，语各如泉，酒亦屡增。三人竟尽四瓶，子恺有醉意矣。共谓如此之会良不易得，一夕欢畅，如获十年之叙首。余知子恺盖颇有寂寞之感矣”①。一曲《游园》引来几位文人滔滔不绝的畅谈。《游园》固然“荡人心魂”，更重要的是在远离江南的重庆，在逃难之际，这首曲子将听者带往昔日熟悉的生活场景，唤起心中最美好的记忆，让他们暂时忘却现实的苦难。聊天的主题由昆曲平剧转而到宗教、艺术、人生。在动荡岁月中，当生存成为他们生活中的第一要务，吃着平价米，住在简陋至极的抗建房，文学艺术的话题仍然是最能让他们沉醉和开心的话题。其实，在此之前，叶圣陶和丰子恺就见过面，9 月 5 日至 8 日，开明书店在重庆召开董事会，丰子恺从沙坪坝入城参会，开会期间他和叶圣陶多次见面、聚餐。当叶圣陶去拜访丰子恺时，再次见面的兴奋和激动来自于久违的昆曲，叶圣陶称自己也曾收藏有这张昆曲片，“且熟习者也”。显然叶圣陶对丰子恺的这张唱片向往已久，因此才“请取出观之”。如果没有这场战争，昆曲、平剧、艺术、宗教都是他们生命中不可或缺的构成。即使在战时，对文学艺术的追求依然活跃在生命的最深处，只需一个话题就能使压抑的热爱迸发出来。“一夕欢畅，如获十年之叙首”，叶圣陶颇为了解朋友心绪，言及丰子恺的寂寞，其实他自己何尝不寂寞。寂寞中有昔日好友畅谈，也就难怪“意兴飚举，语各如泉”了。

在陪都的文人有一些既是作家又是政府公务员，或任职新闻界，不少人都有其政治倾向和看法。即使对观念和立场有所不同，但并不影响相互间的交往。例如梁寒操担任国民党“中宣部部长”，郭沫若、阳翰笙等任职的文化工作委员会多为进步文人，在政治上显然不属于同一阵营，不过彼此间除了公务外，仍时有往来。1943 年 12 月剧协召开理事和监事联席会，会议结束后，阳翰笙到梁寒操家。当时同行的还有郭沫若、杜国庠、茅盾等。大家在梁寒操家中吃饭，梁寒操家的厨艺显然非常出色，令人印象深刻。以至于阳翰笙在当天的日记中写道：“在寒操夫妇殷勤的招待下，我吃了一顿丰富的晚餐，特别是那碗红烧牛腩，确系陪都广东馆子里吃不到的名品。”②

陈纪滢和孔罗荪是多年的好友和同事，在陪都时期，他们同时任职于东川

---

① 商金林编：《叶圣陶抗战时期文集》第 3 卷，第 153 页。

② 阳翰笙：《阳翰笙日记选》，第 225 页。

邮政管理局。与此同时，陈纪滢是《大公报》编辑，孔罗荪则自己创办了《文学月报》。孔罗荪属于左翼人士，但在生活上，和陈纪滢还是很好的朋友，“一块儿看话剧，一块儿听平剧，一块儿应酬，还时不时到他家打个小牌”①。通过这些例子，可一窥陪都文化人多元的交往网络，其中有既往社会关系的延续，又有在战争环境中新的社会关系的建立，以及由于对政治、文学看法的改变而带来的人际关系的变更。

2. 群居中建立的友谊

战时的重庆人口骤然膨胀，寻觅住处极为不易。加上战时人员流动性极大，往往居无定所，由此形成了聚居的现象。这类聚居之地，或由机构提供房屋，或来自朋友的房屋，给流落在重庆的下江人提供了暂时的栖息之地，也在无意中成为文化界人士高谈阔论、相互交流的空间，直到战争结束后，都在作家们心目中印象深刻，成为他们重庆记忆的一部分。

还有一些因文艺界人士的聚居而成为聚集中心的地方，如位于重庆南岸铜元局的华裕农场和位于市内的碧庐。华裕农场是四川民族资本家胡子昂创办的，由于在郊区，不大容易受敌机干扰，很是有利于写作。1939—1940 年前后，居住在农场的有宋之的和王苹夫妇，罗烽和白朗夫妇，以及沙汀、章泯、葛一虹等。华裕农场房金低廉，给经济拮据的作家们以极大的方便。农场出产丰富，新鲜蔬菜、水果丰盛，农场主人时不时款待过往的文艺界朋友。这一切自然更为作家们生活和写作提供了便利。沙汀在华裕农场住的时间不长，却写作效率很高，不断地给《文学月报》《七月》等刊物写文章。闲暇时，沙汀和朋友们聊他在延安和敌后的生活，有时大家还会打打麻将。后来回想起来，沙汀对华裕农场生活颇为怀念。正是在华裕农场，沙汀听农场技师讲述了自己如何把被联保主任抓壮丁的侄儿救出来的故事，后来沙汀就据此故事写成了《在其香居茶馆里》。

重庆房屋紧张，在租住房屋困难的境况下，有些人开始自建房屋，“碧庐”就是一处自建房屋。“碧庐”位于重庆中山一路的四德村，四周树木掩映，除了有小间的房屋外，还有一间大厅，供大家欢聚跳舞。房屋的主人唐瑜曾是上海联华电影画报的高级记者和编辑，抗战时在重庆是中国艺术剧场的经理。因为唐瑜和上海电影界的关系，他在重庆建的房屋也成为文艺界人士集中居住之处。在“碧庐”住过的有吴祖光、高汾、盛家伦、吕恩、方菁、沈求我、金

---

① 陈纪滢：《记罗荪》，《三十年代作家记》，第 220 页。

山、张瑞芳等，这其中，吴祖光是剧作家，方菁是画家，盛家伦是音乐家，其他的则以电影界人士居多。1943 年，夏衍从香港到重庆，住的也是唐瑜的房子，名“依庐”，就在“碧庐”附近。无形中，“碧庐”成为文艺界人士谈天说地的好地方。和中共往来频繁的作家、剧作家们看了秧歌剧《兄妹开荒》，剧中的“二流子”一词引起大家的兴趣，“文艺工作者不需要严格的上班办公，平时生活较自由，从事专业的写作、排练、表演……亦尽有自由支配的余地”①，于是他们将“碧庐”称为了“二流堂”。后来，一次郭沫若到碧庐，还兴致勃勃地想题写“二流堂”的匾额挂在墙上。在碧庐的人们看来，“二流子”是一个有趣的词汇。只是谁也没想到，新中国成立后，这批因缘际会住在一起的人们，会因为一时兴起而叫起来的“二流堂”而成为批判的对象。

在这类居住空间中，最值得一提的当为文协的会所。会所不仅是文协办公用地，其主要功能还包括了为文协会员提供临时住宿，是会员们的“家”。文协最初的会所在重庆临江门，1940 年 6 月 12 日被炸弹炸塌，“天花板震塌了，墙角炸去了，四面都是垒垒的弹洞，一时床翻桌倒，泥走土飞，满地都是狼藉的书报……”即便如此，仍然有会员住在这四壁破损的房屋之中，“以草做枕，席地而卧”②。为应对轰炸后的房屋紧张问题，同年文协租借张家花园六十五号作为新会所。张家花园六十五号的新会所，是一栋三层小楼，有十八间房，其中十三间都住满了人。文协会所在楼下第一层。根据徐迟的回忆，文协所在的楼下第一层是三开间的房，中间隔开后总共有六间房。大厅正对大门是收发室，右边前房为文协会议室，左边前房则是过往文艺界人士的客房。楼上虽然不属于文协，但住的也都是作家、艺术家和戏剧家。尤其是香港沦陷以后，不少原本在香港的作家来到重庆，无法找到房屋，文协就成为再合适不过的落脚点。

1942 年老舍在给朋友的信中写到当时住在文协的有梅林、以群、臧克家、田涛、宋之的，楼上则有章泯、宋之的和葛一虹等。徐迟在文协会所几进几出，1941 年他到重庆不久，就住进了张家花园六十五号三楼西座的后房，邻居除了梅林、以群，还有史东山、郁文哉、盛家伦、舒绣文、郑君里、陈鲤庭等，作家和演艺界人士共聚一堂。1943 年胡风拖家携口从桂林再次回到重庆，一时无法找到合适的住处，只得住在文协的办公室。这是一番独特的住宿体

① 吴祖光：《阿郎书序》，《二流堂纪事》，北京：三联书店，2005 年出版，第 3 页。

② 文天行、王大明、廖全京编：《关于会报及其他》，《中华全国文艺界抗敌协会资料汇编》，成都：四川省社会科学院出版社，1983 年，第 144 页。

验，文协会议室是文协开会、商量事务的场所。胡风住进去的当天，碰上文协开常务理事会，胡风感觉就像在自己家中开会一样。而文协会员来来往往，只要到文协的，都能见面，都要应酬一番，胡风觉得简直无法工作，住了不到两个月就搬到了文工会所在的乡下赖家桥。1944 年艾芜从桂林到重庆，住进了文协会议室。

张家花园六十五号的房客是流动的，却为平素相交不多的作家们搭建了相互了解的平台。徐迟第一次入住张家花园，所住的房间的前一位房客是艾青。徐迟住进去后，房间里还留着艾青画的三四十张画作，以及艾青写的《诗论零札》的原稿。冯亦代在文协住的那间房间墙上，有半幅铅笔画，据说是艾青喝醉了画的未完成的自画像。诗人艾青无意间给朋友们留下了爱画画的深刻印象。徐迟从此了解到艾青留学法国时学的是美术，“我原来还不知道他画得真这样好！”而艾青似乎对自己的画作并不以为然，就这样扔在了房间中，留给未知的下一位房客。更有意思的是，徐迟将艾青的《诗论零札》没发表的段落整理出来，用艾青的名义交给刊物发表。这些生活中的细节看似和文学无直接的关系，读来却充满趣味，那是特定社会环境中才会有的作家往来方式。《抗战文艺》的编辑部也在张家花园文协的这栋小楼中，以群也曾先后在此编辑《文艺阵地》和《文哨》。在徐迟的回忆中，以群的房间总是堆满了稿件，印刷所和书店的人、作家们络绎不绝地在房间中进出。散居郊外的作家们，进城时来不及赶回去，也住在文协。茅盾从唐家沱进城，会住进文协楼上；老舍进城，落脚点也在文协；沙汀从南岸来，有时晚上就在以群的房间挤一挤；从战区归来的臧克家和姚雪垠合住一室。

文协的住宿条件是简陋的，空间是拥挤的，却给过往作家留下了难以忘怀的温暖和回忆。臧克家用充满诗意的文字记录下在文协的生活：

“在这间斗室里，傍晚，推开西窗，古寺残照，静穆而庄严；水气山色扑过来暮色苍茫。夜里，常常失眠，听小贩的叫卖声热切而熟稔，一两个人的脚步踏过去，语声也随着渐渐渺茫。在这样时候，心像虚静的深潭，有极敏锐的感觉和一个宽宏的容量。吃罢夜饭，同梅林、雪垠一道出了大门，在一个小烟摊上丢下几毛钱，拿起来两只香烟，踏上一条山径去登高望远。天际归舟，风帆上挂起暮色，舟子在和黄昏竞赛，欸乃、欸乃，山色，古城，荒村，在欸乃声里渐渐模糊起来，隔岸的灯光亮了，渔火在江面上闪光……”①

---

① 臧克家：《生活和诗的历程》，《臧克家回忆录》，北京：中国工人出版社，2004 年，第 48 页。

虽然是客居，尽管是斗室，但人的心境平和、自由。正是在这间斗室，姚雪垠写出了《春暖花开的时候》，臧克家写了《我的诗生活》《感情的野马》《泥土的歌》的后半部分。臧克家觉得自己写了多年的诗，“没有比这个时间更像一个诗人”。

文协会所其貌不扬，因为轰炸还满身伤痕，楼摇摇欲坠。可这栋小楼却关乎作家们的生活和友情。文协会所设立的目标，即“多少教远道而来的朋友得到一点亲密之感，多少教‘文协’的会所有点文艺之家的样子”①。而事实上它确实充扮演了作家之家的角色，这栋小楼因而充满魅力，直到多年以后，不少作家回忆起重庆生活，都忘不了张家花园的六十五号小楼。徐迟深情地称之为“这可是重庆的了不起的一栋房屋，它是一个可以留下不朽记忆的历史文物的纪念馆。”②

无论是华裕农场、“二流堂”还是文协会所，都不过是战时下江文化人在重庆临时寄居的场所。居住其中的人来去匆匆，变动很大。但这样的文人集体聚集，甚至共处一室，不能不说是战时重庆文艺界的特色。此种居住环境，搭建了作家交往的平台，相识的、不相识的，都在同一空间中居住生活，促进了作家们的相互了解。而在这中间，更有无数的小故事，朋友间的友谊，畅快的交谈，给黯淡的生活带来一丝明亮的色彩。另一方面，作家和话剧、电影演员比邻而居，也是群居的特色。无论是张家花园的文协，还是华裕农场和“二流堂”，都少不了导演、演员们的身影，一边是作家，一边是电影、话剧的精英，甚至还有音乐家和画家，如此的近距离相处，同样看成重庆文艺界的特色。大后方重庆戏剧繁荣，恐怕也是和这样的居住方式不无关联。

3．“茶馆”和“咖啡厅”：大众的客厅

茶馆在西南大后方并不少见，汪曾祺的《茶馆》是昆明西南联大学子的第二教室，为远道而来的青年学生提供看书交流的空间。四川人爱坐茶馆，不仅将茶馆视为朋友晤面之处，更是商议解决各类事务的重要场所。沙汀笔下的《在其香居茶馆里》，四川民间乡场中的各色人等都在茶馆中陆续登场，人与人之间在此角力、斗狠。茶馆就是四川人生活的一部分，是四川人摆龙门阵的好去处。当下江人来到四川，无不对街头巷尾密布的茶馆印象深刻，更为每天茶馆中黑压压一屋子的茶客感到奇怪。四川人喝茶，不同于“闽粤同胞”的

---

① 老舍：《五年来的“文协”》，《老舍全集》第18卷，第324页。

② 徐迟：《我的文学生涯》，天津：百花文艺出版社，2006年，第274页。

“品茗”，古都人士的细饮，或下江仕女的坐茶，不是为寻求茶中的乐趣，而是作为润喉的工具，为的是永远摆不完的龙门阵。“下江人”很快适应四川茶馆的作风，随性地坐在茶馆中，喝西南特产的“沱茶”，一坐就是好几个小时。有的将茶馆当作做事的地方，“我们整天的一半消耗在那里”①；有的将文章带到茶馆中写，并习惯于茶馆中乱哄哄的场景，“川话在我耳边流过，如若无闻，写累了我就抬起头来看看四川人”②。这样的情形，如同作家在咖啡馆中写作。

大轰炸期间，轰炸结束后，在瓦砾残垣之间摆起的竹椅子、矮桌子简陋茶馆，则给惊魂不定的市民提供了喘息休息的机会，“花几个铜板，来上一杯沱茶，往躺椅上一仰，听那山南海北的人士大摆龙门阵，既是偷闲的一种方法，也是解除心理恐惧的镇静剂”③。因此，有人将重庆的茶馆喻为抗战期间稳定人心的几股力量之一，茶馆的随意、亲切、不拘一格，恰好为战时人们纷乱、紧张的内心注入了片刻的宁静。

尽管茶馆是四川人经常出入的重要社交场合，不过随着“下江人”的涌入，茶馆也曾一度受到批判。有人认为，在国难当头的危急时刻，四川人还安安稳稳地坐在茶馆喝茶混时间，实在是不应该。于是，政府要求将茶馆一律封闭，只允许卖咖啡、牛奶。对茶馆也有具体的规定：第一不许在大街上；第二不许超过八张方桌；第三不许有舒适的桌椅。对此，四川作家李劼人称之为硬派的革命家要以命令改革重庆人的脾胃，是“不近人情的推销西洋生活方式”④。

当然，这样的强行要求最终无法改变人们的生活习惯。茶馆最终仍然继续，而代表下江的生活方式之一的咖啡、牛奶确实逐渐在重庆得到了发展，重庆的西餐厅、咖啡馆在抗战期间迅猛增加。据 1943 年重庆市警察局的统计，重庆市中区有大小餐食馆 1700 余家，其中中西餐馆 900 余家。按中西餐食业同业公会会员名册记载，260 余户会员中有沙利文、心心咖啡等西餐厅、咖啡店约 30 余户。

下江文化人中，来自上海、南京的作家和电影界人士占了极大的比例。在重庆的上海文人们依然可以保留着对咖啡厅的浓厚兴趣。政治部文化工作委员

---

① 黄裳：《茶馆》，陈春雪编：《山城晓雾》，天津：百花文艺出版社，2002 年，第 191 页。

② 黄宗江：《山城水巷》，陈春雪编：《山城晓雾》，第 196 页。

③ 陈纪滢：《抗战时期的大公报》，第 125 页。

④ 李劼人：《从吃茶漫谈重庆的忙》，《李劼人全集》第 7 卷，第 313 页。

的成员，大多是30年代的左联作家，他们在上海时期就已经与电影界有着密切的关系。阳翰笙和田汉曾是艺华电影公司的主要剧本创作人，石凌鹤曾担任《申报》《电影副刊》的编辑，洪深曾任明星公司顾问。正是有着这样的基础，1941年，在阳翰笙的努力下，文化工作文员会在重庆组织成立了中华剧艺社（简称“中艺”），囊括了应云卫、陈白尘、陈鲤庭、辛汉文、刘郁民、孟君谋、贺孟斧，并集合了一批优秀的演员。咖啡厅曾是上海左联成员谈话、接头的重要场所，有学者认为“咖啡厅和‘左联’之间存在着一种联想式的关系”①。鲁迅所写的《革命咖啡店》，称创造社的成员们“住洋房、喝咖啡”，更让人将这群知识分子和咖啡厅之间联系在了一起。咖啡厅是上海十里洋场的标签，是西化的生活方式的表示。来到重庆后，这批上海来的文化人还保留着往日喜爱进咖啡厅的习惯。从阳翰笙抗战时期日记中，常常可见他和朋友们去咖啡厅的记录。1942年1月2日晚与应云卫、孟君谋在莫斯科咖啡馆饮咖啡，“商谈中艺今后工作，至深夜始归”②。张恨水一度批评作家未能深入社会，以为谈农村为最时髦的专家，往往住在城里的洋楼上，并未到农村而能理解农村，并由此联想到“普罗文学家在咖啡馆里开座谈会，也就不足为怪了”③。

4.“余兴”：集会中的个人风采

陪都时期文艺界聚会的一个明显特色是每次聚会后，都有精彩的余兴节目。这类余兴节目往往是高潮所在。余兴节目分很多类型，和文学关系密切的有朗诵节目，朗诵的内容有诗歌也有小说篇章。当时的重庆，朗诵的风气盛行一时。人们在诗歌讨论会上朗诵，在小说晚会上也朗诵。1939年鲁迅逝世三周年纪念会，何容朗诵纪念诗；1940年4月文协举行马雅可夫斯基逝世十周年纪念晚会，会上光未然、常任侠、戈宝权、丘琴等朗诵马雅可夫斯基作品；同年10月20日鲁迅纪念会上，老舍朗诵《阿Q正传》中的章节，常任侠朗诵《这样的战士》和《复仇》。1941年的鲁迅纪念会则由常任侠朗诵鲁迅的散文诗，并由石凌鹤朗诵独幕剧《过客》。

朗诵蔚为风气，不但演剧团、歌咏队和各种集会设有朗诵环节，连私人家庭聚会也把朗诵诗作为饭后余兴节目加以安排。第二届诗人节的庆祝大会上，就曾朗诵屈原的《离骚》，光未然还朗诵了自己的《黄河之水天上来》，听者

---

① 许纪霖：《近代中国知识分子的公共交往》，第246页。

② 阳翰笙：《阳翰笙日记选》，第4页

③ 张恨水：《雨后感》，《新民报》1940年3月18日。

众多，把中苏文化协会挤得水泄不通。老舍朗诵《骆驼祥子》，效果很好，黄芝冈觉得看《骆驼祥子》不如听老舍自己的朗诵更受感动，他觉得朗诵有更大的存在可能，提出“小说也可在朗诵中取得新形式，完成新形式”。老舍对朗诵兴趣浓厚，不但朗诵诗歌、朗诵小说，也朗诵剧本。潘孑农说老舍每次完成剧本初稿，都要邀请熟悉的戏剧界朋友，亲自认真朗读，听取意见。[①]《大公报》记者陈纪滢一次邀约朋友聚餐，参加的有《大公报》主编张季鸾，以及曹谷冰、王芸生，以及新从前线来到重庆的姚雪垠、李辉英、田涛、碧野等。饭后，高兰表演了朗诵诗，陈纪滢多年后回想起来，评论高兰“不但把每个字，每个词汇送入听者的耳鼓；而每句诗的感情，他也能予以适度的表达；所以他在朗诵的时候，自然而然的吸引住每位听众的注意力。似乎每个人都被他引入了他的诗的境界”[②]。

除了文学作品的朗诵之外，作家们往往发挥各自特长，表演节目，令聚会气氛轻松。以文协举行的一次文艺界晚会为例，有200多位文艺界人士参加，余兴节目原本有马思聪的小提琴独奏，可惜马思聪生病未到。后改为赵枫独唱，丰禾子、孔包时演出苏联作家雅罗涅尔创作的独幕剧《古屋黄昏》。1940年文协举行成立二周年重庆会员大会，盛大的茶会之后，“卢冀野的昆曲，高兰、包起权表演一段京戏，只有老向的大鼓没有登台，阳翰笙的川剧因为‘脸皮薄’，亦未开口，然而大家已经是非常满足了”[③]。

陪都的报纸往往也将作家们在余兴节目中的表演作为报道的对象。《中央日报》曾记录了一次文协在北碚的聚餐会，聚餐的地点在北碚的北温泉，参加的人有田汉、老舍、姚蓬子、陈子展、吴组缃、靳以、马宗融、胡风、任光、贺绿汀、章泯、老向、方令孺、沉樱、封禾子、赵清阁、艾青、以群、左明等二十余人。席间“老舍与田汉领杯畅饮，直至大醉始休。”饭后，田汉和老舍合唱一出《捉放曹》，后又独唱《四郎探母》。田汉的豪迈感染了现场作家朋友们，不但获得众人的喝彩，《中央日报》还评论他“真正艺术家风度，殊非别人所能及”。这样山间林泉的集会，在战前自是寻常，而在战争年代，更是在经历了大轰炸之后，朋友间的这种聚会显得殊为可贵。老舍是老北平，对北平情感深厚，因此对京韵大鼓、京剧都有非常深厚的研究。在重庆，老舍专门

---

① 潘孑农：《舞台银幕六十年：潘孑农回忆录》，南京：江苏古籍出版社，1994年，第112页

② 陈纪滢：《三十年代作家记》，第317页。

③ 《北温泉文协聚餐》，《中央日报》1940年4月10日。

拜鼓书艺人富贵舫为师，学习京韵大鼓。在很多聚会的时候，老舍为大家唱京剧，他曾唱过《芦花荡》也曾唱过《钓金龟》，听过他唱京戏的陈纪滢称赞他“声调唱腔和已逝的龚云甫及在世的李多奎非常类似”①。

1940 年 12 月政治部在中国制片厂举行宴会，邀请陪都文艺界人士，到的作家、诗人、画家、剧人、音乐家、新闻记者 300 多人。在这次会上，政治部部长张治中、文化工作委员会主任郭沫若等致辞，接着是欢乐的盛宴。会后的余兴节目则有话剧、琵琶独奏、魔术和电影等等，参与者尽兴而归。同月，文化工作委员会召集的文艺界演讲会上，最后也有张瑞芳朗诵鲁迅《奴才、傻子和聪明人》，独唱、新疆舞曲表演、业余歌咏队唱《黄河大合唱》、著名魔术家傅润华的表演等余兴节目，博得参与者的掌声和赞美。②

座谈讲演之后的余兴节目，似乎成了惯例，以至于召集者往往将“有余兴”作为会议的重要内容，吸引文艺界人士的参加。如 1939 年中国文艺社和文协一起举行文艺界辞岁晚会，并在《中央日报》发布通知，其中专门提到辞岁晚会“备有咖啡茶点水果等，招待本市文艺作家，并有余兴，以资联欢”。

---

① 陈纪滢：《三十年代作家记》，第 26 页。

② 《用锋刃之笔坚持抗战，文艺界举行大检阅，作家分作一年总结报告》，《新华日报》1940 年 12 月 29 日。

第二编

他乡与现实——下江作家在重庆的文学书写

战时重庆文学最显著的特点之一就是其强烈的现实感和浓郁的生命力，而这源自作家们对生活最直接的体验。从入川到寄居重庆，路途的遥远和陌生的城市预示了重庆生活的煎熬和挑战。战争背景下，生存成为作家们生活中最重要的事情，贫困和疾病几乎伴随了大部分“下江人”重庆生活的始终。重庆大轰炸对物质和生命造成毁灭性打击，也让原本就脆弱的文学生态更为艰难。作家们不仅无法获得正常的生活状态，文学创作的条件也日益艰难。书报审查制度无处不在，稿酬、版税形同虚设。文学在艰难中发展。

第五章　下江作家的重庆日常

抗战时期，内迁大后方的人们，无论身在重庆、昆明、成都、桂林还是贵阳，无不经历了艰辛的过程。这份艰辛贯穿了战争的始终，从出发来到大后方，来到重庆，路途的遥远和重重波折就已经预示着战时重庆生活的煎熬和挑战。

初到大后方的人们发现他们皆面临着类似的一个问题，即外地人和本地人的冲突和融合。在昆明，外来者称本地老百姓为“老滇票”。“滇票”用于形容贬值的货物，以此借指当地人的落后和不合时宜。在重庆、四川，外地人则被贴上“下江人”的标签。称呼将人群自动划分范畴和类别，变得不同，不同的背后，是中国现代文明发展不平衡的具体体现。而在现实生活中，社会文化的巨大差距引发两个群体摩擦几乎是不可避免的。生活在重庆的“下江人”，以公务员、教师、文化人士为主，无论这个群体以前居住在上海、南京、北平还是其他地方，他们的共同点是都拥有较高的社会地位、文化素养和经济实力。重庆是一座远离国家中心区域的城市，思想上保守，文化上落后，新文学的氛围更是稀薄。接受过新式教育的“下江人”，他们可以和大使馆里的外交官谈论战争走向、世界局势，可以在沙龙中谈论中外哲学思想，探讨文学艺术，但却对重庆完全陌生。

对重庆人而言，“下江人”的到来无疑彻底改变了他们的生活方式，物价、居住环境、言行举止，甚至多年延续的风俗习惯都在发生改变。重庆人有白布缠头的风俗，“下江人”来了以后，将此视为野蛮民族的装饰，认为妨碍城市的观瞻，必须予以取缔。更有人提出要根除重庆人的民间风俗，加深他们对战争的理解，以达到主动摒弃旧俗的目的。①

① 思明：《重庆人的白布包头》，《中央日报》1938年11月26日。

不过，无论下江人还是重庆人，他们尚未来得及就下江和重庆进行更激烈的争论，轰炸将本就不安稳的生活抛入更严苛的境地。为躲避轰炸，人们疏散到更遥远的郊区，不少作家迁居乡下。一到秋冬季节，重庆进入雾季，日军轰炸稍停，作家们又来到市区。从而形成了作家们“下乡”和“进城”两种不同的生活状态。“下乡”，乡村中的生活宁静，给予了作家们更多的时间和空间来省视、思考自身的创作。“进城”，城里的文学活动活跃丰富，作家们是文学活动的主角，他们在城里奔忙于各类聚会，见朋友，沟通信息，异常繁忙。“下乡”和“进城”，是轰炸时期大多数下江作家在重庆的生活模式。这一生活模式，是被逼无奈的选择，却在某种程度上给作家的创作带来不一样的思考和视角。

一、漫漫入川路

中国自古就有“蜀道难”之说，抗战时期下江人的入蜀之路并不比古人轻松，更加上战火的紧逼，时刻处于慌乱紧张之中，更增添了入川道路的坎坷和曲折。每一个抵达重庆的“下江人”，都有一番自己的入蜀经历。在刊物中，常常可见不同人的入川游记，这些文字记录下他们在战争时期入川的千辛万苦，写下他们在旅途中的见闻，看四川重庆是如何一步一步从遥远的想象变为眼前的现实。

战时入蜀的主要路径有以下几条：最主要的是川江航运，沿江而上，长江是重庆通往外界的交通要道，抗战初期，抢运物资和疏散人员是经由长江航道到重庆。其次，则是公路，其中的川黔公路，由贵阳到重庆，是入川的重要路线之一。第三，则是航空。1938 年中国航空公司迁往重庆，重庆和昆明成为战时中国航空中心。

通过文学作品对“下江人”入川道路进行考察，其目的是为了对下江人入川的心境做解读。战乱之中入川，令入川之人心绪更为复杂。身后熟悉的故乡和城市越来越远，面前是意想不到的未来，脚下是并不平坦的入川路。当然，对入川之路的探讨，不能忽略几个时间段，即在 1938 年至 1939 年期间，战争初期，因日军逼近武汉，入川成为刻不容缓的选择，整个川江航线上涌满了焦急的下江人，更令入川之举显得悲壮和无奈。1939 年后的入川，以川黔线公路为主，虽然也有危险，但和川江航运相比，其危急的程度要小得多，旅行者的心态也自然不同。

1. **长江航道**

1938年1月，叶圣陶作《宜昌杂诗》，诗中写道："宜昌日日啖川橘，聊作椒盘荐岁新。/战讯忽传收杭富，悲欣交并愿他真。/对岸山如金字塔，泊江轮作旅人家。/故宫古物兵工械，并逐迁流顿水涯。/下游到客日盈千，逆旅麇居待入川。/种种方音如鼎沸，具言上水苦无船。"当时，从武汉乘船到重庆分为两个航段，汉口到宜昌区间由大船运送，物资和人员运送到宜昌后，再在宜昌更换川江小轮送至重庆。叶圣陶作诗之时，正是他从武汉到宜昌，在宜昌等待船只入川的时候。在决定离开武汉前往重庆时，叶圣陶给朋友的信中写"相去愈远，晤面何期，思之怅怅，惟亦不得不勉自振奋耳。"信中充满惆怅之意，入川似乎成为此行的转折点。从心理感受上，武汉处于长江中下游，到了武汉，距离江浙沪也还近，一入三峡，就仿佛有了一道屏障，跨入了更遥远的地域，因此叶圣陶才有"相去愈远，晤面何期"的感慨。

叶圣陶入川之时，武汉尚还安然无恙，他的《宜昌杂诗》中却已经写到了宜昌的紧张。聚集在宜昌的物资和人员等待着再一次向重庆撤退。故宫文物为国家文化精髓，是中华民族几千年的历史传承下来的精华。兵工器械是国家军工业的命脉，有了这些器械才能有收复失地的可能。无论是故宫文物，还是军工器械，皆因战争被迫撤离到宜昌，等待运往内陆深山。此刻，人的命运和物品的命运同样漂泊无定。等待着到重庆的"下江人"很多，从宜昌到重庆一票难求。但叶圣陶是幸运的，他入川相对早，虽然也已经"苦无船"，但比起几个月后武汉保卫战时期，已经很顺利了。叶圣陶在民生公司宜昌经理李肇基的帮助下，四五日内就买到了去重庆的民主轮船票。普通旅客往往要等候上至少一个月才有购票的希望，所以叶圣陶感叹"我们幸得民生之票，可谓福气极矣！"① 尽管不舍故乡，尽管对未来充满担忧，但叶圣陶的入川之旅已经是非常顺利，途中尽享三峡雄壮景色，和同船朋友"谈笑多欣"，还能有"把酒临江"之乐，不亚于一次真正的旅行。

此后的入川之路完全没有了叶圣陶那般顺畅平静。1938年底，武汉失守，内迁任务紧迫，有3万以上待运人员，九万吨以上的待运器材滞留宜昌，等待运往四川。幸而负责川江航运的民生公司在总经理卢作孚的指挥下，采取分段运输的方法，合理调配船只，最大限度地发挥轮船的运力，在40天内将滞留宜昌的人员全部撤离，器材运出三分之二。亲历这一过程的人，无不感到惊心

---

① 商金林编：《叶圣陶抗战时期文集》第1卷，第24页。

动魄。

对于女性来说，川江之旅尤为艰难。在同样要面对船上的人员芜杂、船票难求之类的问题外，还要面对生活中的多种不便。赵清阁入川途中，认为最痛苦的除了睡觉，最大的困难就是吃饭、排泄和沐浴。从武汉到宜昌，入川的每条航船上都塞满了人，船上有限的资源都要抢，吃饭靠抢，上厕所靠抢。这种境况下，根本不会有秩序可言，道理似乎是行不通的。赵清阁和朋友脸皮薄，不好意思去挤，总是等着大家快吃完的时候才去吃饭。吃饭的时间全部后延，早饭要在 11 点，午饭要在下午 3 点，晚饭要到晚上 9 点才能吃上。尽管如此退让，赵清阁仍免不了被穿洋睡服、梳着飞机式烫头发、涂口红、登高跟鞋的时髦小姐羞辱。赵清阁曾禁不住默然流泪，感叹“吃饭难，吃饭实在太难!”船上男女厕所从早到晚排着长队，一个出来一个进去，“强霸一点的就占了先，老弱的等得两腿酸都轮不到他”。赵清阁离开武汉赴重庆是在 1938 年 7 月初，时正值夏天，武汉、重庆沿途处于气温最高的暑热之中。每天一动不动都能大汗淋漓，但船上并无洗澡间。房舱门被行李堆满无法关门，到处是人，没有一点私密空间。浑身汗透，一天换几套衣服也不行，不由得人感叹“唉！真太难了”①。

2. 筑渝路上

战时重庆的公路客运有渝筑线（重庆——贵阳）、渝沅线（重庆——川湘边境）为主要公路运输通道。从 1938 年秋至 1939 年 7 月，渝筑线、渝沅线运送旅客 27.2 万，1939 年 8—12 月，重庆区的客运量为 14.58 万人。在国际交通路线转向西南西北以后，渝筑线担负起沟通重庆和西南、西北、中南各省的交通命脉，无数的战略物资经由渝筑线运送到陪都。渝筑线上的客车、货车司机在物资紧缺的大后方成为令人羡慕的行业。

沿公路由贵阳到重庆，通常经遵义、松坎到綦江，最后到重庆南岸海棠溪。这条公路穿越贵州山区，山路险峻，却能欣赏到一路山光水色。另一方面，从渝筑线到重庆的“下江人”，多是从桂林、昆明出发。桂林昆明当时都是大后方，相对安宁，和长江航道的拥挤和慌乱相比较来说，不是那么的紧迫，有相对从容的心境感受西南地域不同的风土人情。

贵州多山，踏入贵州境内就免不了为崇山峻岭惊叹。李长之感叹“这种山国的旅行，是久居北平那种大平原的人所想象不到的，你决想不到世界上会有

---

① 赵天：《汉川行（未完）》，《弹花》第 6 期，1938 年 10 月 1 日。

‘没有平地’的地方；你决想不到整日走，始终是在山里；你决想不到所见的完全是山岚青岩，而没有旷野。”① 连续三个“决想不到”是对山国奇伟地形和风景的惊叹，正是在奔向四川的路途之中，长期生活在江浙平原、华北平原的人们才有机会领略群山苍茫的风姿。西南地域广阔，自然地理多变，仅仅是贵州和四川之间，就有完全不同的地形地貌。进入四川，山色更为秀丽，李长之形容，“就是由壮美，一变而为优美了。”

通过公路到重庆，往往跨越滇、桂、黔、川诸省，这些地区是我国少数民族聚居之处，风俗习惯多有不同。旅行的过程也是了解风土人情最佳时机，行走过筑渝线的人，往往对西南诸省的文明教化会有更多的思考。也是因此，人们能够从田地的肥沃，想象出四川的富庶；由荒山的绵亘，推断出贵州的疾苦。

一路的风光暂时可以缓解旅途的劳乏，但筑渝路并非坦途，沿山开凿，路窄弯多，险境重重。往往一面是高山，一面是峡谷，“回环相往，奔驰于万山云壑之中，举眸仰视，转轮如飞，回首俯临，行人如蚁”。山高路险，司机要特别小心，不然一失足就有全车覆没的危险。有人形容这段道路，是“极壮观，亦极伟大，但是亦极危险”②。

总之，抗战入川，成为重庆人口中的“下江人”，出乎很多人的意外，是真正意义上的“意外之旅”。在入川的“下江人”中，无论是政府公职人员，作家还是寻常百姓，在踏上入川之路时，都充满了不可思议和难以置信的情绪。出发前有人曾天天打开申报馆的中国分省新图，指算着中国这个西南角，“就好像没有把握能到达似的”。有人说：“连做梦也没有做到，今生今世，会长途跋涉到重庆来。”③重庆，在太多“下江人”心目中是意想不到的目的地。

二、抗战初期“下江人”和重庆人的对视

当“下江人”已经被战争驱赶上了逃亡之路的时候，重庆对抗战的认知尚处于不甚了然的阶段，很多重庆人对战争并不了解。在《新蜀报》《春云》等本地报纸杂志上，最先掀起了对抗战的宣传。重庆文艺工作者们以小说、诗歌、纪实等各种形式向老百姓讲述抗日战争是怎么一回事儿，告诉他们如何去

① 李长之：《西南纪行》，《旅行杂志》1938 年 11 月号。
② 张琴南：《入川纪行》，《旅行杂志》1939 年 6 月号。
③ 吕渭渔：《湘川路上》，《旅行杂志》1940 年 2 月号。

适应战争。他们批判大众漠不关心的态度，并为重庆人的言行和重庆陪都形象之间的差距而感到焦虑。

而在“下江人”眼中，四川就是未开化之地。他们带有强烈的优越感，下江的商品、下江的教育、下江的人都是要优于四川重庆。要在四川定居，远离熟悉的北平、上海，从文明之地到未开化的地区，并非一件舒心的事情。陈衡哲就曾在《川行琐记》中自称为“放逐之人”，将在四川的日子视为过的“充军生活”，表现了她对四川环境的不满。在长期居住北平、上海的人们心目中，四川和下江不仅仅是地理位置上的不同。和“下江人”曾经的生活环境相比，重庆是一切物质文明和精神文明都需要“数回一百年或是二百年”① 的地方。

1. 重庆人心目中遥远的抗战

1937 年，生活在天灾人祸中的四川人尚在为生存挣扎，对于即将席卷全国的抗日战争并没有多少认识。至于重庆成为陪都，将给他们的生活带来什么样的影响和变化，重庆人更是毫无意识。“七七事变”后，重庆的报纸杂志都在谈论抗战。但重庆人的反应并不热烈，不少人还抱着“国事管他娘”的态度。以至于不少重庆精英在报上为重庆人面对战争的冷漠态度而感到焦急。金满成告诫重庆人：“他们的炸弹会炸破你的茶馆，飞机会威胁你的跳舞场了……在弱小民族抵抗帝国主义的前提下，那弱小民族中的每一份（分）子，无论小到怎样小的一份（分）子，都有可以使用的地方。不能因自己没有直接当兵或带兵，直接做官或做公务人员就不管的。”②

城里的市民尚且如此，广大的四川乡村老百姓更不知晓抗战为何物。文化的滞后，信息的闭塞，让居住乡镇的人们对抗战的认知更是少之又少。城市与乡村几乎是两个世界，乡间没有什么信息渠道，处于封闭的状态。有的乡镇，整个场镇上只有联保办公处才有两份报纸，并且要等到“公事人”看够了才拿出来。一般人看到报纸都已经是六七天以后，且还是零零落落的。有人感慨，“即使有闲随时到场上看报的人，能够知道日本和他们有何切身关系的莫有几个。更不用说，心甘情愿参加抗敌工作的是少之又少了”③。不仅老百姓如此，

---

① 靳以：《忆上海》，《靳以选集》第 5 卷，成都：四川人民出版社，1984 年，第 287 页。

② 金满成：《国事管他娘》，《新蜀报》1937 年 7 月 18 日。

③ 菌：《抗战文化该找往乡村的路了》，《新蜀报》1937 年 8 月 23 日。

连受过中等教育的公务员对战争中丢失一座座城市都表示懵然不知，听人说丢失北平，只问："你们谈论什么呢？那儿失了又有什么关系，又没有打到这里来。你们这是'杞人忧天'。"[①] 公务员尚且如此，广大农村中未受过教育的农民更是可想而知。

为此，《新蜀报》不断地发文，劝诫民众不要再沉醉在战争遥远的梦想中。有人疾呼"蠢牛还未醒"，试图能努力地让乡村的人们觉醒，不但关心国家事情，且能努力救亡。《重庆市民，尚在梦中乎》批评当国人皆以准备牺牲生命和金钱共赴国难，唯独重庆人不见有任何行动，呼吁重庆市民"请勿入梦中，觉醒之时机至矣！"[②] 陈静波的《刺破丑恶的嘴脸》批评四川报纸副刊，从前未能负起抗敌救亡的重任，如今能摇旗呐喊的仍然很少，写文章还在讲求潇洒闲适，字句力求雕琢漂亮，在作者看来，这样的写作简直是"亡国奴的帽子一顶"[③]，是将人引到堕落的道路上去。《不见棺材不掉泪》则更直截了当地批评四川人"向来都是眼睛近视，火烧眉毛顾眼睛"[④]。

国民政府移驻重庆，重庆地方报纸杂志开始不断地讨论该如何去建设成为国家中心城市的重庆，重庆市民又应以如何的行为去适应抗战，建设怎样的抗战文化等等。《新蜀报》最先提出问题：重庆该怎么样才能适应战时文化中心这一地位？1938 年 1 月 6 日发表的《文化重心运动》，提出要使抗战的上层建筑强化，就必须重新建设文化重心。重庆极适宜于成为"临时文化重心"[⑤]，文章作者金满成号召留居重庆的各地文化人，要积极承担起建设新的文化重心的责任。2 月 10 日发表的《重庆应该有怎样一种新的青年运动》强调"重庆不仅是持久抗战与民族复兴基础的四川的军政经济重镇，它还将是中国的文化中心。"在这样的背景下，"重庆已不是四川的重庆，而是中国的了"[⑥]。至此，在重庆文化人的意识中已经自觉地将重庆从区域性的地方城市提升到国家核心城市的重要程度。《重庆，请拿出自己的身份来》自豪于重庆"不是一个文化落后建设不全的山城，而是堂堂的国民政府移驻地"，同时呼吁重庆市民从行动到言论，都应该适应重庆作为国民政府移驻地的城市身份，"过去你那种土军阀夜郎自大，两个弁兵就可以横行世界的那种思想，在此刻的重庆，似乎就

---

① 张碧天：《蠢牛还未醒》，《新蜀报》1937 年 8 月 28 日。
② 金满成：《尚在梦中乎》，《新蜀报》1937 年 9 月 3 日。
③ 陈静波：《刺破丑恶的脸》，《新蜀报》1937 年 10 月 8 日。
④ 自豪：《不见棺材不掉泪》，《新蜀报》1937 年 11 月 8 日。
⑤ 金满成：《文化中心运动》，《新蜀报》1938 年 1 月 6 日。
⑥ 伟前：《重庆应该有怎样一种新的青年运动》，《新蜀报》1938 年 2 月 10 日。

行不通了”①。

这些关注重庆在抗战环境中的思想文化建设的文章，体现了受过良好教育的那一批重庆人的欣喜和焦虑。欣喜的是重庆地位的提升，作为战时文化重心成为现实，重庆迎来大批文化精英。但在这个现实的背后，是重庆人深深的担忧，甚至是自卑。因为这个群体比其他任何重庆人都对重庆的历史和现状有着清晰的了解，重庆是一座充斥着军阀、鸦片的城市，落后保守，和现代文明有着相当大的差距。而“下江人”中的精英分子经历过欧风美雨的洗礼，对中国乃至世界有充分认识和理解，并正在主导着战时中国的发展。他们的生活中有电影、咖啡、交谊舞、昆曲，充分体现着中西方文化的交融。这中间的差距，无异于封建社会和现代社会之间的差距。为此，重庆的有识之士呼吁自己的同乡，在语言、行动、思想上一定要赶上这个时代的步伐，无论是保持重庆市容的整洁还是行动起来抗战救亡，都必须和重庆新的城市地位相匹配。

2.“下江人”对重庆的第一印象

大多的“下江人”对重庆的第一印象都不好，无论是自然环境、城市环境甚至气候，处处都让人不适应。首先是城市环境带给人们的感受并不愉悦。老舍给胡风的信中说：“生活程度高，天气坏，……重庆之恶劣为未曾见！”② 这封信写于1939年的10月，距离老舍到重庆不过短短两月。费正清对重庆的第一感觉是“此地并不适合人类居住，因为没有平坦的陆地。人们简直成了力图找到安身之地的山羊。”③

重庆简陋糟糕的环境甚至带给“下江人”“可怕”“惊恐”的印象。1940年秋天，杨宪益从英国回到重庆，夏季大轰炸刚刚结束，城里到处是无家可归的乞丐和流民，夜里“巨大无比的老鼠从阴沟里钻出来到处找食吃”④。一幕幕景象让杨宪益感到“可怕”。

徐迟到重庆只觉得“惊恐”，因为他看见了“比猫还大的老鼠，又白又胖的，堂而皇之地在街道上窜来窜去。”徐迟眼中的重庆，是“一座灰暗的城，一座真是乌烟瘴气的重庆市的市区。”“这是中国最落后，最愚昧、最闭塞、最

---

① 金满成：《重庆，请拿出自己的身份来》，《新蜀报》1938年11月23日。

② 老舍：《致胡风》，《老舍全集》第15卷，第523页。

③ 费正清：《费正清中国回忆录》，北京：中信出版社，2013年，第203页。

④ 杨宪益：《杨宪益自传》，北京：人民日报出版社，2010年，第114页。

衰老的，一个不像样子的内地城市。”① 一连四个“最”字，传递出作家对重庆的糟糕的第一印象。

重庆老鼠无论是数量还是体积以及胆量，都让“下江人”感到骇然。易君左形容重庆的过街老鼠比过江的名士还多：“假如耗子可以打日本人的话，只要动员重庆全城的耗子，便可组成百万雄师。”②田仲济将重庆的臭虫和老鼠称为他最憎恨的东西：“今夜，虽已是隆冬时节，臭虫仍在猖獗，躺在床上，辗转反侧不能入梦；电灯一息，耗子由时而潜行游逛变为恣意满地驰骋，且忽而如万马奔腾，忽而如群猿攀树，更使人意绪烦乱了。我最憎恨这两种污秽卑鄙的东西的。吸人血或啮食书籍及衣物，还遗下一些污渍。早上叠被，饱涨（胀）得红珠子似的躺在那里，走都不能走了，给人一个很大的讽刺。耗子更好了，把洗脸的拖走，皮鞋咬去边缘，当我穿着被咬坏的鞋子洗脸时，它们又结伴从床下探头缩脑地出来了。什么‘胆小如鼠’，‘昼伏夜出’一类语词，在此地完全不适用。”③

不过，感到“惊恐”的并不仅是“下江人”，“惊恐”的还有重庆市民：“当地老百姓无不用惊恐的眼睛，观看他们的‘脚底下人’，说着不同的口音，穿着不同的衣服，有着不同的神情举止，带来了阔气的资金，提高了所有的物价，改变了他们素来的生活。”④ 彼此对视带来了相同的“惊恐”，不同的是“惊恐”的根源，是现代和闭塞两种生活方式走到一起所引发的冲击。

除了硕大的老鼠、陡峭狭窄的道路、令人难以适应的气候等外在因素之外，重庆城市环境同样令“下江人”不满。初来乍到的“下江人”频频地抨击重庆人，从城市建设、个体行为、语言等各个方面指出重庆的不足。1938年，《中央日报》发表一系列的《对重庆说些话》，逐一讲述“下江人”眼中的重庆的种种不足。重庆的缺点太多，似乎随处都能找出几个：“你若问他们对于重庆的印象怎样，他们很容易叠起几个指头，述说八九个重庆的缺点。”⑤《对重庆说些话》的系列文章从治安、社会管理、个人卫生、物价等各个方面展开了对重庆的批评。《要增加些警察权力》说的是重庆警察形同虚设，遇到

---

① 徐迟：《我的文学生涯》，第 271 页。

② 易君左：《我过了四个不平凡的旧年》，《易君左自选集》，台北：黎明文化事业公司，1975 年，第 258—259 页。

③ 田仲济：《〈夜间相〉后记》，《田仲济序跋集》，济南：山东教育出版社，1991 年，第 6 页。

④ 徐迟：《我的文学生涯》，第 272 页。

⑤ 陈公博：《对重庆说些话》，《中央日报》1938 年 10 月 2 日。

拦路抢劫，警察会不闻不问；《慈善机关到哪里去》讲的是缺乏慈善机构，倒毙在路上的尸体无人过问；《应对卫生注意些罢》直言卫生状况糟糕导致重庆成为万病之源秩序混乱；《不合理的高抬物价》痛斥重庆高抬物价的人，“很有点世界末日将至的神气，拼命赚钱，不顾一切”；《秩序似乎太乱》则批评人们不遵守秩序导致重庆交通混乱……

风俗习惯带来的差异感经过一段时间的相处后，总会逐渐淡化，在“下江人”心中，更不能接受的，是本地人对抗战的认知尚处于一种懵懂的状态，总觉得战争尚很遥远。人们依旧按部就班地过日子，在距离重庆不远的成都，人们照样坐茶馆，往茶馆举目望去：“尽是黑压压的头，有的慢条斯理的（地）吃纸烟，有的咕噜噜的（地）吃水烟，烟雾弥漫在人们的头顶上。有的纸烟水烟都不吃，但是交头接耳摆龙门阵，从天气摆到女人，从女人，摆到鬼，无穷无尽地，有的自然不摆龙门阵，单是坐着，跷起二郎腿，把脊梁靠在椅背上，张着瞌睡的眼睛望来望去，时不时又掬起茶盅喝一口。”[①] 总之，战争这个话题，在茶余饭后提起来，也不是多大一个不得了的话题。老百姓对战争存在侥幸心理，认为抗战自然有前线战士，战争“大概不会打到我们这儿来了”[②]。这虽是写的成都，但在大后方的城市中，无论是成都还是重庆，有这种想法的普通老百姓却还是占不少比例的。

无论从外在形象，还是到重庆人的精神状态，重庆似乎真的是无法匹配国家“陪都”的地位。来自江苏的青年诗人庄涌在《春云》上发表诗歌《呐喊——给重庆青年》[③]。诗中形容“重庆是长江身上一块疮”，“贫穷、破乱、凄惨、黑暗……/休想用完整的句子形容你的全面/鸦片、麻将、盗贼、娼妓……/是一只罪恶的黑手/三十年工夫/把你管教得这样暴乱贫血病”。这个贫穷、混乱城市“现在又来了一大批下江技师，给你化妆”。可是，作者却担忧，即使有技艺高超的“下江技师”的化装，重庆城市骨子里的东西并未改变，“邻院里仍然是红粉青山/大街上/煤群的鸦片鬼子抬竹轿/七岁的小孩背上五块砖/小贩的叫卖/像垂死人的嘶喊/下坡的车夫白了脸/像角色的勇士冲上前线”。重庆仍然是往日的重庆，不得不引发人们对重庆的疑问，“你衰弱身子，/怎样挑得起抗战的重担来?”重庆如何挑起抗战的重担，不仅是“下江人”的怀疑，同时也是重庆人的疑问。

---

① 周文:《恭等最后胜利降临》,《周文文集》第 3 卷，第 288 页。

② 同上。

③ 庄涌:《呐喊——给重庆青年》,《春云》第 4 卷第 6 期，1938 年，第 12 页。

3. 重庆人和“下江人”之争

当重庆的物价、生活方式乃至街道的名称都因“下江人”的到来而纷纷发生改变的时候，“下江人”和重庆人，两个原本生活在不同环境中的群体，开始不断发生摩擦。从“重庆人”的角度，看到的是“下江人”突然出现在他们城市的大小角落，他们带来不一样的社会习俗，不一样的语言。不仅如此，“下江人”还强行要求他们遵守诸多规章制度，重庆人既有的生活节奏被打乱，生活习惯和生活观念也不得不发生改变。更直接的变化是，“下江人”的到来令物价高涨，重庆生活成本日渐上升，这种种都令重庆本地人感到不满。

在社会文化方面，由于重庆过去受西方影响很少，还保留着不少的旧习惯。例如，结婚依然是由父母做主的，丈夫第一次遇见妻子，是在结婚的那一天。对于“下江人”的穿着打扮，行为举止，重庆人看在眼里也觉得不可思议：“重庆不赞成下江女孩子唇上的口红，它不喜欢卷发，青年男女在街上饭馆里一起吃饭，使它大为震惊。”①

与此相反，和政府一起到长江上游的“下江人”，把四川人当作特别种类的次等角色。“可是一般四川人，头藏肮脏的白布，说话时圆滑如啼声，唱歌似的，态度是没精打采，甚至和沿海最落后的人比起来，都似乎落后些，沿海的人至少是见过电车的。”②

1938年重庆警察局将重庆街道名称予以订正，原因是原有的街道门牌破损较多，无法辨别；再加上新建道路房屋日渐增多，没有门牌，以致清查人口，发送邮件非常不便，于是重庆市警察局将全市门牌重新编订。这次门牌的更正，引起社会人士的关注，有人认为警局将门牌的更换以“打倒封建意识”作为理由，殊不恰当，因此对警局的此项行动加以责备。《中央日报》发表警局负责人的谈话，一面澄清门牌号码和“打倒封建意识”没有关联，一面仍批评“对封建意识，吾人固应廓清，惟决不在此种浅薄的形式的举动，应求潜在意识的铲除”③。这番话既像是解释，更像是批评，批评的对象，自然是“下江人”眼中充满封建意识的重庆人。

至于重庆人，则认为“下江人”扰乱了他们的生活。他们发现，政府连如何走路、怎样乘车、坐轿都进行了规范，不断地更改他们的生活习惯，如“行

---

① 白修德、贾安娜：《中国的惊雷》，北京：新华出版社，1988年，第8页。

② 同上。

③ 《订正街道名称》，《中央日报》1938年12月29日。

人车轿一律靠左”“禁止车马飞跑并行”“取缔当街晾晒衣服”“取缔白巾缠头”① 等。同时，一些重庆人将“下江人”视为不祥之物，将日军的轰炸归结为“下江人”入川，甚至夏季重庆气温增高，也归咎于“下江人”来得太多，引发气温的增高。② 显然，对于战争的认识，就本地老百姓而言，是非常有限的。

在“下江人”眼中，头上缠着白布的重庆人是停留在中世纪的落后群体，两者彼此无法对接。两个群体相互贴着标签。四川人不管外省人来自东北还是华东还是广东，只要口音不同，一律叫“下江人”。外省人则称本地人为“四川人”或“本地人”。在这个笼统的称呼后面，紧跟的是对彼此的偏见。“大抵‘本地人’都是‘坏’、‘狡猾’、‘敲竹杠’的，‘下江人’大都是‘摩登’、‘阔绰’，并且带一些傻气的。”③ 四川人觉得“下江人”和洋人差不多的，浪漫不检点，男的女的挽着手在大街上毫不害羞；“下江人”则以厨子、老妈子为本地人的代表，认定语言粗鲁、不懂规矩都是四川人的特点。

重庆是商业城市，商人重利，“下江人”到来后重庆物价迅速上涨，直接影响了人们的生活质量。“下江人”对重庆商人肆意抬高物价极为不满。重庆房租上涨，以至于重庆报纸不断呼吁重庆市民要优待避难人，“严禁所属人民，于招租时，太高租价，或径予为难，并禁售卖日需品商人，抬高物价。”④ 除了生活物资，连杂志的价格都不停上涨。在四五篇转印的杂志上，每本定价五分或一角大洋。而同样的刊物在上海仅售二三枚当十铜板。要看杂志就得付出比上海更昂贵的价钱，“如果硬要说是在后方服务文化支援抗战，然则吾辈穷小子们就不配享受这样优厚的待遇”⑤。

“下江人”和重庆人的冲突不断，最终需要政府介入来调停。1937 年 11 月 26 日，《大公报》上登载警察局的一条禁令，原文如下：“警察局长徐中齐，近据中城分局长邓介雄呈请，昨通令各局所查禁长警呼喊‘下江人’口头语，原令云：四川因昔年积习，致有川省人与‘下江人’之分，此虽为一幼稚之语，然而引起无谓纠纷，实属不少，因此往往起因甚微，反致事态扩大，均由于‘下江人’三字所致。警察为人民导师，责任在纠正人民错误，乃长警中

① 《渝警局严定办法，取缔乞丐流娼鸨母活动》，《大公报》1938 年 12 月 9 日。

② 陈加：《重庆人》，《益世报》1945 年 12 月 20 日。

③ 董时进：《回乡杂感》，《新民报》1938 年 5 月 4 日。

④ 《优待避难人》，《新蜀报》1937 年 8 月 28 日。

⑤ 奚若：《“抗战有利”别论》，《新蜀报》1938 年 10 月 3 日。

亦颇有此等语气，致外省人之反感，殊属不合。合行令仰切实查禁。徐局长并表示，希望一般市民共同努力抗战建国工作，不必显分地域，而引起无谓之纠纷。”①

地域之争在一定程度上始终存在，不过如果说四川人和“下江人”见面就要脸红脖子粗，那是不客观的。这就反应在不同阶层的本地人，在接纳“下江人”到重庆这一事件表现出的态度是不一样的。前面讲过，重庆成为陪都，《新蜀报》上不断发文希望重庆老百姓能够在行动和语言上符合重庆陪都的城市身份，并请重庆人要善待外来人。显然，“下江人”在重庆的经历肯定不愉快。但对重庆人而言，突然来了一群外省人，并且对他们历来已久的生活方式指手画脚，那种感觉必然也是不好受的。

不少川籍知识分子们也卷入了这场争论。他们大多对争论持客观的态度。沈起予认为“下江人”和重庆人之争纯属意气之争，但他依然批评自己的老乡，觉得多年天府之国的称谓导致了四川人自大的思想，认为关起夔门，锁上剑门关，四川依然可以是独立王国，不需要依靠外界的交往。“下江人”到来后，四川人动不动就说“老子四川人团结起来把你们赶出去”，秉持“四川快要变成外省人的殖民地了”这样的观念。沈起予认为，在国家民族危亡之际，不去想着抢救民族生命，还闹着四川人如何、“下江人”如何实在不应该。②

何其芳的观念更偏激，作为四川人的他显然目睹了“下江人”对四川人的种种不屑，并为此写道：“在重庆的舞台上，四川话只能被戏中的老爷们、太太们用来和听差，和老妈子会话，以引起观众们的哄笑的。然而在重庆的街道上，高贵的下江话却又不受欢迎。下江佬在这时候也就学说起四川话来了，说得有些怪声怪气。我想，洋车夫之流的四川人还是分得清楚的。”③ 何其芳说自己讲的也是“下贱”的四川话，言语间对“下江人”高高在上的姿态是很不以为然的。何其芳还谈到了中国人对外国人的误解，指出中国的老百姓分不清洋人有两种，“下江人”也有两种。不是所有的外国人都是坏人，也不是所有的“下江人”都是坏人。但是，何其芳提出一个问题，这不能怪老百姓，因为他们的经验只有一种。

撇开地域成见，有人认为将生活中的冲突夸大为一个群体共性，并将此贴

---

① 《下江人警局通令查禁呼喊》，《大公报》1937 年 11 月 26 日。

② 沈起予：《四川人，下江人》，《新民报》1938 年 5 月 4 日。

③ 何其芳：《下江人及其他》，《何其芳文集》第 2 卷，北京：人民文学出版社，1982 年，第 324 页。

上标签，是有失偏颇的。沙汀曾参与一场“下江人”和四川人之争，在一个偶然聊天过程中，他听到隔壁的外省人相互倾吐到重庆后的种种遭遇，把不满都归结到四川人身上。沙汀认为，无论是四川人将苦难归罪于来川避难的外省人，还是外省人因个人际遇对一切四川人进行责难，都是极不客观。曾在美国留学的农业专家董时进是重庆人，他认为在中国，受过较高教育程度的人们都无法摆脱孤陋的地域成见，“下江人”和四川人有冲突，同在下江，南方人和北方人相互生活习惯、人文风俗也有不同。放大到整个中国，中国人看洋人也有类似的毛病，对洋人同样存在误解。这其实反映了国人的一个根深蒂固的毛病，不同地域文化中生活的人们彼此间认识的差距实在太过遥远。董时进的文章显然超越了四川人和“下江人”这个范畴，提出这个问题存在更深层的缘由。

三、贫困和疾病裹挟的重庆时光

纵观整个抗战时期，无论是在大后方的重庆、昆明还是桂林，由于受到战争和经济形势恶化的影响，知识分子无不陷入生存的重重压力之中。重庆不是唯一经受通货膨胀的城市，但重庆是陪都，是国民政府所在的地方，因此，通货膨胀带来的恶劣效应更让人感到触目惊心和失望。有研究认为，战时生活受大后方通货膨胀影响最大的群体，恰恰是依靠薪金生活的公职人员、大学教师、政府公务员和军官等等。相比较而言，在战时重庆，农民、手工业者、工厂工人和其他私营企业雇员等受教育程度较低的民众，反而受通货膨胀影响相对较小。[①] 在重庆的下江知识分子，其生存条件在战时和战前巨大落差让他们不得不将更多的精力用于如何生存下去这样的现实问题上。在战争之前，不少作家拥有窗明几净的创作环境，有足够的经济条件去满足自己的兴趣爱好。在重庆，研究柴米油盐，绞尽脑汁如何让一家人能够活下去，与不断上涨的物价博弈，才是他们生活的重要部分。

重庆生活的艰难，并非一开始就有，而是随着抗战的持续而不断恶化。1938 年前后，对刚到的下江人来说，最大的安慰之一，莫过于重庆物价的便宜。那时整体的生活水平尚未糟糕到衣食无着的境地，下江人到重庆在经济上处于优势。胡风一家到万县时，夫人梅志对万县很有好感，因为物价便宜，民

① 周锡瑞、李皓天主编：《1943：中国在十字路口》，北京：社会科学文献出版社，2016 年，第 273 页。

风古朴。在文协担任干事的萧伯青到重庆时最深的印象之一是重庆物价便宜，“流通的辅币是当二百文的大铜板，一碗担担面，价只一个铜板”①。老舍刚到重庆住在青年会那段时间，常常在外面的饭馆吃饭，又便宜又好。叶圣陶在信中告诉在上海的朋友，重庆日用品价格并不比上海苏州便宜，但“橘子又贱又好尽可畅吃”；劳动力价格低廉，“轿子人力车均便宜”②。

但这样的景象是短暂的，武汉陷落后，越来越多的“下江人”来到重庆，再加上日军对重庆的轰炸，一方面人们只得从市区疏散到迁建区，散居在郊区和乡下；另一方面，重庆的物价不断上涨，与此相对应的人们的收入却未能跟上物价上涨的步伐。且因战争的封锁，重庆与外界正常的商业交往被中断，处于相对封闭的状态，物资匮乏，令人们的生活陷入困顿。尤其是以稿费和教书为主要收入的作家们，更是大多一贫如洗。

1942 年 6 月 3 日，阳翰笙到北碚，和郑伯奇一起去看望黄芝冈，当时黄芝冈正在病中，营养不良，贫病交困。这引起了郑伯奇和阳翰笙的无限感慨，郑伯奇说：“我们每个文化人，都有这样一个前途。”阳翰笙也认为，黄芝冈就是当时文化人境况的活标本。③ 这个标本揭示了大后方知识分子类似的境况：生活贫困、疾病缠身。

挣扎着活下去，人的热情和信心就在这样的状态下一点点被消磨殆尽。梅林写自己的朋友 M 君，一个性情爽朗、达观、负责任的公务员，从武汉撤退到重庆，冒着轰炸的危险，丢尽所有，仍然爽朗、达观、整洁一如往昔。就这么一位在战乱中逃难的公务员，即使在生命最危险艰难的时候，都一如既往地保持着自己的形象和对生活的信心，仅仅在重庆一年，再见时完全像变了一个人，“头发已白了一半，爽朗虽在唇边保留一二分，达观已从他的蹙着的眉头逝去。”M 君的信心完全为生活所击退，他纠结于每个月的薪水，吃军米，凑合着过日子。他仍然时刻关注抗战什么时候能胜利，只是他的关注抗战，已经从国家民族大义的层面，转向了生活层面。他唯一盼望的是战争胜利会带来生活条件的好转。“活下去”前所未有地占据了人们的思想和现实，甚少关心柴米油盐的知识分子，也不得不研究起物价的涨跌，在琐碎的日常中度日。

另一方面，重庆市政设施相对落后，从饮用水到垃圾的处理，再加上无处不在的猖獗的老鼠，则对人的健康造成潜在的威胁。下江作家不得不在艰辛的

---

① 萧伯青：《老舍在武汉、重庆》，《新文学史料》1986 年第 2 期，第 138 页。

② 商金林编：《叶圣陶抗战时期文集》第 1 卷，第 26 页。

③ 阳翰笙：《阳翰笙日记》，第 50 页

条件下为生存而算计，他们的日常生活逐渐重庆化。下江作家和普通重庆市民一样吃、住、行，随着到重庆的时间逐渐延长，他们越来越适应重庆生活，习惯了住抗建房、吃平价米、出门爬坡上坎的日子。

1. 居住条件的反差

战时中国知识分子生活的贫困已经是众所周知的事实。但我们仍然要在此对这一问题进行讨论，尤其是生活在重庆的知识分子，他们与国家中枢机构在同一座城市生活，却并未能因此获得物质环境上的些许改善。和下江相比，重庆的衣食住行都有很大的不同。差异来自不同的地方习俗，更来自于贫穷下的无奈。

在抗战全面爆发之前，有一定社会名望和经济实力的文人大多拥有各自理想而安稳的居所。在上海，从作家住的是石库门、洋房还是亭子间，就可以判定其生活的条件和社会地位。居住空间环境往往是个人社会身份、经济实力的体现。可是，到了重庆，大多数的文人都住进了“国难房子”，要从居住条件判断人的经济实力，那就几乎都脱不了“穷”。

叶圣陶在苏州的家，是“新造的四间小屋，讲究虽然说不上，但是还清爽，屋前种着十几棵树木，四时不断地有花叶可玩”①。丰子恺的缘缘堂不事雕琢，形式朴素，却是主人精心营造的居所，里面供养弘一法师所书《大智度论·十喻赞》，珍藏书籍数千卷。丰子恺谈及和缘缘堂的感情，“十分熟稔”，“只要一闭眼睛，便又历历地看见各个房间的陈设，连某书架中第几层第几本是什么书都看得见，连某抽斗中藏着什么东西都记得清楚。”清爽的小屋，四周花木扶疏，四时可赏玩，本身就是中国理想的居所。而这样的居所，显然是主人付出了诸多心血营造得到。丰子恺对缘缘堂的几千上万册书和上百只抽斗，居然闭上眼睛就能看清楚，可以想见，因为喜欢，所以才会熟悉。缘缘堂被称为“圣迹所在，麟凤所居”②，在作家心目中已经超越了寻常住宅的意义，成为一种生活方式和文化理想的代表。

张恨水提到北平的住家，“一列白粉墙，高可六七尺，墙上是青瓦盖着脊梁，由那上面伸到空气里去的是两三棵枣树儿，绿叶子里成球地挂着半黄半红

---

① 商金林编：《叶圣陶抗战时期文集》第1卷，第83页。

② 丰子恺：《还我缘缘堂》，秦牧主编：《中国抗日战争时期大后方文学书系·第五编》，第30页。

的冬瓜枣儿。树荫下一个翻着兽头瓦脊的一字门楼儿，下面有两扇朱漆红板门……”① 如此的一个院落往往有十来间房，有电灯和自来水，靠写作为生的“耍笔杆儿”完全可以拥有一两个院落。

胡风战前没有自己的独立庭院，因为经济原因，他属于住在亭子间的群体，且还常常搬家。不过上海的亭子间虽小，设施却很齐备，抽水马桶、电话，标志着现代生活的物质条件总是有的。和梅志结婚后，胡风每一次搬家，都在寻觅更适宜的居所。他曾在福熙路静安寺路慈惠里找到一所大厢房，里面有一大一小两个房间，有卫生间，还有让娘姨住的阁楼，“正房很大并有两面窗，一面向着哈同花园的废墟，那里仍有许多高大的树木，给这屋里带来阴凉和清风”②。虽是租住的房屋，可不仅有足够的住房空间，还有令人感到舒适的环境。

不管住在北平还是上海，即使经济条件有差异，但无论购买还是租住，总还是有一处容身之所。且上海、北平等城市，作为中国开风气之先的城市，能够为居住者提供良好的物质环境。但是，重庆这座内陆城市完全毫无准备地要接纳来自下江的几十万人③，居住环境立刻就成为问题。

首先是住房，对于任何打算在重庆居住的人，寻觅容身之所都是巨大的考验。而紧随而来的大轰炸，则让尚未在重庆安顿下来的人们，不得不疏散到更遥远的郊区。战前的优越条件已经成为过去，生活在重庆的寻常“下江人”都住在重庆简陋的房屋中。四合院、洋房、亭子间的区分没有了，在重庆大家都住相同的“国难房子”。这种房子拥有共同的特点，即以砖头砌成柱子，用竹篾做夹壁，敷上泥灰，完全不用钉子，在上面走一步即可全楼震撼，人们将这类房子叫作“捆绑房子”，又名“国难房子”。即便如此，重庆仍然存在严重的“房荒”问题，让不少人求一屋而不得。

在重庆的“下江人”大多是在国难房子中度过战争岁月。不仅房子结构简陋，且环境恶劣，这从作家们的住所名字，可领略重庆住房条件的恶劣。作家为自己住所取名，多有风雅韵味，但重庆时期作家们的书斋名字，却毫无雅趣，无不是自身生活现实的反应。

---

① 张恨水：《翠拂行人首》，《山窗小品及其他》，太原：北岳文艺出版社，1993年，第198页。

② 梅志：《胡风传》，北京：十月文艺出版社，1998年，第302页。

③ 据《重庆移民史》，抗战时期重庆出现了惊人的人口增长，从1937年的47万多人，增加到1945年的124万多人，8年间增加了近80万人，重庆跃升为国民政府所属人口最多的城市。

老舍的在北碚蔡锷路的住处名“多鼠斋”，意思很明显屋内鼠患成灾。“多鼠斋的老鼠并不见得比别家的更多，不过也不比别处的少就是了。前些天，柳条包内，棉袍之上，毛衣之下，又生了一窝。”① 四川老鼠凶猛，“下江人”无不印象深刻。住在多鼠斋的老舍，正在经历着抗战中情绪最低落的时期，写了系列多鼠斋杂谈，所谈话题均是生活中最令人无奈之处。生平好喝酒，年轻时即吸烟，写作时离不开茶，却不得不戒酒、戒烟、戒茶；《最难写的文章》、《最可怕的人》写的是不得不应付的文债；《猫的早餐》《衣》《行》《帽》从最日常的生活细节写战时艰难。

张恨水的“待漏斋”则得自所住的茅草房下雨必漏。尤其夏季暴风雨来临，屋角、案头、床前、无处不漏。渐渐的，一家人有了经验，“每谷风卷起，则太太取盆，公子索瓮，各觅旧漏处以置之，作未雨绸缪”②，“待漏斋”由此而生。而每逢大雨，家人以瓦器瓷盆接漏下的雨水，叮咚之声如同雅奏。张恨水的《山窗小品》即多是在聆听这大自然雅奏的过程中写成的。

梁实秋的“雅舍”因其名一个“雅”字而引人遐想。其实雅舍的名字来自朋友龚业雅的名字。房子本身并无雅可谈，结构奇怪，火烧过的砖做柱子，上面盖上木头架子，顶上铺瓦，四面编了竹篾墙，墙上敷泥灰，“远远地看过去，没有人能说不像是座房子”③。简陋的建筑无法隔音，真正能够做到周边一切声声入耳，“邻人轰饮作乐，咿唔诗章，喁喁细语，以及鼾声、喷嚏声、吮汤声、撕纸声、脱皮鞋声，均随时由门窗户壁的隙处荡漾而来，破我岑寂”④。至于重庆所有的居住特色，夜晚满屋乱窜的老鼠，又黑又大磕头碰脑无处不在的蚊子，雅舍无不具备。

住在歌乐山潜庐的冰心是这样描述她在重庆的住所的：“潜庐只在歌乐山腰，向东的一座土房，大小只有六间屋子，外面看去四四方方的，毫无风趣可言！倒是四围那几十棵松树，三年来拔高了四五尺，把房子完全遮起，无冬无夏，都是浓荫逼人。”⑤ 冰心在昆明的住所名“默庐”，重庆住所名“潜庐”，无论“默”还是“潜”都表示了主人“静伏”的愿望。

丰子恺的“沙坪小屋”同样是典型的“抗建房”，“篱笆之内，地皮二十

---

① 老舍：《多鼠斋杂谈》，《老舍全集》第15卷，第401页。

② 张恨水：《待漏斋》，《山窗小品及其他》，太原：北岳文艺出版社，1993年，第21页。

③ 梁实秋：《雅舍》，《梁实秋全集》第2卷，第206页。

④ 同上

⑤ 冰心：《冰心全集》第3卷，福州：海峡文艺出版社，2012年，第319—320页。

丈，屋所占的只六方丈”。张静庐则将小屋题名为“惨庐”，一个“惨”字道出了主人的窘迫，其狭小的空间仅容纳得下一桌一椅一儿，如果来三个客人，就有一人得站着，剩下一人还得把门掩上方能落座。

1939 年春夏日军开始实施大轰炸，胡风一家搬到了北碚复旦大学附近的黄桷镇，“离镇约走十几分钟，走捷径就得爬过一个坡，过一条干溪沟”。这样偏僻的两间小房子，一年租金九十元。1940 年日军轰炸北碚东阳镇后，胡风一家又搬到附近东阳镇的帅家沟，依旧是三间小土屋。结果搬家的第一晚就遭小偷光顾，家中衣服被偷。胡风感慨：“地上遭贼偷，天上还得挨轰炸。”[①] 而新居所的环境也好不到哪里去，屋后就是荒山义地，埋葬着轰炸中死去的人，空气中闻到臭气，连水井的水都有气味。

1940 年年底，从离开新疆经延安来到重庆的茅盾夫妇住在了市内的枣子岚垭良庄，那是一栋三层的小楼，茅盾夫妇住了其中的一大间。1941 年初，因皖南事变，茅盾夫妇离开重庆前往香港。1942 年年末，当他们再次回到重庆，重庆的房荒更为严重，比良庄更差的房子也难以寻觅。最后，茅盾夫妇选择了住在远离市区的南岸唐家沱。

住房难求，住宿条件恶劣，就是普通大众在战时重庆的生活现实。在重庆的茅棚草屋间，常常挂出雪白的西装衬衫、摩登旗袍。看起来非常不相称，但这一现代文明和战时简陋环境的结合，却恰恰是战争中大后方民众的真实写照。另一方面，如此鲜明的映照，何尝不是身处战争中的人们命运跌宕、颠沛流离的写照。西装衬衫、摩登旗袍，立刻能令人联想起三十年代上海的繁华，北平的典雅。这类穿着所代表的正是现代、文明的生活方式。当它们出现在大后方重庆的郊区和乡村，挂在摇摇欲坠的捆绑房子外面，恰恰说明正常生活是在一种猝不及防的境况下被打破。

2. 米珠薪桂的生活

为了生活，作家们不得不将平时里的兴趣爱好搁置。以往少于关注的日常琐事，在战时成为生活的重心。不事稼穑、不善计量的文人，为了生存也得挽起袖子为柴米油盐计量。由于四川米珠薪桂，重庆的公教人员在抗战时吃的都是平价米，一般的机关部门都为其配发平价米。在车站码头，穿着破烂西服和

---

① 冰心：《冰心全集》第 3 卷，福州：海峡文艺出版社，2012 年，第 197 页。

中山装的，拎着米袋子，“那就是公教人员带平价米回家”①。这份掺杂着石头、稗子的平价米看似极不起眼，却是很多家庭的救命粮食。

胡风所在的政治部文工委给每位专员和工作人员每月配给军米三四十斤。胡风夫人梅志说，胡风到文化工作委员会任职，不但解决了职业问题，“更重要的是还能领到一份军米，我们才没有因为F失业而成了饿殍”②。《新民报》给编辑和工作人员配发平价米，张恨水常常从报社扛着平价米翻山渡江，把米运回南温泉的家。从《新民报》报社到南温泉，距离20多公里，中间隔着长江。公共交通极其有限，很多时候张恨水只能安步当车，背着米一步步走回去。曹靖华在家旁边开辟荒地种菜，在家不但要劈柴、种菜，“还经常要到一二十里路外的磁器口背煤、背柴、背粮”③。作家们一改读书人手无缚鸡之力的文弱形象，胼手胝足，如普通劳动者一样为自己和家人的生活劳作。

作家们不但要亲力亲为地扛米背煤，甚至还要承担为集体谋划生活的重任。梁实秋担任教科书编辑委员会合作社理事会的主席，每月为同事的米、油、糖甚至伙食筹谋。当时公教机关的物资采用供给制，定期都要派人到重庆的粮政机关领取。领回后按人头发放，梁实秋必亲自监视，并将余下的米出售，将所售的钱平均分给同人。糖虽然不是必需品，但重庆的糖售价奇高，梁实秋利用私人关系，派人到内江采购砂糖，以低价售给编委会同人。合作社每月结账清点盘存，也是由梁实秋负责，将账目公开备查。如此种种，都是战时特定环境的逼迫，如梁实秋所述，他不懂会计记账，只会据实记录每一笔账。常常到月底结账时，账务出现偏差。即使亏损，梁实秋也将数字不符的情形记录公开，从而获得同人们的信任。阳翰笙担任文化工作委员会的副主任，合作社的组织、雇员生活费的调整、福利周转金的确定以及如何维持排字坊工人同志生活等，同样是他写作之余必须解决的问题。类似这种事务性的经历，看似距离文学创作、读书非常遥远，在正常的环境下，对文人而言，常常是避而远之的，在战时不得不为之。

这一时期不少作家和猪也有了密切的关系，有和猪比邻而居的，有亲自养猪的。四川农业发达，生猪养殖并不少见。可是从来君子远庖厨，作家们向来只有在饭店中低吟浅唱呼朋唤友，哪里想得到有一天会和猪发生如此亲密的关

---

① 张伍编：《写作生涯回忆》，《张恨水自述》，郑州：河南人民出版社，2006年，第127页。

② 梅志：《我与胡风》，南宁：广西教育出版社出版，1999年，第75页。

③ 《曹靖华》，郑州：河南美术出版社，1997年，第48页。

系，甚至牵动着他们的情感。

胡风曾经与猪羊为邻，他在北碚的住处紧邻羊栏和猪圈，“夜晚，只听见猪叫声，并传过来一阵阵的猪潲泔水和猪屎尿的臭味”①。钱歌川的心理落差更为巨大，战前他在上海的家中有三个抽水马桶，“白瓷桶内常是储着清水，没有一点污迹，室内空气流通，毫无气味”②。到了重庆，尤其是在郊区，再要如此的环境就已经是痴人说梦了。他的实际经历是，农家没有马桶，更无厕所，人们的方便之处就是猪栏。这让用惯了马桶的钱歌川倍感煎熬，这是一种什么样的厕所？“栏中龌龊，名副其实。苍蝇粪蛆，应有尽有。”在猪栏中出恭的过程无异于是一次难以忍受的折磨和胆战心惊的冒险。作家生动描绘了自己的经历：“蹲在粪沟的一个角上，把身体中的废物排泄出来，使它和猪粪同流合污。那时你第一要当心的是不要失足，其次就要是你的大便沿着沟壁下去，不轻不重，恰到好处。”③ 这是一段奇特的经验描绘，既说明了中国地域之间各方面存在的巨大差异，也是“下江人”到重庆后需要克服的各种困难之一。在长期居住农村的人看来，这样的生活方式习以为常。对于上海用惯马桶的人们来说，则不啻是折磨。当然，这番经历对作者而言还是很有价值的，有助于让他更快地适应战时生活。后来，当钱歌川定居乐山时，对马桶就不再奢望了，痰盂就使他非常满足。

梁实秋和猪打交道的经历，相对而言还充满乐趣。雅舍的工友黄嫂是本地农妇，她坚持要在雅舍养猪，因为生活在传统农业社会中的人们看来，没有猪就不成为家。毕业于清华大学，留美归来的雅舍主人们拗不过这位四川农妇，只得在雅舍修造猪圈，养了一窝小猪。黄嫂每日“收集馊水，煮菜喂猪，孱豆催肥”做得津津有味，把养猪当作她的主要工作。作为雅舍主人的梁实秋并不以为忤，反倒非常欣赏，“冬天晴暖之日，她在檐下缝补衣裤，小猪几只就偎在她的脚边呼呼大睡，那是一幅动人的图画”④。

梁实秋笔下的猪写来充满生活的乐趣，而对更多的家庭而言，养猪是期盼，也是压力。猪在抗战时期重庆的价值可从张恨水的《猪肝价》一文中一窥端倪。从抗战之初每斤五角逐年增加，四年之中涨至三十四元。跟着飞升的还

---

① 胡风：《胡风回忆录》，第170页。

② 钱歌川：《三不喜》，《钱歌川文集》第1卷，沈阳：辽宁大学出版社，1988年，第530页。

③ 钱歌川：《三不喜》，《钱歌川文集》第1卷，第532页。

④ 梁实秋：《北碚旧游》，《梁实秋文集》第4卷，第221页。

有猪的内脏，从完全不值钱，没人在意，到后来和肉价齐平。对一个家庭而言，一头猪无异于一笔巨大的财富，更是天天白菜豆腐生活中的期盼。吴组缃家养了一头小花猪，所以吴组缃成了老舍文友中最阔绰的一位。猪的健康牵动全家的情绪，吴组缃的小花猪生病，引发全家骚动，正在做客的老舍都跟着急，“这年月猪比人娇贵呀！”① 老舍后来又去看小花猪，“这回是专程探病，绝不为看别人，我知道现在猪的价值有多大！”

张恨水家里也养猪，不过这幅养猪图没有梁实秋笔下的那么动人。张恨水夫人周南为了不影响张恨水写作，怕小猪乱窜、乱叫，只能把小猪藏在午后厨房的草棚子里，天不亮由孩子赶到山上，晚上赶回。张恨水完全不知家里还养了猪，直到过年看到饭桌子上的猪肉，才知晓家里养了一头猪。

养猪种菜，皆属非常时期不得已的举动。唯有在物资极度匮乏，收入已经无法养活家人，吃饭问题足以影响到人的生命延续的情况下，才会有此现象存在。和猪的密切接触，说明一个事实，即无论“下江人”如何视重庆为贫困、落后之地，重庆人是怎样的颟顸，和现代文明格格不入，但在事实上，“下江人”已经一步步融入重庆生活之中，日常生活的某些方面没有太大的差异。养猪这一现象本身就是“下江人”生活重庆化的例证之一。无论内心深处北望返家的愿望是怎样的强烈，生活的现实却逼迫“下江人”不得不首先考虑生存的需要，和重庆人生活在一起，甚至像本地农民那样生活，种菜、养鸡、养猪。

贫困给人的身体和内心都带来巨大的转变。朋友们的每一次相见，都似乎能从彼此的面相上找到生活留下的痕迹。从作家们彼此的描绘，我们可窥见沉重生活负担给他们带来的变化。1944 年 8 月叶圣陶到重庆参加开明书店董事会，他目睹昔年旧友，不少人都在变动中变得苍老：见茅盾夫人“两鬓已苍，视两年前似更甚。”② 丰子恺“白发已多，须髯亦苍，而精神甚好。”徐蔚南“十余年不见，亦苍老矣”，陈望道“多年不见，瘦弱殊甚”，朱东润“视前较瘦削，持论深严，犹如往日”③。言语之间，实在有无限的凄怆。

3. 无处不在的疾病

贫和病是如影随形的，生活的贫穷尚可忍耐，疾病的缠绕就更让人随时有失去性命的危险。疾病是战争的另一馈赠，在现代历史上，未曾有哪个时代让

---

① 老舍：《四位先生》，《老舍全集》第 15 卷，第 373 页。
② 商金林编：《叶圣陶抗战时期文集》第 3 卷，第 145 页。
③ 同上，第 149 页。

作家们如此集中地和疾病面对面。我们再来看一看，当年陪都的作家们大多正当盛年，1940 年时，老舍 41 岁，梁实秋 37 岁，胡风 38 岁，阳翰笙 38 岁，张恨水 45 岁，郭沫若 48 岁，冰心 40 岁，台静农 37 岁，沙汀 36 岁，茅盾 44 岁，姚蓬子 34 岁，丰子恺 42 岁，叶圣陶 46 岁，萧红 29 岁，宋之的 26 岁，靳以 31 岁，巴金 36 岁，曹禺 30 岁……不用再一一列举，无论是年龄还是成就，他们都正处于人生和事业最巅峰的时段。在战争爆发前，他们大多已经有了相对稳定的生活，无论学识还是健康都能保证他们在既有的轨道上创造出更多的成就，经济上环境上可以让他们心无旁骛从事喜爱的一切。梁实秋可以继续他的莎士比亚的翻译，老舍做一个全职的写家能写出他计划中的长篇……每一个作家，在战前都有着自己的计划和打算。偏偏赶上了一场全民族的战争，原有的生活状况无法继续，生活的重心一下子偏移到以维持基本生存为目的，且时时刻刻要面对陡然而至的疾病。

战时有一本英文版的书，名字是《中国的疾病》，在中国的外交官中似乎很流行，里面就是告诫外来者在中国有可能患上的各种疾病。这些疾病和重庆的地理环境、市政建设以及战争有着明显的联系。严重的缺水和缺乏净水设施，以及简陋的卫生环境就会引发痢疾、疟疾、霍乱等等，而这些疾病在战时重庆极为常见。

重庆靠着长江和嘉陵江，水资源丰富，但现代化的净水厂却直到 1933 年才建成售水。抗战爆发后，重庆人口急剧膨胀，自来水供给完全无法满足市民的需要，不少地方居民用水仰赖于人工挑运。尤其是下层市民的饮用水仍然以直接从江里挑水为主。重庆为山城，从江边到城里需要攀登层层的坡坡坎坎。初到重庆的“下江人”，往往第一眼就为绵延陡峭的山坡所吓倒，对他们而言，从码头徒步行走到市内街道，都是一种考验。重庆的挑水夫则每天要担着沉甸甸晃悠悠的江水，从码头直到市内的各个街头巷尾，其中的艰辛可想而知。徐悲鸿曾将挑水夫吃力的步伐和隐忍的精神绘制成《巴人汲水图》，并题写诗曰：“忍看巴人惯挑担，汲登百丈路迢迢。盘中粒粒皆辛苦，辛苦还添血汗熬。”

在重庆的郊区中，北碚的建设一直引领现代化的步伐，但直到 40 年代，北碚才有了自来水企业。其中北碚水厂日产水约 400 吨，规模较小；北碚澄江水厂 1943 年创办，却因水价昂贵，用户稀少而很快停办。梁实秋在回忆北碚生活时，专门写到了雅舍的挑水夫小陈，每天来回在嘉陵江和雅舍之间来回跑上十次八次，“两条小腿上全是青筋暴露，累累然成为静脉肿瘤”①。可见住在

① 梁实秋：《北碚旧游》，《梁实秋文集》第 4 卷，第 220 页。

雅舍的人们的饮用水也是依靠挑水夫获取。

简陋的环境使得疾病的传播更为迅疾、频繁。大部分“下江人”都在重庆经历过或这或那的疾病的侵袭。1940 年 4 月，梁实秋在给刘英士的信中提到自己“大病几死”，病得神志不清，“热极时不省人事，满口英语。”9 月信中有提及“连发疟五次，奄奄一息”，并调侃自己在病中所做的两篇文章的稿费，“大概仅足我一次发疟的药费，惨”①。到了战争后期，疾病在重庆肆虐，引发了人们的恐慌。1945 年 6 月夏天重庆霍乱猖獗，死亡人数极多，任何生活在重庆的人们都无法忽视这一危险。阳翰笙在日记中表达了对这座城市的担忧，“令人担心之至!”“城里的霍乱猖獗得可怕了，实际上陪都已变成一座被霍乱围攻的‘危城’，百万市民的生命简直毫无保障!”② 巴金的小说《寒夜》写的背景之一就是重庆城的霍乱。当汪文宣在肺病中挣扎时，他的邻居，他的同事不断有人被霍乱夺走生命。汪文宣在公司唯一的朋友钟老死于霍乱，文中对治疗霍乱的医疗条件严重滞后做了描写，“一共只有两个医生，四个护士，二十张病床。现在收了三十几个病人。有的就摆在过道上，地板上，连打盐水针也来不及，大小便满地都是，奇臭不堪”③。有限的医疗条件显然无法应付大量的病人，生病的人只能听天由命被扔在医院，等待命运的安排。

尽管重庆市政府早就意识到流行疾病的防范，1939 年就曾制定夏季防治霍乱实施办法，发动全市医护人员制止霍乱，为人们注射霍乱疫苗，并在自来水、江水、井水中实施消毒，降低自来水价格，向贫民免费供应清洁用水等种种措施，以预防霍乱。这些措施有效避免了霍乱的大爆发，却未能挡住其他疾病的流行。尤其是疟疾，重庆人口的疟疾感染率极高，“很多人成为慢性疟疾感染者，病情反复发作”④。而在战前，这种疾病在重庆是没有的。从 1942 年 11 月重庆市卫生局对该年度 1—9 月传染病统计报告中可知，在各种流行传染病中，痢疾达到 1605 例，占传染病总比例的 96%；其次是伤寒，占总比例的 2%。患上这个病的人太多，因此得名“重庆热”。

四川本来出产稻米，人口的膨胀导致粮食需求暴增，米的价格自然提升。一般百姓要吃好米，就要付出高昂的价钱。战时公教人员买不起市场上的高价米，就只能吃政府配给的平价米。平价米中掺杂着碎米、谷壳、稗子、碎石、

① 梁实秋:《致刘英士》,《梁实秋文集》第 9 卷，第 20 页。

② 阳翰笙:《阳翰笙日记选》，第 393 页。

③ 巴金:《寒夜》,《巴金全集》第 8 卷，第 674 页。

④ 周锡瑞、李皓天:《1943，中国在十字路口》，第 251 页。

砂子等，陪都的人们称之为“八宝饭”。张恨水常常带着老花镜在平价米中挑去砂子稗子谷子，方才能将米下锅煮饭。平价米筛选得不干净，吃的时候硌着牙都还算是小事，更严重的是吃下去消化不了就极容易患上盲肠炎。梁实秋患盲肠炎；赵清阁患盲肠炎，送到医院时人已经痛昏过去。老舍在北碚江苏医学院治疗盲肠炎，手术的过程简直就是一次生命的大冒险。

此外，肺病也是攫取人性命的又一传染病。重庆局促、狭窄的空间恰好加速肺病的传染。在重庆，战时需要能容纳500人的肺结核病区，但全市只有可怜的60个床位①。病人负担不了昂贵的医疗费用，更无法工作养家。《寒夜》中的汪文宣非常清楚自己患的是肺病，但一直请中医看病，其中一方面其母亲相信中医，更重要的因素是中医更廉价，西医昂贵，普通人很难承担西医的费用。肺病患者在工作中往往受到不公平的待遇，汪文宣在病中接到几个同事的联名信，其内容就是恳请他不要再与人同桌进食，同杯用茶，“以免传布病菌，贻害他人”②，并要求他退出公司伙食团，回家用膳。汪文宣的同事都是靠薪金生活的小职员，营养不良，身体虚弱是大家共有的境况，并未有谁比谁生活得更阔气。同事们对汪文宣的情况原本应该持理解和同情的态度，可是，生活的逼迫让谁都害怕生病谁也不敢生病，这种害怕掠走了同事之间的同情心和关怀，让病中的汪文宣更感到人性的冷漠。

翻开抗战时期作家们的回忆录、书信、日记，很少有在重庆不得病的。疾病和贫穷像是孪生兄弟一样，紧跟着这些原本就活得很不容易的人们。疟疾、胃病和肺结核是文化人中最常见的几种疾病。老舍受贫血、头晕困扰多年，还曾做过阑尾炎手术；胡风和夫人梅志患疟疾；阳翰笙曾患伤寒到北碚养病；茅盾在给朋友的信中说自己“近来常病，而最苦者为失眠，大概正患神经衰弱，近来又胃病重发，下个月打算休息一个时期”③。

疾病在文化人中间是如此普遍，这甚至体现在作家们那一时期出版的文集的名字上。1944年，重庆文聿出版社出版老舍的短篇小说集，老舍将其命名为《贫血集》，因为“三年来，因营养不良，与打摆子，得了贫血病。病重的时候，多日不能起床；一动，就晕得上吐下泻。病稍好，也还不敢多作（做）事，怕又忽然晕倒”④。因营养不良导致身体抵抗力下降而引发疾病者为数众

① 周锡瑞、李皓天：《1943，中国在十字路口》，第251页。
② 巴金：《寒夜》，《巴金全集》第8卷，第669页。
③ 茅盾：《致熊佛西》，《茅盾书信集》，天津：百花文艺出版社，1987年，第127页。
④ 老舍：《贫血集·小序》，《老舍全集》第8卷，第3页。

多，这几乎是大后方知识分子共同的战争体验。

4. **战争中的生离死别**

生死是人生中总会有的事情，但战争中突如其来的死亡往往给本来就不幸的生活更增加了沉重的色彩。抗战八年，到底有多少文化人因疾病、战争、迫害而离开人世，至今未能有一个精确的统计。1948 年人间书屋出版了诗人莫洛的著作《陨落的星辰》，书中记录了从 1937 年至 1948 年间去世的 138 名文化工作者信息。作者编辑此书为时三年，五易其稿。曾将文艺作家部分抽出以《呈献了血和生命的作家们》为题发表在《文艺复兴》中国文学研究号上。尽管因材料缺乏，书中有些信息并不完整，甚至有错误，但它确实“是一张用血和泪缮就的账单”①。

仅在重庆而言，战争期间去世的文化人有石怀池、沈西苓、沈硕甫、孙寒冰、陈独秀、贺孟斧、万迪鹤、缪崇群等。石怀池是复旦大学学生，也是一个勤劳的年轻作家，他的生命是被嘉陵江水吞噬的。沈西苓，中国电影界一位年轻的工作者，1940 年冬天因贫病病逝于重庆。沈硕甫，战时大后方剧坛的剧务工作者，1943 年 4 月因辛劳、疲惫、穷困、奔忙，心脏病突发倒在重庆街头死掉。孙寒冰，复旦大学教务长，1940 年在重庆北碚死于日军的轰炸。贺孟斧，戏剧和电影的名导演，1945 年在重庆患肝疾，为庸医所误，不治而逝，卒年 35 岁。

缪崇群，1945 年因疾病和贫困在重庆北碚去世，病故后，重庆曾有一家报纸以《一代散文成绝响》为标题纪念他。缪崇群去世时冷冷清清，好友巴金是在四天后才得悉缪崇群去世的信息，他赶到北碚，看到的是一抔新土和两个纸制花圈。回想起过去的友谊，巴金深深地为自己未能帮助朋友而自责。缪崇群的去世带走了巴金一段珍贵的友谊，“我失去了我的一部分，我的最好的一部分，我失去了一个爱我如手足的友人”②。同样为缪崇群的去世感到哀伤的还有靳以。靳以和缪崇群相识 20 多年，从读书时就相识，抗战时缪崇群居住在重庆北碚的金刚碑，靳以则在江对岸的复旦大学任教。只要有闲暇的时间大家就会相约见面，即使大家没有多少话说，但话语在他们之间显得多余，因为

---

① 莫洛：《题记》，《陨落的星辰》，人间书屋，1949 年，第 1 页。

② 巴金：《纪念一个善良的友人》，《文人笔下的文人》，长沙：岳麓书社，1987 年，第 536 页。

“我们共同喘息在人类的苦难下”①。

在战时的重庆，文艺界人士去世的消息引起的不仅是熟悉的人们的关注，往往能引发整个文艺界人士对自身命运的反思，以及对当时知识分子生活状况的强烈呼吁。对贺孟斧和沈西苓的去世，多年后潘孑农回想起来仍深感痛心，并认为“愚者存而智者亡，天道实在太欠公平！”② 沈硕甫的去世非常突然，阳翰笙、陈白尘等朋友都难以相信，阳翰笙称之为“意外打击”，并一连请了两三位医生回来诊断。送别沈硕甫的那天，送丧者众多，“全陪都的戏剧工作者，从作家、导演、演员一直到台上的工人差不多都到了”③。

万迪鹤 1942 年因贫困和疾病离世，年仅 35 岁。他的去世同样让阳翰笙万分伤感，“一个优秀青年作家，在此抗战期间，终于在这精神物质重重打击之下陨灭了！这是迪鹤的命运，也是今天每一个有良心的作家的命运！”万迪鹤的命运极有可能就是大后方千千万万贫病交加的知识分子的共同的未来和命运。也就难怪大家物伤其类，万分伤感了！《新华日报》写万迪鹤去世的缘由“患肺病三年有余，因贫穷无法疗养”。文委会商议解决万迪鹤的后事，让万迪鹤夫人入文委会为雇员，同时致函老舍、姚蓬子，扩大救济万迪鹤家属的募捐运动，并整理其生平著作，准备出版。老舍在致函徐霞村的信中，也嘱托徐霞村，希望其能够在张道藩面前为万迪鹤争取治丧费。而在此之前，老舍已经为万迪鹤的事情致函张道藩，希望这位主管文化的国民党官员可以予以援手。重庆文协和文委会都发起了为万迪鹤后事筹募捐款的活动。成都文艺界也为万迪鹤的遗属募集赡养费，并《华西晚报·文艺》第 151 期刊登启事，当年在成都的作家王余杞、李劼人、牧野、陶雄、陈翔鹤、叶圣陶、碧野、谢文炳等签名。《七天文艺》又于四月三十日出“纪念万迪鹤专刊”。“文协”文委会同人撰文吊唁，感叹：“三十韶华成旧梦，百年功业化轻烟，三寸桐棺一抔土，世上空余达生篇！”④

战争年代，最易受到伤害和影响的是原本就体质较弱的孩子和老人。不少作家经历丧子之痛，眼睁睁看着年幼孩子在本该最无忧无虑的年龄因病离开人世。1941 年高兰的女儿苏菲得了疟疾，无钱医治去世。一年以后，高兰写成

---

① 靳以：《忆崇群》，《文人笔下的文人》，第 539 页。

② 潘孑农：《遥祭沈西苓与贺孟斧》，《舞台荧幕六十年》，南京：江苏古籍出版社，1994 年，第 127 页。

③ 阳翰笙：《阳翰笙日记选》，第 139 页。

④ 莫洛：《题记》，《陨落的星辰》，第 143 页。

《哭亡女苏菲》，诗人在诗中表达了对女儿的思念和不舍，女儿去世后，诗人收藏好女儿的遗物，并不时地翻看，“蓝色的书包，/深红的裙子，/一叠香烟里的画片，还有……/孩子！你所珍藏的一块小绿玻璃！”，蓝色、深红和绿，鲜艳的色彩带给我们一个鲜活可爱的生命，只是这个生命已经去世一年。作为父亲，诗人深深地自责没钱为孩子治病，“我是个无用的人啊！/当卖了我最值钱的衣物，/不过是为你买一口白色的棺木，/把你深深地埋葬在黄土里！”做父亲的也没能在孩子短暂的生命中让她获得过一日的舒适和安逸，“孩子啊！/你随着我七载流离，/你随着我跨越了千山万水，/我却不曾有一日饱食暖衣！”但再贫困的生活，有女儿的陪伴，总会给生活带来希望和乐趣，“但贫穷我们不怕，/因为你的美丽象一朵花，/点缀着我们苦难的家”。女儿的离世，无疑带走了这个可怜的家庭最后一丝温暖，“可是，如今叶落花飞，/我还有什么呀！”① 这首诗发表在重庆《大公报》，激起无数人的同感，“生活在重庆的人们，确实是很少有人不知道的”，“多少人流泪传诵”②。

同样遭逢女儿去世痛苦的还有洪深。1940 年冬，洪深最爱的 18 岁的女儿洪铃因病无钱医治去世。洪深提及女儿的去世因平时营养不良，又付不起高昂的药钱。与此同时，作家自己也正患慢性疟疾，“我因时时为疟所缠，疲劳或受寒，随时发作，原有根疗之意，但终因无暇无钱而罢。”再加上洪深和夫人都患蛀牙，“此病奇苦，凡为患牙病之人，绝对不能想象其痛楚，真不可一刻耐”，爱女的去世，病痛的折磨，凡此种种，将洪深推向绝望的境地，最后竟举家服用安眠药自杀。

在旅居重庆时获悉家乡亲人去世的信息，更增加了“下江人”内心的悲痛和无能为力的沉重感觉。抗战八年，不少的家庭都遭遇到亲人的离世。从 1938 年到 1945 年，八年中，巴金失去 8 位亲友，其中包括他最爱的大哥。在病故的好友中，又有六人是因肺病去世，巴金感叹“抗战期间的中国好像成了肺病到培养所！”③ 阳翰笙自述自抗战起家中接连遭逢不幸，从 1938 年起至 1944 年的六七年间，家中亲人死去五人，其两个年幼的儿女死于重庆，母亲、父亲和长妹先后死于老家。每一次他都未能和亲人见上最后一面，没能为他们做点什么。回想起这一切，令他愈加感到伤心惨痛。

---

① 高兰：《哭亡女苏菲》，《高兰朗诵诗选》，济南：山东文艺出版社，1987 年，第 99 页。

② 海梦：《高兰评传》，成都：四川文艺出版社，1992 年，第 52 页。

③ 巴金：《怀念》前记，《巴金全集》第 13 卷，第 470 页。

战争中的生离死别显得格外的悲怆，令人无奈。老舍一年多在家信中没能获知母亲的信息，他心中一直不安，怕得到什么不祥的消息，“有母亲的人，心里是安定的”，获悉母亲已于一年前去世的消息后，老舍心中既悲恸又心怀歉疚，对母亲的怀念溢于言表，“生命是母亲给我的。我之能长大成人，是母亲的血汗灌养的。我之能成为一个不十分坏的人，是母亲感化的。我的性格、习惯是母亲传给的。她一世未曾享过一天福，临死还吃的是粗粮。唉！还说什么呢？心痛！心痛！”① 接连两个“心痛”，可以想见老舍心中的悲哀已经无法用言语表达，心痛的背后是人生永远的遗憾。人生的无常在战时显得更加的残酷。1939 年 11 月，胡风获知父亲在逃难途中去世，不胜悲痛，自责不该全家人出来逃难，以致父亲客死旅途，“这个伤痛是无法弥补的”②。

阳翰笙的父亲 1944 年 8 月在老家四川高县罗家场逝世，几天之后身在重庆的阳翰笙才接到消息。尽管重庆到高县之间交通正常，同在四川，但要回家的路费是一笔巨额的开销，远远超过了家庭的承受能力。其时阳翰笙担任国民政府政治部文化运动委员会副主任，可是他的收入连买药都成问题，更无法筹集一笔路费可以回家奔丧。面对既无钱财葬父，又无自由奔丧的现实，阳翰笙自责罪孽深重，其矛盾痛苦的心情“真非笔墨所能述其万一！”③ 自抗战以来，阳翰笙家庭屡遭不幸，家中父母、儿女和妹妹，先后离世，六七年间老幼死去的有五人。而类似的遭遇在当时并不少见。

以上仅仅是重庆文艺界的部分作家的遭遇。放眼整个抗战，还有更多的名字可以列举，桂林的王鲁彦、香港的萧红、在老家去世的叶紫等。尚有更多的生命被疾病、贫穷、战争卷入死亡的漩涡。1944 年 8 月 20 日，王鲁彦因患肺结核和喉结核及肛门结核症病逝，中央社刊新闻的报道是：“但以囊空如洗，无钱打针，终于二十日晨逝世，厥状至惨，享年四十四岁……”王礼锡带领作家战地访问团途中，在洛阳因黄疸症而病逝，卒年四十一岁。1941 年 7 月，丘东平战死在日军的机关枪下，完成了他作为作家和战士英勇的一生。

当王礼锡去世的消息传到重庆时，朋友们都不相信那样健壮的一个人，会一下子就死去，“如果是因衰老而死，也是意料中事，不用特别哀痛；惟有一个人正当有为之年，怀着壮志，未酬而死，确实令人悲伤”④。这恰恰是战争

① 老舍：《我的母亲》，《老舍全集》第 14 卷，330 页。

② 胡风：《胡风回忆录》，第 179 页。

③ 阳翰笙：《阳翰笙日记选》，第 297 页。

④ 钱歌川：《纪念王礼锡》，《钱歌川文集》第 1 卷，第 572 页。

期间生命消逝最令人扼腕之处，正当壮年，怀抱理想，以为可以用手中的笔留下更多文学作品，却在战争尚未结束时就意外死亡。

贫困、疾病、死亡是大后方所有知识分子生活状况的写实，但是在重庆，这种状况显得更为触目惊心。即使在抗战司令台的脚下，知识分子并未能因此而缓解经济上的压力。反倒是重庆高密度的人口，滞后的市政环境和医疗条件，疾病和死亡对生命的冲击更加猛烈。与此同时，知识分子对抗战的支持和信心却并未失却。两相对比之下，下江作家在重庆的生活现状与其文学贡献恰好形成鲜明的对比。对于抗战时期文学成就的评价，一度学界认为无法和现代文学的第一个十年和第二个十年相比。但是，如果我们一旦了解了抗战时期的文学处于一个什么样的状态之下，文艺工作者用文字和行动唤起国人为民族国家而战，而自己却身陷贫穷、饥饿、疾病、流亡的包围之中，在这样一种状态下，抗战文学同样出现了不可替代的优秀文学作品。老舍、茅盾、巴金、郭沫若、张恨水、路翎等，都是在重庆又达到他们在文学上一个新的状态。有了这样的了解，我们才能完成对抗战时期大后方文学更客观的认识。

四、如何看待贫穷：知识分子的担当和坚守

漫画家黄尧有一幅漫画，讽刺陪都的老百姓连人生乐趣都顾不上地为饭碗忙碌。在抗战建国的宏大目标之外，贫困、疾病、大轰炸令重庆的生存变得严峻而现实，大家都不得不为了活下去而挣扎。而在战争时期，经济状况最糟糕的群体之一是知识分子。当然，大后方民间无数的老百姓日子过得同样的煎熬。不过，从战前到战后，生活条件改变最大的是知识分子，经济收入受影响最大的是知识分子。尤其是来自异乡的下江知识分子，他们在重庆面临着物质和精神上的双重挑战。他们为抗战奋力呐喊，不惜毁家纾难，承担起国家民族兴亡的责任。冰心将知识分子为国家愿意舍弃自己优越环境、安贫乐道的精神，称之为“骆驼般的力量”①。

生存的压力迫使知识分子不得不花大量的时间为活下去而殚精竭虑。尤其是重庆，“朱门酒肉臭，路有冻死骨”的情景表现得如此突出，大量一夜暴富的故事时刻挑战着部分知识分子的神经，使他们充满困惑。是否选择走“第二条道路”，放下手中的笔，放下知识分子的身份，和财富、权贵合作，曾引起不少人的争论。在文学作品中，选择改行的大有其人，认定知识分子应该保持

① 冰心：《从昆明到重庆》，《冰心全集》第2册，第500页。

自身气节的更不乏其人。如何选择，体现了那一时代知识分子群体的精神风貌。

重庆并不是一个易于居住的城市。阴冷的冬季、极度闷热的夏季、破烂的住房、落后的卫生设施、满大街跑的老鼠，任何一点，都不会带给人好感。自然环境和时代特征带给文人们的是食不果腹的生活，却依阻止不了他们的精神追求。对人而言，生活中除了物质层面的因素，文化环境同样重要。尤其是对知识分子而言，文化环境的变更同样会引发人的适应性障碍。“下江”作家脱离熟悉的文化环境，即使在物质上一无所有的时候，他们也能从生活的细节中，甚至想象中获得乐趣。他们的物质生活日趋“重庆化”，精神世界却仍拥有丰富的资源。战时重庆知识分子的衣食住行和普通大众相同，甚至更糟糕，但从其爱好依然能看出和大众之间的不同。正是这种精神上的追求，舒缓了物质穷困带来的压力，让他们得以度过最艰难的抗战时光。

1. “欲行焦土策，岂惜故园芜”——毁家纾难的决心

对抗战时期大后方知识分子群体的研究比较多的集中在西南联大学人团体。重庆的下江知识分子以其职业分散，知识背景各异，不像昆明西南联大知识分子具有相近的学缘，相同的文化环境和社会环境。重庆浓厚的政治氛围，也让重庆知识分子们不可避免地与政治发生交集，具有不同的政治色彩。以往对战时重庆知识分子研究常常以其所属社团或者政治色彩为出发点。然而，重庆下江知识分子仍然具有共同点，无论这批知识分子战前来自上海、南京还是北平，无论他们在陪都的角色是公务员、记者、专栏作家、编辑还是教师，在对国家、民族的情感，对战争的看法等方面，他们有很多相似之处。

在民族生死存亡的危急关头，他们断然舍弃个人的物质生活，不少人是孤身一人来到重庆，集合在抗战救国的旗帜下，真诚地相信通过集体的努力能换来民族的复兴。整个抗战，对不少人而言，要面对的是失去家园，妻离子散的现实，然而，这在一些知识分子看来，是战争必须付出的代价。

逃难到重庆的“下江人”面对的不仅是陌生的环境，还有不断传来的家乡沦陷的信息。可是，在不少下江作家那里，这样的消息引发的不是失去一座房子或者花园的心痛，更是坦然地面对，以及为国家民族而牺牲的大义。如果仅止于背井离乡的伤感，那么抗战文学中关于家乡的文字不过仅仅是个人情感的抒发。但抗战文学中对家乡的描绘超越了个人的情感，在温柔哀伤悲愤中蕴藉着更大的力量，民族和国家的气节比起个人的得失更为重要。我们讨论抗战文学，常常谈及知识分子在这一时期忍辱负重的气节，这气节不止表现在心甘情

愿与国家共赴国难，辗转大后方，过着艰辛的日子。更在于将个人财富、利益置之度外的坚定。在他们的心目中，国家民族的存亡远远大于个人利益的计较。

方令孺的父亲面对散落的残书断帖，只要有一两部可以凑成完整的，“就大喜过望”。尽管书画碑帖曾经是他心中最重要的宝贝，“一向被看作圣坛不可渎犯”。被毁之后尽管感到悲痛，可只要能“因为一般广大的丧亡，比起个人的损失又算什么？”[①] 叶圣陶离家之际，料想回来时家园或者已被烧了，却并无依恋爱惜之感，因为抗战是要付出的，战争需要本钱。什么是本钱？“本钱就是各个人的牺牲。”牺牲又分两种，积极意义的牺牲和消极意义的牺牲。积极意义的牺牲指的是“有钱者出钱，有力者出力”；消极意义的牺牲就是“不惜放弃所有，甘愿与全国同胞共同忍受当前的艰苦。”在国家危难的情境下，个人不得不放弃所有的时刻，还在乎个人的利益，无异于“汉奸心理”。反倒是毁家纾难，得以消除了知识分子因不能直接上战场杀敌所带来的焦灼感，从而获得了心理上的安慰。

丰子恺的缘缘堂被毁之后，作诗“欲行焦土策，岂惜故园芜”，苦心经营的个人园地，就这么被毁了。当缘缘堂被毁的消息传到丰子恺那里时，丰子恺没有伤心，“我虽老弱，但只要不转乎沟壑，还可凭五寸不烂之笔来对抗暴敌，我的前途尚有希望，我绝不为房屋被焚而伤心，不但如此，房屋被焚了，在我反觉轻快，此犹破釜沉舟，断绝后路，才能一心向前，勇猛精进。”此时，所有安慰的话在缘缘堂主人耳中听来，“略觉嫌恶”。

“只要抗战到底，求得民族解放，个人任何牺牲，决不计较。”[②] 张恨水身边不少朋友们如是说。张恨水写到自己先后五次毁家，北平的家、天津的家、南京的家、安庆的家、潜山的家，都在战火中毁灭。但破家并未让人灰心，只希望最后胜利的到来，求得民族的解放。

那么，真的不伤心么？无论是书画还是房屋，无不是主人多年心血积累的结果，代表着他们心中最神圣的那部分。要说舍弃，没有人会轻易舍弃。他们放弃的不仅仅是一座园子，一处居所，更是远离了自己熟悉和喜爱的生活方式和文化。但是，在战争状况下，所有个人的得失和国家民族的存亡相比，都算

---

① 方令孺：《忆江南》，秦牧主编：《中国抗日战争时期大后方文学书系·第五编·散文杂文》第 2 集，第 56 页。

② 张恨水：《破家与希望》，《最后关头》，太原：北岳文艺出版社，1993 年，第 111 页。

不得什么，个人的喜怒哀乐都要让渡于战争这个话题。更为关键的是，知识分子将个体融入战争之中，为战争而放弃个人的利益，是如此心甘情愿又如此地慷慨豪迈。

而有着这样担当精神的人并不少。美国人白修德惊叹人们心甘情愿地待在山城，他们有机会离开重庆，乘坐飞机 6 个小时就可以到达香港。“重庆所缺少的东西香港都有，”更重要的是，香港的轮船通往上海和天津，通往“下江人”日思夜想的故乡。但是鲜有人选择这么做，飞到香港去的人们，“总是回来和政府一起负担起抗战的担子。”① 而那正是太平洋战争尚未爆发，中国尚处于孤立之中的时候。知识分子们都自觉地分担起国家民族的苦难。

曹靖华在写给弟弟的信中说道：“苦，现在每个正直人好人，谁不苦？只有汉奸、国难大奸商、贪官污吏，不苦。我们为要保持清高人格，为先人争光，所以，苦是当然的。”对“苦”的体认“有产业的人尚觉苦，无房屋，无田地，无生意，无工厂等一无所有的人，一家数口，孩子们还要上学，一切生活全仗一枝秃笔来应付维持，那大概是不会不苦的。”②

任钧的诗道出了知识分子群体的心声，“从前住高楼大厦的，/如今却住起茅屋和草房来了，/从前穿绸着缎的，/如今却穿起粗布衣裳来了。/从前吃牛奶面包的，/如今却吃起碛米和杂粮来了。/从前坐车坐轿的，如今却跑起路来了……”生活衣食住行的方方面面和战前都有强烈的对比和落差，生活方式从现代化一下子跌落到茅屋草房粗布衣裳的贫困状态。但是，这是爱国的人们自愿的选择，因为“一切都是由于我们自己愿意！”③

“一切都是由于我们自己愿意”道破了战时知识分子共同的心声，他们对贫苦有不同于世俗意义的认知。战时清教徒似的生活，不但没有磨灭他们的志气，反倒更体现出知识分子在危急时刻的强烈的责任意识和担当精神。梁实秋在抗战时心中一直打不开的结是“我能做什么？”“好想好想能直接的对抗战工作尽一点点力量。”对吃平价米，穿平底鞋，用豆油灯照明，以瓦罐为便溺之器，以柴油车为交通工具的生活，“大家都无怨言，因为大家心里有数，大家都在苦撑抗战图存的局面”④。

---

① 白修德、贾安娜：《中国的惊雷》，端纳译，北京：新华出版社，1988 年，第19 页。

② 曹靖华：《曹靖华译著文集》第 11 卷，北京：北京大学出版社，1993 年，第 321 页。

③ 任钧：《后方小唱三章》，《抗战大后方歌谣汇编》，第 457 页。

④ 梁实秋：《抗战时的我》，《梁实秋文集》第 7 卷，第 692 页。

2. 知识分子的“气节”

安于贫困，在危机时刻的担当精神，说到底是中国知识分子一贯以来非常注重的“气节”问题。前面分析了下江知识分子的贫困，但他们并没有因为贫困而变得愤世嫉俗，反倒有着平和的心态。因为他们不由自主地有一种意识，即读书人的责任。这个责任体现在方方面面，无论是改变立场，进入权力体制，以达到兼济天下的抱负，还是以文笔关注苍生的情怀，都是这一责任的显现。不过，回到知识分子自身，无论生活怎样不公平和不如意，他们都未曾放弃对自身的要求。

对知识分子的身份，有些人看得一文不值，有些人却视为瑰宝。读书人十年寒窗养不活一家人，但却轻易不能舍去。张恨水抗战系列小说中有很多这类知识分子的形象。《巴山夜雨》的李南泉看见商人就生气，对之拒而不见，太太笑他是书呆子，重庆到处都是囤积商人，生气哪里生得过来？李南泉道：“抗战四个年头了，我们在大后方还能够顶住，就凭我这书呆子一流人物，还能保持着一股天地正气。”[①]《傲霜花》中的教授洪安东打算卖掉家中的书，唐子安加以劝阻，认为“我们虽穷，也不至于讨论得把饭碗和打狗棒丢了”[②]。洪安东觉得把书卖掉摆上个纸烟摊子，可以立刻减轻生活的压力，是最实际的出路。唐子安则反对教授卖书吃饭，认为这是不识大体。洪安东为唐子安的话所打动，觉得“我们究竟忝为中华民族的知识分子，无论怎么样子的穷法，我们也得顾全大体”[③]。唐子安的学生王玉莲在重庆唱戏，每日所得不菲。唱戏的学生一天挣的钱比教书的先生一个月挣的钱还多，不免很容易让人产生读书纯属多余的念头。唐子安则安然处之，因为“民族文化的大纛，还要我们来撑着，我们宁可暂时穷一点”[④]。

在这群先生们的内心深处，仍然秉承儒家“士”的精神气质。唐子安和苏伴云有一番关于挣钱和气节谁更重要的对话。唐子安认为可以为争气节而饿死，“为守节而饿死的是我个人，而争取的却是民族的生存。”[⑤] 苏伴云认为，读书人要为民族争生存但现实中处处不平等，民族并不在意读书人。唯一的出

① 张恨水：《巴山夜雨》，北京：中国文联出版社，2005年，第256页。

② 张恨水：《傲霜花》，北京：中国文联出版社，2005年，第24页。

③ 同上，第29页。

④ 张恨水：《傲霜花》，第31页。

⑤ 同上，第54页。

路是挣钱，“有了钱，穿着漂亮的西服，不会茶帐就走，人家也不拦你。有了钱坐上汽车，有人和你开道，滚了人家一身的泥，算是人家不会走路。有了钱而失节，那也一般的得着人类的原谅。”苏伴云的话代表着大多数人的认知，只谈气节，不怕穷，在现实的社会中只会受尽白眼。

读书人为生活所迫转而选择经商在那时的知识分子看来未免斯文扫地。《牛马走》中区老太爷两个当教师和医生的儿子都改了行，分别做起司机和小贩，这是生计不得不如此，但在区老太爷心中始终是一个遗憾。当他的大儿子准备辞去公务员去应聘一个商人的私人教授时，区老太爷劝说儿子尽量为国家或社会多出点力，因为“你们已得到国家最大的恩惠没有服兵役”。并劝诫儿子，即使普通公务员天天和“等因奉此”的琐碎公文打交道，也是有用于国家，“若是起草‘等因奉此’的人，都去经商，国家这些‘等因奉此’的事，又向哪里找人呢?”①

无论是唐子安、李南泉还是区老太爷，张恨水笔下的这类知识分子形象都有浓厚的读书人情怀。我们在抗战文学的知识分子分析中，对那些受压抑、心灵压力较大的形象有过较多的关注。但是，不能否认，仍然有部分读书人仍秉持传统知识分子的气节，在最艰难的时候守贫自持。

老舍到成都，看见很多文艺界的朋友，彼此打量，几乎人人脸上留下了战时生活的痕迹，或两鬓白发，或面容瘦削。老舍觉得“霜鬓瘦脸本是应该引起悲愁的事，但是，为了抗战而受苦，为了气节而不肯折腰，瘦弱衰老不是很自然的结果么？这真是悲喜聚来，另有一番滋味了。”②

另一方面，从大后方文艺界对投降卖国行为的批判中，也能帮助我们清楚地认识到文化界在国家民族危亡之际，对文化人的期待和自我要求。

1938年文协在武汉成立，其会刊《抗战文艺》第1卷第1期即发布了《给周作人的一封公开信》，文章表示希望周作人能做“文坛的苏武”，“境逆而节贞”。对周作人在北平参加日伪组织的“更生中国文化座谈会”的行为予以批判，认为其身为大学教授，受到国家和社会的尊崇，却甘冒天下之大不韪投降敌人，此行为让文化界蒙上叛国媚敌的羞辱，整个文化界“虽欲格外爱护，其如大义之所在，终不能因爱护而即昧却天良。”

因周作人的文学成就和文坛影响，其出任伪北平政府的职务，在文艺界影响巨大。尽管周作人给出了种种解释，但在文艺界人士看来，当钱谦益一类的

---

① 张恨水：《牛马走》，北京：团结出版社，2006年，第128页。

② 老舍：《可爱的成都》，《老舍全集》第14卷，第315页。

人物无疑是有损大节。当民族危亡之际，“一个中国人，尤其是一个‘智者’，值此时应该负有怎样的责任，凡是中国人都清楚知堂老人更加清楚”①。

另一位被文艺界批判的人物是汪精卫。汪精卫叛逃之后，陪都各界掀起了讨汪的热潮。1939 年 8 月 31 日，全国文艺界在国民月会上发表宣言，共同讨汪。《中央日报》9 月 1 日发表社论《全国文化界讨汪》，其中特别强调“汪逆精卫是一个文人”，“文人对国家民族的责任特别重大，因为文人负有领导思想的责任，文人具有领导思想的地位。”文中以宋朝和明朝在朝代更替之时“不亡于战，而亡于和”的历史为例证，说明“一个朝代的兴衰存亡，重要关头常系在文人身上，文人的思想行动，可以开创几十年乃至几百年的风气，国家民族存亡之际，文人的思想行动更重要了，文人的思想行动是支持局面的重大力量，也是毁灭崩溃的致命要素”②。

从上述文艺界人士对周作人、汪精卫的讨伐文章可以看出，无论是社会还是文艺界自身，无不对文人这一身份在关键时期所应有的责任感和气节非常看重。

3. 精神世界的乐趣和焦虑

日常生活中穿衣吃饭的事情成了头等大事，这个大事甚至超过了战争。但是并不意味着知识分子就彻底地物质化，他们依然能在白菜土豆的生活中，寻找到生命的乐趣。而这些乐趣，恰恰是他们度过艰难岁月的精神安慰，落拓的现实生活和弦歌雅致的精神生活形成了鲜明对比。正如钱歌川所言，“两年前在战乱中回国，衣食住行，无一不成问题，职业固定以后，行动收了羁绊。生活仍是不能解决。两年来日里闹的是柴米油盐，夜间受老鼠小偷的扰乱，可谓日夜不安，但在国家这种争自由的奋斗中，谁也不会象李后主以泪洗面，我们大家都是咬紧牙根，刻苦度日，青春早早地离去，白发悄悄地跑来，我们觉得这少年头也并不是空白了的”③。作家们生活虽然艰难，日夜不安，但精神并不颓唐，仍能从细节处感知到生命的乐趣。

再贫穷的家庭，都要有精神上的追求，这就是读书人与普通大众的差别。《傲霜花》中的唐子安住的草屋左一个窟窿、右一个窟窿，屋子里乱糟糟，却有画了山水的江西瓷，插着三四枝红梅和两三朵晚菊，还有灰黑色的紫泥茶

---

① 嘉:《老人的胡闹》,《抗战文艺》第 7 卷第 6 期，1942 年 6 月 15 日，第 404 页。

② 《全国文化界讨汪》:《战时动员》，第 217 页。

③ 钱歌川:《偷青节》,《钱歌川文集》第 1 卷，第 492 页。

壶。局促的居住环境却是唐子安的安乐窝，他在其间自得其乐："所要的书，都在手边，随手抽了来看。一看书，就什么大事都丢在九霄云外。家里书不够，要过瘾的话，图书馆里的书还可以替我加油。最近由印度运到一大批新书，我的眼睛大打其牙祭。除了上课，我就在家里看书。有时你师母和我打二两白干，买一包花生米，喝的周身发热鼻子里勃香，其乐陶陶。再不然，邀着附近的穷教授们在路上散散步，上自天文，下至地理，摆摆龙门阵也就消磨了两三小时。"在外人看来穷困潦倒的生活，却让唐子安津津乐道。

这是小说中的描写，却是现实生活的体现。张恨水爱养花，在南温泉，周围都是农田，无花可买，仍在春秋时节，趁山花绽放，到山上采野花插瓶。春日的山桃野杏，夏季的杜鹃石榴，秋后的金钱菊，冬日的梅花，都被他采来奉于案头。张恨水也爱弹胡琴，在重庆购得皮黄琴谱，"在黄米饭饱后，山窗日午，空谷人稀，乃掷笔取琴，依谱奏之"①，夫人周南应声而唱，在苦闷无聊的生活中求得一丝安慰。

冰心和吴文藻在重庆照样过着月月亏空的生活，晚上往往吃稀饭，饭桌子上难得看见肉的踪影。不过当朋友到来的时候，他们却如同战前一样地好客。"残余的半罐 S. W 咖啡，总等着朋友来的时候搬出那具特制的咖啡壶，像做物理实验似的煮给你吃；快要生锈的烤箱，遇到客人来，也可借机会闻一闻鸡和猪肉的香味。"② 咖啡、烤箱，是现代化物质生活的标配，显然也是冰心夫妇战前日常生活中的必需品。在抗战时期，他们仍设法保留这一生活中的爱好。只不过，此时咖啡和烤箱变得珍贵，轻易不能享受，只能在朋友到来时用来招待好友。而咖啡和烤箱也变得颇具战时特色，咖啡壶是特制的，煮咖啡像是做物理实验；烤箱更由于用的概率太少，加上重庆潮湿的天气，已经快生锈了。

上述这些生活中的小细节充满乐趣，为抗战时期重庆艰苦的生活带来一丝生命的温暖和趣味。但是，如果以此就得出下江文人在重庆虽然衣食住行简陋，但精神状态昂扬的结论，就显得草率。即使在最苦的时候，知识分子们也很少抱怨。然而，下江知识分子们在重庆要面对的，不只是物质生活的煎熬，同时有精神世界的压抑和焦虑。在这方面体现得最突出的除了图书审查制度，还有国民政府对知识分子群体日益严密的监控。

以鲁迅纪念活动为例。从 1938 年开始至 1945 年抗战胜利，每年 10 月陪都文化界都要举行鲁迅纪念会。其中，公开的、比较大规模的有 1938 年、

① 张恨水：《劣琴》，《山窗小品及其他》，第 26 页。

② 罗常培：《蜀道难》，郑州：河南人民出版社，2008 年，第 86 页。

1939年、1940年、1941年和1945年。前面几年的纪念活动，都有国民党政府主管文化的官员参加，体现了政府对这一纪念活动的重视。自1941年皖南事变后，国共关系进入低潮，鲁迅的纪念活动也进入低谷。1942年的鲁迅逝世六周年纪念会已经筹备好，请了许寿裳前来演讲，通知都发出去了，到会的人很多，却因受到特务的干扰而未能召开。1943年重庆没有举行大型的纪念活动，只有文工会内部开了一个小型的纪念会，郭沫若主持会议，胡风做了关于鲁迅研究的报告。1944年纪念会是在百龄餐厅以茶话会的形式举行的，到会的人很少，也受到了特务的干扰。同一天，在成都有一个由各大学学生组织的鲁迅纪念会，人不多，二十余人。叶圣陶随儿子参加了这一纪念会。叶圣陶谈及此次集会非常的机密，纪念鲁迅，“为侦伺之好题目，设或被觉察，参加者多少有被损害之可能。”此时纪念鲁迅已经成为一个敏感主题，参与者极有可能因此获罪。而环伺在生活中的特务则随时监视人们的一举一动，因此，活动的主席特别强调“今昔到会者彼此皆可信赖”①，鲁迅纪念活动的参与者必须是相互极度信任的人，另一方面，参加鲁迅纪念会成为冒险之旅。

不仅如此，陪都文艺界举行的集会和演讲会，时常会有警察出现。其中，重庆市警察局第四分局的职责专为审查各个讲座演讲，当讲演时，警察局则有专人在现场监视，讲演结束后则写成报告，将内容是否符合规范，是否有对政府有批评意见等逾越之处向警察局做汇报。1943年中央文化运动委员会邀请茅盾演讲，会后，警察局第四分局在报告中对这场讲演做了如下汇报：

“案奉，钧局交下警渝字第80号取缔集会演说通知单为‘中央文化运动委员会’举行卅一次文化讲座，饬届时派员前往监视。据报到会人数计四百余名，由该会主席茅盾先生讲演《认识与学习》。会场秩序尚佳，并无不轨情事理，合将监视开会情形报请钧局鉴核令遵。”②

警察局对文化活动的监控愈加严密，其监控对象不仅仅针对和政府意见相左的人，而是形成了一个固定的制度。从重庆市第四警察局的报告来看，其汇报的讲演对象也包括了其他的社会人士。

张恨水的《八十一梦》在大后方畅销一时，颇得大众好品。书中借神仙鬼物讽刺战时重庆种种荒唐之事，让读者感到非常痛快。张恨水自己却因此被带

---

① 商金林编：《叶圣陶抗战时期文集》第3卷，第169页。

② 重庆市档案馆，第07443号档。

到一个很好的居处，留宿一夜，被问道“是否有意到贵州息烽一带，去休息两年?”① 众所周知，贵州息烽是国民党关押政治犯的监狱所在，此番问话，无疑是给张恨水的警告。《八十一梦》由此结束。张恨水也意识到稍微有正确性的文字，除了“等不出来”，连作者本人的安全都是可虑的。这一切无不愈加令大后方知识分子失却对政府的信心，下江作家们在重庆遭遇到物质和精神的双重挑战。

① 张伍编：《写作生涯回忆》，《张恨水自述》，郑州：河南人民出版社，2006 年，第 118 页。

第六章　下江作家对重庆城市形象的书写

抗战文学研究的叙述中，重庆城市形象给人的最大感受是阴郁，这座战时陪都以吞噬生命的骇人力量而令人心生抗拒。提及抗战时期的重庆，最容易让人联想到的词语是“雾都”和“陪都”。“雾都”和“陪都”概括了战时重庆最突出的城市形象和地位。然而，城市和人密不可分，重庆因战争成为陪都，同样是由于战争，几十万被称为“下江人”的外省人不远千里、历尽艰辛来到重庆，在重庆度过了最艰难的战时岁月。动荡不安的年代，城市和生活在城市中的人，都发生了巨大的改变，城市形象变得更为复杂和多样。

首先，重庆因其陪都的特殊身份获得了人们由衷的赞美。重庆的魅力和战争紧密相关，它被称为“东亚的灯塔”“精神堡垒”“东方的勘察加”“抗战司令台”，各种各样的赞美之词构筑出重庆高大的城市形象。另一方面，山城重庆因战争而缩小了与现代社会的差距，被称为“小上海”“小香港”，不乏新潮和摩登。重庆街头闪烁着来自上海、南京的招牌，坡坡坎坎上行走着穿着入时的时髦女郎，确实会令人有恍若在上海、南京的错觉。

而在日常生活层面，人们感受到的是重庆的独特和陌生。重庆的市面看似摩登奢华，却又保持着原始古旧的风貌，现代和传统形成强烈的反差。“在同一个都市，这里可以碰到不同的世纪”①，新旧杂糅成为陪都重庆给予外来者的深刻印象之一。人们在游记、随笔、信件、日记中以各种方式讲述自己眼中的重庆。“重庆一瞥”“重庆印象”“重庆素描”“从某地到重庆”，类似题目的文章在报纸、杂志上频频出现。不过，这些“写重庆”的文章中，在对重庆进行书写的同时，忘不了对战前生活的回忆。于是，“写重庆”和“城市回

① 逸民：《新都——重庆鸟瞰》，《大风》（金华）第14期，1938年4月3日，第4页。

忆”联系在一起的，一边是现实中寄居的异乡重庆，一边是令人无限思念的南京、上海、北平。日常生活细节、节令风俗，无不被作家们津津乐道，这样参差对照的写作手法，即展现了“下江人”浓烈的思乡情，又折射出了重庆现实生活的艰难。

四面八方的群体汇聚重庆，在抗战的时代背景下，有着各自不同的期待和追求，“谋事的，认为重庆是目前一个新的‘终南捷径’；经商的，认为重庆是后方的经济重心所在；求学的，认为重庆是新兴的文化中心；有钱的则又认为重庆是一个安乐的避难处。”有人将其视之为天堂，也有人认为这里不啻地狱。赞美、喜爱、不满、抗拒，居住在重庆的“下江人”对这座城市有着太多复杂的情感，由此带出作家笔下不同性格的重庆。从战争和日常生活的角度，战时重庆的城市形象尚有不少值得言说之处。

一、战争中的精神堡垒

很多“下江人”此前并未到过重庆，当他们被战火驱赶着走向大后方的时候，重庆并非是他们预设的目的地，他们对重庆的认识是模糊的。到重庆前，他们唯一明确的是重庆是“国之新都”。

在1938年至1939年间，人们尚处于战争初期的亢奋之中，武汉大撤退后，大家纷纷涌向重庆。初到的下江作家们赋予了重庆至高的象征意义，“精神堡垒”“东方的勘察加”“抗战司令台”等等词汇构成了重庆高大的城市形象。在不吝赞美的词汇后面，是整个民族抗日的激情，人们心甘情愿来到重庆，共赴国难。来到重庆的人们用激动的心情拥抱它，用笔抒发对这座新都的憧憬和热爱，《陪都赞》《重庆，世界与中国的名城》《新生的陪都》《重庆，我们的安哥拉》《重庆，美丽的山城》《春云初展的重庆》等等，仅仅是看文章的题目就能感受到强烈的爱国激情，感受到民众对重庆的敬仰。

然而，“‘圣地重庆’是用眼泪和钞票连缀起来的，其间也还有血”①，不同人群对重庆的赞美，具有不一样的意义。对一切正直善良的人们而言，他们背井离乡、颠沛流离到重庆，秉持的是对国家真诚的爱，以及对抗战必胜的执着信念和期待。即使日军连续数年的大轰炸，也丝毫未能挫伤大家对此的信心，反倒激起更多的人同仇敌忾。不过，在陪都的投机者和商人们眼中，赞美重庆，是为了重庆无处不在的商机，和可以媲美战前的物质享受。

① 司马訏：《重庆之魅力》，《重庆客》，第13页。

1. 激情拥抱的新都

国民政府停留在武汉时，人们纷纷奔向武汉；武汉危急后，又随着政府机构继续内迁至重庆，有人将文人们的不断迁徙总结为“为着自己的使命[①]”。战争初期的重庆国民政府在人们心中的形象至高无上，大家热切地盼望着也相信重庆的国民政府能够带领大家早日结束战争，让“下江人”回到故乡。当重庆和战争联系在一起时，就不再是现实生活中大家生活居住的地方，而成为人们心目中值得夸赞和讴歌的对象。重庆吸引着来自各方的“下江人”，这座城市成为国民心目中取得战争胜利的希望和国家的象征。

文学家激动地描绘着国家的新都——重庆。老舍的《陪都赞》中将重庆和莫斯科、华盛顿、伦敦并称为民主同盟四重镇，他极力地歌颂重庆，“兴邦抗战此中心，重庆威名天下闻”“复兴关下，扬子江滨，精神堡垒，高入青云，东亚我为尊”，重庆就是整个民族信心的保证。赵清阁从未到过重庆，却对重庆充满期待，“这新的国都，是一切政治、经济、文化的中心枢纽，但愿也不仅只披上京沪的皮毛，希望也能有京沪那种革命的灵魂，战斗的精神。”“山城本身是坚强的，如今又戎装了起来，当然会更雄伟；在保卫武汉声中，祝福她在大后方起到团结人民、振兴国家的作用”[②]。

重庆孕育着希望和朝气，仿佛一个全新的中国将由此地而复兴，“那暗灰的云块已经没了/祖国正用着微笑/和蕴着热爱的眼睛/招呼着/从山国腹脏里奔流而来的嘉陵江呵/嘉陵江上正孕育着无上的光辉的希望……”[③] 即使现实中的重庆仍有种种不足，但这不足源自过去，是四川军阀统治的结果，它必将为一个全新的重庆所替代，“旧的重庆，已经在抗战建国的过程中，淘汰了去，而新的重庆，一个朝气蓬勃，前进的重庆却已在这一次抗战中立下了很好的基础”[④]。重庆被喻为“时代的英雄”，它将“洗刷去一切旧的腐烂成分，而显示出中华民族的独立、创造、和扩大的勇气和精神”[⑤]。

重庆这座城市，其价值和意义已经不再只是地图上中国诸多城市之一，不仅仅是西南地区的商贸中心，它超越了其地理意义和经济地位，被提升到了全

---

① 清阁：《检讨过去策励未来》，《弹花》第2卷第3期，1939年1月1日，第3页。

② 赵天：《汉川行》，《弹花》2卷3期，1939年1月1日，第20页。

③ 沙白：《嘉陵江上》，《国民公报》1939年9月19日。

④ 崇华：《抗战中生长的重庆》，《北辰旬刊》创刊号，1939年5月10日，第8页。

⑤ 张宗植：《重庆与重庆文化的动向》，《战时文化》第2卷第1期，1939年1月10日，第24页。

民族希望的高度。“重庆”的词语内涵从城市的名称，一下子拥有了更丰富和重要的喻义：“这两个字的意义——在历史的记载里：是反抗侵略的先锋！是反法西斯的堡垒！在辞典的注释里：是民主的砥石！是正义的灯塔！”① 有的激情充沛地高呼“重庆，这个中国战时的首都，世界注意的名城，已逐渐变成东亚的灯塔，弱小民族的希望，劳苦人民的解放，全世界的和平，都寄托在他的进步与走向光明。”② 重庆鼓舞着士气，即使这座城市冬季大雾弥漫，在人们的心中，依然能感受到一种“心理上的太阳”，“光明灿烂是别处所不及的，昆明较淡，北平就几乎没有了”③。

可能这样的一番话语倒是更能确切说明“下江人”对重庆的感受，即“重庆今天为什么可以被人欣羡仰慕？不是因为重庆的风物，更不是因为重庆的物产富裕，因为重庆代表中国，中国几百万战士在前线与日军拼命，中国几千万人民在后方为国家挣扎，在国门口的香港，一般人对重庆有这样的感想；在欧洲，在世界，重庆被人的重视，是事势因果的必然。重庆在政治上经济上军事上，不但维系了东亚的安危，也屏藩着世界的和平”④。重庆能获得世界瞩目的原因，成为中国人心中的“精神堡垒”，不是重庆城市本身的吸引力，而是它的象征意义。

青年人则视重庆为报效国家、实现人生理想之处。老舍的剧本《谁先到了重庆》中，吴凤鸣催促弟弟吴凤羽到重庆去，“重庆是咱们的首都，这里只是咱们的家；国比家大！”⑤ 对无法离开北平的吴凤鸣来说，“身在北平，而心在重庆”则是他的心声和寄托。

这些话很能代表一般知识分子的心声，那个时候，大家都愿意跟着政府走，和国家一起共赴国难。重庆环境如何，在那里如何生存、发展，很少有人认真思索过，仅仅是觉得应该如此。这样的凝聚力和热情在中国现代历史上是极少见的，以至于美国记者白修德说道，在战争初期的1939年至1941年间，“重庆的脉搏里，跳动着战时全民族的力量”⑥。

人们似乎并不吝惜将所有美好的词汇用于对重庆的描绘。这样的描写并非

---

① 陈伯吹：《从沿海到山城》，《旅行杂志》第19卷第1期，1945年1月31日，第19页。

② 徐盈：《重庆，世界与中国的名城》，《中学生》第83期，1945年1月，第23页。

③ 冰心：《摆龙门阵》，《山城晓雾》，百花文艺出版社，2003年，第104页。

④ 程沧波：《香港回望重庆》，《战时记者》第2卷第9期，1940年5月1日，第7页。

⑤ 老舍：《谁先到了重庆》，《老舍全集》第9卷，第516页。

⑥ 白修德、贾安娜：《中国的惊雷》，端纳译，第19页。

阿谀，而的确来自人们的真实情感。战争初期人们追随政府到西南地区，确实出于对国民政府的信任和对民族的真挚情感。他们中的一部分人完全可以选择更加舒适的生活，义无反顾地奔到内地，妻离子散，如果没有对国家民族的真实情感，是完全办不到的。

2. 新旧杂糅的世界

随着日常生活的持续，初到重庆的激情和兴奋，逐渐为生存的压力所取代，重庆呈现出另一番形象。“下江人”涌入重庆，城市一天比一天地热闹和繁华。人们用“上海”来比拟重庆，言下之意重庆也具有了中国当时最现代化的城市的雏形。可重庆始终还是重庆，在生活的方方面面依然保持着既有的方式。

“下江人”带来了重庆城市的发展，重庆在形式上具备了京沪等大城市才有的现代化设施。街道上布满新店铺和新招牌，而这些店铺和招牌几乎都来自南京、上海等城市。战争催生了重庆商业的繁盛，作家们这样形容重庆商业中心最繁华的都邮街：“抗战司令台下的吸烟室，东亚灯塔中的俱乐部，皮鞋的运动场，时装的展览会，香水的流域，唇膏的吐纳地，领带的防线，衬衫的据点，绸缎呢绒之首府，参茸燕桂的不冻港，珠宝首饰的地带，点心的大本营，黄金的‘十字街头’……”①重庆成为大后方商品的集散地，繁忙的商业，琳琅满目的商品，显示着陪都的商业活力。“下江人”在重庆感到既熟悉又陌生，熟悉来自街头闪耀着自南京、上海迁来的招牌和耳边听到的熟悉的方言。陌生感则来自另一个重庆，贫困、保守甚至神秘。这个重庆是以轿子、人力车夫、头缠白布的本地人为代表的。尽管国民政府迁都重庆，重庆却依然保持着不少地域风俗，而这些习惯，在“下江人”眼中看来，无疑是非常古老和保守的。以交通为例，战时重庆街头，来自京沪的汽车也多了起来，公共汽车也投入使用，但占据人们生活主要方式的依然是坐轿子。初到的人们总是对轿子感到惊讶和恐惧。惊讶的是两个人抬着一个竹制的椅子就能成为交通工具，这在现代社会是难以想象的。恐惧的则是在山城崎岖不平的道路上，轿夫肩一斜腿一软，轿子里的人就会滚出去，令坐轿子的人感到胆战心惊。

不仅如此，神灵在本地人的生活中依然扮演着重要的角色。对此，白修德曾有过相当详细的描绘：“天旱时节，许多人头上插了绿叶，排成行列向神道求雨；古式的婚礼行列，领头的是饰有红布的花轿，很愉快地在号召人们纪念

① 司马訏：《都邮街》，《重庆客》，第199页。

航空节的牌楼和标语横幅之下走过。"① 在1939年5月3日、4日，重庆遭遇最惨烈的轰炸之时，正逢月食，"救月的铜锣通宵在敲打，锣声响彻城中，和火爆声及许多受难者的哀痛之声混成一片"②。一边是轰炸带来的惨烈景象，一边是来自远古的充满神秘色彩的天狗食月的传说，两者交织在一起，更增添了大轰炸之夜人们内心的恐惧和惶惑。

生活在重庆周围乡场上的人们，更能感受到时光的流转。在乡场，狭窄的街道上人和猪一同行走着，房屋大都是竹篾和泥巴混合的产物。"穿的是土布衫，行路是用自己的两条腿或是把自己一身的分量都加在两个人肩上的'滑竿'，我们看不见火车，连汽车也不大看见，没有平坦路的，却有无数的老鼠横行，没有百货店，只有逢三六九的场，卖的也无非是鸡，鸭，老布，陶器，炒米，麦芽糖……"目睹这些景象，不由得人感叹"一切物质文明和精神文明，都要先从我们生活的这个年代数回一百年或是二百年"③。在此环境中生活，遥想上海，简直恍如隔世。

空间和时间在重庆发生了交错，现代和古老奇异而真实地共存。在重庆可以买到福建味的鱼羹，广东点心，湖南辣子鸡，北京烤鸭。可销售这些五花八门的风味美食的地方，不是灯火通明的餐馆，而是"在脏脏的、草草筑成的棚屋内。"重庆变得多元化，操着不同方言，有着不同生活习俗。爱好、教育背景殊异的人们生活在一起："一幢小小的三层楼，往往居住着四个到六个省籍不同的家庭；每层楼之间，还悬吊吊地生活着颇多的臭虫与老鼠。主人们使用着若干语系中的若干方言，一如他们的不同的身份，各自保持其不同的趣味与尊严；晚间则唱出各式的歌：秦腔，河南坠子，楚剧，北京的'秦琼卖马'，苏州的'泪洒相思带'……"④ 这样的多元并不会让人想到城市的开放和包容，反倒会觉得充满了生活的局促和压抑，具有充分的战时重庆特色。

老舍在小说《鼓书艺人》中借秀莲的口道出了一般"下江人"对重庆的第一感受。秀莲初到重庆，一看到城里的大街，心里非常激动，"高楼大厦、汽车、霓虹灯，应有尽有。谁能想到深山峻岭里也会有上海、汉口那些摩登玩意儿呢!"⑤ 高楼大厦、汽车和霓虹灯，均是现代社会物质文明发达的象征，

---

① 白修德、贾安娜：《中国的惊雷》，端纳译，第9页。
② 同上，第10页。
③ 靳以：《忆上海》，《靳以选集》第5卷，第288页。
④ 司马訏：《重庆客》，《重庆客》，第223页。
⑤ 老舍：《鼓书艺人》，《老舍全集》第6卷，第19页。

在一般人的想象中，深山峻岭的重庆是不会拥有的，但重庆居然也有。“谁能想到”几个字，既有惊喜，更有意外。

重庆街头闪耀着霓虹灯，灯下有红男绿女，他们的脸上洋溢着现代文明的气息，打扮入时，谈论着最时髦的话题，看着电影，喝着咖啡。与此同时，街头站满面带倦容、衣衫褴褛、一脸鸦片色的轿夫。有人曾中肯地分析重庆，“并不像一般人心目中的旧而且古，也不像我们有时幻想的那样新，这是一个可以代表中国都市的山城”①。处于变动中的陪都重庆既新且旧，只是引发变动的驱动力不是来自城市本身，而是战争的迫使。

二、“重庆客”的他乡和故土

在现代文学作品中，逃离故乡、逃离家庭曾一度是创作的主题。故乡在笔下的色调总是昏暗、落后的，吞噬掉无数鲜活生命的巨大力量。逃离故乡才是新生的开始。但在抗战时期旅居重庆的作家笔下，故乡却呈现出美好、亲切的一面，是心中最渴望之所，“做客重庆的人，在梦里也没有忘记过故乡的杨柳与桃花”②。不少文章或直接以《故乡》命名，或通过对比的手法，将陪都重庆和家乡的风土人情一一比对，有的笔调温柔委婉，有的悲愤激昂，但无论是哪种情绪，无不充满了国土沦丧的痛苦和对敌人的控诉。有作家直言“一个人没有家的时候就想家，有了家的时候，又感到家的累赘。”③ 尤其是在重庆，每当夏日炎热无法入睡，或是被日军的疲劳轰炸四处驱赶时，在最痛苦和无奈中，家乡的各种美好更容易浮上心头。

于是，重庆被纳入到各类参照中，和昔日繁华的北平、上海、南京比较，和大后方的昆明、成都等城市比较。正是在这种比较之中，唤起了人们对故乡种种美好的想象和怀念，同时更进一步强化了“下江人”在重庆“客居”的心态，让他们时刻想着挣脱这座城市，返回下江。

1. 和北平、上海、南京的对比

下江作家的笔下有对家乡风物的怀念，也有对家乡遭遇暴敌侵害的伤痛。

---

① 沈弢：《忆重庆》，《旅行杂志》第15卷第8期，1941年，第55页。

② 司马訏：《重庆客》，《重庆客》，第225页。

③ 苏雪林：《家》，《苏雪林文集》第2卷，合肥：安徽文艺出版社，1996年，279页。

在这些文字中，对家乡风物的描绘往往充满了温柔的情感，家乡成为蕴藏自己人生亲情友情的生命之根。

重庆四季更替中微妙的变化，一物一景无不触动“下江人”无限的感慨。春季的桃红柳绿，是记忆中玄武湖的樱桃、清凉山的芭蕉、龙华寺的桃花；夏天的味道则让人回味起“故乡的瓦屋纸窗下，吃自然主义的茶，朱漆盘中快刀剖大西瓜，北戴河客舍走廊之昼寝，莫干山高处指点奇异的虹，豆棚瓜架下谈鬼说狐，吸一袋烟；或是绿窗睏足，再调冰弄雪，沉瓜浮李”；短暂的秋天勾起人们对北平的秋、南京的秋的怀念；冬季一场瑞雪，则更令人怀乡，“雪中的山茶、铜瓶李的梅花，风干的虾米与芬芳的腊味”①。对家乡风物的描绘寄托着人们对往日生活方式的怀念，花开花落，一杯茶一袋烟一场雪，都是往日生活中最寻常的细节，身处其间可能浑然不觉，间关万里漂泊西南之后，这些细节无不笼罩上了诗情画意，成为最可怀念的美好记忆。

北方一些城市中秋节有供养兔儿爷的习俗。到了中秋，客居陪都的老舍想念北方的兔儿爷，尤其是北平的，“种类多，做工细”，是孩子们过八月节最稀罕的泥娃娃。而更让作家想念的，则是家乡北平，“中秋节又到了，北平等处的兔儿爷怎样呢?”②《四世同堂》中，日本鬼子要打来了，祁家老爷子还念着买兔儿爷过八月节。

张恨水 1944 年 8 月开始在《新民报》副刊上连载《两都赋》，“两都”指北平和南京。张恨水自称写作《两都赋》的目的，一则“昼夜盼望着早日收复回来，好旧地重游”，一则“只当是星光下乘凉，茶馆子摆龙门阵，偶然提到这两处，悠然神往一下，倒也不失北马思乡之意”③。这系列连载从夏写到冬，两座城市的生活细节、节令习俗被作家不厌其烦地一一描绘出来，衣食住行处处都看似平凡却又充满情趣，令人悠然神往。

《两都赋》主题的选择，恰恰和重庆现实形成鲜明对比。可以说，正是重庆的种种令人感到缺憾之处，诱发了作家对北平和南京的强烈思念。

重庆夏季炎热，阳历七月八月均令人谈热色变，此时回想北平，“简直就没有夏天”。四合院里有石榴盆景金鱼缸，瓶子里插上两三把红色的玉簪花白色的晚香玉，冰箱里镇上大花红、脆甜瓜，煮上一大壶酸梅汤，惬意之情跃然

---

① 司马訏：《重庆客》，第 223 页。

② 老舍：《兔儿爷》，《老舍全集》第 15 卷，第 357 页。

③ 张恨水：《两都赋》，《张恨水散文》第 1 卷，合肥：安徽文艺出版社，1995 年，第 170 页。

纸上。对作家来说，更惬意的是“在绿荫荫的纱窗下，鼻子里嗅着瓶花香，除了正午，大可穿件小汗衫儿，从容工作。若是喜欢夜生活的朋友，更好，电灯下，晚香玉更香。写得倦了，恰好胡同深处唱曲儿的，奏着胡琴弦子鼓板，悠悠望去。掀帘出往望，风露满天，你还会少‘烟土披里纯’吗?”① 重庆夏末秋初一会儿亢旱一会儿阴雨的“打摆子”一般的天气，更让作者悠然神往于江南的秋高气爽。

写到喝茶，张恨水更是情感不能自已，那些素的、彩花的、瓜式的、马蹄式的甚至缺了口用铜包着的茶壶，各式各样，每个茶客都有不同的茶壶。和茶相伴的，则是价廉物美的牛肉锅贴、菜包子、汤面、烧鸭等各式点心，非常热闹。在重庆，茶并不稀奇，只是喝的是小茶馆中毫无陪衬的沱茶，让“下江人”“一谈起夫子庙，看着茶碗，大家就黯然了”②。

这些文字描绘的都是小事物，所涉及的均是吃的、用的小食物、小器具和小玩意儿。但一段段文字的铺陈和描绘，让这些“小”变得美丽，仅仅是文字的描绘都足以令人回味无穷。

对四川的茶馆，每个“下江人”都有深刻的体验。中国人好喝茶，北平、江南都有各自的茶文化。四川的茶馆更蔚为大观，川人好喝茶，街头巷尾遍布茶馆，坐满摆龙门阵的人。这是“下江人”入川后印象深刻的街头景观之一。但四川人多喝沱茶，“下江人”入川之前甚少知晓沱茶。如今在重庆喝着沱茶，想到的是西湖龙井、黄山云雾、六安瓜片，由茶叶而及故乡，“东望西天，悲从中来。”思绪所及，“秦淮河畔的六朝居，天香阁；苏州的玄庙观，杭州的虎跑泉，故都的来今雨轩，武昌的黄鹤楼，羊城的天天楼……现在都变成什么样子呢？血味代替了茶香，强盗们在那些地方吸血。谁还能悠闲的（地）在那儿喝茶?”③ 四川人喝茶也没有那么多的规矩和讲究，在川人看来，茶是润喉的工具，喝茶是为了摆龙门阵，民间传说、国家大事、战争前途就在一饮三叹间侃侃道来。更重要的是，四川的茶馆没有那么森严的等级，穿短衫的劳动者和穿长衫的读书人，尽可以在一张桌子上坐着。衣食住行处处都足以唤起人们的议论和回想，连平素未曾在意的食物都寄托“下江人”的思乡之情。四川出产红苕，贫困的教师们在吃平价米的同时，红苕也成为可以用来招待客人的食物。就这么一只普普通通的红苕，烤熟了，剥开，吃的时候，先生们仍不免津

① 张恨水：《燕居夏亦佳》，《张恨水散文》第1卷，第171页。
② 同上，第203页。
③ 苍老：《茶风——山城杂记之八》，《中央日报》1941年7月9日。

津乐道于北平和南京。南京的烤山芋好，“它是红心，吃到口里有栗子味。”北平的烤白薯则胜在有情调，“当那满胡同里飞着雪花的时候，一辆烤白薯的平头车子，推了一只罐子似的烤炉，歇在人家大门口雪地里，卖薯的人大声吆喝着，烤白薯，真热和！你若在这时候，买两只烤白薯坐在煤炉边下来吃，当然会在严寒的空气里，感到一种温暖的意味”①。

除了眼中所见，耳中所闻往往也能引发人们的遐思。无论是人们之间的对话，抑或是市井街头小贩的叫卖声，声音都在不经意间拨动人内心深处的情感，唤起回忆。不少人不约而同地写到了对重庆市井小贩叫卖声的深刻印象。张恨水笔下夜半的炒米糖呼声“至为凄凉”，“尤其将明未明，宿雾弥漫，晚风拂户，境至凄然”②。在巴金笔下，窗外“茶米糖开水”的叫卖声，顾客们的谈论声，同样令人倍感孤独。至于那悠长舒徐的叫卖声：“担担面……龙抄手……担担面……”在沈浮听来，“令人感到亲切又颇有一丝凄凉”，“勾起了我童年在天津大街叫卖声的辛酸记忆。”③ 重庆街头的叫卖声在作家笔下则没有丝毫严寒中的温暖。声音从来都和人的情绪相关联，“乡音未改鬓毛衰”，声音和个人经历、生活环境相关联。对于生活在异乡的人来说，异乡的声音听起来更令人伤怀。

北平和江南是中国文化最成熟的地域，其间的一草一木，各种细节都令人沉醉，春夏秋冬四季更替，都有说不完的魅力和情趣。对昔日生活方式的怀念，是逆旅中人们释放压力、告慰内心的一种有效方式。但在战时艰辛的环境中，越是将生活中的细节和情趣描绘得如此温柔美好，就越是加重了失去国土的沉痛。

抗战期间，靳以先后写成《忆上海》《忆北平》《忆广州》《忆哈尔滨》，回忆四座他曾生活居住过的城市。靳以记忆中的上海和世界上任何大都市相比都不逊色；北平最令作家刻心不忘的，“是春雨中飘来的槐花香气，只是三天或四天就要消失了的，却一直留在我的记忆中……”与之相对应，重庆的生活是土布衫、滑竿的世界，是看不见火车，连汽车也不大看见的地方，“没有平坦路的，却有无数的老鼠横行；没有百货店，只有逢三六九的场……”④ 重庆

---

① 张恨水：《傲霜花》，第 78 页。

② 张恨水：《夜半呼声炒米糖》，《张恨水散文》第 1 卷，第 283 页。

③ 沈德才、沈德利：《萤火与炬火：沈浮传》，北京：人民文学出版社，2005 年，第 61 页。

④ 靳以：《忆上海》，《靳以选集》第 5 卷，第 288 页。

夏日的炎热，入冬的雨雾，令人深感不安。甚至本地人说话高亢的语音都徒增厌烦，“好像他们故意在我的神经上搓揉，使我更增重我的憎恶”①。每一次的回味，带来的不是甜蜜的感受，而是一次次无法抑制的心痛和愤怒。靳以笔下的这几座城市都沦陷了，广州和哈尔滨在战争中不屈的倔强和坚强让作家无法忘怀。靳以在广州居住的时间并不长，可是“几经生死，恨和爱蓬勃地在胸中滋生”“在每一次从死的边沿溜了过来，我更热烈地爱那仍然倔强地存在下来的城市”②。寒冷的哈尔滨，即使已经沦陷，“人们依旧有沸腾的热血”③。

对东北作家而言，引发他们思乡之情的则是重庆境内的嘉陵江和长江。对于沦陷多年的家乡的思念，使得来自东北的作家对故乡的吟唱更多悲愤之情。嘉陵江是重庆境内非常重要的大江，和长江一起护卫着重庆城。“下江人”溯江而上，江水承载着无数异乡人的思乡梦。端木蕻良的《嘉陵江上》，诗人徘徊在江边，“我仿佛闻到故乡泥土的芳香；/一样的流水，一样的月亮，/我已失去了一切欢笑和梦想”④。从白山黑水间走来的诗人，漫步在大西南崇山峻岭的山水之间，相同的流水和一样的月亮，唤起的是失去故乡田舍、家人和牛羊的痛苦，以及必须回到家乡的坚定信念。

高兰眼中的嘉陵江使他联想到故乡的松花江。当年可以在松花江上高声地歌唱，如今松花江上吟唱着的是战斗的歌曲，“虽然他们没有笛子，而是一枝钢枪！”然而伫立嘉陵江边，看见的是卑微的纤夫，他们瘦弱的身体缓慢地拖着沉重的步伐，从浓雾中走来。纤夫的身体如此弱小，他们的步伐毫无生命力，完全是“蠕动着”。纤夫的歌声令人感到悲哀，“这像是病了的饥饿的畜生在哀吼一样，和着威风，和着雾气，和着阴暗的天色，一齐没入了江中”，纤夫那渺小的生命让诗人感叹，“他们也是人呀！和我一样，真的，和所有人一样”⑤。但这群人却没有正常生命应有的微笑、风情和快活的歌声。

2. 和成都、昆明等大后方城市的对比

“下江人”在重庆的意外收获是他们有机会游历大后方的昆明、成都、桂林、贵阳等城市，他们或是旅行，或因各种原因在城市间迁徙，无论哪种方

---

① 靳以：《忆北平》，《靳以选集》第5卷，第292页。

② 靳以：《忆广州》，《靳以选集》第5卷，第295页。

③ 靳以：《忆哈尔滨》，《靳以选集》第5卷，第299页。

④ 端木蕻良：《嘉陵江上》，《乐风》第1卷第1期，1940年，第6页。

⑤ 高兰：《嘉陵江之歌》，《高兰朗诵诗选》，济南：山东文艺出版社，1987年，第94页。

式，都让他们充分领略了西南地区的山川人物。老舍去了成都、昆明、大理；叶圣陶在成都、重庆、乐山居住过，且还去过桂林和贵阳；冰心从昆明来到重庆；丰子恺从桂林、贵阳一路到重庆……这些经历一方面扩大了旅行者的视野，发现城市之间不同的特色，另一方面，也让“下江人”不由自主地将大后方城市之间进行比对。

老舍居住在重庆期间，去过四次成都。他眼中的成都是可爱的，因为“成都有许多与北平相似之处，稍稍使我减去些乡思”；成都有他在齐鲁大学、山东大学的老友和慰藉的朋友们；老舍喜爱“现代的手造的美好的东西”，成都则有很多灵巧的手工艺品，品种胜过北平……①1941 年老舍应罗常培之邀到西南联大，他在昆明又寻找到北平的身影。他眼中的昆明最似北平，又似乎超过北平：翠湖虽不大，却比什刹海好；花木则远胜北平。北平讲究种花，却不容易把花养好；昆明四季如春，到处都有花。北平多树，可叶色如灰，令人不快；昆明的树多且绿，“入眼浓绿，使人心静”。滇池一望无际，“湖的气魄，比西湖和颐和园的昆明池都大得多了”。在湖边看水，远处的青山，天上的白云，令人陶然忘忧。

老舍在昆明期间获得了难得的放松和享受。在昆明，即使住在乡下，也不乏精神上的充实。老舍在龙泉村听到了古琴，“相当大的一个院子，平房五六间。顺着墙，丛丛绿竹。竹前，老梅两株，瘦硬的枝子伸到窗前。巨杏一株，阴遮半院。绿荫下，一案数椅，彭先生弹琴，查先生吹箫；然后，查先生独奏大琴。”这是在昆明郊外的小村庄，路多年未修，马粪数月未扫，整个环境污浊，可是在梅香琴韵中，只让人感到忘却一切人世上的烦恼。老舍的云南游记，多处提及昆明的“静”，觉得“昆明很静”“静秀可喜”。翠湖“最静”，“月明之夕，到此，谁仿佛都不愿出声”；昆明的树多且绿，“入眼浓绿，使人心静”；昆明的山土是红的，草木深绿，“教昆明城外到处使人感到一种有力的静美”②。

当老舍在写到昆明的“静”时，心中大概想到的恰好是重庆的繁忙喧闹。抗战时期老舍有一个关于“住”的梦：春天住在杭州，“杭州的春天必定会教人整天生活在诗与图画中的”；夏天青城山最理想，“在我所看过的山水中，只有这里没有使我失望”；秋天必须住北平，“北平之秋便是天堂”；冬天则住成都或者昆明，成都的冬天虽不暖和，“可是为了水仙、素心腊梅，各色的茶花，

① 老舍：《可爱的成都》，《老舍全集》第 14 卷，第 314 页。
② 老舍：《滇行短记》，《老舍全集》第 14 卷，第 278 页。

与红梅绿梅，仿佛就受一点寒冷，也颇值得去了”①；昆明花多，天气比成都好。所有对这些城市的美好想象，都是抗战时期重庆恶劣的居住环境催生的，重庆的酷暑重雾以及不像房屋的房屋，让一向未曾想过居住问题的作家，开始有了“住”的梦。

即使偶尔路过成都、重庆的游客，也对这毗邻的两座城市有完全不同的感受。1941 年罗常培和梅贻琦、郑天挺为了西南联大的校务到重庆、四川，旅程三个月，游历了东川、西川、川中和川南，充分体验了现代蜀道的艰难。罗常培对成都很是喜爱，到四川后所经过的城市中，成都是他最喜欢的。究其原因同样是因为成都极像北平：“春熙路的繁华像王府井，玉龙街的风雅像琉璃厂，打金街像廊房头条，少城像后门里头，薛涛井和陶然亭风格相似，草堂寺和松筠庵的规模仿佛，华西坝一带简直是具体而微的成府或清华园……”② 总之，处处都能找到和北平的相似之处。

来自北平的“下江人”更偏爱成都。《新民报》编辑姚苏凤抗战初期住重庆，两年的时间，在重庆住得并不适意，“可把他的苏州先生气味蹩够”。1943 年《新民报》发行成都版，姚苏凤前往成都。他一到华西坝子，眼前的“绿野平畴，绿杨村舍，大叫其好，连说绝似江南”③。第一眼就喜欢上了成都。可见，重庆让人憋气，成都则充满生活的情调，重庆不适于生存，成都则生活感十足。两相比较，成都确乎多了一些北平才有的厚重和文化。尽管重庆街头闪耀着上海、南京的招牌，可成都的沉静和雅致，更能让“下江人”，尤其是北平的“下江人”寻找到熟悉的感觉。成都的好处多，旧书铺多，小吃丰富。就是连接街头的小吃和市招都透着一股别致，“不醉无归小酒家”“忙休来”“徐来”之类，甚至卖豆浆的小铺子也取名“万里桥东豆乳家”，“先不用问它们的口味是否合适，单凭这几个招牌就够‘吃饱饭，没事干’的骚人墨客流连半天”④。

张恨水看成都看得更细致，为着人们说“成都是小北平”，把成都和北平很多地方都有意识地打量了一番。张恨水看到成都和北平的差异，北平壮丽，成都纤丽；北平端重，成都静穆；北平潇洒，成都飘逸……但是，他仍然从成都的建筑，地摊上的新旧杂货与书本等细节中感受到北平的情调。对于离家万

① 老舍：《“住”的梦》，《老舍全集》第 15 卷，第 395 页。
② 罗常培：《蜀道难》，《罗常培文集》第 10 卷，第 180 页。
③ 张恨水：《第一印象》，《张恨水散文》第 3 卷，第 342 页。
④ 罗常培：《蜀道难》，《罗常培文集》第 10 卷，第 180 页。

里的“重庆客”们，思乡情感浓烈，一点点的相似都能使他们敏锐地捕捉。

喜爱成都的作家，常常对上海颇不以为然。老舍直言自己不喜上海，因为“我抓不住它的性格，说不清它到底怎么一回事”。但他却愿意以成都为背景写一部小说，他觉得自己看到了成都这座城市的灵魂，“因为它与北平相似”①。

张恨水眼中的成都和重庆，如同北平和上海。家人在花瓶中插了一束晚香玉，晚香玉在上海叫“夜来香”。在作家看来，对花名的不同称呼，也体现了文化的雅俗。正如成都的招牌那样的讲究，重庆街头则处处“好吃来”和“三六九”，不要说北平人，就连成都人都笑话重庆市面上市招的伧俗。这中间的差异，恰到好处地反映出城市文化的深浅。重庆在“下江人”的经营下，一天比一天地繁华，有了花果铺、有立体的大洋房，配着颜色电灯，彩绸窗帷，浓烈的色彩和热闹的场面，在张恨水那里也只得着一个“依然是上海家数，难得更俗”② 的评语。想到重庆自抗战以来输入那么多的文化血液，依然未能产生明显的效果，不由得让作家感慨“都市的心理建设不易，怎不苦念北平？”③

三、繁华陪都：重庆魅力的另一面

在庞大的“下江人”群体中，除了知识分子和普通民众，还有其他各式各样的人物，尤其是做着各种生意的商人们。重庆对他们而言，其最大的魅力在于钞票，重庆是一个可以做“黄金梦”的地方。重庆以其艰苦卓绝的抗战精神在国际社会闻名，重庆也以其豪奢的生活吸引着四面八方的享乐者。当知识分子群体在整体上承受着生存的压力时，重庆的市容却越来越繁华。尤其是在“下江人”中间，有人依靠各种手段获取了经济利益，改变自己经济地位，有人却固守着贫穷，在一天天等待胜利的到来。一面是奢侈无度一面是苦苦挣扎，畸形的城市形态成为重庆最明显的特征，也成为国民政府最为人所诟病的方面。

1. 光怪陆离的重庆：极度的贫富差距

对重庆市面上挥金如土的生活方式，张恨水在他的专栏《最后关头》中多次进行批判。他认为重庆街头随着“下江人”的到来而增添的各种新招牌，都

---

① 老舍：《可爱的成都》，《老舍全集》第 14 卷，第 314 页。

② 张恨水：《晚香玉花下》，《张恨水散文》第 2 卷，第 234 页。

③ 同上，第 235 页。

是点缀，都可以用“养老院”三个字概括全部，言下之意，有不少“下江人”到重庆是为着享乐的，“义不食倭粟”的义民催生了重庆繁华。①

在大量公教人员为贫病所包围，整天为吃平价米而殚精竭虑的时候，另一部分人的吃穿用度是丝毫不欠缺的。任何到重庆的人，都会对陪都歌舞升平的景象印象深刻。钱歌川回国后到重庆，看见市面繁华热闹，没有受到一点战争的影响，有的倒是战争带来的繁华。旅馆家家客满，饭店要立等许久才有座位，看起来“七十二行，行行都是暴利十倍”②。有钱人永远不用担心战争会带来物资的短缺，他们可以在物质享受上完全维持着战前的水平。

有钱人永远生活得随心所欲。《巴山夜雨》中，方二小姐赏给奚太太的一包月饼水果和几斤猪肉，引得奚太太的孩子们一拥而上，奚太太更是拿着月饼在穷邻居面前炫耀不已。对奚太太和她的邻居们而言，月饼和猪肉是难得一见的物品，但这只不过是方二小姐多余的物事，赏给方公馆的听差轿夫们的，“放在我这里，也许是白喂了耗子”③。言语中充满骄纵和自大，让满心想巴结的奚太太都感到过分。曾树生邀请汪文宣喝咖啡，当汪文宣进咖啡店时，只觉得厅子布置得好看，“尤其是天青色的窗帷使他的眼睛里充满了柔和的光。”咖啡店坐满了人，汪文宣却是第一次进国际咖啡店。他的薪水无法供他进咖啡店消费，而在八九年前，“我也常坐咖啡店啊！”④ 日常生活中喝咖啡、看电影的习惯，已经令薪水阶层望而生畏。

张恨水主持《新民报》专栏《最后关头》，多次批判陪都的享乐主义。由于战争，政府不断地呼吁人口疏散，可是市面上天天增加着繁荣市面的商店和娱乐场所。而这些商店中，供市民享受的商店占百分之八十，“而且越是不必需要的商店，门饰是越发地富丽堂皇。”再细细追究，“满街找享受的人，虽然把证章都收起来了，但在脸子上，可以看出他是下江来的。下江来的难民，有这种闲情逸致吗?”⑤ 其言直接揭示了那些催生重庆繁华的力量，下江来的不只是难民，还有有钱有权的“义民”。

纸醉金迷的生活，顿顿吃萝卜白菜的生活，在陪都和谐共存。张恨水感叹，同是炎黄子孙，同在陪都避难，人与人之间差异巨大。“有人想到昆明去

---

① 张恨水:《繁华市场的幕后》,《最后关头》，第153页。
② 钱歌川:《空袭的一晚》,《钱歌川文集》第1卷，第510页。
③ 张恨水:《巴山夜雨》，第24页。
④ 巴金:《寒夜》,《巴金全集》第8卷，第451页。
⑤ 张恨水:《关头语录（四）》,《最后关头》，第275页。

找工作，买不起汽车票。有人无事可做，却坐了飞机到昆明去玩。”“有人脱了长衣，去拉黄包车……有人却凭空买了三五辆新汽车”，“有人病了，吃不起西药，中医又治不好，只有等死。有人却雇了两三位博士在家里当常年医药顾问”①。生活环境的悬殊在战时重庆随处可见，贫穷的人永远无法想象有钱人的生活是如何的享受。在后方的人，听到前方的战况，“往往认为是神话”；前方的人，听到后方的人坐汽车兜风，认为“疯话”。② 穷人和富人比邻而居。富人家里“居高临下，花木扶疏，雕栏画槛，曲廊洞房，当可住三五十人。”③穷邻居则“屋上蓬蓬然”，“四壁茸茸然”，房屋全用斑茅与长草建成，“所谓家，实窠也”④。

如此鲜明和近距离的贫富差距、奢靡的生活方式显然引起了国民政府的关注。自1938年开始，国民政府就不断地出台政策，约束陪都奢靡之风。1938年上海著名的西服商人王荣康在陕西街留春幄举行生日宴会。宴会中请男女演员三四十人去演唱，又招来舞女以娱乐宾客，被《国民公报》指斥为“殆不知身处后方而又逢抗战之最严重时期也。”同时，《国民公报》认为王荣康身为商人，大胆铺张，违反了新生活运动的规定，“应请政府从严处惩处”⑤。同年12月，政府严令取缔公务员不正当行为，由重庆市警察局发布命令，“各级公务员，如有赌博、跳舞、冶游及其他不当行为的，无论任何阶级，准由宪警立即拿解，从严惩办，勿稍徇纵等。”1939年1月，重庆市政府发布命令，严禁跳舞厅会，“用期整饬纲纪，挽回颓风。”1940年4月，国防最高委员会制定《取缔党政军机关人员宴会办法》，责成重庆市卫戍总司令部、宪兵司令部、市政府、市警察局随时查禁，有犯必惩。5月，重庆卫戍总司令部制定了《取缔公务员宴会实施细则》，对公务员参与的中餐、西餐宴请价格、人数做了明确规定，并要求餐馆外卖整桌宴席，必须携带因公宴会的相关证明等等。1940年9月，财政部规定禁止销售和收买外国烟酒食品等9大类的奢侈品。1941年5月，重庆市社会局规定，每桌酒席菜肴不得超过8样，并禁止烧烤乳猪，违反规定的餐馆将予以停业处分。1942年5月，重庆市警察局查封全市的茶社、冰室、咖啡馆、野花园，因为这些公众场所“自朝迄夜，满座喧哗，绿女红

① 张恨水：《同是炎黄子孙》，《最后关头》，第387页。

② 张恨水：《不是闲话》，《最后关头》，第372页。

③ 张恨水：《贵邻》，《山窗小品及其他》，第23页。

④ 张恨水：《贱邻》，《山窗小品及其他》，第24页。

⑤ 重庆市档案馆、重庆师范大学合编：《〈国民公报〉关于商人王荣康大开寿筵铺张奢靡的报道》，《战时社会》，重庆：重庆出版社，2014年，第555页。

男，纵情欢笑，置资金于无谓之消耗，陷华众于沉沦之渊薮，流入奢靡之习，习浸成游惰之风，不惟耗财损神，亦且旷时废事。”同年11月，国民政府出台《推行战时生活运动办法草案》，对战时生活中的衣食住行逐一做了详细的要求，1943年1月，蒋介石致电重庆市政府，要求重庆党政军学各机关及其附近的驻军，“严肃其纪律，整饬其风气，与振奋其精神，概照精神总动员规条严加督察。凡有嫖赌吃喝奢侈浪费，一概禁绝。”

国民政府对重庆的各类奢侈显然是非常了解的，他们也认为重庆作为战都，更应有振奋严肃的气象。国民政府试图振奋民心，改变社会的颓废和浪费的风气，不断推行各种节约、限制性的政策。这些政府的行政命令制定得非常详细，规定了吃饭请客的标准，衣服材料的选择，包括公务员用车限制使用，提倡步行等，涉及陪都公务人员生活的方方面面。可是，政策最终成为一纸空文，约束几乎没有效果，重庆的奢侈之风不但没有减弱，在抗战后期反而愈演愈烈。

一面是通货膨胀带来的普通百姓收入缩减，一面是商人和权贵趁机大发战争横财。政府则一方面出台政策制止通货膨胀，禁止奢侈消费，一方面部分政府官员恰恰是造成战时大后方糟糕的经济现状的重要原因。胜利还乡看起来更像是一个遥不可及的梦，环境的恶劣引发了不少人的彷徨和苦闷，一层浓浓的雾漫上了“下江人”的心里。在文学作品中弥漫着潮湿、阴暗和一重重的雾。

端木蕻良的小说《新都花絮》，写了一群怀揣报国热情来到重庆的年轻人。其中的宓君，没有收获预想中的充实，当初她怀着庄严的情感和热烈的憧憬来到重庆，“那时她天天盼望想出来，天天想着内地，想着把自己的力量贡献给国家”①，结果现实却让她不知道如何去发挥自己的力量，抗战的生活并不是想象中的那般，“到这里之后，她发现了自己是多余的，她感到更大的孤独”②。端木蕻良将这本书命名为《新都花絮》，宓君的遭遇不过是陪都无数青年遭遇的缩影。大雾笼罩山城，这层雾遮蔽了希望，曾经担负着民族希望的山城，如今“像只损坏了机件的海船/正迷失在雾海里/渐渐靠近雾海的险滩里”；曾经照亮中国的“东亚灯塔”，如今熟睡着，做着“荒唐的梦”③。雾如同

---

① 端木蕻良：《新都花絮》，《大后方的小故事》，重庆：文摘出版社，1943年，第237页。

② 同上，第278页。

③ 吴视：《山城的侧面》，臧克家主编：《中国抗日战争时期大后方文学书系·第六编·诗歌》第1集，重庆：重庆出版社，1989年，第887页。

"一只惨白而巨大的魔手"，遮断了"璀璨的阳光/人们的视线/所有的道路……"令人感到"极端的迷惘/无限的焦躁/难堪的苦闷……"①

2. "下江人"身份和经济地位的置换

战争巨大的冲击力不仅改变着人的生存环境和生活方式，甚至使得人的社会身份和经济地位发生戏剧性的转换。社会上人们所崇拜的偶像的变化折射了整个社会环境和人们心态的变迁。在战争初期，文学作品中的英雄人物是士兵。到了战争中后期，司机和投机商人则成为一般人仰慕和崇拜的偶像。

不少文化人在战争初期最大的遗憾就是不能亲自上战场杀敌，于是士兵成为文学作品的主角，士兵一度也是国民崇拜的偶像。在民间小调中，好男儿的形象是能提枪上前线，消灭日寇的士兵，"好男儿瞄准把枪放，杀得敌人精打光""好男儿挺身不动，抗战精神塞满胸""好男儿吃饱去打仗，犹如猛虎下山岗""好男儿穿起去杀敌，活捉矮鬼似乌龟"②。中国男儿奋勇向前，决战疆场，气贯长虹的气概感染了大后方无数的民众。报纸、杂志上登载的歌谣中，最多的就是各种类型的送郎出征歌、投军歌、热血歌、当兵歌。主题都是与鼓励男儿上战场，或是歌颂士兵英勇杀敌有关。

战争中后期，时代的风云人物变成了投机商和囤积居奇的商人。不少战前的市井人物在战争中获取暴利，在大后方普遍物质匮乏的背景下，拥有丰厚的物质资源，过着奢靡享受的生活。此时，在重庆最令人羡慕的职业是跑长途的司机和商人，因为他们拥有畅通的商品进货渠道，在各种信息倒腾中谋得暴利。

张恨水笔下的褚子生，从南京街头开熟水灶卖烧饼的店老板一下子成为陪都的富商。环境变化，人的穿着、外貌都跟着在变化。以前的褚老板"挽卷了青布短褂的袖子，站在老虎灶边，拿了大铁瓢给人家舀水，褂子纽扣常是老三配着老二"，活脱脱一个市井老百姓的形象。在重庆的褚老板穿着挺括的西装，西装背心的口袋上垂着金表链，扣着自来水笔，早已不是当年街头卖水的小人物了。另一位南京城里做苦力的李狗子，在陪都住别墅，一样地西装革履，衣服口袋上垂着金表。李狗子邀请区氏兄弟吃饭，桌子上除了丰盛的菜，还有白兰地、水果、咖啡，完全今非昔比。

---

① 任均：《雾》，臧克家主编：《中国抗日战争时期大后方文学书系·第六编·诗歌》第1集，第479页。

② 明：《好男儿》，周勇、任竞主编：《抗战大后方歌谣汇编》，第100页。

这样的变化真的有些英雄不问出身的味道了，在重庆，如褚子生和李狗子一样的人物不少，跑一趟长途就能换来财富。此种效应对人有着极强的吸引力，在重庆乃至整个大后方，长途汽车司机这个行业是最令人羡慕和向往的职业之一。茅盾说运输业“是天字第一号的生意”，不仅能让跑车的人发财，还能将沿途荒凉的村镇改变得异常繁华。茅盾写到一个离重庆十余公里的小地方，以前连“村”都算不上，因位于交通要道，成了过往汽车必经之路，更有运输公司的厂设于此，立刻变得热闹起来。唯一的一家旅馆，“每天塞足了各省口音的旅客，军政商各界的人物。”沿街十多家饭店，“招牌上不曰‘天津’，即称‘上海’。”总之，一切物资设备应有尽有，而且从业人员多为“下江人”，“满街吴侬软语，几令人忘记了这地方是四川”①。

在重庆社会上，呼风唤雨的是有资源的权贵和腰缠万贯的暴发户。读书人的生活则是节节倒退。一个靠卖文为生的文人，月薪不会超过二百元，而重庆街上的轿夫，每日可拾十块钱的工资。靠出卖劳力为生的人，此时的生活境况似乎更胜读书人。《牛马走》中的一个黄包车车夫，就可以“拉一天，休息一天，或者拉半天，休息半天”，工作的时间可以随性自定。生活过得逍遥自在，“到了休息的时候，茶酒馆里一坐，四两大曲，一碗回锅肉”②，有时还能到茶馆里去听一段说书。

这样的宽裕生活是文人想也不敢想象的。文人们能做的，就是不断退步，尽量降低自己对物质的需求，以求维持生计。老舍戒酒戒烟戒茶，酒烟茶都是他的爱好，“不喝酒，我觉得自己像哑巴了”，“没有烟，我写不出文章来”，“在戒了茶以后，我大概就有资格到西方极乐世界去了”③。没有烟酒茶的生活，对老舍而言，生活几乎就没有了乐趣。可是高昂的物价，却让他不得不忍痛改变几十年的生活方式。张恨水自称好喝茶是出了名的，尤其喜爱六安瓜片、杭州明前、洞庭碧螺，在重庆则只能喝四川沱茶。

仅仅从衣着上就能判别一个人是否是穷苦的文人。老舍永远穿着到重庆后添置的灰布制服。这种衣服由土布做成，洗了一蹶不振，永远难看。虽然被吴组缃称为“斯文扫地的衣服”，可是老舍觉得这衣服让他感到舒适、自由和亲切，“可以穿着裤子睡觉，而不必担心裤缝直与不直”“可以不必先看看座位，再去坐下；我的宝裤不怕泥土的污秽，它原始自来旧。雨天走路，我不怕汽

---

① 茅盾：《如是我见我闻·最漂亮的生意》，《茅盾全集》第12卷，第72页。

② 张恨水：《牛马走》，北京：团结出版社，2006年，第8页。

③ 老舍：《多鼠斋杂谈》，《老舍文集》第15卷，第398页。

车。晴天有空袭，我的衣服的老鼠皮色便是伪装。”梁实秋常看见人穿的裤子后面打满补丁，“一圈圈一圈圈的，像是箭靶”。

世俗的眼光很实际，一个穿蓝布大褂的大学教授和一个西装革履的司机坐在一起，人们很自然地将穿西装的司机尊为上宾，对穿蓝布大褂的教授不闻不问。这对不少读书人造成极大的冲击。知识分子经商，成为不少人的选择。靳以的《珊瑚坝》描绘了在珊瑚坝机场等待飞机的商人，这位昔日的教师如今穿着“生胶底皮鞋，缩口花丝袜，白哔叽短裤，透明的胶裤带，箭牌衬衫，巴拿马草帽”，当他的朋友问他是否还在大学当职员的时候，他不以为然地说：“你看我这身衣着象在大学里的那副寒酸相么?”至于教书，“再教，连我自己的命也得送上了!”①

宋之的话剧《雾重庆》，原名《鞭》。后由应云卫导演，在重庆国泰剧院上演，轰动一时。《雾重庆》的主人公都是北平一所大学的毕业生，他们在学校读书的时候都曾怀抱理想，手挽手，走在街头，向着警察的水龙头、刺刀、警棍冲锋。但在重庆，“没有适宜的工作做，除了逛马路，就在屋子里唉声叹气”，活下去成为大家的头等大事。女主人公林卷好正在筹划开饭馆，老同学万世修在报纸上打广告帮人算命。表面上，他们仍不放弃自己的理想，林卷好为自己开饭馆的行为做解释，“要是不愁生活，还怕没工作做吗?既然不到前方去，在后方也要对抗战尽点力量……我早就想到儿童保育会或者伤兵医院去服务。要是小饭馆开了张，只要够吃的，我们不是还有许多时间，去替国家出力吗?”

但大家在生活的漩涡中越陷越深，男主角沙大千早忘了自己当空军的梦想，挣钱才是他最大的目的，他在现实中学会的人生道理是“一个人不能够尽由着自己的性子干，有时候，一般的社会习惯，是得服从的。”他毫无障碍地服从了，还跟着政府官员袁慕容开始做起了跑香港搞运输的大买卖。即使最清醒的老艾，不时提醒朋友不要为了钱忘了工作，但对开饭馆挣钱，他并不反对，“我想也不妨试试，赔是不会赔的，万一赚了钱……”对于朋友们的越走越远，他觉得不对，但也不反对，仅仅叹一口气，“说到底，还是为了生活”②。每个人都不认为自己是自甘堕落，谁都停不下自己沉沦的脚步。经商后的沙大千成功告别了潮湿的屋子，搬进了豪华的别墅，但理想中的结局并没有来。最后，沙大千的生意失败，林卷好患病离家出走，老艾在医院孤独地死

① 靳以：《珊瑚坝》，《靳以选集》第5卷，第177页。

② 宋之的：《雾重庆》，《宋之的文集》，北京：线装书局，2009年，第239页。

去，沙大千怀念当初住的潮湿的房子，每天算着钱过日子，靠啃大饼度日，“生活虽然艰难，精神却很快乐”，但最后结局如此凄凉，沙大千充满绝望和悲愤地问，“这一切都为了什么，为了什么呢?”

在重庆遭遇人生转折的人实在太多。当初充满抱负的青年知识分子在现实的无奈中或堕落或毁灭。在抗战激情中举起火把，走在队伍前面的人们，“如今，/两只手抓住的，/只是一片烟云。”努力的结果并没有预想中的战争胜利，反而在后方的生活中越陷越深。“谁说后方不同于前线，/一样的/充满了血腥。”那些为抗战付出努力，默默负担起战争的人们，反而成为车水马龙的重庆的边缘人物，“住在都市里，/我被摒弃于现实以外，/天天的晚上，/用忧郁的脚步，/捕捉/每一条冷巷的黄昏”①。

到了战争的中后期，重庆社会上受人敬重和仰慕的职业是商人和司机。有太多这样选择去经商的知识分子形象。当生活下去成了大家努力的目标时，无论是否有过犹豫，最终挣钱替代了理想，成了目的。张恨水小说《牛马走》中区家三个儿子们都有各自的职业，老大亚雄是公务员，老二亚英是助理医师，老三亚杰是中学教师，服务国家，服务社会。但一家人依然每天为吃米发愁。三个儿子商议改行，在一番犹豫之后，亚杰辞去了中学的职务，改行当起了司机，开着车子跑云南搞运输；亚英跑到郊区的迁建区当起了小贩，贩卖各类生活物资。这样一来，反倒是改善了生活。小说中的西门德博士，在演讲中号召民众要在抗战时候坚守岗位，尤其是知识分子，越是生活艰苦，知识分子越加要守着自己的岗位，“这才可以表示知识分子的坚韧卓绝，才不愧是受了教育的人，才不愧是国民中的优秀分子。”从演讲台上下来，他却拿着名片卑躬屈膝地去跑门路，拉关系，想尽一切办法挣钱。受西门德演讲感染的区亚男满心以为西门博士一定会阻止她的三哥弃教从商，却没料到西门德的回答是：“在会上，我的话不能不那样说。”这番话令区亚男感到极其不可理解，她不明白在会上义正词严的博士，怎么会有两套不同的说辞。而私底下的说辞似乎更贴近真实的西门德，他不但赞成老三亚杰放弃当教师，自己也正准备着改行经商。

自1937年国民政府宣布移驻重庆，至1946年8月日本宣布投降，在此期间有关重庆生活的文学作品实在多不胜数。不过，无论他们笔下的重庆呈现出怎样的一个面孔，但对重庆城市形象的描写基本都集中于衣食住行等生活层面，不少的评论多发自主观的情感。总体上来看，对重庆的描写尚缺乏对重庆

① 流沙：《山城小唱》，《文学》第2卷第2期，1944年3月。

地域文化、本地人社会生活更深层次的挖掘。这恰恰说明，尽管“下江人”身居重庆，似乎却始终未能融入这座城市。重庆仅仅被当作空间意义上的城市，“下江人”在这里生存，但他们不属于重庆。“重庆客”的身份时刻提醒着“下江人”，重庆生活是暂时的，他们终究要离开。

第七章　被大轰炸改变的文学环境

1938 年武汉失守促使大规模的“下江人”奔赴重庆，在重庆的生活尚未完全安定，1939 年春夏之际的大轰炸开始了。这让刚刚稳定下来的人们再一次处于惊慌之中，日军的炸弹投向了毫无防备的老百姓，投向了最繁华的市区。在重庆刚落脚的报馆、杂志和各类文化教育机构，都遭遇了不同程度的损害。作家们的生活节奏也被轰炸再一次打乱，不得不再一次疏散，离开市区，到更远的迁建区生活。

大轰炸改变了陪都重庆文学的正常环境，人和城市一道，随时面临来自日军炸弹的威胁。在 1939 年和 1940 年的轰炸之中，报馆、杂志无不受到巨大影响，刚建成的馆舍被炸毁，印刷的机器毁于一旦。报纸、杂志在那一时期再难按期出版，不断脱期、延期，这令文学生态极度艰难。不少杂志因此销声匿迹，但也有不少新的杂志出现。可是，维持杂志的生命并不容易，这也造成了战时重庆文学杂志不断新生，不断消失的现象，即存在的时间总是不长。战时难以稳定的状态，也影响着稿酬制度的正常运行，这对以稿酬为生的作家们无疑有相当大的影响。这一切，都造成战时重庆文学生态的复杂和多变。

一、大轰炸中报纸副刊和文学杂志的运行

前述讨论过，重庆之所以成为抗战时期大后方的文学中心，报纸副刊和文学杂志的繁荣是其中重要原因之一。而这又得力于出版机构和印刷设备的支撑。在 1939 年“五三五四大轰炸”之前，重庆文学呈现出欣欣向荣的景象，来自下江的报纸和杂志纷纷在重庆复刊，人们期待着被战争摧毁的文学生态在重庆复兴。可是这一状态很快就被日军的大轰炸打断，报馆受损严重，杂志无法按期出版。出版机构和印刷厂也被炸毁，这一切都令重庆的文学出版面临严

重的挑战。与此同时，重庆的纸张随着战争的深入而变得日益紧张，正常的白报纸变得稀有而珍贵，人们不得不启用土报纸作为报纸和杂志的用纸。这些都令文学出版变得日益艰难。

1. 大轰炸中受损的报馆

抗战时期重庆报业繁荣，各大报馆林立，除了知名的《大公报》《新华日报》《中央日报》《新民报》《新蜀报》等，其他各报也都拥有自己的读者群体。在迁渝之初，得力于各方的努力，下江报系在重庆寻觅馆址、安顿人员，能够得以迅速地重新发刊。稳定的日子没有多久，好不容易恢复的报业在轰炸中被毁于一旦。

1939年五三五四大轰炸之前，各报的报馆均集中在重庆下半城的繁华地带。《新华日报》的社址在西三街，经理部设在苍坪街；《大公报》社址在太平门新丰街；《中央日报》的门市设在陕西街，编辑部和印刷所则在大梁子；《新民报》报社在七星岗，《国民公报》社址在售珠市，《新蜀报》在白象街……这些报社的报馆无不在1939年5月以及此后日军的陆续轰炸中损失惨重，此后不得不另觅社址。

《新华日报》在1939年“五三五四大轰炸”之后将报馆搬到了磁器口高峰寺，后又租用化龙桥虎头岩作为报馆馆址。《大公报》在1939年5月3日至4日遭到摧毁，直到当年8月13日，才在李子坝新址复刊。同月30日，《大公报》李子坝新址再次被敌机轰炸，报馆把印报机半数搬进防空洞内工作。之后，1941年7月又两次惨遭轰炸。①《中央日报》位于大梁子的印刷所被毁，后迁至化龙桥复旦中学。复旦中学外面有小山岗，《中央日报》的草屋沿山岗排列，排字房、平版机则藏在临时所凿的山洞。社址环境简陋，《国民公报》也在“五三五四大轰炸”后将印刷厂和编辑部迁往郊区化龙桥龙隐路新址。

从报馆地址的一变再变，可以想见当年重庆报业的艰辛。不断的搬迁中，报馆的整体环境也无法得到保障，不得不在非常简易环境下运行。《新华日报》在虎头岩的报馆不过是几间简易的夹壁房；《中央日报》社的草屋承受着雨天的阴冷潮湿、夏天的蒸笼般闷热，“谈不到卫生，更谈不上环境，还加日夜要避警报。这所陋屋数次被炸”②。无论是大报还是小报，都处于简陋环境之中。即便如此，各报仍坚持发行。因轰炸，重庆时有断电，排字工人就在煤气灯和

---

① 周雨：《大公报史（1902—1949）》，南京：江苏古籍出版社，1993年，第43页。
② 胡有瑞主编：《六十年来的中央日报》，1988年，第34页。

电光石的黯淡灯光下撮字、拼版，编辑校对则靠蜡烛照明。① 但各报馆用极其原始的方式，维系大后方报业的正常运转，让民众仍能及时有报可读。

可是，重庆报业所要面对的问题远不止如此简单。如果说环境还能因陋就简的话，纸张的匮乏就是摆在各个报纸和杂志主办者面前无法回避的难题，没有纸张无法印出任何读物。由于日军封锁，报业所需的进口白报纸与油墨等原料匮乏，纸张只好采用四川产的土报纸。

报刊为纸张费尽心思。《新民报》刚到重庆，带有先进的印刷设备，还有就是从南京抢运到重庆的进口白报纸，因此印刷质量优良，很受读者欢迎。而这样良好的局面同样因轰炸而结束，重庆纸张供应变得非常紧张。抗战时期，除了从下江前来的造纸厂外，四川手工纸业主要产区在夹江，当时市面上常用的文化用纸为夹江纸。四川和重庆文化、新闻、报刊用纸的主要来源，就是夹江用土法造的纸张。

此后临时出版的各报联合报也受困于纸张问题，“往往奔走终朝，仅能苟延数日”②，以各报联合版的力量，尚无法有稳定的纸源供应，其他报纸和杂志的局面可想而知。《新华日报》为保证纸张供应，不得不派人前往重庆下面的小县城购买纸张，并筹建了自己的纸厂，从而保证了《新华日报》纸张的供应。此后，《中央日报》一度无法保证纸张来源，曾向《新华日报》借纸印刷。

可是土纸的质量较差，纸张色彩红黄蓝绿都有，又用土制的油墨印刷，字迹模糊，甚至浸透纸张，其质量比起战前无疑是倒退。这类用土法印刷出来的报纸和杂志，是中国现代印刷出版史上的一个奇迹，是大后方艰难文学环境的佐证。

2. 发行各报联合报

1939 年“五三五四大轰炸”之后，各报纸由于机器、纸张等出版条件困难，均无法按期发行，于是从 5 月 6 日起，重庆的十家报馆不得不推出各报联合版，直至当年 8 月 12 日结束，共出 99 日。最初提出发行各报联合版的报纸为《中央日报》《大公报》《时事新报》和《国民公报》。后决定扩大范围，5

---

① 新民晚报史编纂委员会主编，《飞入寻常百姓家——新民报、新民晚报七十年史》，上海：文汇出版社，2004 年，第 33 页。

② 程其恒编著，马星野校订：《战时中国报业》，桂林：铭真出版社，1944 年出版，第 10 页。

月 6 日的联合版在最初四家报纸的基础上，加入了《扫荡报》《新蜀报》《新民报》《商务日报》《西南晚报》，共九家报纸联合组织出版。5 月 7 日，《新华日报》也加入联合版。重庆各报联合版由各报派出 1 人组成临时编辑部。

联合版集合了十家大报社的力量，还有当时的中宣部支持，即便如此，在轰炸的境况下，运行起来也困难重重。首当其冲的是印刷的困难，在 1939 年“五三五四大轰炸”之后，从 5 月到 10 月，日军不断空袭重庆多次，造成大量人员伤亡和财产损失。联合版的印刷也受影响，不断更换印刷厂。5 月 6—8 日最初的三日的报纸由《国民公报》承担，9 日起转由《时事新报》承印。《时事新报》印刷点处繁华地带的新街口，屡次遭到空袭，无法保证印刷，7 月初又交给《新民报》负责。一份报纸的出版，在数月内数次更换印刷地点，在几家报馆中轮流，毫无报纸运行应有的稳定和秩序。其次，就是人心惶惶。联合报由各报抽调人员组成，习惯理念有差异，运行起来不易。更主要的是，轰炸造成生活的混乱无序，在轰炸期间，吃饭睡觉都没有丝毫的规律，生活压力剧增，人心不定。当然，还有停电和前述纸张问题带来的困扰。联合报最初拟定的篇幅是两版的内容为新闻，两个版面为广告，一旦敌机轰炸，电流中断，就不得不将篇幅缩减，无法按正常计划发行。

尽管如此，联合报还是在 3 个月里按期出版，让重庆市民每天能及时有报可读。在 1939 年夏天人们四处躲警报疏散的情况下，每天有报可读无疑给慌乱的人心提供了某种安慰。因此，各报联合版的需求大过了发行量，一报居奇，求之不易。由于纸张匮乏，联合版不得一再限制最高发行量，其最高发行量从每日的三万余份降至每日二万余份。报纸难得，报贩高价销售，“每份售价竟有倍于定价者，虽经设法制止，然过于供，相悬过远，不易收效”①。

1939 年 8 月 12 日联合报出终刊号后结束，各报复刊。联合报的出版和畅销，是战争状态下的特例。组成联合报的十家报纸有共产党的《新华日报》，有国民党的《中央日报》《扫荡报》，更有民营报纸；既有下江的知名报系，又有本地报系。不同的政治见解，不同的经营背景，却能在战争中促成合刊，既是严峻的战争现实导致的，却同时见证了齐心抗日的决心。正如联合报在发刊词中指出：联合版表现团结的精神与奋斗的阵容，粉碎敌人的阴谋诡计，并永远不忘发刊时的惨痛环境。联合报本身，就是战时重庆出版发行的惨痛记忆的见证。

---

① 程其恒编著，马星野校订：《战时中国报业》，第 9 页。

3. 不断脱期的杂志

大型报纸多有自己的排字、印刷机构，即使在轰炸中受损，也能在数月内重建，再次恢复发刊。同时，大型报社人员众多，从总编辑、编辑到记者，人力资源相对丰富。相比较而言，文学期刊的发行则因战争、人力等问题面临更多的困境，往往编者一人要充当编辑、校对和杂务等多种职能，一旦出现问题，脱期就成了杂志的常态。

首先，文学期刊同样要面对印刷的困难。以文协的会报《抗战文艺》的出版发行为例，《抗战文艺》原为半月刊，1939年4月25日出版了第四卷第二期后，直到1939年8月10日才出版了第四卷的三、四期合刊。在第四卷三、四期合刊的编后语，编者为近四个月的脱期向读者道歉，并解释脱期的原因是“原来承印的印刷所，要‘搬家’，一切‘外件’全不接印了，本刊自然没有例外。恰好又在大轰炸之后，市内大小印刷厂家，一律在迁，编者背负了一束文稿，东碰碰西撞撞，总算‘不负苦心人’，也终于有了印刷所，但距市内很远，坐汽车也还要四个钟点……”刊物的印刷仅能靠编辑一己之力背着文稿去寻觅印刷厂家。而那时的重庆，交通并不发达，在市区尚依赖滑竿作为交通工具之一，公交车极其有限，且道路状况也并不理想。因此，为印刷一期《抗战文艺》，仅汽车都要四个小时，其辛苦程度可想而知。而这境况并未随之改变，第四卷五、六期合刊中，编者开始自嘲为“印刷掮客”①，出入于印刷老板的脸色底下，不断寻求愿意印刷的厂家。

印刷的难题直接影响到刊物的编辑和计划，“在先决条件的印刷问题没有解决之前，一切计划也是等于空费的。”由此而来的后续困扰不断出现。同样以《抗战文艺》为例，第一，就是不断延期使得原有的编辑计划执行延迟。而这些计划，有些具有时间性，如第四卷第三、四期合刊编排了轰炸特辑和高尔基逝世3周年特辑。大轰炸特辑为的是纪念5月的“五三五四”，高尔基逝世3周年纪念是在6月，等这一期编者写出版后记则是7月末，最终出版已经是当年的8月了。第二，就是已经预告的特辑无法按预期出版。1939年《抗战文艺》计划出版抗战诗歌和戏剧特辑，但未能及时出版。于是在第四卷第三、四期合辑中宣布在第五期中刊出诗歌专号。结果因印刷问题不得不在第四卷五、六期合刊中将诗歌和戏剧特辑合并出版。

与此同时，纸张的昂贵也增加了期刊的运行压力，让原本就经费拮据的

① 《编后记》，《抗战文艺》第4卷第5、6合刊，1939年10月10日。

《抗战文艺》难以为继，只能从第五卷第一期开始增加定价。

由于经常脱期，导致杂志不得不出合刊。从1939年8月的第四卷第三、四期合刊开始，《抗战文艺》一连出了几次合刊：1939年10月的第四卷第五、六期合刊，1939年12月第五卷第二、三期合刊，1940年1月的第五卷第四、五期合刊。在1940年1月的第五卷第四、五期合刊中，《抗战文艺》宣布改为月刊，首当其冲的原因就是“重庆印刷困难的情形，是重庆以外的作家们所不能想象的，如其老是脱期，老是出合刊，不如干脆改成月刊”①。但是，这样的更改并未能解决脱期的问题，在第六卷第一期中，编者又在《编后记》中道歉，仍然是为了印刷的原因，又推迟了。《编后记》中还表示，“要是文协的财力雄厚，我们可以经常请一个职员长期住在离城十五里的印刷厂里，除校对外负责催促，那就省事得多，也一定可以提早出版。然而我们没有力量这样做。”经费紧缺，人员紧缺，还缺少正常的办刊条件，没有比这更艰巨的办刊环境了。

不管《抗战文艺》的编者怎么期待刊物的正常化，不断地希望，“至迟不让它退至每月三十日以后才印刷出来。”“我们只能希望今后六个月内不致再有脱期的现象，甚至在明年轰炸期中也不会再有。”②“我们希望以后出版时间能够正常化，至少每年发行二卷——八期。”③ 刊物的出版环境无法改善，则刊物始终无法正常。《抗战文艺》第七卷第二、三期在1941年3月发行，第四、五期则足足等到了年底的11月才面世。从1939年“五三五四大轰炸”后，《抗战文艺》的出版频率明显下降，其中原因多种，但大轰炸下重庆文学出版条件的恶劣肯定是原因之一。

尽管出版频率降低，但《抗战文艺》毕竟苦苦坚持到了抗战胜利，而更多的文学刊物在抗战期间早已无法生存，销声匿迹。由赵清阁主编的，在抗战初期非常活跃的《弹花》即是其中之一。1939年11月的《弹花》的第三卷第一期，因印刷问题从半月刊变成了月刊。和《抗战文艺》屡屡充满希望的表达不同，《弹花》对刊物的未来忧心忡忡，即使改为月刊，编者也怀疑由半月刊到月刊，由月刊到双月刊，“将来是不是会变为季刊，年刊，都说不定。”这样的忧虑已经不是第一次出现在《弹花》。在1938年第二卷第一期，赵清阁已经为印刷困难不能按期出版而向读者道歉。不仅印刷困难，还有报纸涨价带来经济

① 蓬子：《编后记》，《抗战文艺》第5卷第4、5期合刊，1940年1月20日。

② 蓬子：《编后记》，《抗战文艺》第7卷第4、5期合刊，1941年11月10日。

③ 蓬子：《编后记》，《抗战文艺》第8卷第1、2期合刊，1942年11月15日。

上的压力，使得《弹花》无法继续采用正常的报纸印刷，只能改用土报纸。即使如此，土报纸的价格也不菲，并不会因改用土报纸而降低成本。即便如此，赵清阁依然满怀信心地要坚持下去。那是在1938年，赵清阁从武汉到重庆，在陌生的重庆复刊《弹花》，这一过程并不轻松。但当时人们的心境充溢着激情，即使在逃亡的路途中，面对不可知的未来，情绪仍是高昂的。

这份信心和坚持在1941年6月出版的第三卷第八期的编后中变成了绝望："本刊的生命和编者的生命都同样感到渺茫了！编者为着轰炸，为着米粮，为着……一切的困难，活过了今天便不知明天还活不活；而本刊呢，也为这轰炸，（印刷成问题）为着经济，为着……许多的问题，出版了这一期便不知道下一期还出不出。其实，这种情形并非目前才如此，二年来就随时有灭亡的危险。所以还能支持到 现在，乃全靠着本刊这点‘弹’性和编者这股傻劲罢了。只是目前更接近于死境了，虽然编者不忍让一个刚活了三年而历尽艰辛的小小生命就此夭折，但自己的力量究竟有限，到无可奈何时，也唯有含着眼泪听其呜呼了。"影响刊物出版的已经不仅仅是文学期刊出版环境的困顿，更主要的是连期刊主编自身的生命也陷入了困顿和迷茫。"无可奈何"一词背后是刊物编辑面临的来自生活的重重压力和无奈的心境。

在整个抗战时期，重庆众多的文学刊物能够长时间坚持下去的并不多。大部分都因为这样那样的缘由而停刊，有些刊物从创刊开始，一两期以后就宣告停刊了。胡风主编的《七月》，1939年7月在重庆复刊，1941年出版了第七卷第1、2期合刊后停刊。茅盾主编的《文艺阵地》1941年1月在重庆出版，1942年11月第7卷第4期后停刊。虽然后来在1943年11月以《文阵新辑》丛刊的方式不定期出版，但很快在1944年3月结束。老舍、徐霞村、姚蓬子、赵铭彝任编辑的《文坛》，1942年3月20日创刊，1943年4月30日终刊，前后一年，共出版9期。由罗荪、光未然、戈宝权、力扬、丘琴、罗烽、黑丁等任编委的《文学月报》创刊于1940年1月，在1941年12月出版了第三卷第二、三期合刊后停刊，共计出版了15期。陈铨主编的《民族文学》，1943年7月创刊，1944年1月在出版了第一卷第五期之后停刊。《戏剧月报》，1943年1月创刊，1944年4月停刊，共出版了5期。《戏剧岗位》1939年4月创刊于重庆，熊佛西主编，1942年5月出版第三卷第五、六期合刊后终刊。致力于通俗文学创作的《抗到底》1938年9月从武汉迁至重庆出版，1939年11月第26期以后停刊。《战地知识》是1939年6月在重庆创刊的抗日宣传刊物，主编钱俊瑞，1939年12月即终刊。《耕耘》是1940年4月创刊的文艺刊物，同年8月出至第2期就终刊。1938年8月创刊于长沙的《中国诗艺》，1941年6

月在重庆复刊，同年10月停刊。

以上种种文学期刊，均是在重庆经历了复刊或创刊再到停刊的过程，从刊物发行的时间长度看，能够坚持1年以上相当不容易。尽管因为轰炸造成的印刷困难，或作家流动等原因而造成刊物的终结，但终究留下了痕迹。还有一面世即告终结的刊物也不乏存在。当然，在重庆文学刊物的生存面临的挑战和问题是多方面的。

二、书报审查制度下的生存

抗战时期国民政府文学艺术的管理制度中，影响最大的莫过于图书杂志审查制度。围绕这一制度的推行，国民党政府推出了多项图书出版相关的法令制度，明确了审查标准，建立了从“中央”到地方的严密的图书杂志审查机构，从而对抗战时期大后方的文学创作产生了深远的影响。创作自由、出版自由皆因图书审查制度而受到限制，所有的文学创作皆必须服从于图书审查的标准。这项制度的推行，激起了不少作家的不满和反抗，其中最为出版界和文化人诟病的是钳制出版和言论自由。

1. 战时图书审查制度

执行图书杂志审查制度，并非自抗战开始。1934年国民党政府就曾经实行过原稿审查制度，1935年发生“新生”事件后撤销。全面抗战开始之后，国民政府将曾经废弃了的图书审查制度重新恢复，并依据战时需要做了修订。1938年7月21日的国民党第五届中常会第86次会议通过了《战时图书杂志原稿审查办法》《战时图书杂志审查标准》《通俗书刊审查标准》，（1939年公布实施的）《防范沦陷区及敌国反动书刊流入内地办法》《修正印刷所承印未送审图书杂志原稿取缔办法》《修正检查书店发售违禁出版品办法》《图书杂志查禁解禁暂行办法》，（1940年公布实施的有新修正的）《战时图书杂志原稿审查办法》，（1944年军委政治部颁发的）《战时出版品审查办法及禁载标准》《战时书刊审查规则》等，对图书杂志的出版、销售提出了明确的要求。

在战时图书审查制度公布后，所遭遇的批评和抗议并不强烈。战争年代对国家的新闻出版实施特别的管控，中国并不是唯一，“大多数的国家都在宪法等主要法律中规定，当国家进入战争状态等非常时期后，国家实行全国总动员，暂时中止宪法等法律赋予公民的若干基本权利”①。出于战争的需要而对文化出版事业加以限制，也得到了出版商和作家文人们的理解。下江文化界人士西迁重庆，有战乱的原因，也有共赴国难的激情。1938 年 5 月老舍在给陶亢德的信中写道：“男儿是兵，女子也是兵，都须把最崇高的情绪生活献给这血雨刀山的大时代。夫不属于妻，妻不属于夫，他与她都属于国家。”② 郭沫若在总结抗战第一年的文艺工作中也反复提及：“抗战使各种的文化工作者坚强起来，团结起来了。”“抗战团结了全国的文化工作者，抗战建设了全国新文化底基础。”③ 民族国家的安危在这个时候被放到了最突出的位置，个人的情感、家庭在时代背景下隐退。不管持什么样的政治态度、文学理念，大家都自觉地站在抗战救国的大旗下，目标一致。办报、办杂志，用自己手中的笔为抗战出力。对于国民政府的文化政策，对于图书杂志审查制度，更多展现出理解的态度。

可是战争造成的报纸、文学刊物在印刷和发行上的多重困难，使出版业本身就面临极大困难。原稿审查制度限制了文化产品的出版和流通，尤其是抗战中印刷机关屡次迁移与收缩，“寻常时候，一本书的校样可在同一时全部送阅，在战时因设备的苦难，及材料的缺少，往往一本书的校样要分做几次送校，每次清样送审，虽只延搁数天，合起来就是一二十天，在这期间，印刷所因材料不能撤除关系，又影响到其他书籍的排印。这种损失的总计，不仅是书业的苦难，不仅是抗战期间文化界的苦难，也是国力的一部分的损失”④。此外，所有的图书杂志都必须取得各地审查机关发给的许可证之后才能发售，也给处于困顿的出版业增加了更多的限制。图书出版程序的繁杂冗长给书业带来的消极影响，商务、中华、开明等二十多出版商联合署名抗议，要求撤销战时图书杂志原稿审查及抗战期间图书杂志审查标准。但抗议也未能影响图书杂志审查制度的执行。

2. 标准含混的图书审查

按照原稿审查办法的要求，“本会承中央执行委员会宣传部、军事委员会

---

① 展江：《战时新闻传播绪论》，北京：经济管理出版社，1999 年，第 100 页。

② 舒济编：《老舍书信集》，天津：百花文艺出版社，1992 年，第 50 页。

③ 郭沫若：《抗战一年来的文化运动》，中国第二历史档案馆编：《中华民国史档案资料汇编第五辑．第二编．文化（一）》，南京：凤凰出版社（原江苏古籍出版社），1998 年，第 53 页。

④ 同上。

政治部、行政院、内政部、教育部及中央社会部之指导，掌理全国图书杂志原稿审查及各地方图书杂志审查委员会之指导与考核事宜”①。但事实上，拥有图书审查权力的机关似乎并不止图书审查委员会，“南京的检查所属于中央宣传部，汉口的新闻检查所属于警备司令部，重庆的检查所属于行营”②。而在同一城市，出版商也常常要面对来自各方面的检查，“有时是宪兵团，有时是警察局，有时有党部，有时有便衣密探（后来又加上三民主义青年团）”③。

而不同的权力介入致使出版商不断受到各种行政机构的骚扰，而多重机构均染指图书审查的结果就是导致标准的混乱。纵观整个抗战时期，因标准的不同而引发对作品的争议不时发生。尽管在抗战初期有《抗战期间图书杂志审查标准》，后来又陆续进一步将审查标准细化，分别又有《防范沦陷区及敌国反动书刊流入内地办法》《国民党修正印刷所承印未送审图书杂志原稿取缔办法》《国民党修正检查书店发售违禁出版品办法草案》《图书杂志查禁解禁暂行办法》《战时出版品审查办法及禁载标准》《战时书刊审查规则》等，办法不可谓不多，可是这些办法在执行的过程中却常常没有一个统一的标准。一篇文章、一则新闻，在重庆被明令禁止登载，却在成都的报刊上通行无阻。被一个机构认定为符合标准，准予发行，可能被另一个机关认为是禁书，禁止发行，“甚至有些机关籍口检查，将大量书报满载而归，从不发还，亦不宣布审查结果”。

而在具体修改文稿的时候，到底哪条不符合标准，审查者心中也没有谱，“看到‘前进’的字样，必须把它涂抹！有用到‘顽固’字样时，也必须把它涂抹！有时候他们看见‘黑暗’两个字要赶紧涂抹，看见‘光明’两字也要赶紧涂抹，都不许用！”④ 这些莫衷一是的混乱标准无疑让图审制度的合理性大打折扣。

类似的标准含混在图书杂志的登记过程中也时有发生。按照《战时图书杂志原稿审查办法》的要求，图书杂志在出版之前必须获得由审查机关发给的审查证，并在出版时应将审查证号码标注在封面上，以备查考。实际上关于登记一层，常常成为无实际意义的名词，“尤其抗战以后，有多少刊物，不论是报

---

① 《国民党战时图书杂志原稿审查办法》，中国第二历史档案馆编：《民国史档案资料汇编第五辑·第二编·文化（一）》，第551页。

② 赵炳烺：《抗战以来的新闻事业》，《新闻学季刊》创刊号，1939年11月12日。

③ 邹韬奋：《对保障文化事业的再呼吁》，《韬奋文集》第3卷，北京：生活·读书·新知三联书店，1955年，第249页。

④ 邹韬奋：《审查老爷对文艺又有贡献》，《韬奋文集》第3卷，第202页。

章或杂志，未经登记或以‘正在呈请登记中’为名而即发行的”①。

曾有人对图书杂志报章检查人员的选用提出建议，“应由中央主管机关统筹支配，其资格必须有从事出版事业三年以上的历史，并得正式出版机关证明确有出版事业学识经验者为合格。并可请中央选派几位学者。如各地出版界能在中央允准之下，联合推出数人，呈候圈定，参加审查，则尤为佳妙”②。拥有出版经验的专业人士和学者担任图书出版的检查，能一定程度上避免审查的随意性，更能使图书杂志的审查具有说服力。不过，因担任图书出版检查的工作人员以政府官吏为主，这就让图书杂志的命运因人而异了。

邹韬奋和“图审会”官员经常打交道，为了解救回“应予免登”的文稿，为了莫名其妙被删改的文稿，他亲自跑到审查会去办交涉，和负责审查的官员辩论，质问其为什么要删改。而那位出面接待他的官员也愿意和他辩论，邹韬奋好几次辩论成功，而辩论失败自认理屈的官员能把稿子掷还。将文章救了出来，他自己也不免觉得高兴，毕竟还能辩论，还有“讲理”的机会。可是不是每一次都这么幸运，更多时候面对的是蛮不讲理、官腔十足的审查“老爷”，根本就不给辩论的机会。

当然，如果遇上一位出自文艺界的人士出任“图审会”的官员，情况自然另当别论。徐霞村出任图书审查会第二科的科长就曾给作家们提供了诸多的方便。1940 年，负责国民党文艺工作的中宣部副部长潘公展邀请徐霞村担任中央图书审查委员会第二科科长，主要负责审查文艺译、著和社会科学译、著。“图审会”在文艺界人士中颇有不好的印象，因此当接到潘公展的要求时，徐霞村尚有踌躇，因为这将是一份得罪人的工作，而且得罪的很可能都是自己熟悉的朋友。

不过，据徐霞村后来回忆，他的朋友们却对他进入“图审会”给予了极大的支持。老舍和马宗融就给他打气，对他说：“只要你办事合情合理，我们决不使你为难，将来有人骂你，我们负责替你解释。”叶以群和曹靖华还专为这事儿请徐霞村吃了一顿西餐，以示支持。以张静庐为代表的出版商和书店老板也都极力支持他接下这份工作，并表示如果他以后生活上有什么困难，他们也可以帮忙。③ 想来如果没有众多朋友的鼓励，徐霞村估计很难有勇气接下“图审会”二科科长的职务。

---

① 沈锜：《论战时言论出版自由》，《新闻学季刊》（创刊号），1939 年 11 月 12 日。

② 同上。

③ 徐小玉：《女儿眼中的徐霞村》，《新文学史料》1994 年第 4 期。

在“图审会”的一众官员中，徐霞村是少有的出自文艺界的人士，和很多作家都有交往。他担任这一职务，确实给文艺界的朋友们带来了极大的便利。徐迟曾经给徐霞村写信，请他帮忙让朋友们的书稿早日通过，其中提及书稿有金克木的《甘地论》、洪深的《念词与朗诵》、严文井的《南南同胡子伯伯》、袁水拍的诗集及冯亦代翻译的海明威小说等。老舍也曾在信中委托徐霞村，一是为万迪鹤的后事，“曾为万迪鹤事致道公，祈顺便与道公一谈，给他点治丧费”。一是为书籍遭到盗版的事儿，“为盗印书事，祈早约见潘公。大家委托的事，未便久延也”①。

徐霞村为郭沫若、阳翰笙、陈白尘、夏衍、田汉、洪深、宋之的、袁水拍、曹禺、老舍、张天翼、巴金、叶以群、臧克家、茅盾、靳以、吴组缃、叶圣陶、沈起予、任钧、王亚平、徐迟、碧野、沙汀、艾芜、黄药眠、姚雪垠、田涛、曹靖华、金人、冯亦代、张骏祥、严文井、沈浮、欧阳予倩、王西彦等作家以及翦伯赞、王亚南、沈志远、马寅初、侯外庐等社会科学家的著作出版提供了很多帮助。可是这位作家们的朋友却未能在“图审会”呆得长久，他的审查标准未能够让实际负责图审会的副主任印维廉满意，多次越过徐霞村将文稿交由自己的亲信处理，甚至将经过徐霞村审定合格的文稿发还重审或者交由专门委员会重审。1943 年徐霞村不得不向潘公展提出了辞职。

当作家们不能绕过图书杂志的审查制度时，他们在创作中也有意识地规避那些可能导致作品被禁、被删的因素。1942 年初，根据张天翼小说改编的剧本《秃秃大王》打算由孩子剧团搬上重庆的舞台，可是最后却被禁止。导演石凌鹤为此事找到阳翰笙，阳翰笙为此事颇有责怪石凌鹤之意。因为阳翰笙认为剧本审查获得通过是最要紧的，应该特别留意，为此早就叮嘱过石凌鹤。可是他并未将剧本给阳翰笙看，就先送交审查了。由此可见，对于什么样的剧本能够通过，阳翰笙是比较有经验的。而为了剧本能够顺利通过审查，能够正式上演，在内容上做修改和调整，是非常正常的。后来阳翰笙就曾在自己日记中写道：“看完了《秃秃大王》，非怪别人要说话，剧本的内容实在也成大问题。”随后，阳翰笙去信给时任国民党军委会政治部副部长的梁寒操，表示愿意对剧本做修改。

3. 作家们对国民党图书杂志审查制度的反抗

到了抗战后期，情况就变得不一样了。一方面经济恶化，贫和病，已经成

① 《致徐霞村》，《老舍书信集》，第 144—145 页。

了抗战中后期文艺界人士的普遍现象。生活困顿的作家们发现自己的作品在费尽心血创作出来之后，还不得不通过“图审会”任意涂改删除，甚至连出版发表的机会都异常渺茫，这让依靠版税、稿费生存的作家们感到异常的愤怒。

当图书审查影响到了作家、杂志、书店的生存时，图书审查所带来的问题就更加严重，也就更为文化界的人们所痛恨。图书审查制度就已经与文化政策问题和国民政府的腐败无能等联系在一起，矛头最终直指国民党政府的统治。

1943 年 11 月，国民党新任中宣部部长梁寒操举行茶会招待文化界人士，会上阳翰笙应邀发言，他的话真实地道出了文艺界的困境：

> （1）现在文化界的人士一般都很苦闷，苦闷的原因依我看来有这几点：
>
> （一）写作上受的限制很大，不能得到应有的自由，一般人在未动笔之前，脑里便先装满了三十六把剪刀。像这样写出来的东西，有时还是不一定能够通得过。
>
> （二）文化活动上的困难很多，特别是在文化事业上抽收重税（书籍抽税，演戏抽捐），致使戏剧出版演奏展览等文化活动均大受影响，几至无法活动。
>
> （三）生活上的困苦加重，一般作家艺术家因受物价飞涨的威胁，多已至无法生活的地步。
>
> （2）有了上述的三原因，故一般人都很苦闷。但假如能够得到写作上的自由，能够废除文化事业上的重税，每个人创作的东西都能很顺利地得到出版、演出、演奏和展览的机会，个人生活上的痛苦既可解除，精神上的苦闷也可由此消逝。这对于抗建大业，自会有很大的贡献的。①

写作的自由受到限制，从作品的写成、交付审稿、出版因审查制度的存在而大受影响。而在 1943 年时，在重庆的生活已经非常困难了。以阳翰笙为例，他供职于政治部文化工作委员会，家里人都以为他在陪都当官，收入丰厚，谁知给父亲买药的钱都是靠卖衣服得来的。1944 年 8 月，阳翰笙父亲因病去世，因为经济拮据，连回家为父奔丧的钱都没有，只有忍痛作罢。

而与此同时，随着抗战进入相持阶段，国民政府对文艺界的监控却愈加严密，尽管国民政府的文化官员如潘公展等曾表示将放宽图书杂志的审查标准，

---

① 阳翰笙：《阳翰笙日记选》，第 219 页。

“只求大同，不问小异”。并在 1944 年 7 月军委会政治部颁布了《战时出版品审查办法及禁载标准》《战时书刊审查规则》，将原稿审查制度修订为“原稿送审”和“自愿送审”，“原稿送审”即“凡以论述军事、政治及外交为目的之杂志暨单篇文字，均应在出版前一律以原稿送所在地审查处审查，其未送审者不得印行。凡剧本及电影片未经呈送中央审查委员会审准者，不得印行、上演或公演。”“自愿送审”则为“凡图书暨不以论述军事、政治及外交为目的之杂志，得不以原稿送审，由发行人著作人依据战时出版品审查办法及禁载标准自行负责审查。”可是这看似“自愿”其实最后仍然要受到限制，因为按照规定，无论是原稿送审还是自愿送审，“其发行人印刷人及著作人均应于印就后发行前四日，一律以两份呈送所在地审查处，其未呈送者一律不得发行”。

因为图书杂志审查制度遭到越来越多文艺界人士的反对，国民政府为了缓和与文艺界的紧张气氛，在 1944 年 11 月筹划发起成立全国著作人协会。根据阳翰笙日记的记载，在协会成立之前，他曾先后与郭沫若、冯乃超、潘孑农、张彦祥等商谈议案，并在 11 月 5 日著作人协会成立时，提出了三个提案，即：

一、请转请政府再度放宽图书杂志审查尺度。除违反抗战建国利益与泄漏国防、外交秘密者外，一律准予出版。

二、请转请政府废除剧本和演出的事先审查。

三、请转请政府重审自本年七月以前被禁之一百种剧本，根据放宽尺度之原则，一律准予自由出版。①

可是这三条议案却遭到了张道藩、潘公展的反对，最终未能获得通过，这自然让阳翰笙们非常失望和愤怒，最后会未开完就不欢而散。

其实这个时候，即使掌控文化的官员们愿意摆出一副乐意听取意见的姿态，国民政府对文化的监控已日渐严密，政府的专制色彩越来越浓厚，“图审会”较从前更无标准、更无理可讲。作为国民政府最高领导人的蒋介石，可以根据个人喜恶随意决定一部作品的命运。曹禺的《蜕变》曾获得由教育部评选的 1943 年度优良剧本奖，就是这部获得第一届剧本奖的作品 1943 年曾已通过了图书审查委员会的审查，并被评为优秀剧本。1943 年 4 月，中万剧团出演《蜕变》，蒋介石应邀观看了演出，据当时的《新华日报》报道，蒋介石对该剧颇为“赏识”。可是随后各剧团却接到了一份《〈蜕变〉审查删改表》，被要

---

① 阳翰笙：《阳翰笙日记选》，第 317 页。

求必须遵照执行。同样，1943年4月《日本间谍》也被禁演，而《日本间谍》当时轰动重庆，在三家剧院同时上演。在上演过程中，中宣部部长张道藩转告政治部部长张治中，说是蒋介石认为该片内容有问题，要立刻停演。张治中则认为电影已经通过审查，是合法的，不能随意停演。于是《日本间谍》继续在重庆上演。并且张治中准备亲自面见蒋介石，向其详细解释，可是却被蒋纬国劝回，并告知张治中不必解说，蒋介石对该片确实极为不满。无奈，张治中只好将《日本间谍》叫停。

1945年，一向温和的叶圣陶发表了《我们永远不要图书杂志审查制度》，在这篇文章中，图书杂志审查制度已经不再是对文化界的限制了，而是和秦始皇焚书、清朝的搜禁书籍以及篡改历代书籍联系在了一起。图书杂志审查制度已经成专制政权的佐证，叶圣陶在文中呼吁“我国向来行专制政治，处于牛羊地位的公众无所谓发表的自由。现在专制政治要结束了，发表的自由成为公众生活的要素，大家必须努力争持，享有他，同时必须努力学习，使发表的自由收到充分的效益。一面争持，一面学习，从今开始不算迟，可是非开始不可”①。言辞中已经对图书杂志审查制度及其背后的专制政治无法忍受，这暗示着国民政府的统治在众多文化人的心目中已经失去了昔日的威信，即使抗战胜利，也无法挽回他们的失望。

三、稿酬和版税引发的争论

中国现代职业作家是伴随着现代稿酬制度的建立而产生的。作家能够安心创作有赖于安宁的生活环境，还得有完备的稿酬和版税制度。战前战后稿酬落差巨大，版税制度难以执行，无疑更缩减了作家们的收入。

战前世界书局向张恨水约稿，四部小说，每三月交一部，稿费是每千字八元，出书不再付版税。张恨水依靠稿费收入解决了弟妹们的婚嫁教育问题，补齐了家里所差的衣服家具，在北平租了一所庭院曲折的房子，有了两间属于自己的书房。与此同时，张恨水自己的消遣也得到了保障。这些消遣，不是寻常的吃饭、看电影和听戏，而是收买旧书、小件假古董、买花等。买书、收藏古董、买花自是经济条件允许才能拥有的爱好。张恨水这一时期的写作生活是一个作家理想的状态，环境舒适，写作心无旁骛：“坐在一间特别的工作室里，

---

① 叶圣陶：《我们永远不要图书杂志审查制度》，叶至善、叶至美、叶至诚编：《叶圣陶集》第6卷，南京：江苏教育出版社，1989年，第166页。

两面全是花木扶疏的小院包围着。大概自上午九点多钟起，我开始写，直到下午六七点钟，才放下笔去。吃过晚饭，有时看场电影，否则又继续地写，直写到晚上十二点钟。”① 老舍回忆自己在收入上最黄金的时节是在青岛时期，那时他任教于青岛，每个月除了大学的薪酬收入，还有写文章得来的稿酬和版税，一个月的收入不算多，却能在生活花销之外，存一部分在银行，买寿险，买书买杂志，过得优哉游哉。

对于不事生产的文人而言，薪金、稿费是生活的重要来源。然而，在抗战时期，国民政府未能有效地控制大后方经济，经济形势恶化导致普通老百姓的贫困，作家们赖以生存的稿酬和版税制度同样无法获得有效的保障。当物价在飞涨的时候，稿费和物价完全脱节，依靠稿费生存简直看起来不可能。战争使通讯、交通受阻，作家书籍频频被盗版。同时，出版社也遭遇战争带来的影响，不少出版社迁往大后方的过程中，自身损失惨重，以致无法按规定支付作家版税。这对于依靠稿费和版税生存的作家而言，无异于雪上加霜。“重庆吗？一个这样繁荣而又是这样糜烂的都市呵！重庆，报纸上刊着囤米的巨商在米囤上痴笑的插画，作家们却苦于无法买平价米！”② 这是作家们的生存现实。对作家们而言，对战争时期的困难生活是有预期的，正如老舍所言，作家并不是要过什么好生活，只是想有起码的生活保障。

但保障生存的基本要求，在战时看起来非常遥不可及。在文艺界的呼吁下，社会和政府都关注到了文人贫病问题，对文艺界予以了援助和支持。国民政府设立文艺奖助金管理委员会，专门对贫病作家予以资助。可是，在实际的执行过程中，有限的资助和无限飞涨的物价相比，取得的效果非常微弱。

1. 低廉的稿费和形同虚设的版税

造成稿费低廉的因素有多种，最直接的因素自然是物价飞涨，稿费却仍维持在战前的水平，造成作家实际收入下降。战前一斗米的价值不过一元，到作家们在重庆开始呼吁千字斗米的时候，重庆的米价已经是一斗米六七十元。而作家的稿费最高也没有超过千字十元的。在作家眼中看来，要一下子把稿费涨到和米价持平，增加六七倍，那几乎是不可能的。更何况，重庆物价上涨的速度实在太快，下图源自 1940 年的一篇文章《重庆物价高涨》③。1940 年 9 月日

① 张恨水：《写作生涯回忆》，张伍编：《张恨水自述》，第 91 页。

② 庄鐘：《重庆的作家》，《现代文艺》（永安），1941 年 2 卷 6 期，第 254 页。

③ 《重庆物价高涨》，《中国经济评论》第 2 卷第 4 期，1940 年 10 月。

军攻占越南海防，中国的西南国际通道中断。该图以西南通道被封锁前后为对比，列举了1940年年底重庆物价的增长。从图中数据可知，物价增长的幅度超过人们的想象。进入1941年后，老刀香烟甚至涨至2.53元一盒。在《蜀道》座谈会上，高兰说自己一个月最多写十首诗，换取五六十元的稿费，对比物价表，这笔稿费也就够买几盒三炮台香烟，根本谈不上要用稿费来养活自己。到了抗战末期，写一千字也就是刚好买一盒重庆最好的纸烟华福牌，且是要特等的稿费才能实现。一般作家要靠稿费支撑生活，无异于做梦。

（表7－1） 1940年底的重庆物价比较表

品名	单位	事变前	现在	增长倍数
线袜	每对	二角	二元四角	十二倍
皮鞋	每对	六元	六十元	十倍
热水壶	每个	一元五角	十五元	十倍
棉布	每尺	一角	一元二角	十二倍
毛巾	每条	二角	一元八角	九倍
石油（火油）	每斤	二角三分	二元二角	十四倍
洋烛	每只	六分	四角五分	七倍半
火柴	每盒	二分	一角	五倍
电灯泡	每个	一元	八元	八倍
前门香烟	每包	一角四分	一元六角	十一倍半
老刀香烟	每包	八分	六角	七倍半
三炮台香烟	每包	八角	十元	十二倍半

不仅如此，报纸和杂志还有严格的计算字数的方法，标点、题目、空白和目录是不计算在内的。以至于作家拿到稿费通知单，非但没有欣喜，反而不由地提出质疑，“一个二等兵也还有七元五角的国难饷，今天的精神战士的生活保障在哪里呢？”但另一方面，因为抗战宣传动员的需要，社会对作家文字的需求量非常大。集聚在陪都的报纸杂志众多，都需要稿件，尤其是在社会上有一定名气的作家的稿件。于是，编辑们纷纷出招，通过各种方式争取稿件。其中最主要的方式是打友情牌，即通过私交的方式去获取作家的支持。于是，常常出现作家们疲于应对的状况。老舍就曾表示：“我们没有本领一方面画方，一方面画圆，一方面写文章，一方面还去抬轿子。”①

作家们不得不顶着巨大的生活压力而写作。为了发表，多挣稿费，为了赶

① 老舍：《怎样维持写家们的生活》，《老舍全集》第17卷，第246页。

上物价的涨幅，作家们不得不追求写作的速度。老舍自妻子儿女来到重庆后，开始为生活忙于创作："十一月廿三日开始动笔，续写小说《火葬》。此篇已得八九万字，再补二三万字，即可交卷，交《文艺先锋》发表。久不写小说，身体又弱全篇无一是处，为换粮米，亦不能不发表。""小说写完，当为洪深先生赶写剧本，希望能在卅三年元月写成。剧本赶出，或再写小说。为一家吃饭，此后当勤于写作；北碚安静可喜，希能如愿。"① 不断地写，多争取发表的机会，写作成为活下去的生存手段。

甚至教授们也一改轻易不写作，不随便发表的习惯，开始大量出产文字，以换取米粮。柳无忌是从重庆开始了卖文生涯，以补贴家用。为了多挣稿费，柳无忌写作非常勤奋，不但写文章还翻译、编书，柳无忌自认抗战时期是他一生中"写作最勤、产量最丰富的时期，一下子出版了十余册书得到一些额外的收获"②。

也有的将文章肢解，或从长篇中截取发表，以争取稿费糊口。姚雪垠将其长篇小说中的一段抽出，并催促能尽快刊出，且希望能拿较高的稿费："稿付排后，最好将稿费交银行汇下，并望维持斗米千字水准，弟在渝全以版税稿费糊口，且有家室负担，故各刊约稿均以最高标准，此点想可见谅。"③ 信中的急切之情溢于字里行间，对于大多数作家来说，稿酬仍然是他们维系生活的重要来源，米珠薪桂，造成柴米油盐不继，作家们生活窘迫，他们不得不为稿酬开口，提出要求。这要求在当下看来如此简单，"维持斗米千字水准"，但在物价一天几变的大后方，作家交稿到文章见刊，米价早就上涨了几番。将稿费维持到"斗米千字的水准"已实属不易。

1942 年年末茅盾从香港回到重庆，其一直编辑的《文艺阵地》停刊，计划中新的文艺刊物也未能如期实现。这在茅盾是"少了一份固定收入"。但是，以茅盾在文坛的名气，他仍能享有一般作家所没有的优厚待遇，即较高的稿酬和提前预支稿酬。为了稿费能跟上物价的变动，预支稿费成为特定时期书店和刊物吸引作家投稿的一种方式。可是，能享受预支稿酬待遇的作家非常有限，对大多数作家而言，靠稿酬生活已经难以为继了。

作家权益无法获得保障，还体现在图书被疯狂地盗版。越是名气大的作

---

① 老舍：《生活自述》，《老舍全集》第 14 卷，第 357 页。

② 柳无忌：《烽火中讲学双城记》，《柳无忌散文选》，北京：中国友谊出版公司，1984 年，第 120 页。

③ 姚雪垠：《作家生活自述》，《当代文艺》第 1 卷第 4 期，1944 年 4 月 1 日。

家，作品被盗印的概率就越大。张恨水小说在战前即风靡社会，他到了重庆，上海的杂志仍然翻印他的作品。《晶报》将其发表在《南京人报》上的《中原豪侠传》改头换面，作为张恨水的新作品推出来。张恨水不得不在重庆、香港、汉口登启事解释。即使如此，张恨水仍然抵不住作品被翻印的命运，其长篇小说继续在未被其知晓的情况下在上海的杂志上发表。谢冰莹到重庆，发现重庆书店里销售她的《从军日记》《麓山集》《前路》等书，书店店员告诉她销路还很不错。这些书都是新从上海运到重庆，书中没有作者私章，显然是未经作者同意出版的。对此现象，谢冰莹很是气愤，她自称是“最受书店老板剥削的一个”①。而商人重利不重义的品性，更让作家们的权益难以得到保障。因此，“文人如果等着稿费来维持生活，最好首先买好棺材放在身边，什么时候饿死，别人只消把尸体往棺材里一丢，抬出去完事，否则一定会曝露尸骨，无人掩埋的”②。

至于版税制度也完全形同虚设。谢冰莹的《从军日记》《前路》《麓山集》发行 10 年，3 本书的版税不到 500 元。以《从军日记》为例，1936 年就已经发行到 9 版，按照每版 2000 册计算，总共 18000 本，再版版税为 20%，一本书的卖价为 5 毛，则作者可得 1 毛，18000 本《从军日记》的版税该是 1800 元。这样的算法还是按照最低销路来说的。如果再加上《麓山集》和《前路》，则两本书版税至少也有 2000 多元。但是每次谢冰莹写信向书店老板要钱，不但没有钱，连回信都没有。

1942 年老舍在谈到自己的版税情况，同样遭遇到了无可奈何的情况。截至 1942 年，老舍前后总计有 20 本书，包括长篇小说《老张的哲学》（商务印书馆，1928 年 4 月初版）、《赵子曰》（商务印书馆，1928 年 4 月初版）、《二马》（商务印书馆，1931 年 4 月初版）、《猫城记》（现代书局，1933 年 8 月初版）、《离婚》（良友出版公司，1933 年 8 月初版）、《牛天赐传》（人间书屋，1936 年 3 月初版）、《骆驼祥子》（人间书屋，1939 年 3 月初版；重庆：文化生活出版社，1941 年 11 月初版），以及《大明湖》；中篇小说《小坡的生日》（生活书店，1934 年 7 月初版；成都：作家书屋，单行本，1942 年初版）；短篇小说《赶集》（良友图书印刷公司，1934 年 9 月初版）、《樱海集》（人间书屋，1935 年 8 月初版）、《蛤藻集》（开明书店，1936 年 11 月）、《火车集》（上海

---

① 冰莹：《关于保障作家生活》，《黄河》（西安）第 3 期，1940 年 4 月 25 日，第 110 页。

② 同上。

杂志公司，1939 年 8 月初版）；剧本《残雾》（商务印书馆，1940 年 4 月）、《张自忠》（华中图书公司，1941 年 1 月初版），以及《国家至上》《面子问题》《大地龙蛇》；长诗《剑北篇》（文艺奖助金管理委员会出版部列为“抗战文艺丛书第一种”，1942 年 5 月出版发行）；大鼓旧剧《三四一》；除了上面这些书之外，时代图书公司出版了《老舍幽默诗文集》，作为“论语丛书”之一，1934 年出版发行；经验创作集《老牛破车》1937 年 4 月由人间书屋首次出版发行。①

这 20 本书中，《老张的哲学》《赵子曰》《二马》均由商务印书馆出版，老舍称“最近四年”（应该是 1938 年至 1942 年）的版税无影无踪；由人间书屋出版的《牛天赐传》《骆驼祥子》《赶海集》《老牛破车》4 本，从抗战第二年起，每月照付版税，只是付了两年后，一共 1700 元，算全部付清，老舍得到的信息是，出版社以后就不再支付版税了。《赶集》和《离婚》初版均是良友公司，抗战爆发后在上海重印，恢复版税，但战争致使沪渝之间一度往来中断，所以老舍不知版税在哪里。这样逐一数下来，《面子问题》和《三四一》卖断了版权，无持续收入；《国家至上》（南方印书馆，1943 年 7 月出版）分文未得；所以全部出版的书中，只有《小坡的生日》《蛤藻集》有点收入，《小坡的生日》每年二三十元，《蛤藻集》每年四五十元，《残雾》出版后曾有过 41 元。

以上书目中还未包括老舍的长篇小说《选民》。这部小说在《论语》第 98 期开始连载，至 1937 年 7 月 1 日《论语》第 115 期中辍，香港作者书社、成都作家书屋以《文博士》为署名 1940 年 11 月单行本初版。② 此外，尚有未曾经过老舍知晓而印行的书籍，如《老舍选集》，“这是野鸡本，未得著者的同意，也不给版税。”除了民间擅自印行的选集外，已经出版的著作单行本也在抗战期间印刷发行却未给作者缴纳版税，如《骆驼祥子》，“此书在广州印成单行本，或者还在桂林印过，我都没有看到，因为广州桂林也相继陷落敌手，大概此书也被敌人毁灭了。我看到的‘初版’是在四川印的土纸本”③。这个土纸本即是 1941 年 11 月文化生活出版社在重庆印行的版本，此前《宇宙风》社先后迁到广州、桂林，在两地都出版过《骆驼祥子》单行本，但因邮递不便，在大后方的重庆成都很少见着，直到文化生活出版社把纸型买来重印，才

---

① 老舍：《成绩欠佳，收入更欠佳》，《老舍全集》第 14 卷，第 304 页。

② 张桂兴编撰：《老舍年谱》（上册），上海：上海文艺出版社，2005 年，第 182 页。

③ 老舍：《〈骆驼祥子〉序》，《老舍全集》第 17 卷，第 501 页。

在大后方流传开。

2. 文艺界、出版界关于稿酬的争论

作家生活境遇引发文艺界人士的呼吁，1940 年 1 月，《新蜀报》副刊《蜀道》组织召开了一次座谈会，主题就是“如何保障作家生活”。这次座谈会关注的问题有三个：稿费、版税和作家生活保障。

自《蜀道》座谈会之后，关于这个话题的讨论在重庆就未曾间断过。相关的讨论会、文章都有不少，可见其受关注的程度，也可知这一问题对作家创作造成的巨大影响。

有文艺界人士提出，要保障作家生活更要依靠的是政府的支持，作家的权益应有政府来保障。李长之就建议保障作家生活应当依靠国家，他的建议是：

> （一）最理想的办法，可以仿效苏联，书籍由国家印刷，以版税支付国家。
>
> （二）在不能实行理想办法前，政府可以举行出版贷金，只要审查书籍有价值，就帮助作家出版，政府先垫付印刷费，并订偿还或在某种情形下不必偿还之法。
>
> （三）应设一个经常的作品评奖委员会，由政府负责人员及专家并作家按比例组织。
>
> （四）我也不妨像其他专门学科一样，举行考试。考试内容及方法当约专家商定。
>
> （五）为目前计，稿费应依生活程度增涨的数倍而增。政府所办的报章杂志，当以身作则，这是最低限度的要求。
>
> （六）书价的随便抬高，和版税的随便不给，书商往往藉口运输困难，这有时也是实情。关于这，希望邮政交通机关及教育部方面能有一免费或津贴办法，这不但是为保障作家生活，也是为战时精神粮食上的救饥。①

在李长之看来，书商也并非是一味地唯利是图，之所以造成书价高涨，而作家权益无法得到保障的现象，也并不全是书商的问题。

这场讨论从作家的稿费、版税出发，由最初的呼吁书商、出版商提高稿

---

① 李长之：《保障作家生活之理论与实践》，《星期文摘》第 2 卷第 1—2 期，1940 年 3 月 17 日。

费、保障版权，最终推进到希望国家来做支持和根本性解决。而作家们也不仅仅停留于呼吁和表述自身的困难，且都从各自的角度，对版税和稿费的具体改进提出建议。

谢冰莹认为要保障作家的生活至少做到以下几点：

> （一）确定出版法：禁止书商剥削作家，版税按照规定时间付给，不得拖欠，不得多印书，少报数。如有不清手续或欺骗狡诈之处，作家得依法控告之。
>
> （二）优待作家：最有价值之作品，可由国家印刷，版税归国家所有，作家生活由国家供给。
>
> （三）增加版税：书价既已抬高，版税也应增加，以前初版百分之十五者，现在应增加至百分之二十，再版应增加至百分之三十或三十五。
>
> （四）提高稿费：现在百物昂贵，纸笔墨水飞涨，生活维艰，稿费千字至少由五元起算，首先可由政府所主办之杂志报纸上倡行。
>
> （五）由政府及专家、作家组织作品评奖委员会，在一定期间内审查已出版或未出版书籍原稿之内容，优良者予以奖励，未完成者，可由政府借支生活费，俾克完功。
>
> （六）设立文艺救济金：凡极穷困或患病之作家得向政府无息月贷若干，以维持生活，如病没后无钱埋葬者，得由政府负责掩埋，并拨款维持其家属生活。①

老舍提出的是“维持”作家生活的建议，在老舍看来，“保障”需要通过政府立法，而立法是需要时间的。可是，作家们已经没有时间等待了，“快饿死的人是等不了先改良稻种再吃饭的！”② 老舍的建议完全从作家生活需求出发，分别是：①提高稿费，散文稿费最低五元千字，韵文最低两毛钱一行；②恢复版税与确定版税，维持战前初版百分之十五，二版以后百分之二十的成例；③修正出版法，由政府与出版商、作家协商，一致遵守；④文艺贷金，由政府设立，按照作家的需要贷款，作品完成后用版税或者稿费偿还；⑥救济金，由文艺协会设法筹集，救济作家。

以上观念表述不同，但内容实质上是一样的，概括起来主要是：①提高稿

---

① 冰莹：《关于保障作家生活》，《黄河》（西安）第3期，1940年4月25日。

② 老舍：《怎样维持写家们的生活》，《老舍全集》第17卷，第246页。

费，确保作家版税收入；②政府应有所作为，从立法上确保作家权益，并从经济上以文艺救助金的形式予以支持。

1943 年出现了一篇《清炖读者汤，红烧作家肉》的文章引起了不少人的共鸣，文章核算了作家当时创作一篇 1000 字文章所需要付出的成本，"稿纸费五角（以最蹩脚的嘉乐稿纸计）；墨水费五角（以用 ABC 墨水汁并假定用的自来水笔不漏水的话）；香烟费二元（以黄河牌计）；洋蜡费三元（在经常停电之下必需的消耗）；总计平均每千字六元的成本。照上面所开的，不把钢笔的消耗，和因熬夜而多花的夜点费等计算在内，已经要六元千字的成本。其他如吸墨纸、橡皮都不能用。"① 但书的售价却并不低廉，而且在重庆售出的书往往还高于原有定价。书店老板将"稿费、排工费、纸型费、校稿费、印工费、装工费、甚至店中的营业税费、房费、电费、伙计薪工费，以及老板私人的全部家用杂费等等，都往读者的身上捞。"

一边是作家稿费不足以维生，一边读者买不起书，那么问题是出在出版界么？大家开始把问题的根源归结为出版界的市侩。如适夷认为："提高稿费的要求只是作家生活保障要求的一部分，使许多写作者在生活上感觉切肤之痛的，还有大多数的出版经营者对于写作者的关系上，并不遵守一般的商业的方式，许多关于处理书稿，结算版税，付发稿费等不利于写作者的习惯，也应该有一种彻底的改革。"② 邵荃麟也认为谈论作家生活保障问题，其实背后更包含着一个出版界的整个风气与出版界与作家团结的问题。邵荃麟指出目前的版税及长期的市侩风气，已经构成出版界一最卑劣的印象。"这种嚣张的风气，将使战时中国文化事业蒙受极大的损害，而使文化市场日益为无耻的市侩所操纵，这不仅是作家的损失，而同样也是忠实的出版商的不利。"③

不过，对于出版界和文艺界之间的关系，有作家认为不必如此剑拔弩张，两者应该和衷共济。欧阳凡海就认为无论出版界还是文艺界，生存才是最重要的，应该解决的是共同生存的问题，"因为今天的确是共同生存的问题，而绝不是谁要想发财，谁要想生活得舒服的问题"。书店、出版业同样处境困难，原料、工价、食粮的高涨速度超过制成品的高涨速度。出版业的危机甚至更大，由于邮寄的限制，国家对出版没有保障，国民文化水准的低落和退化，出版事业面对的问题也不少。欧阳凡海认为出版家和作家要做的是相互体恤，

---

① 徐昌霖：《从清炖读者汤谈起》，《天下文章》第 2 期，1943 年 4 月 15 日。
② 适夷：《关于作家生活保障》，《文艺阵地》第 4 卷第 7 期，1940 年 2 月 1 日。
③ 荃麟：《关于保障作家生活问题》，《半月文萃》第 2 卷第 1 期，1943 年 6 月。

"今天的出版家，如果不兼营商业投机，的确也不容易撑持，起马（码）在目前，恐怕很难谈到发大财，顶多是希望对付抗战中的难关，留下根底，到抗战之后再求发展。在这样的情形下，作家自然不应该苛求，而需要体恤出版家，所以我们不应该和出版家对立，以致压力过大，逼得出版家不能生存。但同时，出版家也不应该因为自己的处境困难，便一味在作家身上打主意。作家既然了解出版家的困难，自动的知道适可而止了，出版家便也应该知趣，向别方面去求得打开困难的途径。因为作家在今天之所以要求保障合法权益，也是一个生存的问题，而并不是希望养尊处优。物价的高涨，这是谁都知道的，作家差不多被逼着没有一个能够单靠写作生活了。这样下去，写作势必成为副业，不但数量上要减少，就是质量上也必然因为进修时间的缺乏而降落的，这结果，必然造成文化的日趋消沉，以致灭亡。所以，在作家方面，这也是一个生死存亡的问题，今天是谁也谈不上贪多图利的"①。

曾有人计算过，要在大后方出版一部 100 页的新书 2000 册，其所需要的成本在四万八千余元，每本书的成本约 25 元，这样的计算方法还没考虑著作人的版税和书籍的税捐。在最理想的状态下，2000 册书一年内售完，所得的毛利不过七万余元。再加上战时大后方纸张紧张，国民政府对印刷纸张实行管制，外国纸张来源断绝，外省纸张因交通不便也很缺乏，由此造成纸价一日数易，不少商人囤积居奇，加重了印刷的成本。因此，在出版界人士看来，出版界和文艺界都是战时文化生活中的窘迫者，是经济环境恶化的受害者，"箪食瓢饮，任劳任怨"，既是文艺界的写照，同时也是出版界的写照。

从上述讨论可以看出，作家们在争取稿费和版税问题上是很理性客观的，首先对出版商就表达出了理解，而非一味地指责，毕竟在大后方恶劣的经济条件下，高昂的成本和税收使得出版商的经营状况并不理想。其次，作家对稿费和版税的期待底线是能养活自己，也即是从保障基本生活水准的层面，而不是要求提高生活水平，即："我们所谓保障写家的生活，决不含有其他的意思，而是直截了当的（地）要求吃饱，吃饱才能写作。"②

3. 国民政府的文艺救助政策

在这场如何保障作家生活问题的讨论中，作家们提出应有政府出面，采取措施，以确保作家生活质量的建议。国民政府很快响应了文艺界的倡议，成立

① 欧阳凡海：《作家合法权益的保障》，《文坛》第 2 卷第 1 期，1943 年 4 月 13 日。
② 老舍：《怎样维持写家们的生活》，《老舍全集》第 17 卷，第 246 页。

了由社会部负责的保障作家生活文艺奖助金管理委员会，并制定了详细的奖励办法和贷金申请办法。不仅如此，国民政府相关部门从其他方面援助贫病作家，中央文化委员会制定过相应的政策，中央出版事业管理委员会也介入到出版界和文艺界之间，协调两者关系，明确稿费标准。

可是，所有这些努力都无异于杯水车薪，无法从根本上解决大后方文艺界所面临的经济问题。从奖助金政策的执行，到后期对稿费的明确规定，国民政府相关部门都试图缓解现状，却在执行过程中遭遇更多的问题。其次，国民政府一方面在稿费、出版方面做出积极的协调，另一方面却不断加强对文章的审查，对文艺界人士的监控等，造成文章、书籍发表和出版的困难，引发了文艺界更大的不满。

《新蜀报》1940 年 1 月 27 日的有关如何保障作家战时生活的讨论，作家们既提出了“友谊”的办法，也提出了表达“决心”的办法。“友谊”的办法由老舍提出，认为由文协出面，邀请文化当局、出版界和报馆杂志的负责人谈，通过友好的沟通促成目标的实现。韩侍桁认为仅靠友谊还不现实，应该对出版界表达作家的决心。但不管哪种办法，都提及了政府的作用，大家一致的意见是要负责文化的主管部门出面协调。阳翰笙进一步明确，希望政府修正出版法，从出版法的角度保障作家权利。阳翰笙还提出，中央应拿出一部分钱，“不仅可以帮助作家的生活，也可以扩大抗战文艺运动和精神总动员运动的影响”①。

讨论会结束后，陪都报纸立刻有了响应。先是 1 月 29 日，《大公报》刊发文章《替文艺作家呼吁》，“一面请求政府注意，一面请求与出版有关的各书店、报馆采纳方案的意见”，希望政府支持文艺界的提议。2 月 4 日，《新华日报》发表社论《给文艺家以实际帮助》，在强调了抗战以来文艺作家对抗战、对民族、对国家做了最大奉献的同时，理直气壮地提出三个“必须”：第一，必须提高文艺工作者的政治地位，在法律上保障文艺工作者言论出版自由和不受恶势力的袭击；第二，必须给文艺作家以生活上的保障和改善，其中包括提高稿费版税，要求政府予以有计划的实际帮助；第三，政府和社会人士必须给文艺作家以提高自己作品水平的可能和工作上的便利，包括完善图书馆、建立奖金制度，予作家以交通和其他方面的便利。显然，《新华日报》提出的实际帮助，已经不是依靠文艺界和出版界的友谊所能解决，而只能借助政府的力量

---

① 文天行、王大明、廖全京编：《如何保障作家战时生活》，《中华全国文艺界抗敌协会资料汇编》，第 287 页。

才能解决的层面。

3 月 19 日，国民政府中央各有关机构的负责人开会商讨具体办法，会议汇集了陈立夫、许世英、张道藩、贺衷寒、洪兰友等国民政府负责文化管理的重要官员。会上决定中央拨款十万元，由中央各有关机关代表和文艺界人士若干组织文艺奖助金管理委员会，负责办理全国文艺界奖励金补助金事宜。而在这个会议之前，社会部已经非正式地邀请重庆市的文艺作家做了交流谈话，听取了作家们的意见。因此，这个会议的决议是事先已经和文艺界进行沟通的结果。

4 月 24 日，中央拨款十万元作为文艺奖助金，成立文艺奖助金管理委员会。1940 年的第一届委员会中，由谷正纲、张道藩、老舍为常务委员，下设经费保管委员，分文艺组、戏剧组、音乐组和美术组，由文艺界人士担任各组组长。

1942 年国民党成立中央文化运动委员会，其职责之一也是援助贫病作家。太平洋战争爆发后，香港的文艺界人士辗转前来内地，中央文委和赈济委员会拨款 50 万元予以救济。同时设立文化编译社，为内迁文人提供职位，以资救助。1944 年桂林告急，滞留桂林的文艺界人士陆续向贵阳、重庆迁徙，中央文委募集捐款 418 万元，以每人 2000 ~ 5000 元的标准，给文艺界人士和家属提供旅费。据中央文委的报告，此次共资助“除家属不计外为九百九十五人”①。

尽管有了上述各种资助，然而争取提高稿费和保障版税的呼声并未停止。1943 年 5 月《抗战文艺》第 8 卷第 4 期发表了《保障作家稿费版权版税意见书》，以文协这个团体的名义对稿费版权表达了要求，即：①稿费的发表费最低每千字三十元，著译出让版权的稿费，已发表的著译最低每千字五十元，未发表的最低千字七十元。②版税最低百分之十五抽取，再版则以百分之十八或二十抽取。除此以外，《意见书》还明确提出在计算译著字数时应以全部字数计算，不得减除题目、标点及分段的地位；对于稿费版税的支付方式，也是可以预支，原稿通过审查即可预支第一版版税的一半。

同年 10 月 17 日，文协邀请文艺界人士会谈再次商议稿费标准，确保作家稿酬得到保障，会谈的结果决定“以公务员之米贴及印刷商承印之排工作为稿酬之最低标准。”紧跟着 18 日，中央出版事业管理委员会召集重庆市出版界座谈会，会上确定稿费问题的基本原则，即：“三十元千字之稿费最低标准应予

---

① 《四年来之中央文化运动委员会》，第 13 页。

提高；版税仍维持照售价抽版费百分之十五标准，各出版业应从速拨付稿费并酌予预付版税若干。”作为回应，25日出版界同业公会开理事会，对于稿费问题明确了四个办法，“（一）发表费最低每千字六十元；（二）版权让与最低一百元；（三）翻译及已发表而售版权者得酌减；（四）审查通过后即付稿费”①。

根据文艺界、出版界各自商讨的结果，国民政府中央出版事业管理委员会在29日召开会议讨论，最后议定：（一）创作发表费，每千字最低八十元，以重庆为准，各地视实际生活情形酌量增减之；（二）让与版权者，其版权费由出版家与作家相互磋商，作合理之决定；（三）版税维持原有照售价抽百分之十五之标准，但教科书则为例外；（四）原稿经审查机关审查通过后，即应付给稿费；（五）版税得酌量预支；（六）稿费有调整之必要时，由中央出版事业管理委员会邀作家及出版同业公会代表洽商决定之。② 相比较而言，政府规定的发表费有所提高，明确了只要通过审查即可支取稿费以及预支版税。

4. 文艺救助政策的争论和效果

政府的政策基本上符合文艺界的期待，然而，并非所有人都对文艺奖助金持乐观的态度。在文艺奖助金管理委员会尚未正式成立前，已有人就文艺奖助金如何支配提出问题，奖助金的设立视为奖励作品的生产及资助作家贫困，但“怎样的作家才配付予贷金？作家贫困到怎样的程度，就得予以资助？”③ 可以说，这番话触及了文艺奖助金在执行过程中必须解决的根本性问题，即经费有了，应该以怎样的标准来发放？

果然，尽管文艺奖助金委员制订了详尽的《文艺界贷金暂行办法》《文艺界补助金暂行办法》，但在执行过程中实际并不那么尽如人意。《大公报》1941年1月2日的《一年报告与自白》，将保障作家生活问题列为1940年度陪都文艺界最大的一件事。该文分析了奖助金在执行过程中出现的新问题，质疑这种直接拿金钱资助文艺的做法。该文声称“这件事在未办以先，我们就预感它将要发生许多困难。”因为“中国职业作家太少，社会需要文艺而不重视文艺，作家又没有取得法律上的地位，何况作家们的境遇相差的很有限呢?”

---

① 《作家稿费问题》，《出版界月刊》第1卷第1期，1943年12月15日。

② 《中央出版事业管理委员会已议决提高稿费原则六项一案令仰转饬知照》，《四川省政府公报》第453期，1944年5月6日，第32页。

③ 禾火《文艺资助金的支配问题》，《中央日报》1940年3月22日。

作家情况千差万别，于是就出现了“被奖的未必都是生活没办法的作家，真正没办法的作家，反而不肯或得不到奖励”。

这番话揭示了两个问题，第一就是谁该得到资助？应该说，前面《大公报》和《中央日报》的文章表明，在文艺奖助金设置之初，对如何遴选奖助金的资助对象就已经有了各方面的疑问，并且被视为奖助金执行过程中最有可能出现的障碍。事实上，在文艺奖助金管理委员会成立之初的1940年，工作的侧重点就在补助作家生活。根据委员会1940的年度工作报告可知，自成立后，该委员会在1940年共召开8次会议，每次会议均以贷款及补助为重要议案，“自第八次会议止，计决议支付贷金为六千八百元，补助金八千六百元”①。此外当年获得资助的作家还有：王独清去世后给予治丧费1000元，叶紫去世后给予抚恤金500元，青年作者王锐，因病住中央医院，按月补助医药费40元。1941年的补助中，梅林、赵铭彝、蹇先艾、邹邦彦、黄芝冈各获得补助金500元，王梦鸥获得贷金500元，白薇因长期患病而获得了特种补助金1000元。② 对王独清和叶紫的身后事予以资助，显然不会引发任何的疑问。这样的资助方式在短期内或者可以缓解作家的压力，但并未能让作家获得实质性的保障或者解决一部分的问题。

在《大公报》编者看来，问题的根本在于：第一，发表作品的地方太少，以重庆为例，文艺作品在报纸的地位不固定，即使固定其地位也极小；第二，未能顾及一般作家，尤其是大中学生，不少大中学生依靠稿费维持学业，但由于重庆成名作家太多，文章发表的机会往往首先给了成名作家；第三，出版家的严苛和编者的疏懒，即出版家、编者和作家所站的角度不一导致对问题看法的差异，当重庆的米价已经在50元一斗的时候，杂志出版家还认为三元一千字的稿费太高，有时甚至几个月不发稿费。③《大公报》本身就是文艺作家发表文章的重要园地，编者的这番真诚而中肯，说的是具体的现象和普遍存在的事实。文艺奖助金的设立出发点是没任何问题的，然而不同作家之间的情况存在差异，如作家实际生活状况的不同，成名作家和青年作家在稿费标准、发表机会等方面的差异，导致了奖助金在制定标准和发放过程可能会出现偏差。

另一方面，提出保障作家生活的是文艺界人士，相关部门也立刻采纳建

---

① 《文艺界奖助金管理委员会廿九年七月至十二月工作概况报告》，中国第二历史档案馆编：《中华民国史档案资料汇编·第五辑·第二编·文化（一）》，第80页。

② 《社语》，《中国诗艺》复刊第3期，1941年八九月号。

③ 《一年报告与自白——并寄遥远的文友》，《大公报》1941年1月2日。

议，成立奖助金管理委员会，制订支持计划，可在实施过程中，有些作家似乎并不领情。

文艺界奖助金委员会从1940年7月成立之日起，半年内召开多次委员会。但文艺奖助金委员会给作家们提供的资助并未能获得认可，为什么呢？对此，从《大公报》编者的文章中可一窥端倪。文中提及了有部分作家根本就“不肯”领取奖助金，以至于编辑号召作家“不要辜负政府眷念文艺界同人的一番美意”，“作家们尽管清高，但对于本身应享的利益应该争取，拿心血换得的报酬更是天经地义。”这显然就是在为作家领取奖助金消除顾虑，鼓励他们争取自己的应得利益。同时也说明了直接发放奖助金的方式来缓解作家生活压力，并未受到文艺界的普遍认可。这其中涉及的是知识分子对来自国民政府资助的理解，在抗战时期，即使是最困难的时候，知识分子对和“政府”之间的关系采取的是谨慎的态度。尽管在抗战以后，知识分子对“政府”采取了合作的态度，也有学者进入政府部门为官，但对于大多数的知识分子而言，始终有一个度，即不能放弃知识分子独立的地位。

由此再回头分析《蜀道》座谈会上，王平陵的建议是给予作家相适应的职业，如教员、编辑等，这些职业作家能够胜任，也能解决作家的生活。老舍对此表示明确反对，认为“实在不是一个好办法”，“譬如去当一个国文教员，每星期要教几十小时功课，要改几十本卷子，这不是把一个作家毁了么?”老舍自己就是辞去教职，专心从事写作的，从老舍的言语可知，在职业作家心目中，保持时间上和心灵上的自由，是比什么都珍贵的。不能为了吃饭，把自己的事业都放弃掉。因此，老舍并不赞成用“保障作家”这个题目进行讨论，认为这个题目太大。他的看法是既然是讨论作家生活，以支持作家不断写作，那就只谈提高稿费和保障版税。另一方面，老舍也有担心，即使文协通过一个议案，如果无法实现，“岂不是大家应该收起笔来，作为一种消极的抗议么？这是容易引起社会上的误会的。”对老舍而言，这样的消极抗议也是极不可取的。老舍在座谈会上的发言，是从一个职业作家的角度看待解决此问题，对作家而言，不应该因为暂时的困难而放弃写作。而且稿费和版税问题，涉及的是作家、出版商、报馆杂志等几方面，问题的解决还得依靠大家的相互协商，才是解决稿费和版税较好的途径，“慢慢做，或者比大锣大鼓还好些。”

1939年文协受贵阳《中央日报》和宜昌《武汉日报》的委托，征选抗战小说，中选者给予奖金一千元。张恨水对此颇不以为然，报社以奖金的方式鼓励作家写作，在他看来是学犹太商人“叱而与之”的奖励方式，“是个失态的措施"。[1] 在张恨水看来，作家写抗战文章，在当时的情形下是天经地义，是作家的天职。后来引发社会讨论的文人生活贫困问题，在张恨水也有不同的见解，他认为无论文艺家怎样苦，"和前线士兵出入枪林弹雨之下，总要好些吧！"他批评了有些文艺家一方面苦于收入短少，一方面家里女人要做太太，儿子要做少爷，所以，他认为，要讨论文艺界人士的生活艰难，应该先讨论生活够不够严肃，是否配合这个了抗战。张恨水的这篇文章很快引起了文艺界人士的讨论，他紧接着又写了一篇《总得活下去》阐明自己的观点，认为文人的命运就是"少达而多穷"，"既作（做）文人，就不怕苦闷"。张恨水列举历史上的左丘明、司马迁、陶渊明、孟浩然乃至孔子孟子，认为他们在极艰苦的条件下立下不朽的文字，都是值得现代文人学习效仿的。

对于现金的资助，不少作家非常慎重。老舍在主持文协工作期间，多次为生活困难的作家们争取帮助，但他自己的生活同样不容乐观。尤其是抗战后期，老舍的家人到重庆，老舍自己身体状况一直很糟糕，经常生病，生活过得极其艰难。老舍贫血病复发，又患痔病痢，痛苦之际竟说"深盼死在这里免得再受罪"[2]。好友吴组缃深知老舍的艰难，曾致信以群，请文协理事设法为老舍筹一笔款子。同时，吴组缃又致信老舍夫人胡絜青，认为"老舍不当严苛律己如此。力求生存健康，为最道德的行为，否则最不道德，文协款若到，务应收用，幸勿过于狷介"[3]。"狷介"一词，道出了老舍的谨慎和洁身自好。作为文协总务部主任，老舍在重庆文坛交游广泛，有任何的困难都可以获得各方的帮助。显然他没有因为自己的困难向文协提出任何要求，不愿随便接受资助。

正因为文艺界人士这些不同的反应，使《大公报》编者认为政府直接给予作家现金资助是"消极"的应对，而非积极的促进。在《大公报》编者看来，更合适的解决办法莫过于：1. 让作家多得写作机会，政府通过编撰文艺书籍，出版杂志等方式，让作家能踊跃投稿，既可以达到宣传效果，又解决作家生活问题；2. 卖杂志赚不了钱，但书籍的销售可观，出版家既有出版的能力，似乎不应该拿剥削作者以资挹注，至少应该和别家保持平衡；3. 青年作者生活清苦，写文发文都不容易，"希望一面要增加出版物，一面要负责编辑的人扩

---

① 水：《小说奖金一千元，实际上是千字三元的薄酬》，《新民报》1939 年 4 月 12 日。

② 吴组缃：《吴组缃日记摘抄》（1942 年 6 月至 1946 年 5 月），《新文学史料》2008 年第 1 期，第 11 页。

③ 同上。

大眼界”①。以上三点建议，实质上是要通过增加出版机会的方式让更多的作品发表，从而解决作家的生存问题。其中考虑的是不给现金，而是资助文化事业的方式，来达到改善作家生活状况的目的。

显然，这样的考虑在一定程度上是符合文艺界的实情，更能让文艺界人士接受。事实上，文艺界奖助金委员会对此问题也有所意识，感受到了直接予以资助过程中的困难，“本会初期工作，偏重作家个人生活之补助，嗣以该项工作，虽属重要，亦多窒碍，而于文艺运动之本身而言，似以置其重点于文艺作品之奖励较为适当，故几经缜密讨论，并制定详细办法，乃于十一月起，先择中华全国文艺界抗敌协会主办之《抗战文艺》，中国文艺社主办之《文艺月刊》，乐风月刊社出版之《乐风》试行提高稿费，计在二十九年度内支出是项稿费，计一千六百六十五元”②。委员会作为直接的执行者，对此问题认知非常明晰，他们调整了奖助金管理办法，在第七次委员会上废止了《文艺界贷金暂行办法》、《文艺界补助金暂行办法》。同时，将资助的重点从直接的生活资助转而为支持文艺作品的奖励，选择《抗战文艺》《文艺月刊》《乐风》等杂志，为其提高稿酬进行补助。

---

① 《一年报告与自白——并寄遥远的文友》，《大公报》1941年1月2日。

② 《文艺界奖助金管理委员会廿九年七月至十二月工作概况报告》，中国第二历史档案馆编：《中华民国史档案资料汇编·第五辑·第二编·文化（一）》，第80页。

第八章 文学中的重庆大轰炸

1939年以后，日军开始对重庆实施长时间的大轰炸，重庆繁华街市毁于一旦，处处残垣断壁。轰炸给人们的心理造成巨大的恐惧和压力，但轰炸也让重庆的人们更加团结。重庆成为民族精神坚不可摧的象征，在被轰炸夷为平地的城市，很快又建起一栋栋房子，又响起商贩叫卖的声音，迅速地恢复了城市的生命。

刚到重庆的人们，对这座城市刚刚开始有所认识，又不得不接受日军夜以继日的轰炸。轰炸改变了人们的生活，这一切不但没有丝毫影响到重庆的城市形象，反而让其更加高大。

一、废墟中的重生：大轰炸后的重庆

惨烈的大轰炸让重庆人抗战的决心变得更加坚不可摧，重庆被称为“不死之城”“英雄之城”，其城市形象甚至超越南京、北平这两大都城，诗人们称赞这座城市：“人们在这儿，/都有了祝福的声音，/你听——/满街满巷地唤着‘重庆’。/大娄山只有四十二个弯，/重庆市呀，街道排成山，/谁能计算出重庆多少天，/看浮图关就高到可怕！/六十里南京城，/八十里北平，/重庆共有多大？/从扬子到嘉陵是一百八。/到夜晚，/有繁星来点四岸的灯火，/没有人数，也没有数，/灯火样多是重庆的坡。/重庆炸平了，谁相信？/我看见重庆像松竹样常青。/在这儿寻不出半点狼狈，/漫天大雾只和风在吹。/林森路，长呀，跟了江水流。/两路口，大呀，挤满了过路人，/来这儿，只听见江水唱，/船夫也唱，/唱着句不尽的话：‘不死的城！’”① 这首《重庆小唱》发表

① 高咏：《重庆小唱》，《大公报》1940年12月16日。

于1940年12月16日的《大公报》，不过是那一时期无数歌颂重庆的诗歌之一。诗人用夸张的手法，表现了重庆城的大、人的众多和轰炸之后依然如故的决心，可以说，在那一时期，还没有哪座中国城市能够享受到如此的溢美之词。因为重庆承受了日军的残酷轰炸，城市面目全非，灰飞烟灭，炸弹在瞬间掠夺去无数无辜的生命。

1. 悲愤的控诉

1939年5月，大轰炸攻击目标主要在重庆市区繁华地带，不少作家亲眼见着繁华的城市灰飞烟灭，他们加入逃生的人群，在惊慌失措的人群中逃往郊区。当作家们在提笔记录下自己的这段经历的时候，无不是饱含愤怒，胡秋原认为这样对平民百姓惨绝人寰的轰炸，是史上闻所未闻的，“只有南京的屠杀可以相比”①。梅林在下笔的时候情绪激动，“我应该怎样的下笔呢？我绝不可能像平日一样安静的坐在写字台前。我满心海样深的仇恨，我满心海涛样汹涌的感奋”②。《抗战文艺》第四卷第三、四期合刊推出了“轰炸特辑”，其中评论有老舍的《以雪耻复仇的决心答复狂炸》，散文有蓬子的《不能威胁和动摇的铁的意志》、梅林的《以亲爱团结答复敌人的狂炸》、李辉英的《空袭小记》、任钧的《火血小记》、胡秋原的《轰炸所感》、杨朔《远来的泥脚》、徐中玉的《在燃烧中》、张周《血的仇恨》，通信有陆晶清的《重庆在烈焰中——致何登·夏洛蒂夫人》，新诗有王礼锡的《轰炸后》、冯玉祥《新的血债》。仅从文章的题目就可感受到强烈的“血”与“火”的仇恨和愤怒，这些文章既有对轰炸过程的真实描写，也有作家在轰炸之后的悲愤之作。

敌人的炸弹和烧夷弹将繁华市区变成了断壁残垣，“在十几小时以前，谁也不容易相信，那些富丽堂皇的高楼大厦，那些被赞作重庆之心的最繁华的商业区，那些整日整夜熙来攘往的大马路……竟在片刻之间，变成简直不堪入目的一片颓垣败瓦的废墟”③。“不错，只是几天以前，重庆是一幅女人的锦绣花裙，展放在扬子江上”④。昔日熟悉的地方都变得陌生，到处如同人间地狱，“代表日寇的罪恶的火舌，从人口稠密的商业区住宅区……从四面八方伸出来，腥味的浓烟卷上半天，火光耀红了整个重庆市”，“晨曦中，空气中，充满了血

① 胡秋原：《轰炸所感》，《抗战文艺》第4卷3、4期合刊，1939年。
② 梅林：《以亲爱团结答复敌人的轰炸》，《抗战文艺》第4卷3、4期合刊，1939年。
③ 任钧：《火血小记》，《抗战文艺》第4卷3、4期合刊，1939年。
④ 杨朔：《远来的泥脚》，《抗战文艺》第4卷3、4期合刊，1939年。

腥和焦味”。摆在活下来的人们面前的是死亡：“倒塌的房舍，烧残的荒墟，盛殓无辜死者的薄木棺材。”① 王礼锡的诗《轰炸后》将轰炸前后作对比，“昨天是一个古色古香的书店，/而今是人血人肉烤成的瓦砾，/一部木刻宣纸丝装的古书，/我的手指曾给它多次的抚恋。”“昨天是一个北方的小吃馆，/而今是人血人肉烤成的瓦砾，/在万家母子夫妇团聚的新年，/是我供给我半打香油的锅贴。”“为了要温一温平津的声音笑貌，/我曾几度到此坐对清茶与大鼓，/而今是人血人肉烤成的瓦砾，/谁更把国仇家恨悲壮地从头数。”诗中没有激愤的怒吼，却有深切的痛心，古色古香的书店，木刻宣纸的古书，传承着中国五千年的文化。对因战争到来的“下江人”来说，北方的小吃馆，清茶和大鼓，是战乱中乡愁的寄托。可是这些都被战火摧毁，诗人质问：“是谁把美的生变作丑的死？”②

到处是火，空气中充满着血腥和烧焦的味道。“整个重庆最繁华的地区，都在一刹那间，化成了火之海，焰之海，烟之海！火焰烧红了半边的夜天，浓烟占领了全部的天际。”③ “院里没有灯光，但天空全是亮的……多少处起火，不晓得；只见满天都是红的。这红光几乎要使人发狂，它是以人骨、财产、图书，为柴，所发射的烈焰。灼干了的血，烧焦了骨肉，火焰在喊声哭声的上面得意的狂舞，一直把星光月色烧红！④”“靠山的街道上全是熊熊大火，浓烟铺天盖地朝他滚了过来。只听见火烧的噼啪声，被火围困的人的惨叫声，以及救火车不祥的铃声。新起的火苗，在黑暗中像朵朵黄花，从各处冒出来，很快就变成了熊熊的火舌。头顶上的天，也成了一面可怕的镜子，忽而黄，忽而红，仿佛老天爷故意看着人们烧死在下面的大熔炉里来取乐似的。”

2. 废墟中的重生

灾难中的国人更加团结在一起，使中国人更清楚地认识了日军的残暴，更激起了大家抗日的决心。正如老舍激动地写道：“痛哭过一阵的人，会不再流泪，而去咬牙复仇。暴敌轰炸的成功也正是失败，血肉横飞的惨象激动了我们更多的同情与义愤，认识了恐怖，更明白如何在死里求生。假若不幸而有人以为轰炸便可以动摇了抗战到底的国策，他就是与敌人一样肤浅，与猪狗一样的

---

① 杨朔：《远来的泥脚》，《抗战文艺》第4卷3、4期合刊，1939年。
② 王礼锡：《轰炸后》，《抗战文艺》第4卷3、4期合刊，1939年。
③ 任钧：《火血小记》，《抗战文艺》第4卷3、4期合刊，1939年。
④ 老舍：《五四之夜》，《老舍全集》第14卷，第218页。

(地)愚蠢无耻。”[①] 老舍坚信中国文化的力量，在他看来，日本懂中国事，会计算军队的人数，明白中国有多少架飞机，但不懂得中国人的文化力量。有了中国文化力量的支撑，南京和武汉狂轰滥炸中国人不会害怕，重庆的轰炸也算不得什么。

政府和社会人士的各类救助措施，让处于慌乱中的国人更体会到同胞手足之情。当难民如潮水般涌向城外的时候，国人之间相互救助，亲如一家。在南岸通往黄桷垭的路边，一支军队在沿途的石头上、树干上贴着纸条，上面写着：“亲爱的避难同胞们！请到三星饭馆去吃稀饭啊！军队给你们预备的，不要钱！”“浓厚的，香美的，热腾腾的稀饭，摆在三星饭馆的门前，避难的同胞们走上前去，立即就看到服务人员热情的脸和热情的语言”[②]，在慌乱的逃生路上，这样的热情无疑是让人感动的，同胞之间的友爱和热情足以让每一个惊惶的心获得安慰。

整座城市的人都行动起来了，团体和学校组织起服务团，童子军、男女学生、公务员，“都热诚而热烈地替难胞们搬行李、抱孩子、做向导……”，学生们还自己掏钱买东西去慰问逃难的人们。政府将所有的公私汽车都动员起来输送难民，卡车、私人汽车、公共汽车，每一辆车有代表某机关的服务人员，将有需要的人们送往郊区，“每一辆车子站满了人，堆满了行李，人不分洁净和污秽，行李不分破烂和贵重，一样的挤堆在一起，在街上风驰电掣的驶过”[③]。这个时候，没有了“下江人”和“本地人”的分歧和不同，这一刻大家都是并肩抗战的中国人。“老妇说，/不怕难，不怕难，/女人说：/快快上前线/小孩说，/杀向前，杀向前，/学生说，/为民族解放而受难；/商人说，/为国家独立而抗战”，轰炸加深了人们对敌人的认识，更强化了抗战必胜的信念。

被摧毁的城市迅速在废墟上重生，人们称赞和惊叹于这座城市自我修复的能力。一般到重庆的人，到之前总会以为重庆该是怎样的破败和凄惨，到了以后，才发现，整个的重庆并无想象中的颓丧。朱自清从昆明到重庆，在瓦砾场和炸痕之间，看到的是街上川流不息的车子和步行人，“挤着挨着，一个垂头丧气的也没有。”人们的眼中充满了“安慰和希望”，这让作家深受鼓舞，“只

---

① 老舍：《以雪耻复仇的决心答复狂炸》，《抗战文艺》第4卷3、4期合刊，1939年。

② 梅林：《以亲爱团结答复敌人的狂炸》，《抗战文艺》第4卷3、4期合刊，1939年，第107页。

③ 同上。

要有安慰和希望，怎么轰炸重庆市的景象也不会惨"①。日军的轰炸机被称为"机械化的飞魔"，"当他们还没有回到魔窟的时候，/当炸弹的硝烟还没有消失的时候，/当十丈黄尘还在飞扬的时候，/在这新辟的废墟上，/却传播出复兴和再建的歌唱"②。修理电线的工匠、整理马路的工友，所有失去家园的人们，回到瓦砾堆上，开始重建家园。雾季到来时，城市的面貌发生了变化，"战争的创伤就几乎看不见了。起码，在主要街道上，破坏的痕迹已经不存在了。"重庆在表面上又恢复了往日的热闹。

重建的房屋，重新开张营业的商铺，迅速恢复的市容，体现的是中国人与生俱来的对生活的信念和执着。老舍的小说《鼓书艺人》中的主人公方宝庆来自北平，他费尽心思在重庆开了一家"升平"鼓书场，生意兴隆，是四面八方的"下江人"散心的好去处，他们能在大鼓书的曲调中领略一番家乡情调。可是这个书场没能躲过轰炸，宝庆看着变成废墟的书场，"房顶已经给掀去了。碎瓦断椽子铺了一地。他那些宝贝盖碗全都粉碎了。他没拿走的那些幛子和画轴，看来就像是褪了色的破糊墙纸一样。"眼前的景象令宝庆难过，但他觉得"书场给毁了，可他还活着呢。"宝庆开始在心里盘算，"换个屋顶，再买上些新盖碗，要顶好的，就又能开张了。"方宝庆的心好受了，他打算写段鼓词，题目就叫《炸不垮的城市——重庆》。

重庆的伤疤和废墟上的新生成为城市乃至整个国家的荣誉徽章。访问重庆的客人往往被带去看轰炸后的痕迹和生活在其中的市民，这一切足以向所有人证明重庆人的英勇。倔强的姿态和战争的信心鼓舞着人们，即使在日军轰炸最厉害的时候，重庆的人们信心尚存。正如有作家所描写的那样，"那时候，大家有那么一股热情，于悲惨场面中，寄以（予）无限的希望。""明年焦土又新枝"可以代表当时社会人士的一般心理。③

二、防空洞中时光

防空洞是抗战时期重庆民众躲避日军空袭最主要的场所。作为防空手段，防空洞的开凿和战争联系紧密。提及防空洞，必然让人联想到空袭。在日军轰炸期间，重庆民众无分贵贱，都不得不待在防空洞，经历一段"地下生活"。

---

① 朱自清：《重庆一瞥》，陈雪春编：《山城晓雾》，第48页。

② 任钧：《敌机去后》，《大公报》1940年12月1日。

③ 曹聚仁：《文坛五十年》，上海：东方出版社，2006年，第337页。

于是，防空洞不仅仅是人们躲避空袭的场所，也成为空袭期间人们生活的又一重要空间。正因为如此，在有关大轰炸的文学作品中，防空洞成了作家们创作的主题，诗歌、小说和日记等各类体裁的作品中均有不少和防空洞相关的书写。

防空洞题材的突出，首先表现在对抗战的宣传中。为躲避空袭，防空洞的开凿在重庆异常火热，并成为重庆民众抗战精神的体现。但与之相随的是民众防空知识的欠缺，围绕防空洞，向民众普及防空成为战时宣传的重要话题之一。其次，空袭改变了人们的生活习惯，防空洞中既充斥着空袭来临时的紧张，又因长时间的躲避而被赋予日常生活的特色。在重庆，防空洞的功能是躲避空袭，可是防空洞修筑的质量和环境迥异，因此，民众在不同防空洞中的感受也有所不同。以“防空洞”为切入点，解读文学作品中对防空洞的书写，从防空洞的开凿，防空洞中的生活等角度，可对抗战时期重庆大轰炸做更多角度的呈现。

1. 防空洞：比衣食住行都重要

重庆是山城，其地下为岩石层，地形地貌适合于防空洞的开凿。早在1935年，重庆就已经启动了防空工作，1936年还成立了重庆市防护团，并有了开凿防空隧道的计划。但整个重庆防空工作的推进，仍在全面抗战爆发之后。尤其是在重庆大轰炸期间，面对日军频繁的空袭，重庆得以依靠的防空手段，一是秋冬季节的天然屏障——“雾”，另一个就是防空洞。

重庆的防空洞开凿在1937年就开始了，其时防空洞的修建数量非常有限，能容纳的避难人口也并不多。1938年，从“下江”迁往重庆的人口猛增，战争的氛围愈加浓厚，防空洞的修凿规模也日趋扩大。仅1938年，重庆市修筑的防空洞、室、壕、道就有166个，容量为33287人。1939年日军开始对重庆实施大轰炸，尤其是5月3日、4日的轰炸，令重庆损失惨重。面对日军猛烈的轰炸，防空洞的修凿速度开始猛增。在1939年开凿的防空设施是1938年的5.72倍，容量达255960人。① 到1940年，重庆已建成公共防空洞662个，公共防空壕20个，隧道19个，私人防空洞528个，私人防空壕71个，防空室38个，总共可容纳330968人。② 对比1938年和1939年重庆市防空洞、室、

---

① 以上数据参考唐守荣主编：《抗战时期重庆的防空》，重庆：重庆出版社，1995年，第88页。

② 刘峙：《中国防空事业的昨今明》，《重庆陪都第一届防空节纪念特刊》。

壕、道的容量，不难发现数量的增长是相当巨大的。

不断扩充的防空洞折射出的是重庆严峻的防空形势和紧张的战争氛围，山城中随处都可以听到叮叮咚咚敲打石头的声音，金石声和火炮震石的声音。这些声音成为重庆人抵抗日军轰炸的不屈音符之一，给居住在重庆的人们以希望和鼓励："那震击着我底心灵的/那比江涛还嘹亮的/那活跃了山城脉跳的/是开凿防空洞的声音。"①

任钧的《跟石头战斗的人们》描写了为开凿防空洞而辛勤工作的人，他们为了在轰炸时给市民提供一个最安全的保险箱，每天起早贪黑、整日整晚开凿防空洞：

当太阳还在床上睡懒觉的时候，
他们便起来了——
不断地流着汗，
不断地喘着气，
拿着钢钎和铁锤埋头工作。
但太阳已经就寝了，
他们还是没有休息——
不断地喘着气，
拿着钢钎和铁锤埋头工作……

这样的一个群体，没有出现在战争的第一线，没有扛着武器直接和敌人面对面，但他们也是战斗者：

他们是跟石头战斗的人们，
他们的铁腕比顽石还要坚硬，
——不管是风化石，青石，花岗石……
一碰到他们便只好粉碎。

正是有了这些工匠的努力，才有了重庆无处不在的防空洞，在最危急的时候保障市民的生命安全。在战争中，士兵、战场往往是文学作品创作的主要对象。在大后方文学中，也较少将关注的目光投向工匠、工人等普通人群。《跟石头战斗的人们》恰恰就将开凿防空洞的工匠作为了书写对象。正是他们比顽石还坚硬的手腕，正是他们整天整晚"不断地流着汗/不断地喘着气"，才能在

---

① 王亚平：《收获诗辑》，《文艺阵地》第7卷第1期，1942年8月25日

凄厉的警报声拉响时，使“三四十万市民/便不慌不忙地走进了防空洞/——如走进了最安全的保险箱！”在远离一线战场的大后方，有无数像开凿防空洞的石匠们一样的劳动者，他们没有惊心动魄的故事，他们也没有上战场，但却在自己的岗位上，为保卫大后方，为做好抗战工作默默付出，以另一种方式参与了战争。

和防空洞热火朝天的建设形成鲜明对比的，是民众防空知识的极度匮乏。对于政府开凿防空洞的行为，他们不明白甚至感到茫然。防空意识的缺乏意味着抗战知识普及的艰巨。抗战宣传的职责不仅仅是让民众知晓战争的严峻和重要意义，还包括了向民众普及战争所需要的自我保护的基本知识。

民众因对防空缺乏认知，在空袭来临时往往因无知或者慌张而造成无谓牺牲。“更有硬充浑大胆，登高瞭望，总想以身试弹的。更有虽已入洞，不知安坐，因而临时慌张，自相践踏的”①，针对民众在空袭时做出的种种无知的举动，致力于推广通俗文学的作家老向提出实施空袭教育的动议。老向认为，在政府的防空计划之外，文艺家和教育家也应行动起来，“应该加紧工作，应该乘机普遍的推行空袭教育。”老向的建议中包含“使民众知道怎样躲避空袭”，“拟定适应空袭的生活程序”，“知识分子以身作则”等内容。这些建议并非泛泛而谈，而对躲避空袭过程中的具体行为做了切实的指导，是老向根据自身所见所闻的亲身经历所得出。

国民政府对防空宣传同样采取了不少措施。在日军开始频繁轰炸的1939年，《中央日报》就多次以歌谣形式将空袭的基本知识向民众宣传。这些防空歌将空袭过程中应注意的方方面面问题做了非常详细的说明，如空袭警报的时长，“工厂汽笛喔喔呜，长音一次响二十秒；/短音每两次响三秒钟，这样音节要记好”。如空袭警报的信号是“红白绿色旗三条”，三种颜色分别代表的意思是“白色空袭红紧急，绿色解除不用焦”。而在躲避空袭之前，更要做到不慌张、不乱跑，收拾好自己的物品，“契约要件收拾好，煤炉灶火用水消，/天窗布幕须遮好，自己门户关锁牢，/出城路线如何去，沿街立有指路标”②。防空歌谣将警报拉响直至躲避空袭的每一步骤都予以了提醒，如同一份完备的空袭行动指南。

1940年初，秋冬的雾季过去，重庆城市防空的天然屏障一消除，国民政府立即加强了防空宣传。《空袭时国民信条》《空袭时市民须知》连续多日出现

---

① 老向：《一个紧急的动议——实施空袭教育》，《中央日报》1940年6月26日。

② 《防空歌》，周勇、任竞主编：《抗战大后方歌谣汇编》，第261页。

在《中央日报》上，各个防空洞口也都贴满了“空袭信条”和“市民防空注意事项”①。无论是“市民须知”还是“注意事项”，内容都大致相同，无不提醒市民在进入防空洞时应“赶紧入洞，万不可拥挤洞口”及“入洞时要自带干粮、茶水、风扇、坐凳、药品，夜间并多带衣服”。随着夜间空袭的频繁，还尤其告知市民“空袭时务须将炉火扑灭，再行躲避，以减火灾”及“在月夜期中，能暂疏散乡间者，仍以疏散为是”等。

上述种种“须知”及“注意事项”每一句无不使用的是最通俗易懂的语言，“要”做什么，“不可”做什么，都说得非常清楚明白，其目的自然是要最大层面地让更多民众知晓。无论是措辞，还是密集的宣传手法，皆透露出重庆防空形势的严峻。防空洞变得如此之重要，固然是因为日军来势汹汹的轰炸，也是重庆防空力量缺失的体现。

2. 不同类型的防空洞体验

重庆的防空洞分公共防空洞和私有防空洞两种。公共防空洞系由政府出资挖掘，1939 年 5 月 3 日、4 日重庆遭受了日军轰炸，人员、物资均损失惨重，此后公共防空洞的修建放缓。一方面是公共防空洞修筑变缓，一面又是越来越严峻的轰炸，于是修筑私有防空洞开始盛行。在私有防空洞中，有个人挖掘的，更多的则是由机关和团体进行开凿的防空洞。不同类型的防空洞，其配置的设备和条件有所差异，进入的准则也不尽相同，因此，当空袭来临时，进入什么样的防空洞，往往取决于人们身份，不同防空洞带来的体验自然也是不一样的。

公共防空洞空间大，容纳的人口众多，因此重庆市防空洞管理处对公共防空洞的管理有明确的要求，例如设置洞长管理洞内的事务，定期对洞内照明、通风、清洁卫生等进行检查。按标准设置的公共防空洞无疑是非常理想的：“这个洞子，纯粹是公共的，里面是个交叉式的三个隧道，分段点着柴油灯。灯壶用铁丝绕着，悬在洞子的横梁上。照见在隧道底上，直列着两条矮矮的长凳。难民一个挨着一个，像蹲在地上似的坐着。穿着制服的洞长和团丁，在隧道交叉点上站着，不住四面张望。这洞子有三个洞口，两个洞口上安设打风机，已有难民里面的壮丁，在转动着打风机的转钮。有两个肩上挂着救济药品袋的人，在隧道上来去走着。同时，并看到交叉点上有两只木桶盖着盖子。桶

① 《空袭时国民信条已贴遍各防空洞》，《中央日报》1940 年 7 月 20 日。

上写着字：难民饮料，保持清洁。”① 这段话勾勒出公共防空洞的完整形象和基本配置。一个条件完备的公共防空洞，不仅有照明、通风等基本设备，也为应对长时间的空袭，准备了药品和饮用水，且都有专门的人负责。

防空洞整洁有序，躲避其中似乎不会引起不舒适的感受。可是事实恰好相反。由于人数众多，公共防空洞往往闷热不堪，环境恶劣令人感到难受。老舍曾在公共防空洞躲避过空袭，其体验很糟糕，“前几天，我在公共防空洞里几乎憋死。人多，天热，空袭的时间长，洞中的空气不够用了”②。时任行政院参事的陈克文也在日记中记录在公共防空洞中躲避空袭的经历，“一股腥臭热气，触人欲绝，小孩子的哭声和成年人的拥挤互骂声，闹成一片”③。日军对重庆的空袭几乎都在春夏季节，本身气候热，躲避空袭的人一多，空气稀薄，自然令人难受。如果再碰上日军疲劳轰炸，在人员密集的洞中长时间待着，就不啻是一种折磨。不过，躲避空袭的次数多了，人们想出各种办法来应对问题。针对防空洞中令人窒息的空气，梁实秋和朋友们就曾采纳防空信条中所推荐的应对办法，人人手持一把大扇子，“向同一方向扇风，可有助于空气流通”④。

公共防空洞又不分阶层，不分职业，容纳的人多，因此不仅空气污浊，也最为喧嚣、无序。人一多，口角就必然多，人生百态都在这狭窄的空间中显露。在防空洞中，最容易引发众怒的莫过于小孩子啼哭。带小孩的母亲，因孩子的啼哭引发防空洞中其他人的叱骂，在当时是比较普遍的现象。《母爱》中病得黄瘦的孩子在母亲的怀里吓得哭起来，洞里其他人都谴责她，要她立刻把孩子的哭声停止。做母亲的不得不“用力把孩子的面颊紧紧抱在自己的胸脯上，可是孩子被压得更要哭，那撕裂的声音，加深了每个人心上的不安”⑤。在空袭临头时，原本就异常紧张的心理，更因孩子的啼哭引发人们内心的恐惧和烦躁。孩子无辜，哭闹的孩子常常成为防空洞中的众矢之的，以至于《空袭时市民须知》中专门有一条“洞内偶有小孩啼哭，大家不要恶声责骂”⑥。除此之外，防空洞中更有各种吵闹声、细小的讲话声、劝阻声，所有的声音汇集

---

① 张恨水：《巴山夜雨》，第 206 页。

② 老舍：《八方风雨》，《老舍全集》第 14 卷，第 397 页。

③ 陈克文：《陈克文日记》（上册），北京：社会科学文献出版社，2014 年，第 422 页。

④ 梁实秋：《北碚旧游》，《梁实秋文集》第 4 卷，第 224 页。

⑤ 欧鲁特：《母爱》，《中央日报》1941 年 6 月 25 日。

⑥ 《空袭时市民须知》，《中央日报》1940 年 7 月 18 日。

在一起，本来静静的防空洞，就变得更为闹哄哄，使心内充满恐怖的人们更加烦躁。

和公共防空洞相比，社会团体和机关所建造的防空洞安全系数相对高，且配套的设备也更齐全。有些防空洞的内部有很好的装修，尤其是私人防空洞，有条件的将防空洞建设得很是考究，“不但洞顶与洞壁有装饰，连洞内的道路也磨上水泥或镶上地板，与在室内一样”①。而这样的洞子，不仅照明系统完备，且有电风扇等设施，自然也就不会有窒息的担忧。

胡风初到重庆碰到空袭，选择了就近的川东师范学堂的防空洞，洞中坐满了人，但井然有序，“洞里像电车车厢一样，面对面的两排木板架的凳子，中间空有二尺来宽的走道。”且有相识的人在一起，相互聊天交流，空袭带来的紧张自然缓解不少，胡风觉得重庆的防空洞条件比武汉的好，“幸好有电灯，认识的人还可以互相打招呼聊天，比武汉的防空洞好多了，坚固多了，因为它是在山底部开洞的，上面还有丈把厚的石头呢”②。

社会团体和机关的防空洞，往往对进入的人员有一定的要求，入洞需持专门的“防空洞证”。以当时国民政府社会部的防空洞管理规则为例，除了要求“本部员工及其他所有避空袭者均凭本部特制之防空洞证入洞。”还明确了“防空洞证”佩带的位置和佩带的时间，即“于入洞时佩带左襟至警报解除后方能取下。”至于哪些人可以进入特定团体的防空洞，则更是有详细的要求，社会部的防空洞，除其所属员工外，“员工眷属领用防空洞证以居住本市旧市区内之直系亲属及配偶为限”③。

张恨水在小说《巴山夜雨》中写到一个银行的防空洞极好，“整个青石山里挖进去的洞子，里面有坐的椅子，睡的椅子”④。这样条件齐备的防空洞有严格的人员限制，杂乱的人极难进去。能拥有一张这类防空洞的“防空洞证”，机关团体之外的人是很难的。如果能取得一张“防空洞证”，则可以成为值得炫耀的事情。所以当李南泉的太太拿到银行的“防空洞证”时，李南泉就感慨“弄到四张洞证，那太不容易呀……”在这样的情形下，入洞证成为某种实力和社会地位的体现。

在人工的防空洞之外，重庆山城的自然地形也为空袭提供了天然的防空

---

① 陈纪滢：《抗战时期的大公报》，第 84 页。

② 胡风：《胡风回忆录》，第 162 页。

③ 《社会部防空洞管理规定》，《社会部公报》1941 年第 31 期。

④ 张恨水：《巴山夜雨》，第 184 页。

洞。和人工的防空洞相比，天然防空洞空气流通更好，人躲避其中，心理上更轻松，甚至能让人暂时忘却战争的艰难。这些天然防空洞因地形地貌自然形成，隐蔽性好。张恨水笔下的天然洞子宛如世外桃源，隐蔽在一丛竹林之中，四围是竹林，中间凹下去很大一个深坑，坑底则有一个洞子，“这个洞子，绝像个极大的干井，四壁石墙，湿淋淋的，玲珑的石块上流着水”①。洞内则另有一番天地，不仅有防空洞所必备的板凳、菜油灯，吃喝用具更是一应俱全。天然防空洞的好，不唯有相对更畅通的空气，更在于其石层坚固，不容易像人造防空洞那样存在垮塌的危险。时任教于重庆中央大学的朱希祖先生曾记录，在空袭之时率家属躲避至附近的自然防空洞，“其下颇深长，拾级而下，闻有数里，石垂钟乳，上为山峦，虽投千磅重炸弹，不能破也，较人造防空洞胜百倍”②。

3. “有经验的旅行者”：空袭中的日常

防空洞的地下生活成为春夏季节重庆民众日常的一个部分。人们逐渐对躲警报习以为常，学会了从看天气来判断有无空袭，并据此来安排一天的生活，并总结出一套有规律的防空洞生活法则。柳无忌称躲防空洞的人们为“有经验的旅行者”，“准备了干粮，饮水，与药品，/他们手提的包裹与布囊，/展览出各种新奇的式样。”③ 而事实上，由于警报时间延长，人们所准备的“必备之物”往往还不止于此，甚至包括了每天换洗的衣裤、帆布小椅或竹凳以及手电筒。④ 这些“旅行者”们将钻防空洞视为每日的必修课，防空洞俨然成为人们的另一个家。在这个“家”中，既充满了轰炸来临时的紧张压抑的情绪，又带有强烈的日常生活特色。

通过天气来判断是否有空袭，几乎是不少人的习惯。天气和战争紧密相连，有太阳的白天，有月亮的夜晚，都必将是跑警报的时刻。人们学会了在晴天的时候，早早就把饭做好，一家人吃饱饭，收拾起紧要的东西，做好进洞的准备。

更难受的则是夜晚来临的空袭。夜袭通常在夜晚十时、十一时，警报声响

---

① 张恨水：《巴山夜雨》，第185页。

② 朱希祖：《朱希祖日记（下册）》，北京：中华书局，2012年，第1073页。

③ 柳无忌：《一个红球挂起了——一幅防空洞的素描》，《军事与政治》第4卷第2期，1943年2月26日。

④ 陈纪滢：《抗战时期的大公报》，第91页。

起的时候，正是人们劳作了一天，准备休息的时刻。警报拉响后，人们不得不拖家携口地奔往防空洞。等到凌晨三、四点，警报才解除。夜不能寐，无疑让原本就紧张的人们更感到疲惫不堪。有时警报拉响了，敌机并未来轰炸重庆，但人们也不得不在防空洞中待着，“防空洞中无法睡眠，苦苦捱着时间的日子并不好过。复有空袭，夜下二时始解除。今日为旧历四月十五日，明月正圆，晴空无云。敌机肆扰，至不能寐”①。连续多夜的夜袭警报，让人无法入睡，足以令任何人精神疲苦不堪。

不断的空袭甚至改变了人们形成已久的观念。重庆原本气候多雾，有太阳的日子少，阳光在本地人眼中很珍贵。但在抗战时期，重庆却弥漫着“恐日症”。同样，明亮的月色也再无法唤起任何诗情画意。每到月色明亮的夜晚，日军就前来重庆。以至于月色带给人们的不再是把酒赏月或月下漫步的美好，取而代之的则是诅咒。“这淡月疏星之夜，在平常的夏夜，正好是纳凉闲话的时候，为了心中的恐怖，一天的吃喝全不能上轨道，晚上也得不着觉睡，就是这样在乱山深草中坐着。”与此同时，正常的作息时间也因轰炸而被扰乱。机关不得不改变办公时间，不少学校也因此停课，

即使不吵不闹地待在防空洞中，也会是痛苦经历。日军的空袭往往在春夏季，尤其是夏季，重庆异常闷热。正常的行走，都会热得人无法忍受，更何况几个小时待在人群众多的防空洞内。“诚然只要是个好天气，这天就不免有空袭。于是这天就有三四小时耗在防空洞里。嗅着霉气，脚浸在烂泥沼中，挨着肚饿，思想像是死了一样无用，全城几十万活跃的生命，像冬蛰的虫一样没有生息，被埋在地坑里。”②这样的场景应是大多数防空洞的共有景象，潮湿充满霉气的洞子，无精打采的人们，和空空荡荡的城市。

不过，仅仅用“紧张”来概括防空洞中的情绪显然是不完整的。防空洞是空袭的庇护场所，也可以是看书学习的好去处，可以是交流情感的空间，甚至也可以是逍遥自得的小天地。

人们将轰炸中防空洞的生活形容为“日课”，就像是每天上课一样，形成了习惯。早早地准备好防空小包，做好早饭，是人们对空袭已经有了充分的经验和准备。坐在幽暗的防空洞中，各种思绪浮现，最令战争中背井离乡的人们所思念的，无疑是家乡和亲人。在这样的状态下，生活仍然还要继续。《昨夜》记录了一个轰炸的夜晚，“当新月被云朵掩得朦胧的时候，在夜的幕布上，涂

---

① 常任侠：《战云纪事》，深圳：海天出版社，1999年，第258页。

② 禾：《废墟上的花朵》，《中央日报》1940年7月17日。

上另一种彩色。”空袭警报响起，人们收拾好随身小包，进到防空洞中。洞外隆隆的声音，或远或近，但并不影响洞中人的活动，“我们几十个在防空洞里，有人做针线，有人织毛衣，有人看书，有人看报，有人在讨论什么问题，间或还夹杂着几句英语……”防空洞内宁静和忙碌的景象，成为国民不屈服的象征，意味着“绝不畏惧、绝不踌躇，我们将要用更多的血来洗涤这深的冤仇”① 的决心。

防空洞也成为人们交流信息的重要渠道。当警报响起，而敌机未到之时，往往也是人们谈天的好时机，“坐着，躺着，讲故事，打瞌睡。/主妇们津津有味地谈论/家庭琐事，如何油盐酱醋/又随着米价上涨，猪肉已/四元一斤，蔬菜都吃不起，/只有在想象中一碟碟的，/鱼虾鸡鸭陈列着，且不提/山珍海味……”这首诗描绘出防空洞很生活化的一面，主妇们把对物价的担忧也带入了防空洞，似乎空袭并未能打断她们对生活的关注。

防空洞的谈天同样能将人的思绪带离眼前的不安。小说《防空洞里话平津》写的是一个从北平逃出来的青年讲述他逃离北平的经历。当洞中的人听到青年说他来自北平后，“‘北平’这两个字惊动了别人——这久已隔绝了消息的美丽的故城时常荡漾在吾人脑袋里”②。于是附近的人都围了过来，听青年讲述关于北平的宝贵的消息。北平、天津的境况，以及一路从济南到上海，再从上海乘船到海防，辗转昆明、贵阳到重庆的故事，让听的人全神贯注，“旁听的都注意地倾听着，把往日夜袭必有的疲乏全都赶走了。正在津津有味的时候，解除警报的号音响了。”

如果说宁静有序的防空洞生活可视为对日军空袭的某种对抗的话，悠闲的防空洞生活则折射出国人性格中的另一面。有人视防空洞中的时光为“监禁”，在惶恐不安中度日，也有人能将防空洞中的日子过得轻松自得。而能将躲防空洞的时间过得如世外桃源，要疏散至郊区的人们才能做得到，郊区更容易寻觅到天然防空洞。借助自然的庇护，总有人会把紧张危险的空袭化为战争中难得的悠闲时光。

张恨水的《巴山夜雨》对防空洞中的众生相有很精彩的描写。在天然防空洞中的人们，拉着胡琴，唱着《四郎探母》，乐在其中，完全是一副世外桃源的景象。和李南泉熟悉的工程师说，“我们这是一个长期抗战的准备。知道敌人实施疲劳轰炸，我们也就坚壁清野，肯定地在这洞子里躲着。”如此的轻松

---

① 辛真：《昨夜》，《中央日报》1941年6月9日。

② 炎：《防空洞里话平津》，《宇宙风》第113期，1941年2月16日。

享受和公共防空洞中的紧张杂乱形成鲜明对比，令李南泉颇不以为然，觉得这样躲空袭固然不失为一个办法，“但全国人全像这个样子，那就不大好谈抗战了”①。除了“洞底俱乐部”的唱戏，还有人在逃难中不忘带上麻将。李南泉与太太到野外躲避空袭，偶遇李太太的一众牌友，手中尚拽着麻将。大家在村中找了一户人家，放心地打起麻将，只留下两位先生在门外监视情况。飞机一来，大家就往屋后的草丛中、树下、山坡中躲避。待得飞机一走，则又迅速地围拢在麻将桌旁，继续安然地打牌。这些在躲避空袭途中的悠闲，和整个轰炸时残酷、危急的氛围显得格格不入，却也反映出战争生活中真实的一面。

4. **防空洞：生之门和死之门**

抗战期间，在重庆到底开凿了多少防空洞，估计已经很难核算。防空洞在轰炸时期庇护了无数的重庆人，使之免于日军炸弹的轰炸，降低伤亡人数，确实是不争的事实。然而，防空洞一方面保护了人们，另一方面却也无情地吞噬了无辜人群的生命。

由于防空形势的严峻，国民政府曾竭力鼓动民众自建防空洞。重庆市防空司令部发起了“扩大自建防空洞运动”，宣扬的口号是：“开凿防空洞，比衣食住行都重要”“不谋本身避难安全的人，等于自杀”② 等。这些口号，既是防空宣传，也揭示了政府建设防空洞迫切的事实。正因为如此，防空洞的建设异常匆忙，尤其是私人的自建防空洞，有不少并未能达到防空洞的标准，往往承受不住震动而垮塌，以至于造成伤亡。

除此之外，公共防空洞也因人多而发生意外，造成悲剧。其中，最惨烈的莫过于1941年6月5日夜晚发生在重庆较场口的大隧道惨案。1941年6月5日的夜袭，是当年的第一次夜袭，时间是在傍晚，“四乡人士因囿于固习，傍晚来城者甚多”。突如其来的警报让躲避空袭的人数超过了该洞容量一倍以上。当时防空洞中的通风机发生故障，三个小时的轰炸结束后，隧道中的人大都已经窒息而死。较场口大隧道惨案的死难人数到底有多少，国民政府始终闪烁其词，未有确切说法。但目睹者从运送尸体的车辆就可推算出其死亡人数并不在少数，“俯视都邮街上数十辆大货车运尸，全裸的与半裸的尸身堆满车上，如

① 张恨水：《巴山夜雨》，第185页。
② 《扩大自建防空洞运动标语》，《中央日报》1940年2月3日。

同新宰的猪羊……一车装若干具，若干车共装若干具，可推算而得其梗概”[①]。

无辜民众的生命因此而丢失，令所有人都感到悲愤。《大公报》发表社论，痛惜“许多忠良的同胞不死于敌弹，而竟因防空洞设备欠周管理欠妥之故而牺牲……”[②]

郭沫若写下了《罪恶的金字塔》，以“只有愤怒，没有悲哀，/只有火，没有水。/连长江和嘉陵江都变成了火的洪流”表达了内心无比愤怒之情。惨案的发生缘自玩忽职守，而非敌人的炸弹。郭沫若曾在发表时注明：“这首诗是为大隧道惨祸而写的。日寇飞机仅三架，夜袭重庆，在大隧道中闭死了万人以上。当局只报道为三百余人。”夜晚的三架敌机，就引发万人以上的死亡。事故发生后，郭沫若曾亲往洞口看运尸，“写了这首印象的东西，……恕我不加解释吧……”[③]“不加解释”，正是巨大的无可言说的悲愤和震惊。诗中反复出现“火”“炎热的太阳”“燃烧”“白灼”“灼热”等词汇，令整首诗喷射出按捺不住的满腔怒火。“雾期早过了”，“然而，依然是千层万层的雾呀，/浓得令人不能透息”，看似矛盾的写法，暗示了事故的缘由始终遮遮掩掩，上万人鲜活的生命就此消失在防空洞中，却未能得到明确客观的调查。甚至连死亡人数，最终都成为一个谜。

而这并不是公共防空洞第一次发生窒息惨案，1939年6月中山公园下大隧道曾发生窒息事件，1940年8月左营街大隧道也发生了窒息惨剧。[④]大隧道防空洞规模相对普通防空洞规模较大，且距地面较深，一般来说炸弹很难将其损害。但容纳人口多，洞口却太少，很容易产生空气不足的问题。防空洞在设计和管理上的漏洞，使得防空洞瞬间就能从保护生命的“生之门”变成埋葬无辜生命的“死之门”。

日军对重庆的轰炸，在1940年和1941年达到了极致。其中，1940年5月至8月，四个月内日机对重庆进行了高达40次的疯狂轰炸。1941年的轰炸更为密集，在5—8月四个月内轰炸重庆55次。1941年在日军的“102号作战”中，自7月21日至8月31日共42天轰炸重庆21次。[⑤]尤其是1941年的轰炸，日军更改变了策略，对重庆进行“小规模、多批次的不分昼夜轮番轰炸”。

① 梁实秋：《北碚旧游》，《梁实秋文集》第4卷，厦门：鹭江出版社，2002年，第224页。

② 《痛定思痛》，《大公报》1941年6月9日。

③ 郭沫若：《罪恶的金字塔》，《郭沫若全集》文学编第2卷，第55页。

④ 《防空洞通风问题》，《大公报》1941年6月7日。

⑤ 潘洵：《抗日战争时期重庆大轰炸研究》，北京：商务印书馆，2013年，第174页。

频繁、密集的轰炸改变了重庆市民的日常生活规律，跑警报、钻防空洞成为轰炸期间的日常，防空洞更成为生活中不可或缺的空间。在日军来袭之时，防空洞是唯一能获得保护的空间。唯其如此，防空洞成为经历过重庆大轰炸的人们对这段日子最深刻的记忆之一，并因此成为一个主要的题材出现在战时重庆文学的书写之中。

这些文字有些并未直接描写战争中的杀伐，有些甚至未曾描写死亡和血腥，但却令人感受到大后方民众在空袭中生活的多重化，传递出战争中夹杂着的紧张、压抑、愤怒甚至不以为然等各类情绪。大轰炸不仅是轰炸次数、伤亡人数，更是每一个个体鲜活的体验，有恐惧和愤怒，有怀疑和压抑，有冷漠和茫然，而这毋宁说是触及了战争生活中真实的一面，为研究重庆大轰炸提供了完整而生动的细节。

第九章　返乡的“下江人”：对战时川籍作家的考察

战争迫使人们背井离乡，却也有人因此回到故乡。四川吸纳了来自天南地北的“下江人”，也迎来了川籍子弟的返乡。郭沫若、巴金、阳翰笙、沙汀、陈铨、沈起予等川籍作家均先后回到阔别多年的故乡。他们在四川期间，有些住在成都，有些住在重庆，有些住在老家的县城，有些在大后方各个城市间奔波。但无一例外，他们战争中的大部分时间是在熟悉的巴蜀中度过。

在抗战时期，不少川籍作家的文学创作出现了又一次高峰。郭沫若的抗战历史剧《屈原》《高渐离》《孔雀胆》《南冠草》，巴金的长篇小说《寒夜》《憩园》《第四病室》，沙汀的《困兽记》《淘金记》和《还乡记》等，以及阳翰笙、陈铨等的创作，都在各个方面代表着四十年代文学的特色。其中，郭沫若、巴金和沙汀即达到了个人创作生涯中的巅峰。毫无疑问，这些创作成就的取得，和作家们在战时的生活体验密切相连。

在抗战时期，川籍作家和“下江人”一样，经历着战争带来的伤痛，过着艰难的生活。但他们又不同于身边的“下江人”，四川是他们的根，他们在巴蜀文化的滋润中成长起来。即使此后走出四川，求学，踏上各自不同的文学道路，在不同的环境中生活，但巴蜀文化是他们共同的根柢。川籍人士回到四川，不会有其他“下江人”的陌生感。然而，战时的返乡必然不同于寻常意义的回乡访亲，具有浓厚的战时色彩。那么，战时的“返乡”在这些川籍作家心中是怎样一种感受和体验？这些感受和体验又是如何与作家们的创作，以及他们战争中的生活联系在一起？

为此，本章将选取郭沫若、巴金为对象，通过他们四十年代的创作和生活，从不同角度考察战争中川籍作家的“返乡”的心境及其与创作的联系。

一、郭沫若：对故乡的礼赞

每当提及四川，郭沫若最爱引用清代诗人王渔洋的诗句，即“天下之山水在蜀，蜀之山水在嘉州”。郭沫若自己也曾写道“天下山水在蜀中，渔洋此语非托空。”在他的诗文中，处处可感受到诗人对故乡山水的喜爱。郭沫若描写家乡四川乐山沙湾：尽管没有什么名胜古迹，但比起邻近的村镇来，“总是秀丽的，开朗的”①。而这已经足以让郭沫若颇为自得，“大约就是因为山水比较清秀的原故罢，一般的人文风尚比起邻近的村镇也觉稍有不同。”他反复称自己“我是生在峨眉山下、大渡河边上的人。”“我的家正在大渡河呈出一个大弯曲的地方。河从上游很逼窄的山谷冲破出来，初次达到比较宽的天地。沙碛被冲破得特别零碎，因而这样的绿洲也就特别多。江南的朋友能够说比江南好的，大概就在这样的时候到了我的故乡吧。这样的时候，峨眉山在笑，大渡河在轻歌曼舞!”②在川籍作家中，如此赤诚热烈地表达对四川的热爱的，大概也只有郭沫若了。

1938 年底郭沫若飞抵重庆，并在 1939 年初回故乡乐山沙湾省亲。这是他自 1913 年离家后首次回川。故乡的山水再一次进入诗人的视野，无论是在乐山，还是此后数年居住重庆，郭沫若的笔下从未停止过对巴蜀山水的赞美。在礼赞故乡悠久的历史和美丽自然风光的同时，郭沫若更自觉地以四川人的身份，号召家乡父老积极投身抗日。

1. 对故乡自然风光和人文历史的留恋

从 1938 年 12 月回川，到 1946 年 5 月离开，近八年的时间中，除去 1945 年 6 月去苏联参加苏联科学院成立 220 周年大会外，郭沫若没有离开过四川。在这八年中，除去 1939 年两次回乐山外，郭沫若一直住在重庆。与抗战时期一些文化人在大后方各个城市奔波往来相比，郭沫若抗战时生活的地域范围很简单。但郭沫若对自然风光、人文历史均亲近和喜爱，在繁忙的公务、创作之余，他出游的次数非常有限。尽管如此，郭沫若仍用诗文记录下每一次出游的感受。

抗战时期，郭沫若记游的诗文中，故乡乐山是非常重要的一个主题。1939

---

① 郭沫若：《我的童年》，《郭沫若全集·文学编》第 11 卷，第 10 页。

② 郭沫若：《序我的诗》，《郭沫若全集·文学编》第 19 卷，第 404、406—407 页。

年2月底至3月中旬，郭沫若告假返乡省亲。同年7月下旬至9月初，因父亲去世，郭沫若回乐山沙湾家中为父亲守丧。返重庆后，他又在10月至11月期间，回乐山葬父。1939年几次回乐山，郭沫若重登了凌云山、乌尤寺、苏子楼，写下了《登尔雅台怀人》《登乌尤山》《六用寺字韵题嘉定苏子楼》等诗篇。凌云山是郭沫若少时非常熟悉的去处，乌尤山却是在1939年时方首次登临。抗战胜利后，郭沫若在一篇文章中谈到自己虽无旧时代的思想情绪，但却留恋乐山城的风物。他回忆1939年的几次回乡之行，尽管凌云山和年幼时的记忆相比，发生了变化，可并不影响郭沫若对乐山的美好印象。他仍寻觅到嘉州山水的动人之处，尤其是乌尤山，给了他新的感受：“但山的本身好，树木好，山道好。尔雅台在危崖头，下临大江，在林深箐密中只能听得下面的滩声，而看不出流水，那也恰到好处。我就喜欢这些。晚间或凌晨，在那山下浮舟，有一种清森的净趣，也很值得玩味。”

在重庆期间，郭沫若去得最多的地方当属重庆郊区的小镇北碚。北碚位于嘉陵江畔，风光迤逦，有缙云山和北温泉。抗战时期，复旦大学、编译馆等一批文教机构汇集于此，大批文化人定居北碚，更引得不少人前往游玩。郭沫若在渝八年，几乎每年都会去北碚，有时一去还会住上几天。郭沫若去北碚多为访友，缙云山、北温泉是他常去之处。

从他去北碚的记录来看，多是朋友相伴出游。如1939年9月，在卢子英的陪同下游览温泉寺、缙云山、缙云寺。1940年6月，与赵清阁、田汉、应云卫等同游北温泉，先访育才学校，后游缙云寺。同年7月，与郑用之夫妇陪法国领事扬克列维奇夫妇游览缙云山。1942年4月21日到北碚，阳翰笙和夏衍同往。先做抗战期中的文学艺术问题演讲，次日赴北温泉，23日方才离开。同年6月1日，郭沫若与卢子英前往北碚，与在那里上演《天国春秋》的中华剧艺社朋友见面，6月2日去往合川钓鱼城，5日自北碚乘船回重庆。紧接着同月26日，郭沫若又随中华剧艺社《屈原》剧组到北碚，一直到30日回重庆。田汉、夏衍、阳翰笙、赵清阁、郑用之、应云卫等都是郭沫若在文艺界的朋友，卢子英和郭沫若也颇为亲近。而郭沫若在北碚，除了演讲之外，主要的就是和朋友聚会。因此，北碚，让郭沫若得以暂时卸下陪都忙碌的事务，获得短暂的休憩，也是他难得的个人空间。这就为郭沫若笔下的北碚增添了一些难得的闲适和自在。

《晨浴北碚温泉》系1939年9月与卢子英等游北温泉公园后所作，写嘉陵江小三峡和温泉风光，“峡气朝凝爽，山泉新发醅。/洋洋融暖玉，浩浩走惊雷。”在另一首《游北碚》中，诗人写道：“廿六年前事，轻舟此地过。微闻有温瀑，未得入烟萝，半世劳尘想，今宵发浩歌。感君慷慨意，起舞影傞傞。”郭沫若年少出川时曾经过北温泉，但未曾一游。如今来游，“半世劳尘想，今宵发浩歌”，除弥补当年的愿望，更有一种洗尽烦忧的感觉。

郭沫若是文学家，他的另一身份则是历史学家，痴迷和喜爱历史。即使出游之时，也时刻对历史文化，各类掌故充满浓厚的兴趣。1942 年 6 月郭沫若放下《高渐离》的创作，应卢子英的邀请，去了钓鱼城。本来此行的目的地是华蓥山，但郭沫若更感兴趣的是钓鱼城。因为王昆仑告诉郭沫若，钓鱼城是“宋末抗元史上最值得纪念的地方”。郭沫若觉得“自己是四川人，很惭愧，连钓鱼城这个辉煌的古迹，以前却不知道。”① 于是，1942 年 6 月 1 日，郭沫若随卢子英前往北碚，在北碚短暂停留后前往钓鱼城。郭沫若的钓鱼城之行，与其说是文学家的游览山水，不如说更像是历史学家的一次田野调查。行程中，卢子英出示了所藏钓鱼城的碑文拓本《重建钓鱼城忠义祠碑记》，“皇皇三大张，用红色拓出，是一壮观”。郭沫若如获至宝，不辞辛劳将拓片文字全部抄下。一路上，郭沫若认真翻阅了历史学家张森楷所著的《民国新修合川县志》，反复研究钓鱼城的史实。钓鱼城之行结束后，郭沫若一度想把钓鱼城抗击蒙古的故事，写成剧本。回到重庆，郭沫若写信给翦伯赞，向其借《宋史·忠义传》和《元史·宪宗本纪》，希望“在炎热之中写一部火热的剧本。”他还与翦伯赞讨论宋元历史，“奉读大札，不啻获得十万雄师，感激感激。《多桑蒙古史》此间有之，已阅读。诚如尊言，一良史也。洁夫回，《宋书》收到。余玠、张珏本传与《合州志》中所录者同，盖为后书所本”②。尽管后来剧本未能写成，但郭沫若却在 1942 年的整个夏天都沉浸在钓鱼城的历史之中。

2. 抗战语境中的“返乡”

郭沫若是 1938 年 12 月 27 日从桂林飞赴重庆的，他的身份是军事委员会政治部第三厅厅长。他的职责是要推进抗战文化的宣传。四川人的身份和第三厅厅长的职务将郭沫若的“返乡”笼罩在了国家民族的话语体系之下。郭沫若很有意识地以川人的身份，向家乡父老做抗战宣传，鼓励四川人积极抗战。

早在抗战爆发之初，郭沫若在《从四行到四川》一文中，希望四川军人早日出川抗敌。武汉时期，郭沫若写下：“一别夔门廿五年，乌惊花泣恨频添。

---

① 郭沫若：《钓鱼城访古》，《郭沫若全集》历史编第 3 卷，北京：人民文学出版社，1984 年，第 352 页。

② 黄淳浩编：《郭沫若书信集》，北京：中国社会科学出版社，1992 年，第 530 页。

寄言巴渝诸友好，复兴责任在双肩。”该诗发表于重庆《新民报》，《新民报》虽从南京迁到重庆，但其老板邓季惺和陈铭德都是四川人。“寄言”一词，在不经意间显示出了郭沫若的社会地位和身份，面对四川，首先提及的不是阔别多年后的思念和情谊，而是以国家民族复兴的重担相勉励。1939年2月，回到四川不久的郭沫若题词，“四川号称复兴民族根据地，四川人要担负起这种中国大的使命，应该人人都要有当兵的侠义和勇气”①。

1938年7月2日成都的《新新新闻》发表了郭沫若的《告四川青年书》，文章写给“亲爱的四川青年兄弟姊妹们”。郭沫若开篇即饱含深情，描绘自己内心“正浮起一种文字所不能描绘的情感。诸君知道，我离开故乡已经二十五年了……”在文中，郭沫若提醒四川青年，“诸君今天虽然还置身烽火线外，还安安稳稳生活在那遥远的后方，但总有一天，你们的耳膜会被敌人的炮声震荡。”为此，郭沫若希望四川青年，能够安心求学，追求更深远更坚实的学问技能，做文化战斗上的战士。他甚至以诗人的激情，想象着有一天能有更多四川青年踏上战场，“假如有一天，我能够在绵延无尽的战壕内，听到一片片四川乡音的救亡歌声，看见一行行四川青年出入火线不怕死不退却的英姿，我更将如何地为国家而兴奋发狂呵！”②

郭沫若不仅在面对四川民众的讲演中突出四川人的身份，进行抗战的鼓动，在面对家中亲人和朋友时，也时刻不忘以国家民族前途相勉。在给弟弟郭开运的诗中，他写道：“飘摇日夕惊风雨，破碎乾坤剩蜀山。自分已将身许国，各倾余力学双班。”此诗写于郭沫若1939年9月回乐山为父奔丧之际。在郭沫若离家多年后回家之际，父母均已过世，这不能不让郭沫若深感抱憾。郭母去世之时，仍念叨着远在异国的“八儿”。放眼当时的中国，大半国土沦陷，乾坤破碎，只剩下四川等西南诸省尚属完整，政府被迫西迁四川。因此，“身许国”是毅然决然的抉择，郭沫若也以此劝勉弟弟，希望能够像汉代的班固和班超一样，各自为国家倾尽全力。在为纪念父亲所写的《家祭文》中，郭沫若追忆了父亲的平生，忏悔自身不孝，写得情真意切。他更在文中慷慨陈述抗战大业，“我自抗战以来，坚持一贯方略，对内求精诚，团结，对敌作持久消耗，用空间换时间，积小胜而为大胜，力求全面，争取主动，国策不移，指挥若

---

① 林甘泉、蔡震：《郭沫若年谱长编（1892—1978）》第2卷，北京：中国社会科学出版社，2017年，第803页。

② 郭沫若：《告四川青年书》，《乐山市沙湾区文史资料专辑》第7期，第130页。

定。全国健儿，前赴后继，视死如归……”① 俨然一篇激昂的演讲词。

郭沫若自诩“笔墨敢矜追屈杜，襟怀久欲傲王侯”，他的理想和志趣都不是一个文学家的身份能限制住的。“回乡”这一非常个人化的行动，在郭沫若身上带有了浓厚的公共色彩。无论是在个人空间，还是身处公共空间，“抗战”都是郭沫若谈得最多的话题。这固然是时代背景使然，但“身许国”也表达了郭沫若自己主动的选择，而选择已经不可避免地与国家民族紧密联系在了一起。1939 年郭沫若回乡省亲时，其同学詹光龙以一副对联描述他和郭沫若的际遇，即“食寄四方教育生涯真苦我，风乘万里英雄事业总劳人。”在家乡亲友的眼中，郭沫若所从事的是英雄事业，具有风乘万里的豪迈和远大。

3. 为“蜀乱”正名

郭沫若对自己川人的身份有自觉的意识，这不仅体现在他处处以此向四川父老做抗战宣传，在面对川外人士时，他更以川人的身份讲述四川的历史。前文提及过，民国时期的四川充斥着各种的社会问题，令川外人士视入川为畏途。直到抗战全面爆发以后，国府西迁重庆，四川问题依然是萦绕在川籍人士心目中的难解之题。在不少川籍人士看来，解决问题的关键，不仅在四川自己，更需要川内外人士的共同努力：“因为四川是全国人的四川，应该大家来努力，来开发，过去外省人对川省之误解，及川省人对省外人的隔阂，都须一扫而空。”② 要达到此目的，一扫省内外人士之间的隔阂，首先要做的是让大家了解四川政治经济社会文化的特点，而后“凡川人始知益加发挥其优点，非川人亦知重视川人之优点，共同合作，收效始宏。”为此，1940 年在重庆的杂志《现代读物》推出了“四川专号”，反思近代以来造成四川混乱落后的原因，“意在使全国同胞，大家都明白认识四川的实况，深切了解四川的属性，而提携或协助四川的建设进展。”专号汇集了当时川籍政治、军事、文化等各个领域的知名人士文章，既有担任四川省军政职务的邓锡侯、潘文华、甘绩镛、郭有守，又有被称之为“川中贤士”的郭沫若、张群、任鸿隽等。

郭沫若的文章《先乱后治的精神》就发表这一期杂志上。“先乱后治”即妇孺皆知的“天下未乱蜀先乱，天下已治蜀后治”，这句话似乎已成为四川盛衰规律的铁律。在人们的印象中，在巴蜀地域的历史上，与物华天宝的自然环

---

① 魏华云：《荣哀》，《乐山市沙湾区文史资料专辑》第 7 期，第 116 页。

② 杨若瑜：《纪念抗战三周年与四川专号》，《现代读物》第 5 卷第 7 期，1940 年 7 月，第 1 页。

境相随的，就是从古至今上演着的一次又一次战乱。而民国初期四川军阀各自称雄割据，相互混战，弄得民不聊生，更是坐实了“治蜀难”的说法。

郭沫若则提出了完全不一样的理解，他认为，所谓四川的“先乱后治”，并不是说四川人刁顽，而恰恰是范仲淹的“先天下之忧而忧，后天下之乐而乐”的精神。郭沫若将“乱”解释为革命，认为蜀中的所谓“乱”，恰好说明四川人敢于“犯万难，轻生死，作天下之前驱”的勇气。而“治”则是建设性的彻底。只有这坚定的革命性，才会有彻底的建设性。这不免让我们联想到郭沫若自己的性格，恰好就具有强烈的革命反叛的元素。他少年时便不驯服，在学校公然质疑先生的见解没有登堂入室，质疑先生野蛮，从而成为学堂里的领袖；成年后以一介书生参加北伐，后来又写下《试看今日之蒋介石》的豪文，真正是一个难以驯服之人。而正是这不安分的精神，才写得出《天狗》《女神》那样恣意汪洋的诗篇。

郭沫若在阐释四川人的革命精神的同时，着意梳理了四川文化和中原文化的关系。在他看来，四川和中原长久以来就有着密切的关系。“李冰的建设，文翁的教化，诸葛武侯的治绩，杜工部的创作，这些在我们四川庙食百代的伟人，给予我们四川人的感化，不是用数字可以表达出来的。四川人也不愧受了这些人的感化，委实代有传人，特别是在文学贡献上，如汉代的司马相如、扬雄，宋代的三苏，在中国文化史上也要算是出类拔萃的了。”① 这一段文字分析了自李冰以来，在四川发展史上有着卓越贡献的人。文翁、诸葛亮、杜甫都并非四川人，因仕宦或战争的原因来到四川，但并不局限于地域和身份，而是不遗余力从社会、文化等各方面推进四川的发展，对四川产生深远的影响。他们虽是外来者，却正构成了巴蜀文化中的重要组成部分。今人在谈及四川时，说到李冰治水、文翁化蜀以及诸葛亮、杜甫，并不会感到他们“非川人”，反倒觉得他们就是巴蜀文化自身的一分子。司马相如、扬雄、宋代的三苏乃至现代的郭沫若、巴金、阳翰笙等作家，无不受惠于这样的巴蜀文化。

正因为四川历史上不断的人口迁徙，一次又一次的移民，先后来到四川的外省人和川人共同缔造了四川的富庶，也开启了川人的智慧。因此郭沫若认为：“四川人之所以好乱而难治，这些外来的和本省的伟大人物的感化，大约是一个重要原因。”也即是说，川人的好乱，并非好勇斗狠式的野蛮，而是因地域文化诸多优秀因素，导致川人对现实有更高的期待，一旦政治社会环境难如人意，就会率先发难。而在危急关头，巴蜀往往又成为国家民族的屏障。因

① 郭沫若：《先乱后治的精神》，《现代读物》第5卷第7期，1940年7月，第8页。

此，在抗战时期，尽管民国以来四川从未曾安宁过，战乱连连，但郭沫若认为也是到了四川人发挥后治精神的时候了，“我们要倾倒我们无尽藏的人力物力来拯救国族的危亡”。此时民族的存亡已经是大义所关，责无旁贷，是每一个四川人都应尽的职责。

在《先乱后治的精神》中，郭沫若分析了四川的渊源，为四川正名，又着意突出了四川和中原同根同源的关系。这篇文章的重点自然是四川在抗战中的重要作用，但郭沫若在写这篇文章的时候，应该感受到了四川和中原文化在抗战时期碰撞到一起时的矛盾和冲突。尤其是郭沫若在重庆期间，他先后担任军事委员会政治部第三厅厅长和文化工作委员会主任，深受重庆士林的敬重，交游广阔，往来无白丁。无论在四川人还是旅居四川“下江人”中，郭沫若都深孚众望。当他在和朋友诗词唱和之际，能够直接体察到一些“下江”朋友们战乱中旅居四川的不适和焦虑。郭沫若抗战时期的诗词唱和中，多次以蜀中历史文化入诗，这既体现了郭沫若对巴蜀文化的熟悉，也是他站在川人的角度，对来自“下江”的朋友们所表现出的劝慰和鼓励。

1941 年 8 月《新蜀报》副刊《蜀道》发表了老舍的《诗四章》，其中有《沫若先生邀饮赖家桥》。在诗中，老舍感慨“家山北望隔中原，相对能无酒一樽？薄醉欲倾前日泪，红颜未是少年痕！”从巴蜀北望中原，是对故园无限的思念，文字间充满唏嘘。在另一首《述怀》中，老舍写到“辛酸步步向西来，不到河清眉不开！”“辛酸步步向西来”，道尽了入川之路的步步艰辛。在同一时期，郭沫若作有《和老舍原韵并赠三首》，他在诗中写道：“蜀道诗人多自东，君今随国入渝中。草堂不独传臣甫，玄阁徒危撼尔雄。奇语惊人拚万死，高歌吐气作长虹。文章自有千秋在，明月山间江上风”。自古以来，巴蜀地区就容纳了众多优秀的诗人，杜甫因战争入川，刘禹锡、白居易因仕宦入川，抗战时期的迁徙并非历史上的首次。况且，“随国入渝中”点出了入川的举措并非个人意志，更是国家意志，入川不是躲避，而是为了抗战的胜利，“奇语惊人拚万死，高歌吐气作长虹。文章自有千秋在，明月山间江上风”。诗中的昂扬之意和老舍诗中的悲伤恰好形成了比对。

在另一首赠给陈望道的题诗中，郭沫若同样向朋友称道巴蜀久远的历史：“殊亲巴俗不相违，谁道吴侬但忆归？自有文翁兴石室，频传扬马秉杼机。温泉峡底弦歌乐，黄桷树头星月辉。渝酒无输于越酿，杜鹃休向此间飞。”陈望道是浙江义乌人，是地地道道的“下江人”，他 1940 年秋天来到重庆，任教于位于北碚夏坝的复旦大学。郭沫若的这首诗，是 1941 年 10 月他到北碚，在复旦大学为陈望道的画所题写。诗句中的“自有文翁兴石室”写的是文翁兴学教化民众，从而使得蜀郡文风大盛的事。文翁非川人，在成都兴办官学，遗泽后代。汉代文学家扬雄、司马相如都出自蜀郡，以文采风流扬名天下，这无不得自蜀郡浓厚的文化氛围。“温泉峡底弦歌乐，黄桷树头星月辉”则以抗战时期复旦大学所在的北温泉和黄桷镇入诗。烽火硝烟中，复旦大学从上海到重庆北碚，汇集了大批文化名人执教，依然弦歌不辍。陈望道将校址所在的“下坝”更名为富有意味的“夏坝”，平凡普通的黄桷镇因他们的到来而熠熠生辉。春秋之前，越国又称“于越”，其都城据传就在义乌。“渝酒无输于越酿”，郭沫若在此将巴蜀文化和吴越文化相比，展示了巴蜀不逊色吴越的自信。郭沫若也是借诗句劝慰朋友，既然如此，不如安心地旅居山城，不要像杜鹃鸟一样时刻处于哀伤之中，总想着“不如归去”。

这首诗与赠给老舍的那首诗一样，意在慰藉“下江”朋友，用历史掌故表明巴蜀自古就多播迁之士，他们多能在四川有所建树，泽被后人。这既是郭沫若对朋友的安慰之语，也体现了他对巴蜀文化的自得。

二、巴金：归来的“异乡人”

抗战爆发后，巴金的第一次回川是在 1940 年 10 月，这是他 1923 年离开四川后的首次返乡。巴金回川，并未在四川待太长的时间，很快又去到昆明。此后，巴金就在昆明、桂林、重庆、成都、贵阳等几个大后方的城市中来回奔波。直到 1944 年 7 月，巴金再次来到重庆，住在民国路 21 号的文化生活出版社。此时巴金已经和萧珊结婚，他们也就在重庆住下来直到 1946 年 5 月离渝返沪（中间唯有在 1945 年 11 月巴金因三哥李尧林生病曾返回上海 1 个月）。自 1940 年 10 月首次返乡，至 1946 年 5 月离渝，近 6 年的时间中，巴金将近一半的时间在四川。

正是在此期间，巴金的创作再次达到高峰。“小人小事”系列短篇小说以及《憩园》《寒夜》和《第四病室》等长篇小说显示出了和前期完全不同的风格。在现代文学研究中，《第四病室》《憩园》和《寒夜》如此引人注目，文学史的写作、四十年代小说研究以及对巴金个人作品的解读都绕不开这三部小说。尤其是《憩园》和《寒夜》，仍然围绕“家”展开叙事，但过去文字中的激情为更深沉细腻的观察所替代，巴金以沉静的笔调讲述战争背景下个体生命的渺小和消亡。那么，四十年代巴金回到四川，“家”在他心中激荡起怎样的情感？“家”和他四十年代的创作之间有着怎样的或隐或显的关系？

1. 返乡之旅："高兴地来，痛苦地去"

巴金在读者中影响力最大的作品之一莫过于"激流三部曲"，他在《家》的初版后记中表示，这部作品的内容是"一个正在崩坏的资产阶级家庭底全部悲欢离合的历史"。小说中高家的原型则正是巴金自己的家。"激流三部曲"中的人物都来自巴金熟悉的亲人和朋友，来自他亲身的经历。巴金声称在小说中没有他自己，却在里面看见了他自己的童年和少年。巴金形容他离家之前的十几年过的是"读着线装书，坐在礼教的监牢里"的生活，而这样的生活对年轻的生命而言又是"一个多么可怕的梦魇"。正是这个"梦魇"成为他写《家》的缘由之一，他要反抗传统封建大家族对年轻生命的戕害，觉慧式的离家出走才是巴金眼中最正确的抉择。

然而，人的情感终究是复杂的，尤其是对于巴金这样敏感多思的作家，在他的内心深处，对"家"的情感从来就是复杂的。他在小说中写"家"，也在散文和回忆录中不断写到自己的家庭，写到自己的亲人，如《我的幼年》《我的几个先生》《最初的回忆》《家庭的环境》《做大哥的人》等。在这类文章中，巴金展现出的是心灵中的另一面，即他对父母兄长的留恋和深爱。

40年代，巴金两次回到成都老家。第一次是1941年1月，在成都待了月余。第二次是1942年5月，为了治牙，巴金在成都待了3个月左右。1941年1月回成都是他离家17年后的首次返乡。他在家住的时间不长，仅月余，但正逢农历新年，他和亲人一起度过了新年。和亲人共度新年，在中国这样一个讲究岁末团圆的国度来说，这是一个非常美好的景象。所以，当我们在此探讨四十年代巴金的返乡，与他的创作之间的关系时，不能忽略家在他心目中的复杂情感。

尽管在小说中一再鞭挞旧的家庭制度对年轻生命的戕害，并表示要离开成都顺城街那阴沉的李家大院，但当离家多年的巴金踏上返乡的路途时，首先浮现在他心上的，是对家的温馨情感。

1941年底巴金搭乘船只回成都。旅途中熟悉的山水景色，让巴金感到很亲切。船过泸县停靠岸边，巴金上岸回望江景：

> 白带似的江水横在我的脚下，映着午后的秋阳，发出悦目的闪光，和天空成了一样的颜色。岸边一片沙滩，几间茅屋，两只趸船，还有一列帆樯高耸的小舟。这些似乎全陷入静止的状态的，但是来往的人却使它们活动了。人们像带色的棋子一般在这块大棋盘上不停地跳动。人们像一根线

从趸船拉上土坡，于是颜色和声音混杂在一起，从我的面前飘过。一切于我都是十分亲切。我怀着轻快的心把它们全收入我的眼里。①

江水、小船、午后的秋阳，岸边的沙滩、茅屋和忙碌的人们，组合成巴金熟悉的景象。1923 年，巴金离开四川时，就从成都坐木船到泸州，在泸州转小火轮沿江而下到重庆，再经宜昌、汉口到的上海。眼前的景色，和十七年前并无二致。

路边掷糖罗汉的小摊，吸引了巴金的注意力。他看着摊子上的糖人，感觉回到了童年：

那个把全部注意力放在碗里的孩子仿佛就是我。我留恋地在这个摊子前站了一刻钟光景，我感到一种幼稚的喜悦，那个孩子空着手走开了，他讲话用的是我极其熟悉的声音。这声音引着我走了大半条街。我跟着小孩走，好像在追自己的影子，我似乎一跳就越过了二十年的漫长岁月。②

糖人，小孩讲话的声音，让巴金在一瞬间回到了童年。此刻的巴金，必然想到在母亲陪伴下度过的温柔平和的幼年，“家”在情感中也变得亲切起来。

然而巴金回到成都，原来的李家旧宅已经易主，家人四散居住。他走过昔年熟悉的街道：“傍晚，我靠着逐渐黯淡的最后的阳光的指引，走过 18 年前的故居。这条街，这个建筑物开始在我的眼前隐藏起来，像在躲避一个久别的旧友。但是它们的改变了的面貌与我还是十分亲切。我认识它们，就像认识我自己。”③ 眼前的一切都是非常熟悉的，依然是宽的街，宽的房屋。虽然门前的太平缸和石狮子变成了高大的门墙，照壁上“长宜子孙”四个字却没任何变化，让巴金仿佛回到了 18 年前。18 年的时间过去，祖宅易主，原来的大家族已经不复存在。

然而，一切却又似乎并没有改变。巴金回到成都，又听见了不少人的生和死。巴金将这次回家感受写进了散文《爱尔克的灯光》。“爱尔克的灯光”源自欧洲古老的传说，姐姐爱尔克等待出海远航的弟弟，为弟弟能顺利回家，就一直点燃一盏灯为弟弟引航。可是，没能等到弟弟归来，姐姐就已经死去。巴

---

① 巴金：《在泸县》，《巴金全集》第 13 卷，第 325 页。

② 同上，第 326 页。

③ 巴金：《爱尔克的灯光》，《巴金全集》第 13 卷，第 345 页。

金在《爱尔克的灯光》中也写了自己的姐姐，他离家前答应要回来看她，可是他离家后不过一年半就获悉了姐姐的死讯。而他姐姐的命运，不过是旧式女子共同的命运。姐姐的死，再一次牵动着巴金的情感。巴金发现，18 年过去了，悲剧依然还在继续。这令巴金感到痛苦不安，他走了很多的路，逃离了，又回来了，但去的时候是什么样子，回来时看见的还是相同的情形，时间的流逝，能改变人的容貌，却没有改变人的思想，那根深蒂固的旧道德旧思想依然存在，且继续戕害着新的生命，“接着又有许多新的人继续扮演不必要的悲剧”。这就为巴金的回乡之旅蒙上了沉郁的色彩。

在这篇文章中，为巴金所批判的另一主题即是大门上的“长宜子孙”四个字。巴金在家中翻看祖父留下的遗嘱，祖父创造了家业，还苦心为子孙后代规划，希望他们能延续体面舒适的生活，能妥善保存他修建的房屋和辛苦搜集起来的字画。祖父去世后，子孙们用“分”和“卖”来回答祖父的遗嘱。祖父期待财富能“长宜子孙”，让他的子孙能在他建的房屋中守着财富世世代代过下去。但正是这种守着财富过日子的心态，摧毁了年轻人的斗志，让他们活在大宅院的小天地里面，将生命消耗在无谓的利益和琐事上，缺乏基本的生活技能，更毋庸说精神上对自身的清醒认知。而对个体生命的理想和斗志的摧毁，正是巴金真正批判“家”的根本所在。

巴金此次成都之行大概有五十多天，他在欢笑和眼泪中度过，他将自己的成都之行总结为“高兴地来，痛苦地去”。高兴和痛苦同时构成了巴金此次回家的主要情感。对“家”，除了痛苦，巴金也有留恋。在文中，他几处写到了对“家”的情感：当目光望向照壁时，“我被一种奇异的感情抓住了，我仿佛要在这里看出过去的十八个年头，不，我仿佛要在这里寻找十八年以前的遥远的旧梦”。离开之前，“用留恋的眼光看我出生的房屋，这应该是最后的一次了”①。汽车离站时，“我心里的确充满了留恋”。留恋与憎恨，对家的复杂情感一直体现在巴金创作的各个方面。他对家的留恋源自巴金宁静安乐的童年，和父母兄长对他的关爱。这形成了他笔下对“家”温情的一面。

巴金的父亲曾在广元任职，幼时巴金随家人在广元生活过两年。在那两年间，一家人过得宁静安乐。母亲是巴金最初的老师，也是他最爱的人。在《我的幼年》《我的几个现实》中，巴金都写到幼年时母亲教他和哥哥姐姐们读《白香词谱》。词谱是巴金母亲亲手抄写的，“晚上，在方桌前面，清油灯的灯光下，我和三哥靠了母亲站着。母亲用温柔的声音给我们读着小册子上面写的

---

① 巴金：《爱尔克的灯光》，《巴金全集》第 13 卷，第 347 页。

字。这是我们幼年时代的唯一音乐”。母亲让巴金感受到人间的温暖，知道了爱与被爱的幸福。母亲给予幼年巴金的，“永远是温和的、带着微笑的脸”。巴金全部性格的根柢也就是母亲教会他的这个“爱”字。

回到成都，住进了公馆，开始了大家族的生活，刚开始也是愉快的。兄弟姐妹一起玩乐，做游戏、行酒令，如同《红楼梦》中的大观园。可是，生活在父母家人关爱中的巴金，却陆陆续续在成长的道路上目睹太多的死亡。父母、祖父的相继去世，令身处大家庭中的巴金更直接感受到利益的争夺，人与人之间的仇视、攻击和暗斗超过了亲情。看见大哥为了维护家族的所谓和睦，在作揖主义和不抵抗主义中步步退缩，痛苦不堪，放弃梦想、放弃爱情，仍然换不来家庭的安宁，也就更坚定了巴金离开的决心。父母的死亡可看做巴金性格的转折点，巴金忧郁性格的形成，就来自生活环境的打磨。

所以，1923 年，巴金和三哥离开成都的家，去往外面的世界，在巴金不啻是一件大解脱。当他们乘船离开成都时，巴金在兴奋的同时内心也极为伤感，“那时候我的悲哀是很大的”。他为自己终于脱离了旧家庭的樊笼而兴奋，但毕竟还有他的兄弟姐妹留在那令人窒息的家中，这令巴金感到无比矛盾。应该说从巴金登船离开成都的那一刻起，他的眼光就始终被家所牵制，他的心从未离开过家。此后他对“家”的情感，无论是爱还是恨，无不因“家”而起。

在巴金和三哥尧林初到南京的日子里，是大哥每周一封邮件慰藉着异乡弟弟们。巴金回忆着兄弟间的书信往来，“在故乡的家里还有我们的大哥。他爱我们，我们也爱他。他是我们和那个‘家’中间的唯一的连锁。他常常把我们的心拉回去又送出来。每个星期里他至少有一封信来，我们至少也有一封信寄去。那些可祝福的信使我们的心不知奔跑了多少路程”①。承担家族重任而不得不放弃个人理想的大哥，和两个决意冲出家庭樊笼的弟弟之间，频繁的书信往来，相互讲述各自的生活和彼此的牵挂。他们虽然离开，但并没有走出家人的关爱。那样融融的手足情在巴金一生中都占据着重要的位置。

在兄长的支持下，年轻的巴金如愿以偿去往法国留学。当巴金乘船离开上海前往法国。他将一路上所见所闻写成游记（即 1932 年 12 月由新中国书局出版的《海行杂记》），这些游记是巴金为两个哥哥所作，目的是“使他们明白我怎样在海上度过了一些光阴，并且让他们也领略一些海行的趣味”②。游记写成后，巴金曾将游记寄回给在国内的大哥和三哥，并在信中表达自己的思

---

① 巴金：《纪念我的哥哥》，《巴金全集》第 13 卷，第 520 页。

② 巴金：《〈海行杂记〉序》，《巴金全集》第 12 卷，第 3 页。

念，“便是一个字一张白纸也可以表示我是怎样地怀念着你们了”。而他也盼望着家中的来信，“从你们那里来的一切，我都是异常宝贵的”。一方面是对大家族的反抗和诅咒，另一方面却又是对家中兄弟姐妹割舍不了的手足之情，以及对童年的温馨的感受，两者一起构成了巴金情感世界中的“家”。

在巴金的小说《家》《春》《秋》围绕自己的家庭自写，他的散文、序跋中更时常提及他的家和家人。《最初的回忆》《家庭的环境》《我的幼年》《我的几个先生》《做大哥的人》《纪念我的哥哥》《我的哥哥李尧林》等皆以巴金家人为主题。甚至直到晚年，巴金还写了《怀念二叔》。巴金的二叔李华封，是挂牌的律师，也即是《家》中高克明的原型。巴金在文中回忆二叔教自己和三哥读《春秋·左传》《聊斋》，并用书中的故事教育他们做人要讲真话，有骨气。二叔的《说部丛书》打开了少年巴金的视野，“我觉得它们好像给我准备了条件，让我张开双臂去迎接新的思想，迎接新的文化运动”。巴金编辑《平民之声》的旬刊，二叔知晓，只是要巴金大哥告诉他在外活动要多加小心，后来又是二叔鼓励和帮助巴金和三哥出川读书。巴金视其二叔为师，“我从他们那里吸收了各种养料。没有从他们那里得来的点点滴滴，就没有今天的我”①。文中的“他们”，指的既有巴金的二叔也有他的大哥，当然还有别的许多人。所以，当我们在解读巴金的作品时，如果不了解巴金对家的这种矛盾复杂的情结，是很难进入到作品去感受理解巴金的文字的。

2. 旧家族的挽歌：《憩园》

巴金的长篇小说《憩园》创作于 1944 年，是他根据自己 1941 年和 1942 年两次回成都的见闻写成。1941 年在成都，巴金印象最深的事情之一，就是五叔的死。五叔是巴金祖父最宠爱的孩子，长相清秀，人又极聪明，“他就是在阿谀和称赞中长大的”。但是在家人宠爱中成长的五叔不断堕落，吃喝嫖赌，无一不精，成长为一个败家子。即使成家之后，依然旧习不改，“他先花他妻子的钱，拿他妻子的陪奁换钱花，后来就偷，就骗，就借。只要能弄到钱，他不惜使用一切手段”②。五叔为此与妻儿决裂，最后被赶出家门，病死在监牢中。巴金五叔的死在家人中并未引起惋惜和伤感，巴金去祭奠他，没有谁为他的去世流泪。巴金回家同嫂嫂、妹妹和侄女们谈起五叔，也无人怜悯，“似乎大家都有一种关上一本看厌的旧书的感觉”。

---

① 巴金：《怀念二叔》，《巴金全集》第 19 卷，第 445 页。

② 巴金：《谈〈憩园〉》，《巴金全集》第 20 卷，第 467 页。

巴金对五叔并无丝毫怀旧之情，但由五叔而联想到身边类似的人。1941 年和 1942 年在成都的见闻，让巴金发现，成都的社会中依然有不少人过着祖父和五叔类似的生活，依然有人靠着祖上的遗产过着腐败享受的生活。巴金眼中的成都，“正是寄生虫和剥削鬼的安乐窝，培养各式各样不劳而获者的温床”①。五叔的死触动了巴金，如他五叔一样的靠祖宗财富吃饭的地主老爷，巴金太熟悉不过了。祖宗的财富养肥了他们，却把他们都培养成心思多，欲望大，能力差，胆子小，什么事都干不了的无能之徒，而他们却以为自己的家业是万世不朽的，事实上已在不知不觉中走到灭亡的边缘。

在成都的这些见闻，让巴金萌生了要把五叔的故事写成小说的计划。但巴金并未立刻开始投入《憩园》的创作。直到 1944 年 5 月，巴金在从桂林去贵阳的路途中，巴金突然想到了计划中的小说，非常兴奋，一连几天都在思索小说的故事情节。等到了贵阳以后，巴金立刻投入了创作，并为这个小说取名为《憩园》。

巴金创作《憩园》的思路非常顺畅。尽管写的过程中，巴金一直处于旅途，写作时常中断。但从贵阳的旅馆开始，到贵阳重庆路途上，最后到重庆，杨老三的故事始终在巴金的脑海里，促使巴金把它写下来。巴金说是笔在带着他走路，他在创作《憩园》的过程中，没有丝毫感到写不下去的烦恼。巴金自述，在贵阳时期，他每天从早写到晚，只有在两顿饭以后散步休息。每天伏案写作十余小时的巴金没有丝毫的文思枯竭之感。后来在重庆，有一晚住在郊区北碚的小旅馆中，他继续写《憩园》，“电灯不亮，我找到一小段蜡烛，我的文思未尽，烛油却流光了。我多么希望得到一支蜡烛，或者一盏油灯，让我从容地写下去”②。这样的一种文思丰沛的写作状态，巴金觉得有一种力量牵引着他，让他无法停下手中的笔。《憩园》中所有的一切，都是巴金再熟悉不过的人物和场景。杨老三以其五叔为原型，“憩园”的名字来自他三叔的住宅，“憩园”的布局就是巴金从小到大非常熟悉的老家的花园。一切的环境都那么熟稔，巴金创作也处于挥毫自如、不受约束的状态。

按照巴金的构想，杨老三是《憩园》的中心人物。这个人物的设置和其五叔的经历有极大的相似度，但又与五叔这一原型并不完全相同。巴金把笔下的杨梦痴写得比他的五叔好，多了一些温暖的色调，有关心他的寒儿。设想和结果的差异，巴金称之为“人物的背叛”，即人物打破了预设的框子，改变了原

---

① 巴金：《谈〈憩园〉》，《巴金全集》第 20 卷，第 467 页。

② 同上，第 463 页。

有故事的构造，使得作者的笔跟着人物跑。巴金说是“作者的思想、感情、立场、观点在这里起了很大的作用。”这句话，说明巴金内心情感深处，对“杨梦痴”们不再仅是控诉和指责，反倒多了一些温情和宽容。巴金设定了寒儿这个人物，让杨梦痴自始至终都得到了小儿子最真诚的爱。巴金因对寒儿的喜爱，而对杨梦痴也宽容。在小说中，杨梦痴意识到了自己所做的一切对家庭的伤害，拒绝寒儿回家或进医院的建议，不愿再成为小儿子的负担，因此悄然离去。同时，杨家大儿子对杨梦痴的反抗态度反倒不为巴金所认可。

曾有读者认为巴金笔下对杨梦痴太宽容，巴金对此回应：“我常说我鞭挞的是制度，旁人却看到我放松了人。因此就有些读者弄不明白读者的意图何在了。”（《谈〈憩园〉》）当巴金在创作《憩园》时，对家族的声讨已经缓和了许多，取而代之的是家庭中人与人之间的亲情，以及对家中个体生命的悲悯。“憩园”主人们的命运，不仅是个人行为问题，更是旧时代的制度问题，是人生命运中无法更改的无奈。

但巴金并未放弃他的反思和批判，《憩园》中有两条叙事主线相互交叉，除了杨三老爷一家的故事，另一条主线围绕“憩园”的新主人姚颂诗和万昭华而展开。姚颂诗名“国栋”，其父希望他能成为国之栋梁。姚颂诗不坏，没有富家少爷的一些坏习气，在大学毕业后留洋，做过大学教授，当过两年官。这样一个人物，接受过现代教育，其视野和志趣应该是完全不同于守旧的父辈。但他还是回到了父辈的道路上，回家后靠着祖上留下的七八百亩田产过着富贵闲人的日子。

姚颂诗是小说中最看似无忧无虑生活着的人物，家境富裕，有温柔善良的妻子，还有在他眼中聪明听话的儿子小虎。在家中仆人、妻子和自己姐姐的眼中，姚颂诗的儿子小虎都是一个乱发脾气、飞扬跋扈的小孩。但在姚颂诗的眼中，小虎极其聪明。当“黎先生”提醒姚颂诗要多注意小虎的教育时，姚颂诗觉得黎先生是“书生之见”，他对小虎的教育充满信心，认为“对付小孩，就害怕他不爱玩，况且家里又不是没有钱。不爱玩的小孩都是面黄肌瘦，脑筋迟钝，就是多读了几本书，也不见得就弄得很清楚。不是我做父亲的吹牛，小虎到外面去，哪个不讲他好！”在姚颂诗的教育方式下，父辈对下一代的纵容和溺爱造就的不过又是一个未来的如杨三老爷一般的人物。

在《爱尔克的灯光》和《憩园》中，巴金都关注着家族财富和“长宜子孙”的问题。在《爱尔克的灯光》和《憩园》中，都写到了公馆照壁上的“长宜子孙”。巴金在两篇文章中都指出财富是并不能给子孙带来永久的富裕和平安，“不留德行，留财产给子孙，是靠不住的”。在《爱尔克的灯光》中，作者情绪更激越，“恨不能削去这四个字!”，因为这四个字害了无数年轻有为的心灵。但显然创作《憩园》时，巴金的笔调不再那么的尖锐，他的情感开始发生转变。

在《憩园》中，姚太太万昭华和黎先生关于小说写作的几次对话，可看作巴金内心创作的两种情感。小说中黎先生的身份是作家，他正在写一部小说，是关于一个瞎眼女人和人力车夫的故事。姚太太问黎先生，“为什么不让那个老车夫跟瞎眼女人得到幸福？人世间的事情纵然苦多乐少，不见得事事如意。可是你们写小说的人却可以给人间多添一点温暖，揩干每只流泪的眼睛，让每个人欢笑”。这番话引发黎先生内心的激烈冲突，他不想按照她的意思改变小说结局。但姚太太的话不断出现在耳边，黎先生甚至对自己的著作产生了怀疑：“我给人间增加苦恼，我让一些纯洁的眼睛充满泪水。在这个充满苦难的世界上我没有带来一声欢笑。我把自己关在我所选定的小世界里，我自私地活着，把年轻的生命消耗在白纸上，整天唠唠叨叨地对人讲那些悲惨的故事。”

黎先生发现“我的笔渐渐地不肯服从我的驾驭了。”尽管如此，对于姚太太的建议，黎先生仍是充满疑虑的，对那些生活在社会底层、贫穷的人们，“我能够给他们安排一个什么样的结局呢？难道我还能够给他们带来幸福么？”

第二次姚太太和黎先生讨论小说，是在听了寒儿讲述他父亲的故事之后。姚太太眼中的小说家，“是医治人类心灵的医生”，“我觉得你们把人们的心拉拢了，让人们互相了解。你们好像是在寒天送炭，在痛苦中送安慰的人。”在《憩园》中，年轻的姚太太看似生活幸福，衣食无忧。她的母亲是好心肠的旧派老太太，哥哥是旧式的学者，她有疼爱她的丈夫，一切看上去都很圆满。但姚太太对此并不满足，她感觉她的生命被局限在一个狭小的空间：“两个家，一个学堂，十几条街。”她从小说中去感知世界，小说扩大了她的人生，“我现在才知道我四周有一个这么广大的人间。我现在才接触到人们的心。我现在才懂得什么叫不幸和痛苦”。姚太太的话让黎先生感动，而姚太太笼中鸟的命运令黎先生叹息。黎先生最终给了小说一个充满期待的结局，车夫被抓到监狱，瞎眼女人去看他，等待着他从监狱里出来团聚。

“黎先生”虽是小说中的人物，却与巴金本人有一定的相似度。巴金后来在谈到《憩园》的创作时，说“黎先生可能是我，也可能不是我”，“小说里有我自己的感情，也有我自己的爱憎。”巴金写《憩园》笔调充满温情，这和他以前在“激流三部曲”中对寄生者的猛烈批判不同，甚至不同于同样写这次返乡之旅的《爱尔克的灯光》。“黎先生”创作上的矛盾，事实上也可看作巴金情感上的矛盾，一方面，他对那些依靠父辈资产过日子的寄生虫式的生活模式的批判，如他一再提到的“长宜子孙”；另一方面，他又对具体的生命充满同情和怜悯，他让潦倒街头的杨三少爷有一个爱他的小儿子。这些情感上的矛盾，恰恰是巴金对“家”的复杂情感的又一体现。巴金自己也认为，他的生活和创作中充满矛盾，而这矛盾在《憩园》中体现得特别明显。

3.《寒夜》：身边的故事

1944 年初冬巴金在重庆开始了《寒夜》的写作。写作的缘由是因日军进攻桂林，从桂林撤退到重庆的赵家璧打算在重庆重建出版社，要巴金帮忙。巴金答应了，并开始了长篇小说《寒夜》的创作。小说前后陆陆续续写了两年，直到 1946 年的最后一天完稿，此时巴金已经和大多数下江人一样，离开了重庆，返回到上海。围绕《寒夜》，历来有很多的解读，关于汪文宣和曾树生的形象，关于曾树生和汪母之间的关系，都是人们在阅读《寒夜》时所关注的重点。这些解读都说明了《寒夜》文本内在的丰富。但这篇小说打动人心之处究竟在何处？

《寒夜》的故事发生在重庆，小说中的场景，人物的生活，诸如躲警报、喝酒、疾病、物价飞涨、生活困难乃至胜利后无法返乡，所有这些情节，都是在重庆的知识分子们所经历的生活。可以说，寻常“下江人”在重庆的日常生活，在巴金的笔下得到了最完整地呈现。巴金在《寒夜》后记中说，“我从来不是一个伟大的作家，我连做梦也不敢妄想写史诗”。但正是巴金的《寒夜》通过一个小家庭写下了抗战时期生活在大后方的普通生命的悲欢离合。巴金在创作这部小说的时候，脑海里是没有想过专门为“下江人”立传的，甚至他的思绪里没有“下江人”的概念，然而他把自己投入到小说之中，他写汪文宣、曾树生，实际上也是写他自己的生活，写他朋友们的经历。这恰恰是《寒夜》吸引人心之处，在这篇小说中，巴金不是一个旁观者，而是身处其中。汪文宣们的生活，也正是巴金所经历的，巴金是从自己的生存感受出发，写出了《寒夜》。

在写作《寒夜》的两年间，巴金的好友缪崇群 1945 年 1 月在北碚去世，三哥李尧林 1945 年年底在上海去世。与此同时，巴金和所有其他人一样，经历了抗战胜利带来的希望和希望的幻灭。巴金写《寒夜》也写得非常的顺畅，“好像在信笔直书，替一个熟朋友写传记一样；好像在写关于那一对夫妇的回忆录一样”①。

---

①　巴金：《谈〈寒夜〉》，《巴金全集》第 20 卷，第 502 页。

巴金熟悉汪文宣、曾树生的生活，这是典型的战时生活模式。汪文宣的家是以巴金居住的文化生活出版社所在的三层大楼为原型的。那是一座破破烂烂、经历轰炸后修葺的简陋的大楼，有些屋子甚至摇摇晃晃，用木板隔成的房间并不隔音，夜晚老鼠在房间窜来窜去。汪文宣供职的半官半商的图书文具公司，曾树生供职的大川银行，无一不取材于生活。至于小说中的其他场景，也都是巴金在重庆时经常进出经过的地方：

“小说中的每个地点我都熟习。我住在那间与老鼠、臭虫和平共处的小屋里，不断地观察在我上下四方发生的一切，我选择了其中的一部分写进小说里面。我经常出入汪文宣夫妇每天进出若干次的大门，早晚都在小说里那几条街上散步；我是‘炒米糖开水’的老主顾……”①

小说中的其他场景，冷酒馆、咖啡厅、老鼠、臭虫、炒米糖开水，都是典型的战时重庆生活元素。巴金就这样和他小说的主人公生活在一起，他们的喜怒哀乐都是他所熟悉的，他对于《寒夜》中的一切有着切身的体验。汪文宣们的生活，对于巴金不是文学的想象，而就是生存的现实，是鲜活的“当下”。

巴金对陪都重庆生活的熟稔体现在《寒夜》故事情节和细节描写之中。《寒夜》写到了霍乱，唯一同情汪文宣的同事钟老死于霍乱，而1945年夏天正是霍乱流行之时，重庆有限的医疗条件无法应付，很多人因霍乱死去。汪文宣的中学同学唐柏青在城里的机关工作，他的妻子在乡下难产去世，而他在城里，等他赶到乡下，只看见妻子冰冷的尸体。在那时，为了防空安全，不少家庭疏散到郊区，在城里工作，把家安置在郊区，在“下乡”和“进城”间奔波，是不少人的日常。小说的结尾，年轻的女人抱着小孩坐在街头，目光沉滞看着面前卖不出去的东西。在抗战胜利之后，“下江人”为筹集回乡的路费，在街头拍卖自己的物品，同样是并不陌生的街头景象。小说还通过人物的对话写出了抗战胜利后，人们对盼望已久的“复员”的失望，“现在是官复员，不是老百姓复员”。“胜利是他们的胜利，不是我们胜利。”正是通过这一个又一个的细节，《寒夜》写尽了大后方重庆无数知识分子的艰难生活，而这也是巴金自身对抗战生活的感受。

因此，阅读《寒夜》首先不能忽略小说特殊的时代背景，即抗战。在战争状态下，战时的紧张多变取代了和平时期的从容。人们的生活方式被迫发生巨大的转变，理想、计划在现实的生存条件下变得遥远而奢侈。

《寒夜》中有“从前”和“现在”两个维度。从前，汪文宣和曾树生有过

---

① 巴金：《谈〈寒夜〉》，《巴金全集》第20卷，第502页。

玫瑰色的梦想，他们在上海的大学学习的是教育学，他们满脑子理想，向往建设乡村化、家庭化的学堂。那时汪文宣也时常进出咖啡馆。而汪母，文中虽然没有明确地写，但从汪文宣的感慨可知，汪母从前的生活也是比较优裕的。文中借汪文宣的视角打量汪母，“她脸上的皱纹显得更多了，头发也好像没有一根是黑色的了。她刚回到四川来的时候完全不是这个样子。现在她自己烧饭，自己洗衣服，这些年她也苦够了”。显然，汪母以前是不需要为生活琐事操心的。

然而当战争来临时，他们不得不离开上海，和所有其他“下江人”一起，来到重庆。尽管对于汪文宣来说，四川是他的家乡，但他并不因此而能逃离战争对个人的碾压。生活发生了彻底改变，没有人能够幸免。生活在变化，人的性情也在变化。“从前的事真像一场梦。我们有理想，也有为理想工作的勇气。现在……其实为什么我们不能够再像从前那样过日子呢?”曾树生的疑问也是汪文宣的疑问，“我不知道为什么我的脾气变得这样……”

小说中的每个人都在煎熬。汪文宣屈身于半官半商的图书文具公司，每天从事着单调沉闷的校对工作，挣那有限的薪水。在公司，汪文宣小心翼翼，心中对上司不满，却不敢有丝毫怨言。小说第三节写到他上班迟到，是他“三年半以来的第一次迟到”。可知汪文宣是非常努力地在做这份他并不喜欢的工作。他不喜欢应酬，却也不得不掏出有限的钱去凑份子为上司庆生。他在同事中沉默寡言，同事对他也很冷漠。可是，忍让和退缩换不来同情和关怀。汪文宣病倒，上司暗示他辞职，同事们害怕受到传染，要求他不要和他们共同用餐。

在母亲和曾树生之间，汪文宣更是左右为难，唯有以眼泪、自责还有不断的乞求来换取暂时的安宁。他一直活在痛苦和自责中，为妻子和母亲不能和睦相处而痛苦，为自己无能挣钱而自责。小说的开篇就写到汪文宣为前一晚和妻子发生争执而后悔。争执导致妻子离家出走，他想恳求妻子回来。他鼓足勇气找到妻子，向妻子道歉，他认为是他的无能造成了家庭的困境，“我对不起每一个人。我应该受罚!”母亲和妻子的针锋相对，更令汪文宣感到压抑，“他现在开始害怕看母亲的憔悴的愁容，也怕看妻的容光焕发的脸庞”。在两者的夹击中，汪文宣逐步退缩，内心情感逐步封闭。

曾树生在银行工作，看似光鲜体面，实际上她在银行充当的是花瓶似的人物，用她的年轻美貌获取一份不错的收入。在汪母看来，曾树生不正经，缺乏妇道，每天打扮得花枝招展。事实上，曾树生是家庭主要经济收入来源，儿子小宣的学费生活费由曾树生全部负责，同时还要补贴家用。曾树生过得并不舒心，“我一个学教育的人到银行里去做个小职员，让人家欺负，也够可怜了!”

这是曾树生生活中真实的一面，她在银行工作并不是如人们看起来的那般光鲜顺畅。

汪母则不得不在儿子家中充当着老妈子的角色，每天操持家中的柴米油盐。她对儿子孙子充满慈爱，为儿孙缝补衣服，每天提着篮子去买菜，为儿子做红烧肉、煲鸡汤。她自己也为生活所苦，满头白发。她和儿媳曾树生之间有解不开的结，处处针锋相对。在汪母眼中，儿媳的年轻漂亮都是罪恶。她断定新潮的儿媳不会跟着儿子过苦日子，也认定儿媳配不上自己的儿子。她妒忌和憎恶儿子对曾树生的爱，从不放过在儿子面前抨击儿媳的机会。她指责儿媳是“交际花”“不守妇道”，尽管儿子媳妇已经结婚十四年，但在汪母心目中并不认可这段婚姻，“你们那种结婚算什么结婚呢！”

每一个人都活得非常的不容易。从前如同一场梦，未来则缥缈不可期，剩下的唯有窘迫艰难的当下。巴金在讲述战争中个体生命的生存困境时，铺陈出令人绝望的氛围。渗入人心的寒冷和昏暗的夜色是整部小说的底色。小说一开篇就勾勒出一幅黑暗而寒冷的画面：“街上很静，没有一点亮光”，天空在汪文宣的眼中也是浓浓的灰黑，“像一块褪色的黑布”，四周都是黑暗，寒气不住地来袭。即使有限的灯光，带给人的都不是光明，而是绝望。巴金在《寒夜》中有多处对烛光或灯光的描写，用词诸如有“暗红光”“黄黄的”“惨黄色”“灰黄光”等，这些黯淡的光放大了人物内心的凄清，使小说蒙上了悲剧的色彩。

三、“回乡”与“文学创作”

当我们试图从“回乡”的角度来探讨川籍作家抗战时期的创作时，其实是面临很多的问题的。其中关键的一点，即“四川人”的身份在每个作家那里唤起的感受并不相一致，“四川”体现在作家抗战时期创作中有显有隐。

郭沫若对巴蜀山水人文都充满浓厚的兴趣，无论是从文学的角度还是从历史的角度，他都能领略到巴蜀文化的悠远与特色，并能把他的感受化入他的诗词、散文、演讲之中。对于郭沫若自己而言，以及对于当时的民众而言，“四川人”的身份在郭沫若身上有着鲜明的烙印。巴金的川人特色就没有那么显著。虽然在小说中，巴金笔下的人物时不时会有一口地道的四川方言（尤其是巴金小说中的一些市井小人物），但巴金作品对巴蜀文化并无特别突出的表现。尽管巴金的“激流三部曲”是以他自己的家为原型创作的，但成都仅仅是故事发生的地点，情感本身和成都似乎并无直接联系，因为巴金说过，他所写的是

“一般官僚地主家庭的历史”①。

其次，抗战时期，在战争的驱使下，整个民族的命运发生着巨大变化，个人命运同样处于巨变之中。这样的变化同样体现于作家创作。郭沫若因抗战而回国，又因抗战而回到四川。无论是担任军事委员会第三厅厅长还是文化工作委员会的主任，郭沫若在当时文化界都具有领袖群伦的声望，他的个人角色已不仅仅是一个文学家，而是和战争、政治有了更密不可分的关系。这也让郭沫若笔下的四川既充满了个人内心情感，又具有强烈的时代特色。巴金始终以作家、编辑的身份往来于大后方的昆明、贵阳、成都和重庆。来回的奔波往来，让巴金在抗战期间看到了很多熟悉的人和陌生的人，感受到战争残酷，这些经历冲击着他的情感，使得他不得不拿起笔来，写下了一系列的作品。

那么，应在怎样的基础上来谈论川籍作家的返乡及其创作之间的关系呢？在这个问题上，本文选择了从文学作品的创作和解读出发，去发现抗战时期的返乡与作家创作的千丝万缕的联系。因为唯有文学作品，最能从细微之处反映出作家战时的心态和情感。这也就是为何本章选择郭沫若、巴金为对象，从生活、创作的角度，去解读他们各自不同的“返乡”心境。

川籍作家回到四川，根本的缘由是抗战，在这一点上他们和其他因战争入川的“下江人”并无二致。他们同样经历了战争带来的生存危机，目睹生命消亡。这些经历在他们的精神世界沉淀，最终诉诸笔端，成为一篇篇的文学作品。

历史剧创作是郭沫若在抗战时期最受关注的文学成就。但他也从不同角度去呈现他眼中的四川。在面对四川的家乡父老时，他鼓励四川民众积极行动起来抗击日军。另一方面，郭沫若又通过对四川历史、巴蜀文化的阐释，沟通起巴蜀和中原，化解外来者对四川的不解。但郭沫若的情感并非局限于四川的，而是具有现实的关怀。居住在重庆的郭沫若同生活在大后方的无数人一样，亲身经历了战争的残酷和血腥，目睹了重庆普通民众在一瞬间家破人亡的悲剧。

郭沫若居住的天官府的房间曾被炸得“屋顶纷飞”②，不得不移居乡下的赖家桥，并在进城和下乡间来回。郭沫若的新诗《罪恶的金字塔》写重庆大隧道惨案，心痛死于惨案的同胞。还有郭沫若在抗战时期写下的几篇小说，《波》《月光下》《金刚坡下》《地下的笑声》等，都是描写战争中个人跌宕的命运。

巴金小说通过对现实的书写剖析了战争中人性的复杂。当人们在讨论《寒

---

① 巴金：《谈〈家〉》，《巴金全集》第20卷，第416页。

② 黄淳浩编：《郭沫若书信集》，第479页。

夜》中人物的性格，试图判定谁是谁非时，巴金说：“三个人物都不是正面人物，也都不是反面人物；每个人有是也有非；我全同情。”人物性格的多面性，内心情绪的复杂，恰恰构成了《寒夜》的魅力。《寒夜》中的人物都是寻常读书人家，都是些小人物，“尽管不是有名有姓、家喻户晓的真人，尽管不是人人目睹可以载之史册的大事，然而我在那些时候的确常常见到、听到那样的人和那样的事，那些人在生活，那些事继续发生，一切都是那么自然，我好像生活在我自己的小说中，又好像在旁观我周围那些人在扮演一本悲欢离合的苦戏”。

小说写汪文宣一家，事实上写的又是整个生活在大后方的读书人的生活现实。巴金透过这些故事，直抵人的内心深处，那里混杂着不安、不舍、怯懦、挣扎、绝望等等各种情绪，这未尝不是那一时期居住在重庆的读书人的共同心境。《寒夜》里的人物都在绝望中挣扎着活下去。小说的最后，树生回到重庆的家，汪文宣已经离开人世，汪母带着小宣不知所终，昔日的家早就物是人非。抗战胜利了，期盼已久的胜利并未带来预期的幸福。曾树生走在重庆街头，夜仍然很深，很冷，她需要继续找寻生活的方向。而这不过是无数“下江人”生存现实的写照。

无论是郭沫若、巴金以及沙汀等川籍作家，因战争回到故乡，也是“意想不到”之事。四川是他们熟悉的故土，但战争中的四川成为“民族复兴之地”，重庆成为战时的首都，承担着政治、文化、经济各方面职责。作家们回到四川，不可能是仅仅感怀故乡亲情，还不得不和“下江人”同样承受战争带来的危机和压力。虽然他们比别的“下江人”更熟知四川社会的自然人文环境，但他们并未囿于川人的身份，反倒是更能敏锐地捕捉到战争对人的生存带来的冲击，以及对四川社会带来的改变，从而写出了战争中普通生命的矛盾和挣扎，使得这一时期的文学具有了深邃的力量。

余论　“下江人”的离开和重庆文学的沉寂

“下江人”的到来，带来的重庆文学的发展和变化，是一个庞大而系统的话题，很难用一篇文章来穷尽。本文的着重点，主要是从生活层面的改变，来论述作家创作心境、环境的变化，以及他们对重庆这座城市的复杂情感。这样的写法，更多的是从文学环境变化的角度来阐释人和城之间的关系。

一、变动的人与城的关系

“下江人”到重庆，是战争带来的一次大规模人口迁徙，从东南、东北到西南，人口迁徙带来政治、经济和文化各个层面的变化。仅陪都重庆，就从长江上游的商埠转变为全国的政治中心。更因文化人的集中，成为大后方的文化重镇。那么，抗战时期“下江人”给重庆的文学带来了什么？战争中的重庆又对外来作家的创作产生了什么样的影响？作为“下江人”的外来作家，当他们来到重庆，生活在重庆，创作在重庆时，这座城和他们之间又有着怎样千丝万缕的联系？

抗战时期重庆文学中心地位的确立，和“下江人”的迁徙直接关联；战争胜利后，重庆的中心地位因“下江人”的离开而改变。本文对“下江人”和抗战时期重庆文学的探讨，借重了两个主要视角，即下江文化和重庆文化。两者在抗日战争的时代背景下交叉，“下江人”携带的文化和重庆地域文化产生着怎样的碰撞和交流？下江作家在重庆这个地理空间中生活，并进行文学创作。重庆是他们生存之地，他们在重庆所面临的物质和精神上的多重压力汇集成个人的体验，这些体验在无形中影响着他们对重庆的感受及其文学书写。

凡此上述种种问题，都令“下江人”和抗战时期重庆文学这一话题充满了丰富的意义和繁复的论述的可能性。城市和人的关系，本来就是现代文学研究中一个具有吸引力的课题，北平、上海、成都，不同城市文化在作家笔下呈现出各具特色的生命力，而文字描写的背后，城市中人的生命体验借此而得以展现。重庆这座城和现代文学之间的关联，最紧密之处无过于抗战时期。

但这座城市和文学的关系，又不同于北平、上海、成都等城市，生活在重庆的作家们是带着他们的家国情怀和对既有生活浓浓的思念来到的重庆，重庆之于下江作家，始终是一个暂住地，重庆是他们生命中一个偶然的停留。有作家这样总结“下江人”和重庆之间的关系：“住在重庆的人都是全国各地的优秀，是专家，学者的荟萃之区，他们都各有指定的任务在奔波忙碌中撕去案头的日历，虽然，他们究竟做出些什么大事，连自己都无从述说，但他们也同我一样，只是一位重庆的过客，他们是不认识重庆的，更没有和重庆攀上关系。在重庆生活了若干年，好比住在大饭店里一样，付清了应付的账，或在大饭店的流水簿上，挂欠了一笔付不清的账，把行李扣在这里，就怅怅然的走开了。重庆又好像是举行人物展览的大会，在这里陈列的作品，都是活动的人。”①

然而，我们不能因此而判定下江作家和重庆文学之间没有密切的关联。战时重庆生活在每一个下江人生命中留下了深刻的痕迹，山城特有的地理环境和气候、防空洞、平价米等等生活方式，都是他们的共同记忆。文学在抗战时期的重庆是活跃而旺盛的，有作家们火热的激情，有众多报刊的发行，有各种关于抗战文学的讨论和集会。同时，战争中不具备和平时期的安稳，大多数下江作家在重庆也不断处于再次的迁移和变动之中。

战时重庆文学在不同时期的不同特点：国民政府迁移重庆，是全面抗战爆发的1937年11月就已经宣布，但大规模的作家涌入重庆，应在1938年武汉危机开始以后。1938年夏开始至1939年5月的大轰炸期间，是下江作家到重庆后最活跃的阶段之一，这一时期的文艺界热血沸腾，集会、办刊、做抗战宣传，作家们在各种主题的座谈会中奔波而丝毫不知疲倦，每个人都以“国家兴亡，匹夫有责”为是，为抗战倾尽自己的力量。他们克服生活上的不适应，尽管重庆在他们眼中有着这样那样的奇异之处，衣食住行都和下江不同，还要面对重庆人对“下江人”的隔膜和冲突，但这些生活上的细节，在这一时期为抗战的激情暂时掩盖。1939年5月日机轰炸了重庆最繁华的市区，这一区域不仅商铺集中，同样也是文化繁荣的区域，是报馆、刊物、书店和文化人居住最集中的区域。轰炸让文化界损失惨重，已经排版的报纸、刊物无法正常出版，作

① 王平陵：《雨重庆之夜》，《副产品：诗、散文、杂文》，重庆：商务印书馆，1945年，第43页。

家们为躲避轰炸离开市区，疏散到乡间。1941 年“皖南事变”以后，大批左翼作家的离去，更增加了重庆文坛的寂静。在此期间，文学活动仍有，却没有了初期的那般高涨的激情。而轰炸造成的出版困难，让不少文学刊物无法按期出版，甚至有些就此夭折。直到 1941 年 12 月，香港沦陷，在香港的作家们向内地撤离，后又陆续汇集重庆，重庆文坛又开始进入一个活跃期。在战争胜利前的 1944 年，重庆人还经历了日军攻占独山带来的再一次惊恐。与此同时，重庆人的日子过得艰难而紧张，夏季要躲避空袭，冬季要为生计奔走，不少人还要忍受家人分离带来的情感压力，现实中的担忧、惊恐和抗战胜利的期盼并存在每一个“下江人”的心中。

二、文学中的“重庆记忆”

1944 年老舍在给王冶秋的信中谈及“进城”，老舍很久没进城了，很愿意入城看看朋友，“惜钱与车都不方便耳……”1945 年 6 月重庆文艺界为茅盾举办五十岁生日祝寿活动，老舍给茅盾写信表示遗憾不能参加聚会，“天气的暑热与交通的不便，令人自私。”事实是老舍曾有过入城晕倒在车上的经历，此时他的身体状况并不好。拮据的经济和衰弱的身体让这位文协负责人难以入城参加文艺界的聚会，老舍在胜利前的生活境况可想而知，而这不过是诸多作家的生活缩影。

挣扎在生存线上的下江作家们，终于盼来了抗战的胜利。“白日放歌须纵酒，青春作伴好还乡”，胜利的喜悦在 40 年代旅居重庆们的“下江人”那里不过是一瞬间。“返乡”是一条和“入川”同样艰巨的道路，且更因经济条件的困窘显得漫长而充满障碍。“下江人”陆续离去的同时，还有数量不多的下江作家暂时留在了重庆。重庆文坛逐渐沉寂，但下江作家播撒下的文学种子，令重庆文学和战前相比有了很大的提升。

1945 年 8 月 10 日，抗战胜利的信息意外传来，“下江人”苦盼多年的还乡梦突然变成现实。在听到这一消息时，无人不激动万分。整个重庆沉浸在胜利的喜悦中，街上到处是爆竹声和游行队伍的欢呼声，一车又一车的人摇着国旗沿途欢呼。阳翰笙和朋友们喝酒庆祝抗战胜利，大家都吃得沉沉大醉。可是，这个沉醉，不仅是胜利的狂欢，更有对内战深深的担忧。

《寒夜》中的汪文宣在胜利日的夜晚死去，其时“街头锣鼓喧天，人们正在庆祝胜利，用花炮烧龙灯”。街头的喧闹和汪文宣的孤独形成了鲜明的对比。日思夜想的返回故里并没跟随胜利一同到来，回乡之路道阻且长。还乡，成为和当初入川同样艰难的挑战，丰子恺称之为“再逃一次难”。臧克家在诗中描写了“胜利风”，“弹一弹帽子/弹去了战争的尘土，/照着八年前的老样子/把它戴上去”①。经历了八年的苦难，终于迎来了抗战胜利的那一天，但似乎什么也没有改变，又回到了从前。那些复员回到下江的人们，被复员地区的人们赋予了一个新的称呼：“重庆人”。从“下江人”到“重庆人”，身份改变了，意义也发生了变化。“重庆人”专门指称那些从重庆回到下江的接收大员们。接收大员们的贪婪令民众陷入新的失望，民众对他们从祈祷、盼望、欢迎、崇爱转变为“用最刻薄的话/骂他们，/用白眼珠子/爱他们，上给他们一个尊号：/‘重庆人’。”② 有权有势有办法者争前恐后离开重庆，迅速回到下江，寻常民众的返乡梦只能暂时搁置。

国民政府管理上的无能和不负责任，使得人民对政府极度失望。1945年—1946年间的重庆，民心不稳，各种谣言甚嚣尘上。知识分子对政府的失望日渐加深，他们在讨论返乡的道路，更关注战后中国何去何从。国事不容乐观，叶圣陶听《大公报》记者谈各方情况，听后感到国民政府实为阿斗，“阿斗之病，一在自私，只知有己，二在愚昧，不识群己之关系。此皆不可救药，因而误事太多”③。至于胜利复员的工作，说到底无非是当权者争权夺利的举动，政治、经济、军事皆让苦盼了多年的中国人失望，“从政者一切恶德，皆于此时表露无遗，殆为古今腐朽之顶点。军事冲突，自绥远以至浙江，随地而有，似内战之祸终不可免。经济政策，惟事依傍美人，民族工业之兴起杳无朕兆。我国翻身，本以此时为最好机会，今则其机已失，须待从新来过，然而民生困苦太甚矣”④。张恨水告诫急于东归的下江同胞，不要急于离川，已经住了八年，再多住一段时间无妨，因为“吾人不是欧洲文明国人民，义民返乡，政府社会，恕不负责，一切自理。若以苏联法国人民还乡，政府帮助为例，则系痴人说梦耳”⑤。

大多数的作家，于1946年陆续离开重庆。有些随供职的机构、学校离去；有的是职业作家，孑身一人，只能慢慢等待回家的机会。

“下江人”开始大规模地返回家乡，重庆依旧还是重庆，“重庆是一个成

---

① 臧克家：《胜利风》，《今昔吟》，济南：山东人民出版社，1979年，第114页。

② 臧克家：《“重庆人”》，《今昔吟》，第120页。

③ 商金林编：《叶圣陶抗战时期文集》第3卷，第286页。

④ 同上，第294页。

⑤ 张恨水：《东行小简》，《山窗小品及其他》，第397页。

千成万人分享过的插曲”①。然而，“下江人”和重庆之间的情感联系，在现代文学的书写中却并未随着返乡而结束。各类人物已经撤出，重庆成为“下江人”生命中深刻的记忆，他们不时地哼起这首战时插曲，怀念在重庆度过的时光。

返乡之际，重庆在客居者们的脑海中的形象更清晰，更令人留恋。“我们是爱大后方，爱长江、嘉陵江，爱这个山城的。但当时我们却诅咒它，有时恶毒地嘲弄它。”② 是重庆庇护了“下江人”，为他们在急景凋年中提供了暂时的居留之所；但这段岁月过得太过艰难，大轰炸的惨烈，物质的匮乏，生老病死，又有多少人是在一天又一天地捱着度过。

临别的一瞥尤为百感交集。居住在重庆市内凯旋路等候归舟的丰子恺，望着窗外的嘉陵江和对岸的海棠溪，只觉山光水色、赏心悦目。没有空袭警报的重庆，街上回响着“炒米糖开水”和“盐茶鸡蛋”的叫卖，岁月又复宁静温暖，无不使人感到重庆的令人留恋。在飞机、轮船、汽车等交通工具都无份的情况下，1945 年 12 月，叶圣陶一家和开明书店的同事决定冒险乘坐木船出川。行前，叶圣陶“巡行市街，亦辞别重庆之意”。东归的心意是急切的，对重庆的留念同样真实。

1946 年，郭沫若在《文萃》上发表文章，题目为《重庆值得留恋》。他在文中写道：“在重庆足足呆了六年半，差不多天天都在诅咒重庆，到了今天好些人要离开重庆的时候，似乎重庆又值得我们留恋了。”在郭沫若看来，重庆被诅咒的种种缘由，恰好也是重庆魅力所在。无论是爬坡上坎、浓雾蔽日还是夏日的火热地狱，换一种视角，正是重庆值得留恋之处。爬坡上坎中，人的身体得到了有效的锻炼；正是雾，在战争中尽到了消极防空的责任，也让人们领略到了雾中的江山胜景；重庆的热也是说热就热，热得干脆，不讲一点价钱，值得赞扬。此外，更有“广柑那么多，蔬菜那么丰富，东西南北四郊都有温泉，水陆空交通四通八达……”③

离开之后，战时在重庆生活的各种感受沉淀为记忆，回想起来，反倒成了值得咀嚼的一段时光。张恨水将自己在重庆八年的生活写成了小说《巴山夜雨》。这部带有自传性质的小说创作于 1946 年，同年 4 月 4 日在北平《新民报》副刊《北海》连载，随后，这部小说先后被南京《新民报》晚刊和上海

① 王平陵：《雨重庆之夜》，《副产品：诗、散文、杂文》，第 43 页。
② 徐迟：《重庆回忆》，《作家在重庆》，重庆：重庆出版社，1983 年，第 27 页。
③ 郭沫若：《重庆值得留恋》，《郭沫若全集·文学编》第 20 卷，第 52 页。

《新民报》晚刊、成都、重庆《新民报》副刊转载。老舍在美国写成了《鼓书艺人》，这是老舍唯一一部以抗战时期重庆为背景的小说。时隔多年，抗日战争结束了，两位作家均离开重庆，却在长篇小说中回顾了重庆跑警报、大轰炸、市井百姓生活等的方方面面，以及居住其中的普通人的经历和感受。

“下江人”大概没有想到的是，个人命运因国家命运瞬息万变。抗战胜利后的返乡，不过是短暂的停留，他们中的一部分将继续过着“下江人”的生活，去到台湾、海外生存发展。重庆，成为他们离家去国前停留最久的城市。

不少去到台湾的作家对在重庆的“下江人”生活的回忆，除了战争，更有对家园故土、亲朋旧友的思念。这些生命体验和经历，看似是个体的记忆，事实上是几代中国人的共同记忆。那些当年尚处于儿童、少年阶段的“下江人”，他们在重庆度过了自己“生命的清晨”。这短暂的几年对他们中的不少人而言，是奠定其一生基础的重要时刻。

台湾作家齐邦媛在其所著《巨流河》中对重庆，对南开中学师生的描写充满深情，她自述开始谈文论艺，“是在晴天和月夜逃警报的时候”，“轰炸的声音在耳内回想，但防空洞内所读书籍的内容也在心里激荡”①。大轰炸伴随着青春岁月，人的生命在生死存亡中磨砺得愈加坚强，这一切无不令齐邦媛终生难忘。

诗人余光中的童年记忆也和战时重庆密切相关。他的《嘉陵江水》穿过抗战的岁月，回想起幼年的自己，“凄厉的警报与轰炸声中/淘尽我入川八载的少年/更与长江合浪，匆匆地送我/逐老杜与髯苏的舵影出峡/只留下江雾如梦，巫峰似锁/童真的记忆深锁山国”②。警报声、大轰炸、嘉陵江水和漫长的三峡，都是战时重庆生活典型的印记。若干年后，这段经历，已经化成了记忆和乡愁，永远沉淀在诗人的心里，留在了深情的诗文中。

这也是所有“下江人”共同的历史记忆。

三、“下江人”离开后的重庆文学

抗战胜利后，国民政府启动还都南京的计划，“下江人”陆续东归。喧嚣的重庆日渐冷落，“国府路前，车马人稀，山间道上，人迹罕至，昔每夜曾踊

---

① 齐邦媛：《巨流河》，台北：天下远见出版有限公司，2009 年，第 144 页。

② 余光中：《嘉陵江水》，《余光中诗精编》，武汉：长江文艺出版社，2017 年，第 182 页。

跃欢乐之‘国际’‘扬子’舞场，今已舞淡歌微”，“南北温泉之餐厅客栈，多闭门歇火；精神堡垒附近，入夜沉寂”① ……一下子令人有物是人非、今非昔比的感叹。

重庆文学结束了其最繁荣鼎盛的时期，抗战时期文学中心的地位转移，重庆文坛恢复了往日的宁静。政府、高校、报纸、杂志、出版机构纷纷复员。1947 年重庆地区的高等院校只余下 7 所。1946 年后，部分报社、通讯社在重庆设立分社的仍然有百余家，《大公报》《国民公报》《新华日报》《时事新报》仍继续出版。通讯社则有中国新闻通讯社重庆分社、重庆新华分社等 20 家左右。但数量和实力与抗战时期相比，已经大幅度地削减。

然而，重庆毕竟经历了抗战的洗礼，已经悄然地发生着改变。1946 年国民政府还都南京，但重庆的人口仍超过了 100 万，和抗战爆发前的 1936 年相比，人口数量仍然翻了一倍。各大高校撤走以后，仍在重庆留下了教育的种子。1946 年 8 月卢作孚致电教育部，提出旅川高校的复员，造成川籍学生读书困难，“莘莘学子多感升学无所遂”，决定借用复旦大学在北碚夏坝的校址，筹建学校，并以复旦大学创始人马相伯、李登辉之名将学校命名为“私立相辉学院”，以纪念复旦大学在重庆的经历。复旦大学校长章益为此事函商于于右任、邵力子、李登辉、钱新之、吴南轩等先生，表示此举将“藉广栽植而示崇敬并纪念我马、李（马相伯、李登辉）两位先生，并使我校辛苦经营之校地、校舍得为适当及最善之利用”②。私立相辉学院成立之初，卢作孚邀请了东北大学代理校长许逢熙为院长，教授则有方敬、高亨、孙俍工等知名学者。

1941 年梁漱溟在北碚创办勉仁书院，1946 年 8 月成立私立勉仁国学专科学校，1948 年 9 月改为私立勉仁文学院，吴宓、罗庸、孙伏园、李源澄等先后任教于此。“下江人”如潮水般涌来，又如潮水般离去，却终究在重庆这片土地上播撒下文化的种子，惠泽后世。

那些迟迟未归的文化人，有些直到重庆解放才离开，有些从此留在了大西南。战争胜利后，一部分归来的川籍作家留了下来。他们因抗战而回到四川，战争结束，他们并未马上离开，如沙汀、艾芜等。暂时尚未离去的“下江”作家，还包括了孙伏园、聂绀弩、力扬、王平陵、老向等。艾芜担任了《大公

---

① 《国民公报》：《热闹了南京，冷落了山城》，重庆市档案馆、重庆师范大学合编：《迁都定都还都》，第 259 页。

② 复旦大学档案馆选编：《抗战时期复旦大学校史史料选编》，上海：复旦大学出版社，2008 年，第 187 页。

报》（重庆）副刊《半月文艺》的主编，聂绀弩编《新民报》副刊《呼吸》，力扬编《新民报》专刊《虹》和《每周文艺》，沈起予在《国民公报》编专刊。1945 年抗战胜利后，何其芳从延安回到重庆，担任《新华日报》副社长，直到重庆解放。国民党文人王平陵在重庆担任《和平日报》副刊主任，还兼任重庆文化运动委员会主任委员，直到重庆解放才离开前往台湾。被称为《抗到底》三驾马车之一的老向战后回到北平，却又在 1949 年重返重庆，最后定居重庆，成为真正的“重庆人”。

在“下江人”大规模撤离的潮流中，也有人反向而行，在抗战结束后来到了重庆。西南联大外文系教授吴宓就是其中之一。1946 年，吴宓没有选择回北京的清华园，而是去了武汉大学，后又在 1949 年 4 月由武昌飞至重庆，先后在私立相辉学院、私立勉仁文学院、重庆大学、西南师范学院担任教授，直到 1977 年 1 月被家人接回陕西泾阳老家，在重庆度过了漫长的 28 年。

抗战时期重庆文学的中心地位因战争而形成，又因战争的胜利而消解，“下江人”带着他们对重庆的诅咒和留恋离去，留下各自心中的“重庆记忆”。抗战时期重庆复杂的城市形象背后是人们对重庆复杂的情感，正如胡风所写：“重庆是藏垢纳污的大本营，是荒淫无耻的大本营，甚至阴谋权诈的大本营，但它同时也是光明和黑暗的纠结点，一切力量都汇到这个纠结点上进行集中的搏斗。”从 1937 到 1946 年，形形色色的人涌入山城雾都，商人、作家、学者、官员、大学生……每个人都以各自的方式在重庆演绎着抗战的故事。

战争年代条件艰难，作家们身处茅屋草房，食不果腹的境况下仍执着于文学梦想。岁月变迁，如今，他们中的不少人在重庆的经历已经很难考察，甚至要整理一份完整的抗战时期在渝作家名录都非常困难。或者，这些信息的不完整正是战争带给重庆文学的特色之一，也给我们留下了更多探究的空间。“下江人”和战时重庆文学之间实在有太多值得关注和研究之处，而这无疑也将对丰富抗战时期重庆文学研究有着重要的意义。

参考文献

（按照作品发表或图书出版时间先后排序）

作品集

[1] 老舍，等．大后方的小故事［M］．上海：文摘出版社，1945.
[2] 贝西尔．重庆杂谈［M］．上海：文通书局，1946.
[3] 司马訏．重庆奇谭［M］．上海：中心书局，1947.
[4] 谢冰莹．作家印象记［M］．台北：三民书局，1978.
[5] 舒兰．抗战时期的新诗作家和作品［M］．台北：成文出版社，1980.
[6] 孙陵．我熟识的三十年代作家［M］．台北：成文出版社，1980.
[7] 尹雪曼．抗战时期的现代小说［M］．台北：成文出版社，1980.
[8] 阳翰笙·阳翰笙选集［M］．成都：四川人民出版社，1982.
[9] 郭沫若．郭沫若全集［M］．北京：人民文学出版社，1982.
[10] 杜重远．狱中杂感［M］．上海：上海书店出版社，1983.
[11] 重庆出版社．作家在重庆［M］．重庆：重庆出版社，1983.
[12] 司马訏．重庆客［M］．重庆：重庆出版社，1983.
[13] 阳翰笙．阳翰笙日记选［M］．成都：四川文艺出版社，1985.
[14] 巴金．巴金全集［M］．北京：人民文学出版社，1986.
[15] 薛绍铭．黔滇川旅行记［M］．重庆：重庆出版社，1986.
[16] 苏雪林，等．抗战时期文学回忆录［M］．台北：文讯月刊杂志社，1987.
[17] 钱歌川．钱歌川文集［M］．沈阳：辽宁大学出版社，1988.
[18] 白修德，贾安娜．中国的惊雷［M］．北京：新华出版社，1988.

[19] 中国抗日战争时期大后方文学书系［M］. 重庆：重庆出版社，1989.

[20] 茅盾. 茅盾全集［M］. 北京：人民文学出版社，1990.

[21] 胡绍轩. 现代文坛风云录［M］. 重庆：重庆出版社，1991.

[22] 张恨水. 张恨水散文［M］. 合肥：安徽文艺出版社，1995.

[23] 胡风. 胡风回忆录［M］. 北京：人民文学出版社，1997.

[24] 冯亦代. 冯亦代文集［M］. 北京：中国友谊出版公司，1999.

[25] 胡风. 胡风全集［M］. 武汉：湖北人民出版社，1999.

[26] 赵瑞蕻. 离乱弦歌忆旧游：从西南联大到金色晚秋［M］. 上海：文汇出版社，2000.

[27] 施康强. 四川的凸现［M］. 北京：中央编译出版社，2001.

[28] 施康强. 浪迹滇黔桂［M］. 北京：中央编译出版社，2001.

[29] 施康强. 征程与归程［M］. 北京：中央编译出版社，2001.

[30] 梁实秋. 梁实秋文集［M］. 厦门：鹭江出版社，2002.

[31] 胡风. 胡风致路翎书信全编［M］. 郑州：大象出版社，2004.

[32] 路翎. 路翎致胡风书信全编［M］. 郑州：大象出版社，2004.

[33] 商金林. 叶圣陶抗战时期文集［M］. 北京：人民教育出版社，2005.

[34] 徐迟. 我的文学生涯［M］. 天津：百花文艺出版社，2006.

[35] 赵清阁. 沧海往事：中国现代著名作家书信集锦［M］. 上海：上海文艺出版社，2006.

[36] 老舍. 老舍全集［M］. 北京：人民文学出版社，2008.

[37] 罗常培. 罗常培文集［M］. 济南：山东教育出版社，2008.

[38] 齐邦媛. 巨流河［M］. 台北：天下远见出版有限公司，2009.

[39] 舒芜. 舒芜致胡风书信全编［M］. 上海：东方出版中心，2010.

[40] 杨宪益. 杨宪益自传［M］. 北京：人民日报出版社，2010.

[41] 李劼人. 李劼人全集［M］. 成都：四川文艺出版社，2011.

[42] 萧红. 萧红全集［M］. 哈尔滨：黑龙江大学出版社，2011.

[43] 周文. 周文文集［M］. 北京：作家出版社，2011.

[44] 朱希祖. 朱希祖日记［M］. 北京：中华书局，2012.

[45] 沙汀. 沙汀文集［M］. 成都：四川文艺出版社，2017.

[46] 余光中. 余光中诗精编［M］. 武汉：长江文艺出版社，2017.

专著

［1］中央宣传部文化运动委员会．抗战四年来的文化运动［M］．重庆：1941．

［2］司马长风．中国新文学史［M］．香港：昭明出版社，1978．

［3］文天行，王大明，廖全京．中华全国文艺界抗敌协会史料汇编［M］．成都：四川省社会科学院出版社，1983．

［4］廖全京．作家战地访问团史料选编［M］．成都：四川省社会科学院出版社，1984．

［5］蓝海．中国抗战文艺史［M］．济南：山东文艺出版社，1984．

［6］文天行．抗战时期国统区的文艺运动［M］．成都：四川省社会科学院出版社，1985．

［7］文天行．国统区抗战文艺大事记［M］．成都：四川省社会科学院出版社，1985．

［8］中国人民政治协商会议四川省重庆市委员会文史资料研究委员会．重庆抗战纪事（1937—1945）［M］．重庆：重庆出版社，1985．

［9］黄友凡，彭承福．抗日战争中的重庆［M］．重庆：西南师范大学出版社，1986．

［10］苏光文．抗战文学纪程［M］．重庆：西南师范大学出版社，1986．

［11］赵园．艰难的选择［M］．上海：上海文艺出版社，1986．

［12］秦人路，孙玉蓉．文人笔下的文人［M］，长沙：岳麓书社，1987．

［13］隗瀛涛．近代重庆城市史［M］．成都：四川大学出版社，1991．

［14］重庆市文史研究馆．陪都星云录［M］．上海：上海书店出版社，1994．

［15］重庆市文史研究馆．巴渝故实录［M］．上海：上海书店出版社，1994．

［16］费正清．剑桥中华民国史［M］．北京：中国社会科学出版社，1994．

［17］郝明工．陪都文化论［M］．乌鲁木齐：新疆大学出版社，1994．

［18］苏光文．大后方文学论稿［M］．重庆：西南师范大学出版社，1994．

［19］李怡．现代四川文学的巴蜀文化阐释［M］．长沙：湖南教育出版社，1995．

［20］彭承福．重庆人民对抗战的贡献［M］．重庆：重庆出版社，1995．

［21］吴福辉．都市漩流中的海派小说［M］．长沙：湖南教育出版社，1995．

［22］苏光文．抗战时期重庆的文化［M］．重庆：重庆出版社，1995．

［23］钟树梁．抗战时期西南的文化事业［M］．成都：成都出版社，1990．

［24］李怡．七月派作家评传［M］．重庆：重庆出版社，2000．

［25］李怡．阅读现代：论鲁迅与中国现代文学［M］．重庆：西南师范大学出版社，2002．

［26］李书磊．1942：走向民间［M］．济南：山东教育出版社，2002．

［27］钱理群．1948：天地玄黄［M］，济南：山东教育出版社，2002．

［28］周勇．重庆通史［M］．重庆：重庆出版社，2002．

［29］赵园．北京：城与人［M］．北京：北京大学出版社，2002．

［30］南大百年实录编辑组．南大百年实录［M］．南京：南京大学出版社，2002．

［31］贺桂梅．转折的年代：40—50 年代作家研究［M］．济南：山东教育出版社，2003．

［32］靳明全．重庆抗战文学论稿［M］．重庆：重庆出版社，2003．

［33］张瑾．权力、冲突与变革：1926—1937 重庆城市现代化研究［M］，重庆：重庆出版社，2003．

［34］余英时．士与中国文化［M］．上海：上海人民出版社，2003．

［35］蔡尚伟．百年“双城记”：成都·重庆的城市文化与传媒［M］．成都：四川大学出版社，2005．

［36］段渝．抗战时期的四川［M］．成都：巴蜀书社，2005．

［37］苏智良，等．去大后方：中国抗战内迁实录［M］．上海：上海人民出版社，2005．

［38］蓝棣之．现代文学经典：症候式分析［M］．北京：人民文学出版社，2006．

［39］王晓渔．现代上海的文化场域（1927—1930）［M］．上海：上海人民出版社，2007．

［40］朱鸿召．延安日常生活中的历史：1937 至 1947［M］．桂林：广西师范大学出版社，2007．

［41］许纪霖，等．近代中国知识分子的公共交往（1895—1949）［M］．

上海：上海人民出版社，2008.

［42］复旦大学档案馆选编. 抗战时期复旦大学校史史料选编［M］. 上海：复旦大学出版社，2008 年.

［43］周少川，等. 中国出版通史［M］. 北京：中国书籍出版社，2008.

［44］杨雪梅. 陈铭德、邓季惺与《新民报》［M］. 北京：中华书局，2008.

［45］丁守和. 抗战时期期刊介绍［M］. 北京：社会科学文献出版社，2009.

［46］李怡. 日本体验与中国现代文学的发生［M］. 北京：北京大学出版社，2009.

［47］周晓风. 20 世纪重庆文学史［M］. 重庆：重庆出版社，2009.

［48］谢泳. 西南联大与中国现代知识分子［M］. 福州：福建教育出版社，2009.

［50］赵园. 想象与叙述［M］. 北京：人民文学出版社，2009.

［51］重庆抗战调研课题组编. 重庆市抗战时期人口伤亡和财产损失［M］，北京：中共党史出版社，2011.

［52］周勇，任竞. 抗战大后方歌谣汇编［M］. 重庆：重庆出版社，2011.

［53］段从学. 文协与抗战时期文艺运动［M］. 北京：北京大学出版社，2012.

［54］潘洵. 抗日战争时期重庆大轰炸研究［M］，北京：商务印书馆，2013.

［55］李禹阶. 重庆移民史［M］. 北京：中国社会科学出版社，2013.

［56］费正清. 费正清中国回忆录［M］. 北京：中信出版社，2013.

［57］解志熙. 文学史的“诗与真”［M］. 北京：北京大学出版社，2013.

［58］张中良. 抗战文学与正面战场［M］. 北京：社会科学文献出版社，2014.

［59］重庆市档案馆，重庆师范大学. 中国战时首都档案文献·战时社会［A］，重庆：重庆出版社，2014.

［60］重庆市档案馆，重庆师范大学. 中国战时首都档案文献·战时动员［A］，重庆：重庆出版社，2014.

［61］陈方正. 陈克文日记［M］. 北京：社会科学文献出版社，2014.

［62］前田哲男. 从重庆通往伦敦、东京、广岛的道路：二战时期的战略

大轰炸［M］. 重庆：重庆出版社，2015.

［63］周锡瑞，李皓天. 1943：中国在十字路口［M］. 北京：社会科学文献出版社，2016.

［64］林甘泉，蔡震. 郭沫若年谱长编（1892—1978）［M］北京：中国社会科学出版社，2017.

期刊论文

［1］秦弓. 重庆抗战文学研究要有个性［J］. 涪陵师专学报，1994（4）.

［2］刘纳. 旧形式的复活：从一个角度谈抗战时期的重庆文学［J］. 涪陵师专学报，1999（4）.

［3］李怡. 重庆文学、地域文学与文学史［J］. 涪陵师专学报，1999（4）.

［4］秦弓. 张恨水的“国难小说”［J］. 涪陵师专学报，2000（2）.

［5］张瑾. 民国时期“下江人”的形成与认同［J］. 西南民族学院学报（哲学社会科学版），2001（4）.

［6］赵园，钱理群，洪子诚，等. 20世纪40至70年代文学研究：问题与方法［J］. 中国现代文学研究丛刊，2004（2）.

［7］钱理群. 关于20世纪40年代大文学史的断想［J］. 中国现代文学研究丛刊，2005（1）.

［8］张武军. 北京、上海文学中心的陷落与重庆文学中心的形成：略论抗战对中国现代文学格局的影响［J］. 现代中国文化与文学，2005（2）.

［9］李怡. 抗战：中国文化的资源与重庆文化的资源［J］. 涪陵师范学院学报，2006（2）.

［10］张武军. 重庆雾与中国抗战文学［J］. 西南大学学报（社会科学版），2009（2）.

［11］张武军. 张恨水小说创作与重庆［J］. 红岩，2009（2）.

［12］王学振. 再论抗战文学中的重庆城市形象塑造［J］. 文学评论，2010（2）.

［13］吴福辉. 抗战期间“文协”作家的重庆集聚地［J］. 汉语言文学研究，2011（1）.

［14］熊飞宇.《文艺阵地》对抗战时期文学论争的介入及其理论建构［J］. 承德民族师专学报，2011（3）.

［15］解志熙. 相濡以沫在战时：现代文学互动行为及其意义例释［J］.

新文学史料，2011（3）.

［16］段从学．夏季大轰炸与大后方文学转型：从抗战文学史的分期说起［J］．中国现代文学研究丛刊，2011（7）.

［17］王学振．《新华日报》的鲁迅纪念［J］．鲁迅研究月刊，2011（10）.

［18］王学振．抗战文学研究的边界问题［J］．南方文坛，2014（4）.

［19］马晶．本土与外来：文化地理状态的改变与抗战时期的陪都戏剧文学［J］．中华文化，2015（8）.

［20］王学振．论抗战文学的内迁题材［J］．中国现代文学研究丛刊，2015（7）.

报刊

《新蜀报》

《新民报》（渝版）

《大公报》（重庆版）

《时事新报》

《扫荡报》

《中央日报》（渝版）

《抗战文艺》

《七月》

《希望》

《文艺先锋》

《文化先锋》

《弹花》

《旅行杂志》

《文艺阵地》

《出版界月刊》

《大美周刊》

后 记

《“下江人”和抗战时期重庆文学》是我的博士论文。从2011年选题，到2016年完成，经过了整整6年。6年，这对一篇博士论文的写作来说，显得实在太过漫长。2016年论文完成后，在外审和答辩过程中，各位专家学者提出了很多宝贵的建议和意见。这些建议和意见让我更清楚地意识到论文存在的问题，也对我进一步完善论文提供了极大的启发。

想和做，两者之间往往相距甚远。我很想把这部专著写得更完善，但对自己能否把握好这一主题实在没有多少信心。每一次重读论文，都深感理想中要达成的目标和最终结果之间有着非常遥远的距离。很多的问题还没来得及讨论透彻，就已经匆匆完结；那些本应展开论述的问题，又往往在文中缺失。

写作的过程艰辛又愉悦。每一次打开泛黄的报纸和书页，我都仿佛回到20世纪40年代的重庆，感受战时陪都的热情和绝望，光鲜和腐烂，生和死……那是一个值得被记录的时代，有太多的情感借由文学进行表达。一旦重返当时的文学语境，就会发现事实远比想象中复杂生动。爱国的热情、生存的压力、战争的威胁同时裹挟着人们，个体生命对生活的需求在民族抗战背景下怎样被扭转和改变，都是这一时期文学值得被一再讨论和思索之处。但有关“下江人”的信息如此庞大，我在论文写作过程中常有深陷其中的感觉，不知如何调动和发挥文献的应有的作用，恰当地释放它们的信息，勾勒出“下江人”和抗战时期重庆文学之间的关联。这一切，于我实在是一个巨大挑战。

自身的惰性更加剧了论文写作的难度。整个写作时断时续，时间不断延长，迟迟未能完成。因为工作原因，我写论文的时间主要集中在晚上和节假日。结束一天工作之后，坐在图书馆或电脑前写论文、看文献的时刻，也是最令人放松和自在的时刻。屏蔽掉白天的烦琐，进入夜晚属于自己的阅读和写作空间，内心的兴奋和自在实在妙不可言。正是这样的兴奋感，支持着我一步一步完成论文的写作。

此后，蒙李怡教授不弃，将本书收入他主持的“民国文学史论”第二辑的出版计划，促使我对论文进行了修订和补充，最终形成了现在这本书稿。与博士论文相比，这本书增加了对大轰炸中文学与生活的阐述，以及对抗战时期回到四川的川籍作家的创作分析。这是因为在抗战时期的重庆，大轰炸于人们生活影响巨大，甚至构成日常生活的一部分。其次，在“下江人”中，返回到四川的川籍作家的创作和心境也值得探究，在某种意义上，他们是“下江人”中一个特殊的群体。此外，博士论文中的一些差错及史料方面的不足和谬误，在本书中进行了纠正和完善。可惜，个人能力有限，一些想法和思考就一直停留在“想”的阶段，未能在写作过程中获得有效的呈现，仍令本书存在相当多的缺陷。

如今书稿暂告一段落，可是我并不觉得轻松。写作的过程也是自我成长、反思的过程。这几年，我个人也处在不断调整之中，从理科学院到图书馆，从单调繁忙的行政管理岗位转入其他专业技术岗，我一直在寻找一个定位点。如今，总算告别在行政事务中来来回回的生活，我却不知道自己这番寻觅是否会带来预期的状态。我浪费了太多时间和机会，每次看见朋友们在学术上不断精进，有所收获，都很替他们高兴，同时也感到惭愧。这些年，我自己在学业上懈怠太多，希望从现在起能有所改观！

最后，再次感谢李怡教授将本书收入“民国文学史论”丛书出版计划。感谢这些年一直鼓励和帮助我的师友！感谢家人对我的理解和支持！感谢花城出版社张瑛副编审，为了此书编辑和出版，前后多次邮件往来沟通，付出了太多的心血和努力！

黄菊

2018 年 8 月 20 日于重庆北碚紫云台